Андрей
Рубанов

Андрей
Рубанов

Патриот

роман

Издательство
АСТ
Москва

Андрей Рубанов
Патриот

Роман

РЕДАКЦИЯ
ЕЛЕНЫ ШУБИНОЙ

Издательство
АСТ

Москва

УДК 821.161.1-31
ББК 84(2Рос=Рус)6-44
П76

Оформление переплёта — Андрей Рыбаков

Издательство благодарит литературное агентство
«Banke, Goumen & Smirnova»
за содействие в приобретении прав

П76   Рубанов, Андрей Викторович.
       Патриот : роман / Андрей Рубанов. — Москва :
       Издательство АСТ : Редакция Елены Шубиной,
       2017. — 507, [5] с. — (Новая русская классика).

       ISBN 978-5-17-101811-5

Андрей Рубанов — автор книг «Сажайте, и вырастет», «Стыдные подвиги», «Психодел», «Готовься к войне» и других. Финалист премий «Национальный бестселлер» и «Большая книга».

Главный герой романа «Патриот» Сергей Знаев — эксцентричный бизнесмен, в прошлом успешный банкир «из новых», ныне — банкрот. Его сегодняшняя реальность — долги, ссоры со старыми друзьями, воспоминания... Вдруг обнаруживается сын, о существовании которого он даже не догадывался. Сергей тешит себя мыслью, что в один прекрасный день он отправится на войну, где «всё всерьез», но вместо этого оказывается на другой части света...

УДК 21.161.1-31
ББК 84(2Рос=Рус)6-44

ISBN 978-5-17-101811-5

ЧАСТЬ ПЕРВАЯ

I

— Это что?

— Срезанная бирка.

— Почему она срезана? Где она? Кто срезал?

— Не знаю.

— Дай мне эту, красную! Маленькую! Тоже — срезана? Вот! — она была, а потом её срезали ножницами! Где бирки?

— Серёжа, я не знаю, где эти чёртовы бирки. Я заказал человеку — человек сделал...

— Алекс! Друг мой последний! Это сделали — в Китае!

— И что?

— Смотри мне вот сюда. В глаза. Видишь?

— Ну.

— У нас — магазин — товаров — отечественного — производства! Национальный — антикризисный — гипермаркет! Я не могу продавать телогрейки, отшитые в Китае.

— Не «у нас». У тебя. Это твой магазин.

— Неважно!

— Не кричи. Стены тонкие.

— А ты стены не трогай. Это мои стены.

— Люди услышат. Перестанут тебя уважать.

— У меня уважения — немеряно. Мне больше не надо. Мне надо бирки. Не из Китая.

— Бирок нет — и Китая нет. Это я велел их срезать.

— Я догадался, Алекс. Я же не дурак. Но бирки должны быть! «Сделано в России». В крайнем случае, «в Беларуси». Иначе это — фуфло.

— У нас половина товара — фуфло.

— Но не телогрейки!

— У нас весь инструмент — китайский. И топоры, и лопаты.

— Но не телогрейки!! Не телогрейки! Не национальный символ!

— Сомневаюсь насчёт символа.

— А я докажу! Дай мне её! Эту, красную!! Вот! Ты слепой — или как? Где ты видел такую красивую телогрейку?

— Ты, главное, не заводись.

— Где ты видел такую телогрейку, Алекс?!

— Нигде не видел.

— А цену такую? 999 рублей 99 копеек?

— Цена красивая, да. Но телогрейка — не красивая.

— А какая?

— Не скажу.

— Говори. Давай, говори, и вот сюда гляди. В глаза.

— Она уродливая.

— Нет! Не уродливая! Суровая! Это разные вещи!

— Я бы не одел ребёнка в такую куртку.

— Потому что ты — чёртов буржуй. Такие, как ты, думают, что детей надо одевать красиво и недорого.

— А как ещё надо одевать детей?

— Концептуально.

— Сомневаюсь.

— Ну и чёрт с тобой. Ты же — либерал. Норковый карбонарий. Бунтарь из «Шоколадницы». Ты саботируешь моё дело. Ты против великих идей.

— Извини, Серёжа. Я не против идей. Но давай вернёмся в реальность.

— Не понял. Ты думаешь, я перестал быть реальным?

— Я думаю, тебе пора валить.

— В каком смысле?

— В прямом. Прочитать роман писателя Апдайка «Беги, кролик, беги».

— Писателя Апдайка? Где ты таких слов набрался?

— Пока ты носишься на мотоцикле, я читаю.

— Пока ты читаешь, я спасаю наш бизнес.

— Твой бизнес. Не «наш».

— Да, да. Мой. Чего ты к словам цепляешься? Слова ничего не решают. Только реальные дела. Слушай, что мы реально сделаем. Ты — найдёшь текстильный пресс. Пусть изготовят штамп. Размером с ладонь. «Сделано в России». И — двуглавый орёл, понял? На фоне контуров Евразии! Одна башка — на запад, другая — на восток! Когтями, соответственно, держим Азию, а север — наша естественная корона. Пусть нам поставят этот штамп самой, сука, яркой, несмываемой краской на подкладке каждой телаги… Что с тобой?

— Ничего.

— Говори!

— Серёжа, я не буду этим заниматься.

— Почему?

— У меня других проблем хватает. Вчера мы получили новый иск. Девять миллионов.

— Ерунда. Плюс девять в общей долговой массе.

— Итого пятьдесят четыре.

— Неважно. Оспорим в суде. На меня где сядешь, там и слезешь. Я буду судиться годами. У меня на адвокатов отдельно отложено.

— Серёжа, против нас — миллиардер.

— Да, я Серёжа. И я буду бодаться с любым миллиардером.

— Тебя завалят.

— Сначала пусть догонят.

— Серёжа, это слова. Они нас не будут мочить красиво. Они нас через ментов возьмут. Тихо и быстро.

— Ага. Слушай вот ещё. Закажи такой же штамп, только не чернильный, а светоотражающий. Чтоб светился в темноте...

— Не буду! У нас пять дней не вывозили мусор! Пожарная инспекция опечатала подвал! Если я буду заниматься твоими телогрейками, у меня не останется времени на магазин. Магазин встанет — мы покойники.

— Боишься, брат Горохов?

— Да. Меня бесит этот магазин. Это была тухлая идея с самого начала.

— Потому что ты — либерал.

— Да, либерал. Баррикадный метросексуал и православный гей-активист. Но я последний, кто с тобой остался. Остальные свалили. И либералы от тебя свалили, и патриоты. Самые крутые патриоты свалили первыми. А я — вот он.

— Спасибо, Алекс.

— Пожалуйста. Но чтоб ты знал, Сергей Витальевич: ты — вшивый сталинист. Весь свой народ хочешь в зэковские фуфайки нарядить, в парашу окунуть...

— Я не сталинист, я за большие дела. А ты — даже в семье либерал! Тобой жена рулит.

— А ты мою жену не трогай.

— Да что ты, брат? А кто вас познакомил?

— Неважно. Мы были пьяные. Короче, если ты любитель больших дел — давай сделаем большое дело. Подожжём это всё.

— Хочешь, чтоб я поджёг собственный магазин?

— Получишь страховку.

— Отпадает. Ничего я не получу. Мне никто сейчас не заплатит. Все знают, что я покойник.

— Тогда — читай книгу. «Кролик, беги».

— Я тебе не кролик. Слушай дальше. Эти телогрейки мы не пустим в продажу. Мы проведём полевые испытания. Сделаем рекламный ролик. Надо найти спецов по ножевому бою и дракам на палках. Мы оденем каскадёров в наши телаги. Будем кинжалами бить, цепями и дубинами. Я сам буду бить, лично. Камнями кидать. Потом — снимем с людей, положим в ряд на землю, проедем танком и грузовиком. А потом — расстреляем! Одновременно — из «калашникова», М-16 и «узи». И слоган будет: «От пули не защищает. От остального — может». Не главный слоган, но — один из… Что?

— Ничего.

— Нет, скажи уже.

— Я не участвую. Я резко против. Я ненавижу эти телогрейки и видеть их не хочу. Это всё, Сергей. Всё.

Сильный шум в ушах.

Меняется давление, вечером будет дождь.

Цветные пятна перед глазами. Прозрачный, упругий свет полуденного солнца валит через огромные, не слишком чистые окна кабинета.

Красные телогрейки, жёлтые, чёрные.

Серое лицо, серые глаза, серая рубаха последнего товарища.

Его зовут Саша Горохов. У него простой и ясный практический ум, и он очень верный. Если бы хотел, давно бы предал или сбежал. Но не предал.

Внутри, где-то в горле или немного ниже, возникает гадкое, микстурное ощущение, известное как «укол стыда».

«Зря я на него накричал, — думает Знаев, сглатывая слюну досады. — Нахамил, унизил. "Смотри в глаза…" А ему скоро пятьдесят, он отец двоих детей. А я с ним — как с мальчишкой».

Шесть разноцветных телогреек лежат на широком столе. Из каждой пары одна — маленькая, детская; вторая — взрослого 50-го размера. Пластиковые пуговицы приятно переливаются. Рукава и воротники простёганы тройным швом.

Но в целом — Горохов прав — они выглядят уродливо.

«Ну и что? — возражает Знаев сам себе. — Они проделали долгий путь. Они лежали спрессованными в тюке. Расправим, обомнём! Будут красивые, как тульские пряники…»

За его спиной — огромное окно, прозрачное с одной стороны. Сделав шаг, можно обозреть весь торговый зал, шевеление толпы покупателей-пигмеев.

Не потому пигмеев, что ничтожны, а потому, что взгляд с высоты, из большого кабинета, заставленного тяжёлой кожаной мебелью, любого обращает в пигмея.

Когда здание дало осадку, стекло треснуло. Хозяин кабинета, бывший банкир Сергей Витальевич Знаев, сам заклеил его скотчем.

То была — как догадался хозяин в тот момент — символическая трещина, указующая.

Всё треснуло, расползлось, просело.

Возьми весь скотч, какой есть, и попробуй: заклей дыры и прорехи, собери рассыпанное, почини сломанное.

Сначала — себя самого. Мужчину сорока восьми лет, без признаков живота и лысины, наполовину рыжего, наполовину седого, тёртого, жилистого, расчётливого, азартного, безошибочного — да вдруг сотворившего все ошибки разом.

Потом — его семью, с блеском задуманную и воплощённую мечту о доме-гнезде, мечту, реализованную и избытую в жалких три года; тоску по единственному сыну; путаницу любовей, обид, обожания и отчаяния, всю эту обязательную программу мужчины-самца-родителя-продолжателя, то ли недовыполненную, то ли перевыполненную, никогда не поймёшь.

Потом — его труд, его хлеб, его способ заработка. Финансовый рынок. Банк, основанный в подвале магазина «Спорттовары» близ метро «Китай-город», Москва, Россия, очень давно, в дремучие годы раннего капитализма, когда по заснеженным Тверским улицам и Кривоколенным переулкам ещё гоняли на сытых лошадях опричники, и у каждого была привязана к седлу собачья голова с оскаленной пастью; а у дверей кабаков толпились голодные женщины, ошеломительно красивые и сговорчивые; его банк пережил и те годы, и последующие, и более поздние, его банк работал при Борисе Николаевиче, и при Владимире Владимировиче, и при Дмитрии Анатольевиче, и потом опять при Владимире Владимировиче, и сделал его богатым в конце концов. Его детище, его машинка для извлечения миллионов из пустого воздуха.

Потом, наконец, его безумную идею. Магазин. Национальный антикризисный гипермаркет. Проживший, увы, всего семь лет — если считать от момента появления сырой идеи, от воображённых, нафантазированных красных букв в чёрном небе.

«Готовься к войне».

И до сегодняшнего дня.

— Алекс, — позвал он. — Ты прав. Меня опять понесло. Я орал и ругался. Я мудак конченый. Прости.

Горохов молчал, смотрел в треснувшее стекло.

— Ты не обязан заниматься телогрейками, — добавил Знаев после небольшого дипломатичного молчания. — И вообще… Если устал… или… ну… боишься — уходи. Я пойму.

— Я не трюмная крыса, — ответил Горохов. — Я не побегу с корабля.

— Мы не крысы, — сказал Знаев. — Мы музыканты. «Титаник» тонет, а мы — сидим на палубе и играем на виолончелях.

Горохов скупо улыбнулся и ловким жестом, отработанным за четверть века канцелярской практики, достал из кармана пиджака сложенную вчетверо бумагу и подсунул авторучку:

— Распишись. Я возьму денег из кассы. Надо заплатить пожарникам штраф. Оказывается, все решётки на первом этаже должны открываться. Чтоб, значит, в случае возгорания выпрыгивать…

— Подожди выпрыгивать, — сказал Знаев и в свою очередь пододвинул к Горохову планшет (с лопнувшим тоже стеклом). — Посмотри.

Горохов надел очки и наклонил маленькую коротко стриженную голову.

С экрана смотрел сосредоточенный вихрастый мальчик.

— Это ты?

— Тут мне восемь лет. Тут — двенадцать. А это — старшие классы…

Горохов весело рассмеялся, и стыд перестал беспокоить бывшего банкира.

— Тощий, из штанов вырос, — потешаясь, сказал Горохов. — А уши-то, уши! Торчат, как у оленя!

— Олень — это грубое оскорбление.

— А почему сейчас не торчат?

— Торчат так же. Шея стала толще, из-за этого уши кажутся меньше.

Смех перешёл в сердечное хихиканье.

— Извини, Серёжа… В школе, наверное, ты из-за этих ушей страдал немало.

— В школе, — сурово ответил Знаев, — я был крутым парнем. Первым гитаристом. Но вот этого школьного пиджака я не помню. Я вообще не помню этих фотографий. Их прислали сегодня утром. По электронной почте. Женщина. Зовут Вероника. Кто такая — непонятно. Просит о встрече.

— Чего хочет?

— Отдать мне оригиналы.

— Зачем?

— А я узнаю, — сказал Знаев. — Поговорю. Откуда у чужого человека мои детские фотографии?

— Это подстава, — уверенно сказал Горохов. — Или шантаж. Один не езди. И прицепи на фуфайку микрофон. Сейчас нельзя рисковать…

— Рисковать можно всегда.

— Она приедет сюда?

— Нет. Встречаемся в городе.

— Будь осторожен.

— Спасибо, брат. Если бы не ты, я бы уже был мёртвый.

— Не надо пафоса, — раздражённо сказал Горохов. — Пока ты не мёртвый — распишись вот здесь. Я буду переделывать решётки и откачивать воду из подвала. Детские фотографии или не детские — магазин должен работать.

Из кабинета — почти сто метров по коридору, освещённому скупо, лампами-миньонами (здесь отчаянно берегли энергию), в надоевших запахах сырого цемента, кирпича, селёдки, ацетона, пролитого алкоголя, слежавшихся тряпок, спотыкаясь о ящики и коробки, сухо здороваясь с незнакомыми людьми: теперь в магазине люди менялись часто, кассиры, товароведы и охранники нанимались и увольнялись ежедневно; теперь хозяин никого не знал ни в лицо, ни по имени, но хозяина знали все, а кто не знал, угадывал по бешеному взгляду — и при его приближении на всякий случай прижимался к голым стенам, демонстрируя крайнюю степень уважения.

В конце коридора — лестница вниз, во двор, заставленный баками с мусором.

Согбенный азиат в форменной жилетке на голое тело тщится придвинуть вонючие ёмкости плотней друг к другу: мусор накапливается стремительно, со скоростью пять кубических метров в сутки, и если его не вывозить, весь магазин, вместе с пятиконечными красными звёздами на крыше, будет погребён в нечистотах.

У крыльца служебного выхода стоял пыльный мотоцикл хозяина магазина: не самый дорогой, зато самый быстрый. Один безбашенный японец когда-то впервые в мире развил на таком мотоцикле скорость в триста километров в час. При первом же взгляде на любимого коника у Знаева поднялось настроение, и даже запах, исходящий от мусорных баррикад, не показался столь тошнотворным.

Знаев подставил физиономию горячему солнцу и вспомнил, что не спросил Алекса Горохова о самом главном.

И возвращается назад, в кабинет.

И застаёт своего единственного помощника за распитием алкоголя.

Помощник — да, злоупотребляет, но его можно понять: нагрузка слишком велика.

Горохов смотрит совершенно бессмысленным, опрокинутым внутрь взглядом — такой бывает в первые мгновения после выпитого стакана. Знаев плотно закрывает за собой дверь.

— Забыл спросить. Как твой брат?

— Не очень, — ответил Горохов; на его бледном лбу выступил пот. — Лежит пластом. Обе почки отказывают. Распух уже. Врачи говорят: срочно в больничку. Он резко против.

— Заставь.

Горохов покачал головой.

— Не буду. Он свободный человек. Это его свободный выбор. Он за всю жизнь ни одной таблетки не съел. Медицине не доверяет. Не пил, не курил, чистюля страшный. Ни разу, сколько помню, в речке не купался — боялся заразы… Плавать летал — строго в Египет… Каждый день — йога и медитация… Сорок два года… И вот чем закончилось.

— Сорок два, — сказал Знаев. — Шесть полных циклов. Давай-ка бери денег из кассы и вези его насильно в самую лучшую клинику.

— Деньги есть, — угрюмо ответил Горохов. — Но я не сторож брату своему.

Знаев хотел сказать что-нибудь умное и ободряющее, но вместо этого молча подошёл и погладил пьяного Горохова по седой голове. О чём говорить? За четверть века совместной деятельности сказаны все слова, какие только существуют. Иногда Знаеву кажется, что он и его ближайший соратник даже стали похожи внешне, как старые супруги.

— Не пей много, — попросил он.

— А ты не езди быстро.

Знаев вышел в коридор, снова плотно закрыв дверь, — и столкнулся с Машей Колывановой, одетой, по случаю летней жары, в рискованный полупрозрачный сарафан на бретельках; от голых плеч пахнет пудрой, под голым локтем — пухлый гроссбух, на голой шее и в ушах блестит золото. Подавляющее большинство бухгалтеров-женщин испытывают страсть к золоту: очевидно, длительная работа с неосязаемыми ценностями заставляет их возлюбить ценности осязаемые, в виде самоварно сверкающих цепей и прочих кулонов.

— Не заходи пока, — велел Знаев. — Он занят. Через полчаса вернёшься.

— Ладно, — ответила привыкшая ко всему Маша, развернулась и ушла. Она тоже любила выпить, по той же причине — слишком много работы, беготни и ответственности.

«Впрочем, — решительно подумал Знаев, — вся их ответственность — чепуха по сравнению с моей ответственностью. Это я, а не они, задолжал миллионы; это мне, а не им угрожают уголовными делами и тюрьмой; это я, а не они, буду за всё отвечать, когда придёт время».

Он садится в седло и рвёт с места, оставляя за спиной нечистый двор, и заполненный людьми национальный антикризисный магазин, и звёзды на его крыше.

Его построили быстро — за два года — но с момента открытия супермаркет «Готовься к войне» ни одного дня не проработал легально. Само здание не было сдано в эксплуатацию, государственные контролёры и чиновники разнообразных надзорных органов не подписали официальных документов. Они считали, что подвал неправильно изолирован, что нагрузка на существующие коммунальные сети умышленно занижена, что система вентиляции не соответствует нормам. Но хозяину некуда было деваться, и он договорился со всеми. Ему разрешили работать временно, «в порядке исключения», «до особого распоряжения». Он завёз товар и открыл торговлю, и теперь регулярно выплачивал штрафы и раздавал подарки всем, кто мог явиться в торговый зал и прекратить торговлю одним росчерком пера.

Всё происходило незаконно с первой секунды, с первого пробитого кассового чека.

Инспектор дорожного движения считал, что на стоянке возле магазина неправильно расставлены указатели, — и хозяин исправлял. Пожарный инспектор считал, что в помещениях плохо нарисованы стрелки, указующие на выход, — и хозяин рисовал заново. Глава районной администрации считал, что территория вокруг магазина не благоустроена, что неплохо было бы завезти пару тысяч кубов грунта и высадить десяток деревьев, — и хозяин завозил и высаживал, скрипя зубами. Чиновники даже не улыбались. Они делали свою работу: крыша действительно протекала, и в подвале действительно стояла вода, и владелец супермаркета господин Знаев действительно был обязан виновато кивать, исправлять, переделывать и просить дать ему время.

Ему всегда шли навстречу: он создал полторы сотни рабочих мест и платил большие налоги. Его магазин громадно сиял по ночам, зазывая обеспеченных граждан, мчащихся по федеральной трассе, остановиться и заглянуть хотя бы из любопытства: что там такое насчёт войны? Его магазин показали по «Первому каналу» и по НТВ. Он был, в общем, всем любопытен или даже симпатичен, Знаев, бизнесмен-эксцентрик, с его лопатами, кирзовыми сапогами и телогрейками. Но даже такие люди должны играть по правилам. Особенно такие.

2

Четыре ряда едва ползут.

Выхлопной угар, горячий асфальт, перегретая резина. Мелкая пыль, неизбежная в крупнейшей столице лесостепей.

Меж двух соседних автомобильных рядов, по коридору шириной в метр, пробирается человек на мотоцикле.

Примерно три четверти остальных водителей считают его полным идиотом.

Любопытно, что и сам он иногда считает себя идиотом, — но не в этот момент.

Другая реальность существует. Это междурядье. Движение по живому железному оврагу.

Стены его мгновенно сужаются и расширяются. Справа и слева ревут чужие колёса всех размеров. Бесконечно отлетают вбок и назад автомобильные туловища.

Сегодня, сказал «Яндекс», пробки 8 баллов. Лязгающий коридор растягивается на десятки километров.

В узких местах, когда приходится ползти вместе со всеми, со скоростью потока, — успеваешь заметить накрашенный женский ноготь слева, в окне чёрного внедорожника, или грязный загорелый локоть справа, в окне грузовика. Они меняются каждые четверть секунды или, может, ещё быстрее, но если уметь — можно увидеть.

Слева — экран телевизора на передней панели: кто-то смотрит «Мэд Мэн». Дальше — большая толстая женщина грубо кричит на маленького худого мужчину сильно её моложе. Ещё слева — крыло новейшего сверкающего спорткара, купленного вчера, а сегодня уже расцарапанного, помятого. Справа угрожающе надвинулся пыльный борт автобуса, окна закрыты шторками, но из-за каждой невзначай выглядывает любопытный копчёный нос и чёрные глаза: салам, братан! Рота землекопов и каменщиков скрытно перемещается с объекта на объект. Слева дальше через двоих — сливочного колера машинка, за рулём девочка вдупляет в телефон, на дорогу не смотрит, неинтересно ей.

Смазанные, подсмотренные фрагменты парадоксальной красоты чужого существования — успел только заметить, не успел оценить, а значит, и осудить тоже не успел.

Не успевать — это привилегия.

Цветное мельтешение видим только краем глаза; сам глаз со всеми остальными его краями смотрит вперёд очень внимательно. Приходится предугадывать чужие манёвры. Грузовик сдвинется влево или не сдвинется? Сливочная дурища притормозит или всё-таки врежется?

Когда едешь (или живёшь) в три раза быстрей большинства — предугадывание чужого поступка превращается в привычку; потом — в рефлекс.

Повинуясь рефлексу, Знаев-мотоциклист стал забирать вправо, прокрался сквозь железный поток и выехал на просторную обочину.

В двухстах метрах от забитой машинами федеральной дороги за грядой тополей светился синими и белыми углами гипермаркет «Ландыш» — колоссальный параллелепипед, чудовищный розничный монстр.

Необъятная парковка забита до отказа.

Знаев остановился и вылез из седла.

Расстояние мешало понять настоящие размеры гиганта. На глаз «Ландыш» был примерно в десять раз больше магазина «Готовься к войне».

Некоторое время Знаев смотрел, как вращается поток людей и машин вокруг магазина-чудовища. Он смотрел, и искренне завидовал, и не стыдился своей зависти; сила человеческой энергетической круговерти восхищала его. Невозможно было не уважать разум, построивший в чистом поле здание размером с римский Колизей; здание, ежедневно забитое возбуждёнными толпами. Неважно, что там происходило, — важен был размах сам по себе. Знаев смотрел не отрываясь, вокруг ревела дорога, жара усиливалась, и на душе было так сладко и так гадко, как бывает только у самых счастливых людей, убеждённых оптимистов.

Угрюмую торжественность момента нарушил рёв и скрежет: на ту же обочину въехал, замедляясь, старый грузовик, окутанный густым паром. Выпрыгнул упругий смуглый водила, открыл капот, залез в мотор по пояс — безусловно, знал, что делать, не первый раз кипел. Его напарник, лохматый и заспанный, выбрался немного позже, и оба забегали вокруг своего рыдвана с канистрами, шлангами и отвёртками, и оба были в трусах, носках и пластмассовых тапочках.

Один из двоих спустя малое время направился к Знаеву.

— Извиняюсь, брат! — крикнул он сквозь шум дороги. — Ключа на тринадцать не будет у тебя?

— Должен быть, — сказал Знаев и поднял седло.

Ключ на тринадцать — самый популярный в наборе автомеханика. Попросить такой ключ — святое дело.

Под седлом, в миниатюрном мотоциклетном багажнике, лежала сумка с ключами, а ещё — три пачки денег, замотанные в пластик.

Увидев деньги, лохматый человек переменился в лице и отступил на шаг.

— Извини, дорогой! — крикнул он Знаеву. — Прости, пожалуйста! Я не хотел!

Два часа назад Знаев сунул эти деньги в самое надёжное место — под собственный зад. Три пачки предназначались в уплату процентов по долгам. Он забыл про них.

Лохматый, опустив глаза, отступил спиной вперёд, а затем вернулся к своему грузовику, не оглядываясь.

Дёрнуло глаз — что-то не так было с лицевым нервом, какой-то телесный сбой, невралгия, пора к врачу, а может, куда подальше; может, Горохов прав, пора бежать, иначе убьют или посадят. Или сначала посадят, а потом убьют.

3

Он подъехал, опоздав приемлемо — на десять минут. Двадцать семь лет приезжал на все встречи вовремя, минута в минуту, даже если разговор предполагался заведомо пустяковый и пустой, пока не обнаружил, что все без исключения говорят «вы» и сглатывают уважительно при его появлении; возраст сам по себе есть статус; седина разрешает немного опаздывать; во всяком случае, разрешает не торчать на пунктуальности.

Бар в Хамовниках, в выходные дни — модный, в будни — полупустой. Обаятельное, сугубо московское местечко с запахами кальянного дыма и свежескошенной газонной травы, с просторной верандой, где в углу обязательно утопают в рыхлых диванных подушках две девчонки средних лет с неправдоподобно длинными ногами и неправдоподобно миниатюрными собачками.

Вошёл в заведение, полупустое, увы, да, — слишком многие уехали из Москвы этим летом, публики поубавилось, дороговато стало жить в кризисной, но по-прежнему шикарной столице, и заметно было, что уехали прежде всего — белые воротнички, средний класс; оставшиеся без работы, или резко потерявшие в доходах люди подались пересиживать летнюю духоту в места с лучшим воздухом и дешёвой едой: по дачам, по деревням, по родственникам.

Ему махнули рукой; он подошёл, рассматривая, не стесняясь.

Вероника, Вероника. Кто? Чего хочет? Кто послал? Через кого зашла?

На глаз ей было, согласно поговорке, «немного за тридцать». Знаев давно разучился угадывать женский возраст, все женщины от тридцати до пятидесяти казались ему более или менее ровесницами.

Он сел напротив, положил шлем на свободный стул и с удовольствием понял, что дама одета концептуально, продуманно. Протёртые почти до дыр сгибы старой кожаной куртки выглядели сердито. Как и оранжевые колготки, и ботинки гранж. «Криминала не будет, — подумал Знаев, — можно не прятаться в сортире, не налеплять потайной микрофон. Перед нами девушка, не чуждая эстетики. Девушки в таких оранжевых колготках не работают в спецслужбах и уголовных синдикатах».

Она была некрасивая, но обаятельная, интересная, и он начал что-то смутно припоминать: действительно, был период, когда ему нравились именно такие.

— Ваша бабушка была комиссаром? — спросил он.

Она улыбнулась спокойно и открыто.

— Если вы про куртку — это подарок. Подруга уехала жить в Европу, вещи раздарила. Давай на «ты»?

— Нет, — отрезал Знаев. — Простите, Вероника… Не будем пока. Я вас совсем не знаю.

Она улыбалась, улыбалась.

— Знаешь. И меня, и мальчика.

Знаев нервно шмыгнул носом. У него снова дёрнулся глаз.

— Откуда у вас мои фотографии?

— Это не твои фотографии. Это мои фотографии. Там — твой сын.

Говоря ему «ты», она смотрела с вызовом.

Знаев подумал и уточнил:

— Мой сын?

Теперь она почти смеялась. Достала из сумки те же портреты, на глянцевой плотной бумаге.

— Скажи, похож? Копия!

— Вероника, — сухо попросил Знаев, — немедленно объясните, что происходит.

— Это твой сын. Серёжа. — Она показала пальцем. — Сергей Сергеевич. Остальное — графика. Обработано на компьютере. Ты же поверил?

— Графика, — сказал Знаев, отмахнувшись от вопроса. — Ага. Понял. Сергей Сергеевич. Графика. Но зачем?

— Для юмора. Ты же напрягся, Сергей! Побледнел даже. Ты поверил!

— Для юмора? — переспросил Знаев.

— Да.

— То есть мне должно быть весело?

— Я так хотела.

— Хорошо, — сказал Знаев, подавляя гнев. — Считаем, шутка удалась. Меня не снимают скрытой камерой, надеюсь?

Она смотрела, как он злится, а сама в его злобе никак не участвовала, защищённая чем-то — может, материнством, подумал он; может, не врёт?

— Ты совсем меня не помнишь? — спросила она.

— Нет.

Вдруг всё показалось ему пошлым: распахнутые окна, отражающие уличное мельтешение, и солнечные блики на полированных столах, и бармен, осведомляющийся у вялого клиента, какой именно сахар добавить в кофе, тростниковый или жидкий? Всё было примитивно-водевильным, «у тебя есть сын, ты разве не рад, гляди, как похож».

Вялый клиент оглянулся на него коротко; это был обязательный посетитель любого московского кабака, так называемый «печальный коммерсант», уединённо прикидывающий дебет и кредит над чашкой кофе: брови сдвинуты, взгляд вперён в телефонный экранчик; скоро я сам стану таким парнем, подумал Знаев.

Глотнул воды — и лицо вдруг обожгло сильной болью, словно током поразило. Едва удержался от крика.

Вероника заметила, посмотрела с тревогой — а он, извинившись сквозь зубы, жмурясь попеременно одним и другим глазом, выбежал в туалет.

Все кабины оказались заняты, вдоль ряда дверей нетерпеливо прохаживался человек с хмельной некрасивой гримасой на загорелом красивом лице; Знаев отвернулся и зажал ладонью глаз, пытаясь сдержать покатившиеся по щеке слёзы.

В туалете долго, аккуратно растирал лицо мокрыми пальцами, стараясь не трогать левую половину лба. Подождал, пока пройдёт. Это всегда проходило. Боль длилась минуту или две. Когда начиналось — надо было просто ждать. Заболевание нервной ткани, воспаление, он всё про это знал, он давно это лечил.

Он надеялся, что это само пройдёт. Болезни — это вам не долги, иногда сами проходят.

— Простите, — сказал он, вернувшись. — Здоровье ни к чёрту.

— Ничего, — сказала она.

— Вероника, извините за неприятный вопрос... Вы... Ты... не могла бы напомнить...

Она не обиделась.

— Была осень. Я жила у тётки, на Чистых прудах. Гуляла вечером. Ты вышел из театра «Современник». Вывалилась целая толпа... Ты — один из первых... Ещё друг у тебя был, очень пьяный... Ты споткнулся и выругался, а потом догнал меня и извинился за бранные слова, оскорбившие слух юной девушки... Так и сказал. Мы встретились на следующий день. Ты оставил телефон, но сам не позвонил. Я поняла, что не нужна.

Она продолжала улыбаться, глядя ему в переносицу.

Знаев попытался вспомнить и не сумел. Вздохнул. Время шло. Ситуация запутывалась.

— Вернёмся к теме юмора, — предложил он. — Во-первых, Вероника: генетическая экспертиза обязательна, за ваш счёт. Если ребёнок мой, я возмещу расходы. Во-вторых, — он кашлянул, — считаю своим долгом предупредить: у меня совсем нет денег…

— Это неважно, — перебила она.

— Допустим, неважно, — перебил Знаев в свою очередь. — Но я обязан обрисовать картину… Я — бывший богатый человек… Сейчас — ничего нет, совсем. Была квартира, большая, хорошая, — выставил на продажу. Был загородный дом, тоже хороший, большой, — продал. Был коммерческий банк, очень хороший, замечательный, но на его месте теперь глубокая воронка… — Он облизнул губы. — Есть магазин ещё, супермаркет, совсем прекрасный, но его скоро отберут за долги… Или отожмут… Ничего у меня нет. Честно. Вот вам крест святой.

И быстро перекрестился.

— Смешно, — сказала Вероника. — Я так и знала. Ты сразу заговорил про деньги. Наверно, мы никогда не поймём друг друга.

— Скажите, чего вы хотите, — сказал Знаев, — и я пойму.

— Позвони своему сыну.

— Зачем?

— Он попросил. Он сказал: «Найди отца, я хочу познакомиться».

— Подождите, — попросил Знаев. — Давайте не будем никому звонить. Давайте сначала, ну… поговорим.

Предположим… сын. Предположим, э-э… сходство есть. Но где, извиняюсь за прямоту, вы были раньше?

Она пожала плечами. Её комиссарская куртка крахмально хрустнула.

— Жила своей жизнью.

— Я мог бы помогать! Я не подлец. Я отвечаю за всё, что сделал.

— Расслабься, — непринуждённо сказала Вероника. — Мы ни в чём не нуждались.

Наконец он догадался: перед ним человек из породы беззаботных, легко живущих. Жизнерадостная женщина. Знаев ужаснулся. Надо же понять, что она, эта концептуальная чёрно-оранжевая дама, нашла время, потратила много часов, чтобы подрисовать собственному сыну школьный пиджачок эпохи позднего застоя. С целью пошутить над отцом сына. Только очень лёгкий, незлой человек способен на такое, подумал Знаев. Она считает, что я — как она, живу столь же нетрудно, и у меня много свободного времени.

— Ты неправ, — тем временем говорила она, — я искала. Когда Серёжка был совсем мелкий… Нашла твой банк, стала дозваниваться, неделю дозванивалась, автоответчики, нажмите ноль, ваш звонок очень важен… — и думаю: стоп, этот парень — явно какой-то мутный воротила! Вдруг отберёт ребёнка?!

— Разумеется, — сказал Знаев. — Я отбираю младенцев у матерей и продаю в рабство.

Теперь, когда эта женщина обрела функцию, оказалась секс-партнёром из далёкого прошлого, — он поискал глазами: за что, почему я её выбрал тогда? Фигура? Манеры? Грудь? Взгляд? Ноги? Улыбка? На что именно купился? Наверное, на эту лёгкость, понял он, на юмор, на спокойствие. Иногда женщины, разные, и совсем юные даже, умеют показать такое подкупающее спокойствие, такую животную флегму, от которой теряет голову самый забубённый авантюрист.

— Всё равно не понимаю, — сказал он. — Почему именно сейчас?

— Я же сказала: Серёжка захотел. Ну и я сама… Решила, что ты должен знать… Вот, у тебя вырос сын. Не было — теперь есть.

Знаев понял, что до сих пор его разум не мог внятно сформулировать ситуацию — и вот она была сформулирована, подсказана со стороны: не было — теперь есть.

Уже много лет всё происходило точно наоборот: было — и не стало; имел — и лишился. Была жена — нет её, была удача — отвернулась, были люди — ушли все. А когда люди уходят — с ними уходит и любовь.

Шок растёкся по лицу тёплым электричеством.

— Хорошо, — сказал он. — Разумеется. Конечно. Надо встретиться. Говори телефон.

Она продиктовала цифры. Знаев — человек мгновенного действия — немедленно их набрал, и на том конце прогудело уверенное «алло».

— Сергей, — сказал Знаев. — Это Сергей Знаев. Твоя мама… Вероника… сказала, что ты меня ищешь.

— Здравствуйте! — воскликнул мальчишка с той стороны. — Спасибо, что… Ну… Я просто хотел… Ну…

Он явно не ожидал звонка внезапного папаши, смешался, но искренняя радость в его голосе тронула Знаева.

Хрипловатый пубертатный басок. Приятный тембр, взвешенный тон. Безусловно, паренёк отменно воспитан. Глупо ожидать иного от моложавой мамы в оранжевых колготках.

— Встретимся завтра, — сказал он. — Жди моего звонка. Договорились?

— Да, — ответил мальчишка мгновенно.

Знаев понял: только что он признал своим сыном какого-то неизвестного молодого человека, а матерью сына — совершенно незнакомую женщину.

Морду снова скрутило. Он отвернулся.

— Ой, — произнесла Вероника звонким шёпотом. — Ты плачешь?

— Сейчас пройдёт, — проскрежетал Знаев. — Мне пора. Я позвоню.

— Не расстраивайся. Он хороший парень. Тебе понравится.

4

Через четверть часа стоял на краю тротуара, углом дрожащего рта диктовал адрес толстому человеку в красном комбинезоне, половину лица сковала огненная судорога, слёзы лились безудержно; мотоцикл погружался в кузов эвакуатора; человек в комбинезоне нажимал кнопки на массивном пульте.

Кто на один глаз окривел, тому нельзя подходить к двухколёсной технике.

Стало быть, сын. Сергей Сергеевич. Сколько, бишь, ему — шестнадцать? А первенцу, законному наследнику, любимому Виталию Сергеевичу — сколько? Вроде бы восемнадцать. Какого он года выпуска? Боль мешала припомнить точные даты. Зато всплыли в памяти — смутно — другие женщины, не столь многие, буквально три или восемь, все — из очень давних периодов. Тут важно понимать, что бывший банкир стал банкиром в 24 года, то есть уже в юных летах считался богат, и не был обделён дамской благосклонностью; в середине девяностых московские дамы очень, очень любили банкиров — не исключено, что это была самая сексуальная профессия; каждая из них, прошлых, ныне забытых женщин могла появиться в любой момент и предъявить потомка или потомицу, плод грешной страсти; и он бы, да, признал их всех, а что делать? Он ведь не подонок, он честно и твёрдо любил тех женщин, а они, ещё более честно, любили его. Человек реализует свои человеческие качества через любовь, и никак иначе.

Он вообразил, как они появляются именно теперь, одна за другой, матери его детей, а дети все — копия, никаких экспертиз не надо, здравствуй, папа, ты должен нам тысячу походов в кино и зоопарк, и тысячу вафельных стаканчиков мороженого, и тысячу книжек про Винни-Пуха, — и засмеялся сквозь слёзы. Надо же, а ведь Вероника в оранжевых колготах была права. Всегда полезно представить судьбу как цепь угарных анекдотов.

Смех помог ему припомнить, что под мотоциклетным седлом спрятаны деньги: торопясь, влез в кузов эвакуатора, достал, рассовал по карманам. Подумал: может, вернуться, отдать всё Веронике сразу? А если — не возьмёт, отмахнётся гордо? А он будет стоять, как дурак, с радужными пачками в дрожащих пальцах.

Здравомыслие победило, не вернулся.

Июньское солнце жарило шею. Близкое Садовое кольцо гудело в тысячу железных горл. Знаев смеялся. Человек в красном комбинезоне смотрел без интереса, он явно привык ко всякому; наконец, подкатило такси, и ещё — неподалёку остановился совсем юный, лет двенадцати, малый, и стал жадно рассматривать мотоцикл и его владельца, мнущего в руках тяжёлую куртку, ненужную теперь. Юный малый держал в руке телефон, из которого хрипло стучал какой-то бравый пацанский рэп, и тоже был одет не по жаре, в куртку-косуху, и тоже вполне мог быть сыном Знаева; в любом случае, он совершенно определённо был чьим-то сыном, обладателем биологического отца и такой же матери; малый смотрел на сверкающий байк, на его владельца, и не завидовал, нет, — но мечтал, судя по твёрдости безволосой пока верхней губы, — в будущем он явно воображал себя таким же: поджарым, опасным, зашитым в кожу мужчиной на мотоцикле.

Юный малый думал, что Знаев — байкер.

Но Знаев был не байкер, а неврологический больной, и прямо отсюда он поехал к доктору.

5

Самые бесстрашные и твёрдые люди бледнеют, услышав слова «инсульт» или «гипертония», произнесённые в их адрес.

С болезнями невозможно примириться.

Больной человек беспомощен и сам себе отвратителен.

Все болезни сводятся к смерти, полной или частичной.

Вдруг зубы шатаются. Вдруг пора заказывать очки. Или — окривел, в лоб вкручивают шуруп.

А некоторые из ровесников уже закончили, умерли: одни от водки, другие от болезней, третьи убиты.

А другие не умерли, но лучше б умерли.

Напуган, входишь в белый кабинет, пошатываясь от дурных предчувствий.

Смотрят в глаза, в зубы, ощупывают, тычут острым, стучат резиновым молотком по коленям, это раздражает: чего же стучать, если перед вами совершенно здоровый парень? Видно же, что здоровый, никаких проблем, только седой и малость высохший. Ему нужен только мелкий ремонт. Да, круги под глазами, сплю мало, ем плохо, но ведь здоровый, не так ли, доктор?

— Ничего нового, — сказала врач по имени Марьяна, дочерна загорелая дама с круглыми плечами, глядя на пациента через сильные очки. — Воспаление тройничного нерва в стадии обострения.

«Доктор психоневрологии, к.м.н. Марьяна Пастухова» — значилось на её визитке.

Алекс Горохов, когда-то вручивший Знаеву эту визитку, сразу же обрисовал и основные правила игры. Стоимость частного приёма у любого специалиста по психиатрии (психотерапевта, психолога, психиатра) всегда примерно равна стоимости ужина в первоклассном ресторане. То есть бегать слишком часто к этим ребятам выходит накладно.

Потом оказалось, что Горохов перепутал психиатрию с неврологией, и своего шефа тоже запутал.

Тогда, два года назад, перед первой встречей Знаев приготовился к разговорам о бессознательном, даже постарался припомнить что-то из Фрейда и Юнга.

Но доктор неврологии Марьяна Пастухова все разговоры про Фрейда и Юнга пресекла в зародыше, лаконично заявила, что королём философов психиатры считают Фридриха Ницше, а вам, больной, лучше расслабиться: сейчас я воткну иголку в левую сторону вашего лба, а вы — покажете пальцем, где больно.

Её кабинет — безжалостно освещённый, неуютный — Знаеву не понравился тогда; что-то маленькое, слегка пыльное, на верхнем этаже одного из корпусов огромной психиатрической больницы имени Ганнушкина, казённое местечко, пока дойдёшь с первого этажа на четвёртый — наслушаешься криков и стонов; скучный, тоскливый был кабинет, он не содержал никаких намёков ни на деятельность Фрейда, ни на деятельность Юнга, ни даже на деятельность Ирвина Ялома.

Заболевания нервных тканей с трудом поддаются лечению. Работа с подсознанием не имеет эффекта. При острых болях пациенту показаны сильнодействующие лекарства. Доктор Пастухова лечила своих больных психотропными препаратами. Их список был огромен. Мировая фармакологическая индустрия регулярно поставляла на рынок любопытные новинки. «Ципронат», «Ламитокс», «Финлезин», «Прегабалат». Производители лекарств действовали точно так же, как корпорация «Макдональдс» или концерн «БМВ»: каждый год выпускались улучшенные версии старых продуктов либо совсем новые продукты. Ещё сильней, ещё чище, ещё эффективнее.

Знаев купил назначенные доктором Марьяной снадобья — они тоже обошлись в цену ужина в хорошем ресторане — и после нескольких дней регулярного приёма забыл о своей болезни.

Он был очень доволен в те дни: два визита к врачу, два детальных разговора про страх смерти, про боль, про стрессы, про сон, аппетит и секс; врач — современная женщина, читает по-английски, ровесница, это успокаивало; несколько таблеток, проглоченных перед завтраком, — и неприятные ощущения пропали, как не было. XXI век, радовался тогда Знаев, химия творит чудеса! Болезни теперь можно лечить быстро, практически мгновенно! Фармакология спасает судьбы! Будущее наступило! Теперь за небольшие деньги каждый может избавить себя от проблем, ещё недавно казавшихся неразрешимыми.

Оказалось, химия способна только на временные чудеса; оказалось, проблемы возвращаются.

И вот он снова оказался в том же кабинете.

— Сейчас — болит?

— Да. Но несильно.

— А что бывает при сильной боли?

— Слёзы текут.

— Из обоих глаз?

— Что?

— Слёзы текут — из обоих глаз?

— Не знаю. Из правого — точно. Это важно?

— Да, — сказала врач Марьяна, придвинула к себе рецепт и густо покрыла его бисерными латинскими буквами. — Принимайте вот это. Нейролептики. Я выписываю сразу три, вместе они дадут нужный эффект. Обязательно соблюдайте точную дозировку. Должно помочь. Если не поможет — немедленно звоните и приходите.

— Это называется «окривел»? — поинтересовался Знаев.

Марьяна недоумённо поморщилась.

— Нет. «Окривел» — это паралич лицевых мышц. Например, из-за инсульта.

— В интернете написано, больной нерв можно убить током.

— Убивают током, если сильная боль.

— У меня — сильная, — неуверенно сказал Знаев.

— Нет, — ответила Марьяна почти презрительно. — Вы можете ходить и разговаривать. А бывает, люди на стенку лезут. У вас совсем лёгкий случай, расслабьтесь.

— Спасибо, доктор! — сказал Знаев, действительно расслабляясь и вдобавок ощущая совершенно собачью благодарность. — Откуда, извиняюсь, загар такой?

— Шри-Ланка, — ответила Марьяна. — Йога-семинар. Три недели. Дом в десять спален на берегу океана.

И показала — над столом висели несколько фотографий: пальмы, берег, песок, волны, загорелые полуголые люди сверкают широчайшими улыбками.

— А где йоги? — спросил Знаев.

— Вот, — ответила Марьяна, указав на полуголых.

— Не похожи. А где торчащие рёбра? Где доски с гвоздями?

— У вас превратные представления о духовных практиках.

— Прошу прощения, — сказал Знаев. — Это я так шучу. От боли спасаюсь. Да и вам хотел настроение поднять. А то у вас грустный вид.

— Да, — ответила Марьяна, — мне грустно. Собиралась ехать ещё раз, осенью. Но не поеду. Дорого. Кризис.

— Желаю вам вылечить как можно больше психов, — сказал Знаев и встал. — Тогда ваши дела поправятся.

Марьяна посмотрела снизу вверх и строго ткнула прямым пальцем в область его живота.

— Предупреждаю: от этих препаратов могут быть побочные эффекты. Головная боль, потеря ориентации, тревожное состояние. Если что-то такое вдруг почувствуете — звоните.

Знаев вышел в коридор. Здесь на стуле маялся, дожидаясь очереди на приём, ещё один пациент доктора Пастуховой: девушка совершенно чахлого вида, узенькая, безгрудая, с тусклым взглядом. Она сидела прямо, сжав колени, и не подняла глаз при появлении Знаева. Он к месту вспомнил поговорку, придуманную грубыми мужчинами как раз про таких вот девушек: «Е...у — и плáчу». С трудом удержавшись от улыбки, побежал вниз по лестнице. Разумеется, такую унылую девушку следовало пожалеть, погладить по голове, и только потом кормить психотропами. Но жалеть, видимо, было некому.

«Ну и правильно, — подумал Знаев, сбегая через две ступеньки. — Меня тоже никто не жалел. Не надо нас жалеть, мы не несчастны. Наоборот.

Мы счастливчики, мы рванули из избушек с печным отоплением — прямо к звёздам.

Нас жалеть? Да мы — великие фартовые ребята».

6

Он отоварил рецепт в ближайшей аптеке, поймал такси — второе за день — и отправился домой: в квартиру на Мосфильмовской улице, ещё недавно — собственную, сейчас — неизвестно чью. Не дом, не жильё — объект исковых заявлений, заложенный и перезаложенный, затем выкупленный из залога и выставленный на продажу.

Стерильная, гулкая территория, покинутая дýхами и домовыми.

Вошёл в кухню, морщась и поёживаясь; казалось, что пол донельзя истоптан башмаками потенциальных покупателей, что стены хранят следы оценивающих взглядов, а из углов веет чужим дыханием.

Бывшая берлога разведённого миллионера, слишком занятого для постоянных отношений.

Иногда появлялись временные подруги — и быстро исчезали.

Иногда приезжал сын, наследник, Виталий Сергеевич, гостил по нескольку дней, они часто и много говорили — но только о музыке; мальчишка не проявлял интереса ни к делам родителя, ни к его целям и устремлениям. Отец любил его, но и возле собственного ребёнка оставался одиноким. Дети не могут спасти мужчину от одиночества; только женщина может.

В кухне пахло сигаретным дымом — очевидно, сегодня маклер уже приводил на смотрины нового покупателя. А человеку, готовому заплатить два миллиона евро, не так просто возразить, если он вдруг захочет выкурить сигаретку.

Знаев открыл окно и вздохнул.

Купленные таблетки и капсулы разложил на столе в длинный ряд. Зрелище вышло настолько грозное, что он запечатлел его на память фотокамерой телефонного аппарата.

Десяток разноцветных порций сложной фармакологии, даже закономерность была: чем сильней препарат, тем меньшего размера таблетка.

Приложенные к каждой упаковке подробные инструкции Знаев развернул и тоже разложил на столе, словно карты дорог или берегов.

Тексты — мельчайшими буквами — утверждали, что препараты великолепно успокаивают буйных сумасшедших, людей с параличом мозга и послеоперационных пациентов нейрохирургии.

Он стал просматривать список побочных эффектов, нашёл множество самых невероятных и интригующих: «спутанное сознание», «провалы» и даже «пелена».

Все без исключения инструкции не рекомендовали управлять автомобилем и дружить с алкоголем.

Поэтому Знаев, проглотив нужный набор снадобий, нашёл в шкафу полбутылки аутентичного португальского портвейна — и выпил всё до капли. Пустую чёрную посудину оставил на виду, чтоб хоть как-то развлечь следующего гостя-покупателя. Не заходя в комнаты, вышел и закрыл дверь единственным оборотом ключа. Хата не моя уже, чего возиться с засовами?

В подвальном гараже, в углу, стоял, накрытый тентом, его автомобиль. Парковочное место продавалось вместе с квартирой. Автомобиль тоже продавался, номеров не имел; когда Знаев стянул синтетическое полотнище, оказалось, что оно не полностью спасло кузов от пыли. Москва — не слишком чистый город, за полтора месяца мелкая серая пудра проникнет в любой подвал. Теперь бывший банкир, бывший муж и бывший квартирный хозяин покидал свой бывший дом на тачке без номеров, пыльной, словно халат кочевника, и, когда разогнался по улице, увидел в заднем зеркале, как буйный серый шлейф тянется за ним через всю разноцветную перспективу; это выглядело гадко и весело, и полупьяный Знаев расхохотался, понимая, что таблетки уже, безусловно, начали действовать.

Портвейн оставил на языке вкус тёмной тоски, уместный в Лиссабоне — но и в Москве тоже; оба города стоят на краю Ойкумены, в обоих городах умеют тосковать, глядя в бесконечную пустоту с бесконечного обрыва. Знаев увеличил скорость. Но сегодня мы не будем тосковать, решил он.

После мотоцикла езда на четырёх колёсах казалась слишком медленной, водители в соседних авто как будто дремали, но Знаев был знаком с этим эффектом; специально снизил скорость. Включил радио, наткнулся на либеральный канал, пытался вникнуть в дискуссию крайне правого либерала с либералом-центристом, но быстро понял, что оппоненты не спорят, а поддакивают друг другу. Кроме того, судя по вскрикивающим высоким голосам, по безудержному многословию — оба были обыкновенные болтуны, бета-самцы, второстепенные умники из подыхающих журналов и загадочных общественных организаций со специально длинными путаными названиями, где часто встречались слова «содействие», «поддержка» и «ценности». В самом интересном месте ведущий круто обрезал обоих бета-мыслителей, и промчался мгновенный выпуск новостей: пилот разбил авиалайнер вместе с пассажирами из-за несчастной любви к женщине; мусульманские автоматчики расстреляли французских газетчиков из-за несчастной любви к Богу.

«Весь мир шатается, — грустно подумал Знаев. — Однако он шатается уже пять тысяч лет. Мир специально создан неустойчивым, чтобы люди держались друг за друга».

Время уходило, надо было спешить. Продвигаться дальше. Нырять глубже. Лететь выше. Таков единственный способ уцелеть.

Таблетки оказались хороши, в голове гудело, окружающее пространство мерцало и переливалось. *Пелена*, понял он. Вот, оказывается, что это такое. Как будто Новый Год, и ёлка подмигивает красно-синими огоньками, а под нею подарки от родителей: пластилин в узкой картонной коробке, набор солдатиков и пластмассовый пистолет.

7

— Не могу поверить! Сам пришёл?!

— Да, — сказал Знаев, — пришёл. Ты не рад?

Сердито гудел старый кондиционер.

Плоцкий смотрел со смесью любопытства и отвраще-
ния: нехорошо смотрел, никогда так не смотрел, —
а считались друзьями.

Настоящей крепкой дружбе всегда мешала разница
в возрасте: десять лет.

Но Знаева уже надёжно окружала *пелена*, подрагива-
ющая фармакологическая реальность, — она была хороша тем, что многое разрешала.

— Прости, Женя, — душевно произнёс Знаев. —
У меня невралгия. Употребляю психотропные препараты. Возможны нарушения речи. Я нормально разговариваю?

— Может, — спросил Плоцкий с подозрением, —
ты просто пьяный?

— Сам ты пьяный, — с чувством сказал Знаев. —
Ты хоть раз меня пьяным видел в это время дня?

Плоцкий не ответил. Откинулся в кресле — оно заскрипело жалобно.

Хозяин маленького, скупо обставленного кабинети-
ка с окном, всегда наглухо закрытым (снаружи шумело
неуютное ущелье Брестской улицы), был склонен
к полноте, уважал поесть и выпить. По его собственным словам, в далёкой юности занимался плаваньем
и водным поло — но, увы, с тех пор прошли десятилетия: ныне Женя Плоцкий выглядел карикатурой на
мужчину. Лицо когда-то считалось почти красивым, теперь же стало бульдожьим, складчатым и жирным. Сутулый, дряблый, медленный дядя сидел в кресле перед

Знаевым; крупный зад уравновешивался тяжким пологим животом. Впечатление усугублялось пиджачной парой скучного пепельного цвета, добавлявшей своему владельцу грузной фальшивой значительности: то ли отправленный в отставку министр, то ли завязавший мафиозо.

Но он никогда не завязывал, этот Женя Плоцкий, а министров презирал; он был сам себе министр, в собственном министерстве.

И его жёлтые тигриные глаза горели так же ярко, как и четверть века назад. Или, может, ещё ярче.

Из-за двери, сбоку от сидящего за столом Плоцкого, доносились мягкие шаги, глухие голоса, позвякивание ключей, пощёлкиванье портфельных замков, всё очень аккуратно, на пределе слышимости — может, Знаев улавливал даже не звуки, а их мельчайшие остатки, шевеление энергий. За надёжной стальной дверью помощники Плоцкого делали бизнес. Пересчитывали и перегружали деньги.

Примерно тонна наличных проходила за один день через обменную контору Жени Плоцкого, спрятанную глубоко в недрах гостиницы «Пекин».

Женя Плоцкий был ломщик, когда-то известный всей Москве.

С ранних студенческих лет Женя тихо ломал баксы. Ему нравился сам процесс.

Он начинал ещё при товарище Брежневе. При товарище Андропове угодил под следствие, но Андропов умер, и следствие заглохло. А могли бы расстрелять: в Советском Союзе за незаконные валютные операции полагалась высшая мера. Юный студент Плоцкий отсидел шесть месяцев в «Лефортово», каждый день размышляя о финале своей краткой жизни. В затылок будут стрелять или в лоб? Или — тихо задушат, чтоб не тратить боеприпасы? Или, может, — молотком в висок?

Вина студента была очевидна: его взяли с поличным, он обменял в подворотне близ улицы Кузнецкий мост триста дойчмарок на советские рубли по просьбе вежливого иностранца, оказавшегося переодетым агентом КГБ.

Ему повезло, его отпустили.

Ходил слух, что фамилия студента тогда писалась более двусмысленно: «Плотский». Или даже «Плоский». Но молодой валютный махинатор поменял паспорт и фамилию, как только следствие было прекращено. Другой слух утверждал, что Женя вообще не сидел в изоляторе и не готовился принять мученический крест, а историю с несостоявшимся расстрелом сочинил для эффекта, чтоб придать своей карьере мощное метафизическое основание. Так или иначе, карьера удалась. Социализм отменили, и счастливый ветер перемен засвистал над головой Жени Плоцкого. Он учредил легальный обменный пункт. И с тех пор занимался только покупкой и продажей иностранной валюты.

Он никогда не пытался расширить своё дело и никогда не прогорал. На конкурентов не обращал внимания. Конкуренты возникали и исчезали, Женя продолжал функционировать.

Его боялись и уважали.

Знаев тоже уважал, но никогда не боялся. Сейчас — не боялся вообще ничего.

Таблетки действовали.

Спутанное сознание нравилось больному гораздо больше, чем настоящее, распутанное.

— Я думал, ты сбежал, — сказал Плоцкий. — Я не могу тебя найти уже полгода.

— Некуда бежать, старый, — ответил Знаев. — Мир стал маленьким. В прошлом году я был на Фиджи. Четырнадцать тысяч километров от Москвы. Летел с тремя пересадками. А когда прилетел — в первый же день встретил знакомого. Архитектора, который строил мой дом... Бесполезно бежать. Планета ссохлась. Наши люди — повсюду.

— Ты пришёл рассказать мне про Фиджи?

Знаев улыбнулся.

— Нет. У меня к тебе вопрос... важнейший... буквально тема жизни и смерти... но — не про деньги.

Плоцкий невероятно удивился, даже рот приоткрыл. Жёлтые глаза сверкнули.

— А про деньги? — спросил он. — Про деньги — нет вопроса?

— Нет, — ответил Знаев твёрдо.

Он был тут должен. Много.

— Задавай свой вопрос, — разрешил Плоцкий.

— Помнишь, мы в театр ходили? В девяносто девятом? В «Современник»? На «Три сестры»?

Плоцкий нахмурился.

— С трудом, — произнёс он.

— Вспомни! Гафт играл Вершинина, ему устроили овацию... Ты напился и гнал на меня матом. Тебе не понравилось в театре. И ты, наверно, с тех пор в театр не ходил. Ты должен помнить, старый.

Плоцкий задумался.

— Допустим. На кой чёрт мне был нужен тот театр, до сих пор не понимаю.

— Ну, я хотел приобщить тебя к искусству.

— Приобщил, — с сарказмом ответил Плоцкий. — Это правда.

— А в перерыве ты послал водителя в магазин, он привёз тебе бутылку абсента, и ты пил этот абсент из горла всё второе действие.

— Очень может быть, — согласился Плоцкий. — Я тогда бухал серьёзно. Разводился со второй женой.

— А помнишь, мы вышли из театра и орали друг на друга?

— Нет, — сказал Плоцкий. — Как же я вспомню, если пил абсент из горла?

— Мимо шла девушка, — сказал Знаев. — Молоденькая. Мы орали матом. Я подошёл к ней и извинился. Вспомни.

Плоцкий молчал и, видимо, не собирался всерьёз напрягать память.

— Вспомни, — попросил Знаев. — Ты тоже ей что-то сказал. И мы вдруг оба успокоились. Вспомни, пожалуйста!

Железная дверь приоткрылась; выскользнул один из клерков, румяный малый в хипстерских кедах, положил перед Плоцким калькулятор и зашептал в самое ухо: «Мы предложили вот это… — нажал на кнопки, — а он просит вот это…» — снова нажал и снова зашептал. Знаев не стал подслушивать, отвернулся и стал изучать висящие на стенах портреты жён Плоцкого: чемпионка России по гимнастике, чемпионка Европы по фигурному катанию и две полуфиналистки Уимблдона. В юности Женя Плоцкий увлекался спортом и с тех пор искал женщин совершенно определённого сексапила. Живописец увековечил первую супругу-медалистку уже в зрелые её годы, в образе Гарбо, в полупрофиль, в чалме из жемчужин и изумрудов; прочие три дамы явно обошлись Плоцкому дешевле, их лица были менее надменны, а груди более мускулисты.

А под портретами, на куцей книжной полке, меж нескольких справочников по теории валютно-обменных операций Знаев увидел собственную книгу. «Чёрные деньги, белые пиджаки». Издание в мягкой обложке, солидный пухлый кирпичик, между прочим, захватанный и залистанный. «Надо же, — подумал Знаев, умиляясь, — я уже забыл про неё, свою книжечку. А когда-то гордился, аж распирало. Два года сочинял. Это казалось важным. Льстило самолюбию. Не каждый банкир умеет книжечку написать, а я — написал. Ещё и успех имел. Может, накропать продолжение? Второй том? Как взять в долг у старого друга — и не отдать?»

— ...Сделай скидку, — тем временем тихо приказал Плоцкий помощнику. — У него вчера дочь родилась. Скажи — подарок. С завтрашнего дня скидок не будет, а если попросит — пошлём подальше.

Клерк обнулил цифры на экране калькулятора и вышел бесшумно. Плоцкий посмотрел на Знаева с другим выражением: печально.

— Не буду я ничего вспоминать, — сказал он. — Ты меня удивил. Я думал, ты придёшь говорить о деле.

— Вспомни эту девочку, — повторил Знаев. — Её звали Вероника.

— Вероника, — пробормотал Плоцкий. — Вероника, значит.

И вытащил из нижнего ящика пачку сигарет, и закурил, хотя Знаев вообще не помнил его курящим; а по горькому запаху табака, высохшего сверх всякой меры, было понятно, что пачка лежала в ящике лет пять.

— Ты мне должен, — Плоцкий заморгал из облаков серого дыма, как филин из ночной листвы. — Три года прошло. Ты появляешься раз в полгода на пять минут.

Я тебе звоню — ты трубку не берёшь. Я оставляю приветы на автоответчике. Я не знаю, что думать. Мы вроде корефаны… Я вроде тебя уважаю… И вдруг ты приходишь с вопросом про театр и девочку Веронику… Ты совсем потерял совесть…

Он на глазах становился старше, грубей, прямей, и, когда прозвучало последнее слово горькой тирады, — на Знаева смотрел совсем другой человек. Безжалостный и бессердечный.

— Нет! — быстро воткнул Знаев. — Не потерял. Моя совесть вся при мне. И я твой товарищ.

— Был, — ответил Плоцкий. — Был товарищ.

— В каком смысле?

— В прямом. — Плоцкий затушил сигарету. — Через пять минут ты встанешь и пойдёшь отсюда нахер. Ты меня оскорбил. Сильно. Давно меня так не оскорбляли.

Знаев спохватился и вытащил из карманов три пачки, завёрнутые в пластик.

— Вот.

— Это что? — Плоцкий с презрением оттолкнул деньги мизинцем. — Сколько тут?

— Пятьсот тысяч рублей. Лучше, чем ничего.

— Мне не надо уже. Забери. — Плоцкий бросил на стол визитную карточку. — И это тоже.

Визитная карточка принадлежала некоему директору коллекторского агентства; но *пелена* уплотнилась, и Знаев забыл фамилию, едва прочитав её. Карточку вернул на стол тем же движением.

— Я тебя продал, — сухо сообщил Плоцкий. — Этим ребятам.

— Ага, — сказал Знаев. — Значит, коллекторы?

— Лучшие в городе.

— Почём продал?

— За десять процентов.

— Что же, — сказал Знаев. — Ты поступил хуёво.

— Нет, — угрюмо ответил Плоцкий. — Это ты так поступил.

Знаев ненавидел такие беседы, но чем больше ненавидел, тем чаще приходилось их вести.

— Ладно, старый, — сказал он. — Признаю, я тебя подвёл. Что ты хочешь, чтоб я сделал?

Плоцкий развернулся в своём кресле, боком к собеседнику, и отмахнулся жестом, полным сдержанного негодования.

— Ничего не надо, — ответил он. — Деньги тоже забери. С тобой — всё, Сергей. Жди звонка. От них, — ткнул пальцем в визитку. — А от меня звонков не будет.

— Подожди, — попросил Знаев. — Сейчас лето, торговля вялая… Осенью всё будет! Начнётся сезон, пойдут продажи, я отдам…

— Не будет ничего осенью, — ответил Плоцкий, по-прежнему глядя в стену — то ли на портрет третьей жены, то ли на портрет четвёртой жены. — Ни продаж, ни денег. Кризис растянется лет на пять. Война — это дорого…

— Тем более! — запальчиво перебил Знаев. — Форс-мажор! Все победнели! Крым! Донбасс! Сирия! Война, сука! А ты меня сливаешь! Нашёл, кого слить! Вся Москва знает, что Знаев попал! И всем должен…

— Вот именно! — перебил Плоцкий. — Всем должен! Значит, мне, старому другу, отдашь в последнюю очередь. То есть — никогда. Вставай, вали отсюда. Мы больше не увидимся. Не уйдёшь через минуту — я вызову охрану.

Знаев не испугался. *Пелена* защищала его. В голове звенели нежные колокольчики.

— У меня есть квартира, — сообщил он. — Продам — рассчитаюсь.

— У тебя ещё есть дом. И магазин.

— Дом уже продан. А магазин — отбирают. Некто Григорий Молнин, миллиардер. Торговая сеть «Ландыш». Слышал?

— Мне похрен, — сказал Плоцкий с презрением. — Я, может, и не миллиардер, но я тебя накажу.

— За что?

— За то, что пришёл говорить о бабах, когда надо было — о деньгах.

— Слушай, старый, — произнёс Знаев, сглотнув комок. — У тебя денег — миллионов пятьдесят. Может, семьдесят. Я же знаю. Мы же двадцать пять лет друзья. Что ж ты, растопчешь меня за три единицы?

— За три единицы, — проскрипел Плоцкий, — у меня тут люди на коленях ползают и ботинки целуют.

И сложил руки на груди. Мол, не жди дружеского прощания.

Знаев встал.

— Ботинки я целовать точно не буду, — сказал он. — Даже не мечтай.

Деньги забрал, спрятал. Было секундное искушение, как будто бес толкнул под локоть, — не швырнуть ли в физиономию бывшего корефана? Но удержался.

Ещё хотел забрать с собой собственную книгу — но тоже удержался.

Все эти жесты, многозначительные мелкие акции мщения — зачем они? Для красоты момента? Для понта? Для самоутверждения?

— Прощай, старый, — сказал Знаев. — Я тебя люблю. И уважаю. Всегда любил и уважал. Ты много для меня сделал. Я был твой ученик. Прощай.

Ушёл, лопатками ощущая ледяной тигриный взгляд.

На душе было легко, свежо, словно душ прохладный принял или песню послушал красивую.

Не соврал ни в едином слове. Всегда его любил и сейчас продолжал.

Всегда любил и ценил их всех, беспринципных, вечно переутомлённых негодяев, партнёров своих и коллег, угрюмых пьющих валютчиков, жадных и желчных финансистов. Весь этот клуб одиноких сердец имени жёлтого дьявола. Если б не любил — давно бы пулю пустил себе в голову.

Только любовью спасался.

Жаль, понял это только теперь, когда всё кончилось.

Может, и не кончилось, сказал себе Знаев, сбегая вниз через две ступеньки. Может, ещё пободаемся.

8

Над площадью наливался синевой вечер. Ударяя грудью пространство, шёл огромный бронзовый Маяковский, гений, титан и самоубийца, невероятно быстрый, далеко обогнавший своё время и погибший из-за любви. Кроме поэта, шли ещё женщины во всех направлениях; Знаев, стоя у выхода из отеля, смотрел в лица и улыбался.

Даже самые свирепые люди — например, такие, как Женя Плоцкий, — в этом месте мира выглядели на фоне разнообразной и невероятной женской красоты не вполне свирепыми.

В этом городе первый приз доставался всем: и победителям, и проигравшим.

На этом турнире прекрасную юную принцессу получал и принц, и конюх, и площадной шут.

Каждый, кто приезжал сюда за приключениями, славой и деньгами, получал в первую очередь любовь, а остальное — как получится.

Знаев поразмышлял, слушая серебряный звон в голове, — и вернулся назад.

Позвонил в дверь обменного пункта, соврал, что забыл очки. Охранник ушёл докладывать. Знаев ждал в коридоре. Пахло старыми коврами. Спустя минуту в дверях появился Плоцкий: держал руки в карманах, челюсть выпятил, смотрел с презрением.

— Десять процентов, — сказал Знаев, глядя в жёлтые глаза. — Это же совсем дёшево!

Плоцкий вышел в коридор, оттесняя Знаева плотным брюхом.

— Тяжело продавать людей, — тихо сказал он. — Отвратительно. Я не люблю. Но тебя — продам.

— Из принципа? — подсказал Знаев.

— Точняк.

— Продашь — и ладно. Твоё право. Но почему так дёшево? Я что, реально стою десять процентов?

— Да, — сухо сказал Плоцкий. — Ты, Серёжа, только на одну десятую — настоящий. Остальное — воздух. Когда проткнут, воздух выйдет. Иди. И больше мне не звони.

— Да, — сказал Знаев. — Конечно, друг. Только скажи мне: ты вспомнил ту девчонку?

— Нет, — ответил Плоцкий.

— Чтоб ты знал, у нас с ней… потом… было…

Плоцкий смотрел без выражения.

— В общем, у меня есть второй сын. Шестнадцать лет. Я только сегодня узнал.

— Поздравляю, — бесстрастно произнёс Плоцкий.

— Ты меня продаёшь, и бог с тобой. Сын важней. Правильно? Дети — самое важное. Согласен?

— У меня двое внуков, — сообщил Плоцкий. — А ты, небось, и не знал.

— Теперь буду знать.

— Внуки ещё важней детей. — Взгляд жёлтых глаз потеплел на мгновение. — Иди с богом. Желаю тебе уцелеть.

<h2 style="text-align:center">9</h2>

Когда садился в пыльную свою тачку, громадный Маяковский подмигнул буйным глазом, а за его плечами вспыхнул — не мгновенно, но фрагмент за фрагментом, от краёв к центру, — роскошно старомодный неоновый фасад театра Сатиры.

Когда-то паренёк Серёжа мечтал попасть в этот знаменитый театр, посмотреть дуэт любимых актёров, Миронова и Папанова, в «Ревизоре» или «Горе от ума», — но не успел.

Нельзя было просто купить тот вожделенный билет, напечатанный на дешёвой бумаге жидко-сиреневого цвета, — его следовало «доставать», «делать», прибегая к услугам крепкой и разветвлённой преступной организации, известной как «билетная мафия». Паренёк Серёжа вступил в отношения с членами «мафии», он потратил целое лето на поиски тех, кто «сделает билет», и нашёл, и заплатил огромную сумму; но в конце того лета умерли и Миронов, и Папанов, с разницей в несколько дней: как играли вместе, так и ушли.

«С ума сойти, я — динозавр, — понял теперь Знаев, выезжая на Садовое кольцо. — Смеялся над Плоцким, старым павианом, а сам-то? Кто теперь помнит тот маргариново-брезентовый Эдем, жалкий социализм? Кто

теперь понимает, какой рывок сделан за ничтожные десятилетия? Кто сейчас отдаёт отчёт, из каких болот вы-
лезли мы, Плоцкие, Знаевы, лохматые ребята с пионер-
ским прошлым? С каких холодных смрадных днищ мы
поднялись до нынешней точки за считанные годы? Билетная мафия, надо же, и это было чем-то большим и серьёзным, и это было — со мной, прямо здесь, перед взо-
ром поэта-памятника, и это была абсолютная, нервная,
возбуждающая реальность; сейчас её нельзя назвать
даже воспоминанием, потому что явно тут, на этой распахнутой во все стороны площади, заполненной цвету-
щими женщинами и блестящими автомобилями, воспоминания о социализме никому не нужны… все любители таких воспоминаний давно состарились и сидят по
домам возле телевизоров, а кто не сидит — тот, как
Женя Плоцкий, безостановочно работает, страшась инсульта, онкологии, импотенции; кончился, кончился совок, похоронен и забыт, со всеми его трепещущими зна-
мёнами, хмельными первомайскими толпами и пятиконечными красными звёздами; зря я повесил такую
звезду на фасаде своего магазина; заигрывать с казар-
менной социалистической символикой — почти мо-
шенничество; старики вроде довольны, зато все остальные — отворачиваются, и правильно делают, потому
что название — "Готовься к войне" — приказное, ульти-
мативное, советское, в нём нет уважения, оно не при-
глашает, а навязывает; оно не про любовь; я ошибся,
ошибся; я думал, будет круто, остро, возбуждающе,
а разве человек хочет возбуждения, когда идёт обменивать деньги на хлеб и масло? Нет, он хочет успокоения.
"Ландыш" — вот идеальное имя супермаркета. Зазывая
гостя, говорить надо не о войне, а о мире, о любви,
о цветах".

И он повернул руль, приняв мгновенное интуитивное решение, и остановился возле первого увиденного кабака. И вошёл — бывший миллионер, ныне — объевшийся успокоительных снадобий директор лопнувшего предприятия, внезапный папаша внезапного сына, проданный друг.

Важно, чтобы кабак был любой, случайный.

Важно, чтоб моментальный позыв был столь же моментально удовлетворён.

Сел на твёрдый табурет, за стойку, против бармена, парняги большого профессионального обаяния.

— Водки, — сказал.

— Сколько?

— А по мне не видно?

Парняга сообразил мгновенно, наполнил стакан доверху, и спустя несколько мгновений повторно поднёс бутыль к пустому уже стакану — но Знаев помотал головой и отвернулся, чтоб симпатичный ему парень не видел, как клиент постепенно косеет, оплывая губами и щеками.

10

Было время — он работал у Жени Плоцкого целый год. Ему исполнилось двадцать три.

А год был — девяносто первый.

Работал за жалованье, наёмным сотрудником. Сначала как инкассатор, деньги в багажнике возил. Потом освоил механику наличного обмена, где-то что-то сам провернул. Интересно же: одни цветные бумажки обмениваются на другие ко всеобщему благополучию; сделка, поверх разложенных на столе пачек, скрепляется анекдотом и рукопожатием; громадная сумма легко прячется в маленький чемоданчик или сумку.

Хотя бывают большие объёмы, и тогда нужны две сумки.

Иногда необходимы три сумки, но совсем редко, несколько раз в год.

Ему понравилось.

В одном банке купил по телефону за пять сто, в другом продал за пять триста. Заработал двести.

Деньги погрузил в машину. Сел, поехал, привёз-отвёз.

Рабочее место находилось в тёмной, как погреб, и сильно пахнущей гнилым деревом квартире на первом этаже старого дома на Маросейке. Достоинство квартиры заключалось в её размерах. В двух просторных комнатах Женя Плоцкий жил сам, третью, наиболее вместительную, оборудовал под «офис». В центре «офиса» значительно маячил огромный чёрный стол, во многих местах прожжённый; к краю стола был привинчен суставчатый кронштейн с пластмассовой ладонью, на которой помещался кнопочный телефон «Дженерал электрик» с непомерно длинным, свисающим до пола витым шнуром; хозяин офиса мог придвинуть к себе телефон, отодвинуть, поднять выше и ниже или, например, оттолкнуть от себя в раздражении, и тогда пластиковая шарнирная конструкция описывала по комнате полукруг и ударялась о стену.

Впервые войдя сюда и увидев телефон на кронштейне, Сергей прилично возбудился и поклялся себе, что однажды заимеет такой же просторный кабинет, и такой же держатель для телефона, и вообще всё самое удобное, красивое и ультрасовременное.

Автомобиль, на котором мотался по городу наёмный труженик, тоже принадлежал Жене Плоцкому. И это был не единственный его автомобиль.

Женя был богатый, крутой. Машины — чепуха; он владел огромным оборотным капиталом в 15 тысяч американских долларов.

Но главной своей и неотъемлемой собственностью валютчик Плоцкий считал опыт.

Женя крутился в бизнесе много лет; он ходил по офису, сунув руки глубоко в карманы штанов типа «слаксы», и каждая его фраза свидетельствовала о том, что он — стреляный воробей, тёртый калач, и обмануть его невозможно. Сам же он — объегорит кого угодно.

И, наконец, самое главное: Женя был много старше своего работника Сергея, жил взросло, сложно и не слишком весело.

Где-то в Питере у него были бывшая жена и маленькая дочь и имелись ещё какие-то долги, образовавшиеся с чрезвычайно отдалённых и мутных социалистических времён, с Олимпиады-80 или, может, ещё раньше.

Женя Плоцкий, то есть, уже успел прожить целую насыщенную жизнь, прежде чем грянули безбашенные перестроечные свободы.

Его деловых партнёров звали Нугзар, Ваха, Отари, Сильвестр, Шалва, Октай, Димон, Джуна, Ибрагим, все они были либо откровенные уголовники, либо дельцы, тесно связанные с уголовным миром; во времена развитого социализма они считались очень лихими ребятами, фарцевали икрой и джинсами, меняли марки на фунты, рискуя получить тюремный срок, — а теперь создавали собственные коммерческие банки и торговые кооперативы.

У наёмного перевозчика Сергея тоже имелось кое-что в активе: музыка, гитара, рок-н-ролл, ресторанные концерты, два года в армии и полгода спекуляций сливочным маслом. Но против Жени — валютной акулы — он, конечно, был юнец. «Пацан, мальчишка» (произносилось как одно слово, с мгновенной ухмылкой).

Наёмный перевозчик Сергей делал обычно два рейса в день.

В банке близ метро «Сокол», в подвале за двумя стальными дверями, взял рубли, отвёз в Солнцево, обменял на доллары, повёз доллары в Главное здание Университета — многоэтажную глыбу высотой до неба, — там доллары снова обменял на рубли, рубли привёз шефу, боссу, хитроумному Жене Плоцкому.

Не надо никакого товара, не надо сливочного масла, шоколада, пива, не надо нагружать автомобиль неподъёмными коробками и ящиками и мчаться за полтысячи километров.

Статья, запрещающая куплю-продажу валюты, ещё не была убрана из Уголовного кодекса. Но банки уже существовали: продавали хоть фунты, хоть крузейро.

В машине меж сидений всегда лежал хорошо смазанный газовый пистолет, под сиденьем — огромный кинжал и нунчаки.

Сам Женя Плоцкий в тот же самый день тоже вёз кому-то деньги на своей чёрной «волге»: это была машина дорогая, престижная, каждый рождённый в СССР знал, что на чёрных «волгах» перемещаются только космонавты, академики, звёзды кино и агенты КГБ.

Чем больше оборот, учил Женя, тем больше имеешь. Закон пропеллера. Быстрее крутишься — выше летишь. Знаеву очень нравился закон пропеллера.

Кроме того — очень нравился компьютер Жени Плоцкого, необыкновенно современный, модели «Personal Computer-386».

Каждый вечер шеф вносил в машинку все доходы и расходы, произведённые за день, и выводил итог. И пересчитывал его в доллары.

Нажатием кнопки тридцатилетний московский валютчик Женя выводил доходы и расходы за месяц, за три месяца, раскидывал по статьям: бензин, сигареты, штрафы ментам, подарки нужным людям, обязательная регулярная выплата бандитам, бухгалтерия и налоги, картриджи для ксерокса, бумага для факса, обеды, железная дверь, решётки на все окна, междугородные переговоры.

Он вынимал из копировальной машины чёрный картридж, показывал Знаеву.

— Это стоит семьдесят долларов. Я два дня работаю, чтоб купить всего-навсего какой-то картридж. Какую-то пластмассовую чепуху. Вот на что приходится тратить жизнь. Понимаешь?

Неопытного Сергея восхищала компьютерная логика, неумолимая, поистине палаческая. Многообразное человеческое существование, разъятое на нули и единицы, становилось наглядным и простым.

Деньги надо считать, имея статистику за год, учил опытный Плоцкий. Практически в любом бизнесе есть сезонный фактор. Январь — пустой, мёртвый месяц. Ноябрь и декабрь — самые урожайные. Цыплят по осени считают. В развитых странах контракты подписываются сроком на год.

Ты всё узнаешь про себя, учил Плоцкий, когда подсчитаешь доходы и расходы за 365 дней.

Миллион можно заработать только одним способом, учил Плоцкий. Тысячу раз по тысяче.

Бабло делается на одном жирном клиенте, учил Плоцкий. Остальные — мелочь. Заимей одного большого корефана — выйдешь в дамки. Например, я для тебя и есть тот самый большой корефан. На мне ты поднимешься, если не будешь дураком. Только не забывай, я — старше на полтора цикла, я — великий монстр, а ты — пацан, мальчишка.

Жизнь человека состоит из циклов, учил Женя Плоцкий. Каждый цикл — семь лет. Плюс-минус год. За семь лет все клетки в теле человека полностью обновляются. Каждые семь лет ты — новый. В конце первого цикла ты ещё ребёнок, но готов учиться и идёшь в первый класс. В конце второго цикла ты уже мастурбируешь: начинается половое созревание. Девочки готовы рожать. В конце третьего цикла тебе — двадцать один, по западным законам именно в этом возрасте ты считаешься совершеннолетним. Ещё семь лет — и ты уже женатый малый с детьми. Тридцать пять — возраст начала сомнений, первый кризис. Сорок два — второй кризис. Сорок девять — верхняя точка, мужчина в расцвете возможностей, женщина — наоборот, в климаксе. И так далее. Это не я придумал, добавлял Женя Плоцкий, это наука утверждает. Каждые семь лет человек меняет окружение. Как только цикличность сбивается, как только ты останавливаешься в развитии — ты начинаешь умирать. От возраста это вообще не зависит. Некоторые начинают умирать уже в двадцать восемь. Если перестают обновляться. Обновляйся, понял?

Все расчёты между начальником и исполнителем происходили в долларах, свой гонорар исполнитель Сергей тоже получал исключительно в долларах. И начальник Женя регулярно напоминал подчинённому Сергею, что тот не просто работает, но работает за твёрдую валюту: неслыханная удача в голодном и пустом девяносто первом году.

В ответ Сергей напоминал, что шёл работать именно на означенных условиях. Только зелёные наличные американские доллары.

За опоздание на работу полагался штраф: пять долларов. За невыход на работу — двадцать долларов.

Если подчинённый Сергей проваливал сделку, договариваясь, предположим, на пять двести, тогда как начальник велел стоять на пять триста, — подчинённый компенсировал начальнику недополученную прибыль из своего кармана.

Во всём мире было только одно живое разумное существо, на котором Женя Плоцкий не экономил: он сам.

Он любил двуцветные ботинки, клубные пиджаки, дорогие галстуки и массаж. Ещё любил сладкое: шоколад, амаретто, «Мартель», «Бейлис», сигариллы «Кафе Крем» и одеколоны с сильным запахом. Отдельно любил золотые наручные часы: то «Ролекс», то «Лонжин» можно было увидеть на его толстом запястье; однако в обычные дни Женя предпочитал вообще обходиться без часов.

Не дай бог ограбят, объяснял он. Всё отнимут. Хорошо, если отпустят, — а могут и завалить. Где угодно поймают. На дороге догонят, прижмут к обочине, стёкла в машине разобьют монтировками, вытащат за волосы — и заберут всё, что есть. Даже ремень из штанов вынут. Зубы могут выбить — тоже проблема: без зубов как будешь с людьми разговаривать?

Поэтому, повторял начальник Женя, глядя в глаза своего подчинённого, будь всегда на стрёме, дружище, смотри вокруг повнимательней, позорче, — чтоб издалека, заблаговременно увидеть каждого, кто захочет тебя обмануть, или ограбить, или убить. Будь на стрёме, повторял он: и в конкретном случае, когда деньги в багажнике везёшь, и вообще «по жизни». Осторожничай, не лезь ни в какое говно, обходи стороной.

Молодой Знаев слушал, помалкивал.

Ну и, конечно, рыхлый круглый Женя очень любил поесть.

Каждый день наёмная кухарка, краснолицая невозмутимая украинка без возраста, варила на его кухне, в его кастрюлях, сверканием никелированного металла напоминающих детали космических ракет, ядрёные рассольники, и харчо, и тройную уху, и куриный бульон с гренками, спаржей и редиской, и пельмени с олениной; жарила, парила и томила бараньи котлеты, свинину в орехах, утку с яблоками, гречневую кашу со шкварками, крольчатину с прованскими травами, спагетти под сливочным соусом, и помидоры, фаршированные беконом и пармезаном, и кулебяки с перепелиным яйцом и говяжьим фаршем, и горячие бутерброды с сардинами, и королевские креветки, обжаренные в оливковом масле, и гурьевскую кашу в четыре слоя с черничным и персиковым вареньем, и блины с икрой и сёмгой, и груши в меду, и творожное печенье. И покупалась обязательная бутыль красного бордо, и оливки с анчоусами, и поллитровка вискаря, и два-три пакетика жареного миндаля, и две-три фляги воды «Эвиан».

Воздухом сыт не будешь, учил Женя Плоцкий. Еда — это энергия. Заработал — пожрал. Особенно — зимой. Если не будешь сытым — ничего не поймёшь в этой жизни.

Молодой Знаев слушал и благодарно проглатывал. Сытость, как принципиальная позиция, была ему чрезвычайно близка.

Авторитетный, тяжеловесный Женя Плоцкий сидел напротив, ел ловко, всегда с аппетитом. Но если из комнаты-офиса доносилась телефонная трель, Женя отодвигал тарелку, вытирал губы и уходил. Приоритеты его давно были расставлены: сначала деньги, потом всё остальное.

В тот год была морозная, снежная, безжалостная зима, и не многие водители отваживались каждый день ездить по чёрным московским ледяным накатам.

О существовании шипованной резины знали немногие избранные.

Незамерзающие жидкости для лобового стекла ещё не были придуманы в этой части цивилизованного мира; водители наливали в бачки омывателя дешёвую водку. В относительно тёплые дни (где-нибудь до −15°) разбавляли водой, в сильный холод использовали чистую.

Ещё везде был серый железобетонный промороженный социализм; изредка его бороздили жёлтые такси с зелёными огоньками.

Но уже работали товарные и валютные биржи, и повсюду продавались шашлыки, китайские белые кроссовки, кетчуп «Uncle Ben's», блестящие выкидные ножи и видеокассеты с американскими фильмами, и по ночной столице во всех направлениях проносились «мерседесы-123» и джипы «ниссан патрол».

Всё дрожало и набухало в предчувствии перемен: наступал новый, справедливый мир, где каждому трудолюбивому, каждому упрямому и талантливому были гарантированы успех, розовощёкие дети, «роллс-ройс» и спокойная старость.

Сверкание этого нового мира, рождающегося прямо на твоих глазах и с твоим участием, здесь, теперь, — сводило с ума.

В конце февраля, по истечении первых двух недель работы, вечером, в холодной и сильно прокуренной комнате на первом этаже старого дома с окнами на Бульварное кольцо они сидели вдвоём и считали заработанные деньги.

Сергей лично распечатал на компьютере список расходов из тридцати позиций и положил перед боссом.

Тот внимательно изучил, ухмыляясь критически.

— Это что?— спросил он. — «Помыл машину — двести рублей».

— Машину лучше держать в чистоте, — ответил Сергей. — Грязь уничтожает краску. Тачка должна быть чистая.

— Нахер, — сурово ответил Женя и вычеркнул строку толстым чёрным фломастером. — Тачку летом продадим, купим новую. Машина — боевая, разъездная, расходный материал, нечего её жалеть. А это что? Какой такой банановый ликёр?

— Ты сказал, чтоб я подарил кассиру в банке.

— Тысячу двести за банановый ликёр?

— Это был самый дешёвый банановый ликёр.

— Ладно, проехали. А это? Что такое «десять баксов»?

— Старая купюра. Надорванная. В банке её не взяли.

— А как она к тебе попала?

— Она была в пачке, которую дал Нугзар.

— Почему ты не проверил всю пачку?

— Я проверял. Но Нугзар говорил, что спешит…

— Так не пойдёт. У нас был уговор: каждую купюру надо проверять. Эту рваную десятку — ставь себе на грудь.

И снова чёрный фломастер прокатился по белой бумаге.

Женя Плоцкий смотрит внимательно и зорко, словно охотник, выслеживающий добычу.

— Это что? «Уголовный Кодекс — пятьдесят пять рублей»?

— Новая редакция. С изменениями и дополнениями.

— И где он?

— У меня дома. Читаю.

— Хорошо. Дочитаешь — привези. Я тоже посмотрю. Говорят, там много интересного. А вот это — что такое? «Свитер, две тысячи семьсот»?

— Ты сам сказал, чтоб я купил новый свитер. Ты сказал, что в старом мне ходить нельзя. Я купил новый. Вот он, на мне.

Сергей оттянул пальцами ворот чёрного свитера.

— Я так говорил? — уточнил Женя, поразмышляв.

— Да. Ты, правда, был пьяный. Может, поэтому не помнишь.

— А это? «Водка "Столичная", семь бутылок».

— В омыватель наливал.

— Семь бутылок?

— Шесть. Седьмая лежит в машине. Про запас.

— Не согласен. Шесть бутылок водки в омыватель — это перебор.

— Нет, — возражает Сергей на этот раз, — погоди. Было минус двадцать. Стекло засирается, я ничего не видел, я этого Нугзара ждал до десяти вечера…

— Шесть бутылок за две недели?!

— Я разбавлял!

— Тогда купил бы спирт Ройял. И сам бы развёл с водой. Дешевле бы вышло.

В этом месте разговора Сергею становится неприятно, он хмурится и дёргает подбородком.

— Вычёркивай.

Женя тут же проводит чёрную черту.

— Ты зря нервничаешь, — говорит он. — Ты мог бы посчитать. Зачем покупать водку, если можно самому разбавить спирт?

Сергей продолжает переживать отвращение, но тщательно это скрывает.

— И где бы я его разбавлял? — спрашивает он.

— Дома, на кухне. Купил, размешал в кастрюле, сам разлил по бутылкам.

Помолчав немного, Сергей всё же решает высказаться прямо.

— Извини, — говорит он. — Я, конечно, деньги люблю. Жить без них не могу. Но не до такой степени, чтоб у себя на кухне бодяжить спирт по бутылкам.

— Ну и напрасно, — отвечает Женя очень простым тоном. — Так дешевле.

Сергей молчит. Женя мечет умный взгляд.

— Понимаю, — произносит он. — Ты выше этого.

— Может быть, — признаётся Сергей.

— Так ты никогда ничего не заработаешь.

— Время покажет.

Женя молчит мгновение, смотрит внимательно и произносит глухо, с нажимом:

— И не надо таких взглядов кидать. Если что-то не нравится — ты в любой момент можешь быть свободен.

— Нет, — отвечает Сергей, неожиданно пасуя. — Мне всё нравится.

— Это бизнес. Ничего личного.

— Я понимаю.

— Как человек ты мне симпатичен.

— Спасибо.

Женя улыбается, грамотно разряжая ситуацию.

— Да ладно, «спасибо». А сам думаешь: «Вот же жадная падла».

— Нет, — отвечает Сергей без всякой искренности, — не думаю.

— Неважно. Если думаешь, что я жадный, — значит, ты жадных не видел. Но ничего. Ещё увидишь.

Так Серёжа Знаев впервые в жизни получил доход в твёрдой валюте.

II

Это был не ресторан — бар в американском стиле. С потолка гремела «Симпатия к дьяволу», скрежетание гитар, безапелляционный фальцет Джаггера. Знаев вспомнил Нью-Йорк, разноцветные толпы загорелых улыбающихся космополитов. Ухмыльнулся про себя. В Москве всё американское мгновенно превращается в отчаянно русское. Не все тут космополиты, не все загорелы и белозубы, не всем хватает двух шотов крепкого, чтоб расслабиться. Пьют круче, хохочут громче; каблуки — выше, декольте — рискованней, взгляды — прямей. Не Манхэттен, нет. Гораздо интересней.

Цены ниже, прёт сильнее.

Круто пахло апельсинами, пóтом, духами, жареной картошкой, предчувствиями длинного весёлого вечера.

Знаев поискал глазами «печального коммерсанта» и, разумеется, нашёл его у дальней стены: пиджак снят, ворот нараспашку, золотая цепочка, взгляд блуждает меж стаканом виски и раскрытой записной книжечкой «Молескин», а справа и слева от книжечки — два телефона: в Москве опять стало модным иметь два телефона, а было время — это считалось провинциальным и смешным.

Рядом с «печальным», в самом тёмном углу, за пустым столом сидели двое: юная худенькая девушка и крупный — втрое больше спутницы — широкий в кости человек без возраста, с сильно обветренным медным лицом моряка или таёжного жителя, в чёрной заношенной майке и старых джинсах. Его спутница была духовно продвинута с ног до головы: руки и шея — в сложных цветных татуировках, в ушах — тоннели, оттянувшие мочки к самым плечам.

Меднолицый сидел прямо, расправив громадные плечи, держал в поднятой руке чашку с чаем. Сидел и не двигался, глядя в никуда.

Рука меднолицего истукана сгибалась в локте почти неуловимо для глаза.

«Пелена? — озабоченно подумал пьяный Знаев. — Или спутанное сознание? Я провалился в прошлое? Я вижу тонкий мир?»

В дальнем конце зала разбили стакан; публика разразилась одобрительными возгласами и свистом. Фальцетом затявкала чья-то карманная собачка.

Нет, понял Знаев, не тонкий мир, — тот же самый, надоевший, реальный. Привычный.

Тем временем рука с чашкой неизвестным образом оказалась уже возле губ меднолицего.

Духовно продвинутая девчонка смотрела, не отрываясь, и не мигала даже.

Прочие посетители, пьющие, по случаю благодатного летнего вечера, некрепкие ледяные жидкости, не обращали внимания на меднолицего: а тот (Знаев пожирал его глазами) делал глоток из чашки, очень медленно.

Знаев не выдержал, подошёл и сел рядом с девчонкой, против истукана, ощущая за собой известную индульгенцию: надравшись, могу подсесть к любому, что-нибудь спросить или наоборот, рассказать; в русском кабаке это нормально.

Тут вам не Манхэттен, тут после стакана водяры все друг другу братья и возлюбленные.

В крайнем случае прогонят пинками, не страшно.

Ни истукан, ни его юная подруга никак не отреагировали на появление угрюмого пьяного субъекта с торчащими дыбом пегими волосьями.

Знаев не знал, как собрать правильный вопрос, и ждал, пока меднолицый гигант поставит чашку на скатерть. Тем временем водка ударила в голову.

Меднолицый совсем потемнел и показался Знаеву добрым чудовищем, наподобие Хеллбоя. Чудовище не вошло сюда через дверь, но материализовалось прямиком из зазеркалья, из параллельного пространства. У него были старая сухая кожа в густой сетке морщин, короткая серебряная щетина на гранитном подбородке и жёлтые ногти. Чудовище явно или отсидело десятку общего режима, или оттрубило подряд несколько путин на рыболовецком сейнере. Возможно, и то, и другое.

Слоновьи ушки девочки удлинились до пола, сквозь тоннели мерцало потустороннее и сексуальное.

Пелена разъяла мир на разновеликие куски, всё стало вывернутым и перевёрнутым, люди взлетели со стульев и табуретов, воспарили, и даже собачка воспарила; элегантные сумки, клатчи и портфели сделались прозрачны, и Знаев легко прозрел их интимное содержание: презервативы, и электрошокеры, и кредитные карточки с пин-кодами, нацарапанными иголкой с краешка, и плоскую флягу с коньяком, и пачку «Алка-Зельтцера» (в той же сумке), и шприц с инсулином, и поддельный золотой «Паркер», и маленькую книжечку Бродского, и компакт-диск с фильмом «Бёрдмен».

Барную стойку тоже пробил взглядом — за нею парняга сберегал в особый стаканчик двадцать грамм, которые искусно не долил в стакан Знаева.

И сквозь стену бара стало видно, как мимо ряда машин крадётся парковочный партизан с фотоаппаратом: зафиксировал номер и исчез, встречайте штраф.

— Тебе надо ещё выпить.

Знаев вздрогнул.

— Что? — спросил он.

Пелена исчезла — или, наоборот, уплотнилась до настоящей чертовщины.

Меднолицый гигант смотрел приветливо, но без улыбки.

— Выпей ещё, — предложил он звучно. — Тебе это нужно.

— Знаю, — грустно ответил Знаев. — Но мне за руль.

— Руль здесь, — сообщил меднолицый и показал пальцем на свой висок.

— Извиняюсь, друг, — сказал Знаев, — а как ты этому научился?

И показал жестом процесс медленного распития чая.

— Практика, — лаконично ответил меднолицый.

Знаеву принесли второй стакан, хотя он ничего не заказывал, — и он срочно выпил, хотя не собирался.

Тут же его озарило.

— Я понял! — возбуждённо воскликнул он. — Ты — колдун!

— И ты, — хладнокровно ответил меднолицый.

Его лицо слегка осветилось изнутри — он был весь внимание, он как бы подготовился к длинной, многочасовой беседе. Знаеву стало уютно и интересно.

Девчонка пересела к меднолицему, и положила голову на его плечо, и закрыла глаза.

— Опять понял, — засмеялся Знаев. — Надо делать что-нибудь обыкновенное. Чай пить. Только очень медленно. Так медленно, как только можешь. А потом — ещё медленней.

— Это хорошая практика, — сказал меднолицый. — Самое сложное — научиться медленно глотать. И заставить чай медленно двигаться вниз по пищеводу. Я учился четыре месяца.

— Я бы тоже хотел, — с сожалением сказал Знаев. — Но у меня нет четырёх месяцев.

— Одолжи у меня.

Знаев покачал головой.

— Время нельзя одолжить.

Меднолицый обнял свою тощую, но эффектную спутницу.

— Чепуха, — произнёс он и широко улыбнулся. — Время — не деньги. Понимаешь?

— Конечно, — сказал Знаев. — Что тут понимать? Это элементарно. Время — не деньги! Время — это время. Чем быстрей живёшь — тем его больше.

— Хочешь стать очень быстрым?

— Да, — искренне ответил Знаев. — Но... откуда... Мы что — знакомы?

— Однажды я купил телогрейку в твоём магазине.

Меднолицый неожиданно подмигнул Знаеву, совершенно по-хулигански. Тускло сверкнул золотой зуб.

— Ну и как тебе магазин? — осторожно спросил Знаев.

— Никак. Долго не простоит.

— Знаю, — печально сказал Знаев. — А телогрейка?

— Хорошая вещь, — ответил гигант. — Ноская. Только цена дикая. Тысяча рублей — это очень дорого.

— Тысячу рублей, — возразил Знаев, — стоит стакан водки в этом кабаке.

— Вот я и говорю: дорого. Люди, которым действительно нужна хорошая телогрейка, не считают деньги тысячами. Они считают рублями.

— А ты? — спросил Знаев. — Как считаешь — ты?

Меднолицый посмотрел на девушку. Она улыбнулась с превосходством.

— Никак. Там, где я живу, денег нет. Ни у кого. Натуральное хозяйство.

— Наверно, ты живёшь далеко отсюда.

— Дальше, чем ты думаешь.

— Опять понял! — сказал Знаев. — Ты зашёл дальше всех!

— И ты, — сказал меднолицый.

Знаев ощутил эйфорию, рот свело широчайшей улыбкой, — но поперёк радости вдруг прыгнул страх: а вдруг эти двое, всеведущий коричневый колдун и его татуированная спутница, не существуют реально, вдруг они — плод воображения, больная отрыжка спутанного сознания, алкогольный бред?

Протянул руку, ткнул меднолицего пальцем в плечо: тот оказался настоящим, твёрдым и тёплым.

Знаев облегчённо выдохнул.

— Сегодня, — он шмыгнул носом, — мне сказали, что я только на десять процентов настоящий. Как думаешь, это — правда?

Меднолицый посмотрел — как рентгеном просветил.

— Нет, — ответил он. — Думаю, процентов на двадцать пять. Может, на тридцать. Точнее не скажу. Это зависит от множества вещей. От времени года. От того, что ты ешь и пьёшь. От того, что ты читаешь. И как часто ты молишься. Чистая на тебе одежда или грязная. Влюблён ты или нет. Убивал ли ты сегодня людей, животных или птиц, или не убивал. Подавал ли милостыню. Занимался ли гимнастикой. Долго объяснять.

— Кстати, — признался Знаев, — я влюблён. Сильно. Никогда так не любил.

— Это приятно слышать.

— А ты? — спросил Знаев. — Ты, наверное, настоящий на все сто.

— Нет. На сто процентов настоящими бывают только мертвецы.

— Выпей со мной, — попросил Знаев. — И я пойду. — Посмотрел в глаза девушки и добавил: — Это будет честь для меня.

Меднолицый коротко скривил обветренные губы.

— Нет, — сказал он презрительно. — Здешняя водка — барбитура. Химия. Если хочешь, пей один, а я поддержу морально.

— Без тебя не буду. Я и так… Ну… Я уже… лет двадцать… таким пьяным не был…

Меднолицый кивнул, как будто речь шла о чём-то чрезвычайно важном.

— Время бежит быстро, — сказал он. — Не так ли?

— Так, — ответил Знаев. — Очень быстро.

— То есть ты понимаешь, что это такое? Время?

— Не до конца, — сказал Знаев и удивился, насколько легко далось ему признание. — Раньше думал — понимаю. А теперь понимаю, что не понимаю... И не понимал никогда...

— Время — это лекарство. Лечит все болезни. Включая геморрой и любовную горячку. И даже самое тяжёлое заболевание: тоску по несбыточному. — Меднолицый снова невзначай сверкнул золотым зубом. — А теперь — тебе пора.

— Подожди! — вскричал Знаев, испугавшись. — Не гони меня... Я хочу ещё поговорить! Кто ты?

— Приезжий.

— Как тебя зовут?

— Как тебя.

— А твою девушку?

Тауированная юница рассмеялась.

— Она моя дочь, — сказал меднолицый.

— А у меня — сыновья! — гордо объявил Знаев. — Был один, а сегодня оказалось — двое. Теперь не знаю, как быть.

— Любить, — ответил меднолицый. — Какие ещё варианты?

— Я плохой отец.

— Это они тебе сказали? Сыновья?

— Нет.

— Значит, не плохой. Теперь иди. Иди.

— Стой, — взмолился Знаев. — У меня воспаление лицевого нерва. Сильная боль. Приходится жрать таблетки. Огромные дозы. Это можно вылечить временем?

Меднолицый подумал и ответил:

— Для начала попробуй сменить климат. Съезди куда-нибудь. Свежий воздух, физическая нагрузка. Должно помочь.

Знаев благодарно положил ладонь на запястье гиганта.

— Спасибо, брат, — сказал он. — Тебя мне Бог послал. Спасибо. Если с деньгами туго — я помогу... — Рванул из кармана замотанное в пластик бабло. — Вот... Здесь пятьсот штук...

— Мне твои деньги не нужны, — равнодушно ответил меднолицый.

— А они не мои! Для друга приготовил. А друг не взял. Из гордости. Возьми ты. Не возьмёшь — отдам кому-нибудь другому.

— Вот и отдай другому.

— Ладно, — ответил Знаев, боясь вызвать недовольство меднолицего. Кивнул ему, потом — его татуированной дочери. — Прощайте.

— И ты.

Знаев встал и тут же едва не рухнул. Вспомнил: «руль — здесь» — и порулил в направлении бармена. Тут же выяснилось, что все мелкие деньги кончились, остался только проклятый брикет тысячерублёвок.

Разорвал зубами плёнку.

— Это за себя. А это за того парня. — И показал большим пальцем себе за спину. — Оплачу весь его счёт.

— Незачем, — ответил бармен. — Он уже оплатил ваш.

Знаев помедлил, соображая; обернулся — но меднолицый колдун в его сторону не смотрел, и его рука с чашкой чая снова поднималась над столом: очень, очень медленно. На сегодня хватит, решил Знаев; вон как щедры, оказывается, колдуны из тонкого мира, теперь буду знать; но что он говорил насчёт смены климата? Ах, да. Надо уехать. Туда, где чисто, светло. Туда, где отцы любят сыновей.

12

Потом он её вспомнил, девушку Веронику. Свежую, смешливую. Приятную.

Вспомнил в таких деталях, что даже слегка испугался. Возможно, меднолицый гигант наколдовал. Или водка помогла. Или *пелена* поспособствовала.

Идеальная осанка, крепкие грудки, сильные стройные ноги, копна невесомых льняных волос. Клипсы в аккуратных ушках.

Он повёл её в ресторан, она с аппетитом поела и с удовольствием напилась.

Она не воспринимала его всерьёз, он недоумевал, она потешалась.

Он был банкир, миллионер, спортсмен, музыкант, ковбой финансовых прерий — а она, как выяснилось в итоге, хотела просто мужчину. Желательно — не слишком прокуренного и пропитого. Приличного.

Банкир Сергей Знаев, перетянутый ремнём «Версаче», вовсе не курящий и не пьющий, худощавый, но физически сильный, вполне сгодился.

Дома у него было неладно, сын-младенец мучился коликами, жена не высыпалась и нервничала. Каждые полчаса в дверь звонили: возникал то детский врач, то детский массажист, то детский психолог. Оба-трое — деловитые и хорошо оплачиваемые. А папа наш где? А пусть тоже возьмёт малыша на руки, ребёнку это важно, чтобы и мама была, и папа.

Но слышать, как кричит ребёнок, как выгибает спину и задыхается, было невыносимо; он брал малыша на руки, прижимал, гладил по мокрой головёнке, ощущал, как дрожит и напрягается его тельце, — тут же отдавал и уходил, закрывал за собой дверь, затыкал уши.

Собственно, от этого он и сбегал, обескураженный. Что же, думал, за все свои деньги я не могу избавить родных людей от страданий? И получить спокойный вечер в собственном доме?

Герман Жаров, ближайший товарищ тех времён, сразу объяснил: родится ребёнок — жена про тебя забудет. Береги её, не накапливай обид. У всех так.

Вечера он старался проводить вне семейного гнезда: то в спортзал, то в театр, но чаще — торчал сычом в офисе, до полуночи. Считал, размышлял, проектировал что-то. Работал.

Работа была его богом. Работа всегда была ему рада, работа искренне любила его и ждала, работа ни на что не обижалась, работа была на всё согласна, ничего не требовала, не устраивала сцен, не повышала голос, не била посуду и не жаловалась маме.

Работа не предавала и не обманывала.

Он рассказал всё это девушке Веронике — сидя напротив, наклоняясь через стол и теребя золотые запонки; она смеялась и пожимала плечами.

Лаконично сообщила, что работать не любит, а любит нектарины, клубнику, сухое белое, Земфиру и «Тёмные аллеи» Бунина. Перечисляя, юмористически загибала пальцы, давала понять: конечно, я глубже, умней, интересней, клубника и аллеи — не главное.

Близость подразумевалась с первых минут вечера, легко, весело, в скольжении, в полёте. Без условий и обязательств.

После третьего бокала божоле вышли на улицу «подышать» и долго, жадно целовались; она льнула, прижималась готовно вся, от колена до ключиц.

Власть ненавидела, Россию презирала и собиралась эмигрировать при первой возможности; это, как нетрудно догадаться, только добавило банкиру возбуждения.

Говорили не только о политике. Но о чём бы ни говорили — Знаева поражала легкомысленность его новой знакомой. Наконец до него дошло: это не она, это он. Загруженный, унылый, с головой погружённый. Стеклянный, оловянный, деревянный. Отвратительно занятой. Скучный. Человек-андроид.

То на часы, то в телефон, то в себя глядит. Цель жизни — заработать все деньги. В правом кармане — щёточка для чистки замшевых туфель, в левом — банка с мультивитаминами. Не пьёт, не курит, кофе и мясо — табу.

Никаких целей она перед собой не ставила, наслаждалась текущей минутой.

А наслаждаться в те времена было легко. Не существовало в той Москве ни автомобильных пробок, ни мегамоллов, ни айфонов, ни террористов, ни фейсбука, ни «Гарри Поттера», ни принудительной эвакуации, ни «Рутрекера», — был только омытый весенней свежестью бесконечный город, и бесконечное небо над ним, и люди, мужчины, женщины, бесконечно жаждущие друг друга.

Дома у меня никого нет, сообщила девочка Вероника, — тётка на всё лето уезжает на дачу, выращивает гладиолусы.

Неважно, ответил он, у меня тоже есть свободная хата. У каждого банкира есть потайная съёмная хата — для хранения разнообразных нехороших документов, чужих паспортов и жёстких дисков с рискованной информацией, и вообще, на всякий случай, если однажды, не ровен час, прижмёт и надо будет спрятаться.

И вдруг подумал: лучше к ней, в тёткины покои, чтоб в любой момент можно было мгновенно собраться и исчезнуть, оставив довольную даму нежиться в любимых пухлых подушках.

Так и вышло.

Тёткина квартира ему понравилась: опрятная, с высокими потолками, а банкир, как всякий мегаломаньяк, имел слабость к высоким потолкам. Были там ещё вазы с цветами, приятные половики поверх скрипящего паркета, и повсюду зеркала, добавляющие объёма и без того просторным комнатам, и даже какие-то витые подсвечники, и заботливо накрытый полотенчиком пирог с ягодами на кухонном столе, и старая вислоухая собака: вышла обнюхать гостя и удалилась, вздыхая деликатно, в свой дальний уголок.

Остальное тоже понравилось. В сексе, как в бизнесе, хороши честность и прямота.

Но сразу решил: второй встречи не будет. У него есть жена. Мать его сына. Чувство вины появилось сразу, едва вздел на себя штаны. Неожиданно этот стыд освежил его, поправил. Если на душе погано, рассудил Знаев, значит, есть она, душа, — горячая, шевелящаяся; значит, я не мыслящий арифмометр, не железный дровосек, а живой, обыкновенный, тоже — грешный, и «Тёмные аллеи» читал, и наслаждаться умею, и жизнь ценю, и свою страну ни на какую другую менять не желаю, и в бледное предутреннее небо люблю посмотреть иногда; может, я вообще никакой не банкир, а тот, кем был в юности, — музыкант, рождённый выделять звуки, как цветок выделяет пыльцу. Не столь много мне лет — всё может перемениться. Есть жена — а вдруг уйдёт? Есть деньги — а вдруг испарятся все?

Как в воду глядел.

13

А всё равно — пьяному человеку в Москве безопасно и уютно. Особенно когда в автомобиле катишь медленно, аккуратно, открыв окна, занюхивая хмель выхлопными газами. Пьяному только на мотоцикле нельзя, а остальное — не возбраняется.

Задавить кого-нибудь — не задавлю, не настолько окосел, ни разу за всю жизнь не был в серьёзных авариях, а поймает полиция — на своих двоих продолжу. Пешком тоже хорошо.

Москва — мировая столица пьянства. Могут, конечно, и обобрать, и камнем по голове удивить — но тоже в рамках древней, практически священной традиции, с уважением и пониманием к хмельному бедолаге.

С чувством равновесия и уюта Знаев увидел: с обочины ему машут люди в форме.

— Полный беспредел, — строго сказал полицейский: серьёзный, чисто выбритый, в новеньких лейтенантских погонах; на глаз, он вполне годился Знаеву в сыновья. — Я вас отстраняю от управления. Выйдите из машины.

Знаев кое-как, с пыхтением, выбрался; подобрал солёные сопли; полицейский изучил его твёрдым взглядом.

— Пожилой человек, — сказал он, — а управляете в нетрезвом виде.

— Мне с'рок восемь, — с обидой сообщил Знаев. — Кто тут п'ж'лой?

— Зачем пьяный садитесь за руль?

— С-сп'шил, — выговорил Знаев. — И я не пьян'й... Преп'раты принимаю... Пр'тиво... Пр'тивно...

Слово «противосудорожный» не далось ему, и он грустно махнул рукой.

— А номера где?

— М'шину сн'л с уч'та… Отдаю з' долги… На душе — тяж-ж-ж'ло… Сам понимаешь…

— Не понимаю.

— Ладно, — небрежно разрешил пьяный нарушитель. — Мне вс' р'вно. Уеду в др'гой климат, нахер…

— Другой климат — это да, — сказал полицейский. — Но вам сначала до дома добраться надо.

— У меня нет дома. Отп'сти меня, ком'ндир! П'жалста.

— Командир? — презрительно переспросил полицейский. — Командиры — в Донбассе.

— Х'р'шо, — произнёс Знаев. — Ты п'бедил сегодня… Ск'ко надо тебе? Сто тыщ — хватит?

— Не хватит, — равнодушно ответил лейтенант.

— А двести?

— И двести тоже.

— Пон'маю! Доллар п'д'р'жал… На! Д'ржи всё! Вот, здесь п'тьсот штук… Ровно…

— Убери, — враждебно произнёс полицейский. — В тюрьму захотел?

Нарушитель помотал головой, погрозил пальцем.

— Не… Я в т'рьму не хочу… Чего там делать? Я в др'гой климат хочу… Вот в этом, как его… В Д'нбассе… Что там за климат? Н'рмальный?

— Съезди, — рекомендовал лейтенант. — Сам разберёшься.

— Ладно, — сказал Знаев. — Как скажеш-ш-шь, н'чальник… П'дчиняюсь з'кону… Я п'шёл.

— Иди, — разрешил полицейский. — Вон туда иди. В мою машину. Оформим тебя — и пойдёшь куда хочешь.

Пока оформляли — выяснилось, что на автомобиль наложен арест, по иску некоего гражданина Солодюка, то есть — снимать технику с учёта нарушитель не имел права; как ему удалось это сделать — пояснить не смог, от медицинского освидетельствования наотрез отказался, подписал все протоколы не читая и был отпущен с богом; без машины, разумеется.

Машина — всё, ушла с концами. Жалко, хорошая была, очень быстрая. Двенадцать цилиндров. Но чёрт с нею. Ещё не хватало скорбеть по цилиндрам.

Её теперь опечатают, поставят на штрафную стоянку и продадут, а вырученные деньги отойдут гражданину Солодюку, тоже — бывшему другу, а теперь наоборот.

Нарушитель даже не стал дожидаться эвакуатора.

Лейтенант предупредил: придёт повестка, органы должны разобраться, каким образом владелец двенадцати цилиндров сумел обмануть закон и снял с государственного учёта арестованное имущество. Возможно, имел место факт коррупции?

По счастью, он не доехал до цели едва квартал. И добрёл пешком, без особых приключений, только споткнулся несколько раз, а когда спотыкался — шипел поганым матом, и тут же смеялся над собой, про себя, обмотанный *пеленой*, как простынёй.

14

Вошёл, стараясь не шуметь.

Она установила правило: приходи без звонка, хоть в три часа ночи, но, если приходишь, не шуми, я могу работать, я сосредоточена.

Судя по голосам и звону посуды, она не работала. Принимала гостей.

Впрочем, гостей она принимала тоже сосредоточенно.

Сочилась ещё музыка, что-то из Боуи; он прислушался, узнал «China Girl», ухмыльнулся. С музыкой здесь дружили. «Богема, — снисходительно подумал бывший банкир. — Мотыльки, невинные порхающие эльфы. Надо было оставаться музыкантом, гитаристом: отрастил бы седые патлы, канал бы под ветерана блюза, нанизал бы на пальцы серебряные перстни с черепами, — и сейчас сидел бы с ними, авторитетно помалкивал, они бы держали меня за своего, подливали бы холодного пива и называли "бро"».

По коридору и кухне гулял сквозняк: хозяйка дома держала окна открытыми, боролась с запахом масляных красок и растворителей.

Доносились юные, чистые голоса. Молодые живописцы что-то праздновали: может быть, совместную выставку, или покупку меценатом гениального полотна, или — ничего не праздновали, кроме удачно завершившегося старого дня и ещё более удачно начавшейся новой ночи.

Хозяйку дома звали Гера Ворошилова, и это не артистический псевдоним, а настоящие имя и фамилия. Впрочем, кто знает, за три месяца не представилось случая заглянуть в её паспорт. Да и желания не было. Когда любишь всерьёз — доверяешь тоже всерьёз.

Это её квартира. Она же — рабочая территория: здесь она пишет свои полотна, с полудня до вечера — при естественном свете, а затем ещё ночью — под лампами; ей хочется понять, как одно отличается от другого.

Когда она не работает — она спит, по четырнадцать часов; важнейшая часть её жизни протекает во сне, там происходят разнообразные события, оттуда поступают идеи.

Однажды она увидела во сне взрослого лохматого мужчину, костлявого, неулыбчивого, длинноносого, похожего на персонажа офортов Гойи, потустороннего, несомого чёрно-белыми вихрями низменных страстей, — а на следующий день встретила его во плоти, в гостях у подруги.

Знаев хорошо запомнил: миниатюрная, коротко стриженная девушка в цветастой макси-юбке посмотрела на него пристально — слишком пристально, едва не с изумлением; переменилась в лице и опустила глаза.

Лохматый мужчина, владелец супермаркета, искал дизайнера, способного создать красивую и простую ватную куртку, в просторечии — телогрейку, не отклоняясь при этом от классической формы. Лохматый сверкал глазами, показывал свои дилетантские эскизы, какие-то логотипы, товарные знаки, — безусловно, он был страстно заинтересован в создании телогрейки своей мечты; он размахивал руками, он показывал, на каком расстоянии от горла должна находиться первая пуговица, он яростно оспаривал накладные карманы и хлястик; художница Гера Ворошилова была заинтригована; от подруги они ушли вместе.

Позже Знаев не поленился изучить упомянутые офорты Франсиско Гойи. «Los caprichos» значило «капризы, прихоти, фантазии». Гравюры средневекового испанца изображали людей-чудовищ, ведьм и ведьмаков, кривых, горбатых, гадливо оскаленных.

Он спросил подругу, почему она воспринимает его как монстра.

— Ты не монстр, — ответила серьёзно Гера. — Ты — карикатурный человек.

— Урод, — подсказал Знаев.

— В слове «урод» нет ничего оскорбительного. Урод — от слова «уродиться», «родиться». Урод — любой человек, от рождения обладающий редкими качествами. Если на то пошло, я тоже — урод.

Она тяготела к прямолинейным, простым суждениям, мыслила по-мужски и никогда ни на что не обижалась.

Его банк, его супермаркет, его долги, его враги, его деньги, квартиры, мотоциклы, судебные иски не интересовали Геру Ворошилову ни в малейшей степени.

Она ни разу не взяла у него ни копья.

В её живописи, в абстрактных пятнах и разводах, в прихотливой игре геометрических конструктов, в оранжевых и пепельных наплывах он ровным счётом ничего не понимал. Но сообразил главное: его собственное зрение было примитивным, элементарным; глаз воспринимал только простые цвета, оттенков не различал. Красное видел красным, зелёное — зелёным; оливковый и хаки уже путал. Так же было и в музыке: слух его был хорош, но не абсолютен.

Иногда, чтоб понять своё место в своём искусстве, надо проникнуть в другие искусства, в случае Знаева — в живопись.

Много лет он силился проникнуть в искусство театральной игры, но не имел надёжного проводника; в искусство надо входить через любовь, по-другому никак. Чтобы понять театр, надо влюбиться в актрису.

Он влюбился в художницу.

Скользнул в тёмную прохладную кухню, нашарил диван и упал.

Здесь было теперь его место: тощая кушетка лысого бархата в углу чужой кухни.

Чувствительными от сильного опьянения ноздрями втянул запах старого дерева.

Дом построили в конце двадцатых, в модном, революционном конструктивистском стиле, с огромными окнами; деревянные несущие части однажды сгнили; дом источал труху, она щекотала ноздри бывшего миллионера и вызывала обрывочные, немые воспоминания о деревенских избах, о деревянных мостиках над мутной, как самогон, речной водой, о пушистых вербах, о злобных цепных собаках, о единожды виденном прадеде: невесомый старик с волосами, подобными пуху, и улыбкой, наполовину заискивающей, наполовину снисходительной, сидит на широкой лавке, застеленной чистым рядном; старик столь миниатюрен, что его ноги не достают до пола; трёх пальцев на руке нет: покалечило на Русско-японской войне.

Запах этого рядна. Выскобленных полов. Старых газет с краткими названиями: «Правда», «Труд», «Звезда», звучащими грозно и оглушительно, как железный поцелуй рабочего и колхозницы.

Прадеда звали так же — Сергей Знаев.

На диванчике в углу старой московской квартиры, в доме, который бесшумно распадался в прах, было спокойно, уютно, безопасно, как тогда, в избе, под взглядом выцветших глаз прадеда.

За стеной — весело; хозяйка дома смеётся, гости вещают наперебой. Тянет сигаретным дымом. В мастерской можно курить, в кухне — нельзя. Таково ещё одно правило.

Она сама предложила: поживи у меня. И он мгновенно согласился, сразу решив насчёт кухонного диванчика.

Именно там, и нигде больше.

Самое спокойное место на планете. В ногах сонно гудит холодильник. С одной стороны — стена и горизонтальная тёплая труба с журчащей водой. С другой — вытянуть руку — на полу под столом два мешка. Один, маленький и плоский, — с документами. Другой, пухлый, — с бельём, штанами и фуфайками.

На втором, пухлом мешке сверху мерцает экран планшета.

Диванчик метр на два и ещё метр в сторону от диванчика. Такова теперь личная территория Серёжи Знаева, мужчины без семьи и быта, без руля и ветрил, без почвы под ногами, в прошлом — банкира средней руки, в настоящем — владельца прогорающего магазина.

Валютный флибустьер девяностых. Бесшумный махинатор нулевых.

Любовник художницы. Отец двоих сыновей.

Вытянул планшет, потыкал неверным пальцем.

В почте лежало письмо от сына, с приложением. «Отец вот я новый трек записал». Воткнул наушники. Пьяно улыбался, пока слушал. Сын — такой же музыкант, как и отец. Исполнение — на два с плюсом, уровень центрового ресторана в городе с населением до 300 тысяч. Композиция — на три с минусом.

Знаев-старший прибавлял и убавлял громкость, пытаясь понять: может, мальчик слышит что-то интересное на басах? Или умеет строить фразу? Или понимает в аккомпанементе?

Ничего не нашёл.

«Трек» был какофонической, неряшливой поделкой мальчишки, не знавшего слова «сольфеджио».

Никакого разочарования по этому поводу Знаев-старший не испытал — наоборот, с удовольствием послушал ещё раз и ещё.

В хаосе разнонаправленных звуков можно было мгновениями услышать что-то интересное, новое, какую-то обрывочную идею, какие-то две-три ноты, любопытно стоящие рядом. Но для вычленения, обнажения этой небольшой новизны следовало упражняться, работать, брать уроки у мастера, получать от этого мастера подзатыльники, обижаться на мастера и потом опять возвращаться к нему. Знаев-младший никогда не получал подзатыльников за сочинение музыки, поэтому сочинял плохо.

Точно таким же музыкантом был Знаев-старший целых пять лет. Тоже — не попадал в ноты, но не знал сомнений.

Пока слушал сыновнее творение в третий раз — пришла она, хмельная, возбуждённая. Может, ещё более хмельная, чем он сам.

От её волос исходил слабый запах ацетона.

Присела возле него, не включая свет, молча поцеловала — и сразу ушла бесшумно. В любое время года ходила по дому только босиком.

Он почти заснул, одновременно дожидаясь, когда её друзья свалят в ночь, оставив их вдвоём, но друзья были стойкими ребятами и ушли только под утро.

Он слышал, как она прощалась с каждым, как обещала одному обязательно позвонить, другому — прислать чей-то электронный адрес, а третьему — вернуть триста рублей при первой же возможности.

Он лежал, сопел, прислушивался, изнывал от ревности и нетерпения, *пелена* то сдвигалась, то раздвигалась, подобно театральному занавесу, и когда Гера, наконец, прибежала и забралась к нему под простыню — обнял, прижал к себе так сильно, как только мог.

— Ты пьяный, — прошептала она.

— И ты.

— Как прошёл день?

— Отлично, — искренне ответил он. — Это был один из лучших дней в моей жизни.

— Расскажи.

— У меня есть второй сын. От женщины, про которую я давно забыл.

— Ты видел его?

— Нет. Завтра увижу.

Она вздохнула. Знаев уловил недовольство, даже печаль. Он сомневался, надо ли сообщать ей о своём новом статусе внезапного папаши, — но решил рассказать. Он всегда обо всём ей рассказывал. И ни разу за всё время не соврал, даже в мелочах. Это было главным. Это скрепляло их союз. Не восхищение перед нею — умной, самостоятельной, уверенной и очевидно талантливой, — не физическое влечение, не любовь даже. В первую очередь — абсолютное доверие. Ему казалось, что, если он унизится до лжи или, хуже того, до умолчания, хотя бы в самой мизерной детали, — всё тут же закончится.

К счастью, это продолжалось. И усиливалось даже.

— Я видел фотографии, — сказал он. — И слышал голос. Он — моя копия.

— А его мать?

— Хипстерша средних лет.

— Интересная?

— Может быть. Я не рассматривал.

— Ты действительно её не помнишь?

— Уже вспомнил. Ради такого дела пришлось даже навестить старого приятеля. Товарища тех лет. И разругаться с ним.

— Из-за той девушки?

— Нет. Старые приятели — старые обиды... Ничего особенного. Я ему задолжал.

— Ты будешь помогать сыну?

— Не знаю. Я, наверно, уеду. Со всех сторон прижало. Пора сваливать.

— Надолго?

— Как получится. Тянуть больше нельзя. Сама видишь, в кого я превратился. Кухонный приживала. Штаны, мотоциклетный шлем и зарядка для телефона. Называется — «печальный коммерсант».

— Ты вроде собирался снять квартиру.

— Да, собирался. Но я боюсь жить один. Сниму квартиру — однажды ко мне придут.

— Из-за долгов?

— Чёрт с ними, с долгами.

— Ты всё время поминаешь чёрта. Так нельзя. Накличешь.

— Не страшно. Ты забыла, я — бывший банкир. А все банкиры попадают в ад. В седьмой круг, если быть точным.

— Ты слишком много выпил.

— Я не сам. Один человек посоветовал. Очень крутой колдун.

— Но ты тоже колдун.

— И ты.

Он поцеловал её в глаза, в шею.

— Теперь скажи, как прошёл твой день.

— Никак. Пыталась работать — не смогла.

— Устала?

— Хуже. Эта стадия творческого процесса называется «Я — говно».

— Знакомо, — сказал он.

— Пришлось позвать друзей и напиться.

— Помогло?

— Не очень. Мне всё ещё грустно. Мне двадцать девять лет. А я продала всего одну картину. Меня никто не знает. Галерейщики меня не берут. Я неудачница.

— Ты живёшь в центре Москвы, — возразил он. — Ты умна. У тебя бешеная сила воли. У тебя куча друзей. Они носят тебе вино, траву и булки. У тебя есть вкус и чувство юмора. Ты — везунчик из везунчиков. Миллиарды людей мечтают поменяться с тобой местами. Ты обязательно добьёшься своего.

— Я не знаю, как.

— Пиши картины большого размера. Два метра на три с половиной. Живопись покупают богатые, для них размер имеет значение. Они торчат на всём огромном, у них от этого встаёт. Пикассо был не дурак, он ваял огромные полотна.

— Мне кажется, я не готова к крупной форме.

— Уже готова.

— Откуда тебе знать?

— Я тебя люблю. Я тебя чувствую. Я знаю, что у тебя внутри. Ты давно готова. Оставь старую работу и начни новую. Сделай перерыв, отдохни несколько дней. Съезди куда-нибудь.

— А куда поедешь — ты?

— Ещё не решил, — ответил он. — Скажу, когда всё обдумаю.

Она замолчала.

Он очень хотел дать ей какой-нибудь дельный совет, как старший, как поживший; разве не в том была его прямая обязанность, чтоб развеивать её уныние одной-двумя фразами? Но пусто было в голове.

— Кстати, — сказала она, — я нашла хорошего дизайнера. Придумает любую телогрейку за пять минут. Или это тебе уже не нужно?

— Не нужно? Да это жизненно необходимо! Нет ничего важней! Пусть всё рухнет, но телогрейки — останутся. Назначай встречу на завтра. Заплачу, сколько надо. И ещё тебе, за посредничество…

— Дурак ты. Колдун, называется. Я на друзьях не зарабатываю.

— А мы разве друзья? Мы — секс-товарищи. Сама говорила.

Он прижалась сильней, поцеловала в нос.

— Ты дурак.

— Конечно, — согласился он. — Больше того, я — карикатура. Сбежал с офорта Франсиско Гойи. Поживу в этом мире, покручусь — и вернусь обратно.

— Не торопись обратно. Ты мне ещё здесь пригодишься.

15

В семь с четвертью его разбудил телефон.

— Доброе утро, Сергей Витальевич! — произнёс абонент с чудовищной вежливостью. — Не разбудил?

— Кто рано встаёт, тому бог даёт, — ответил Знаев севшим со сна голосом. — Здравствуйте, господин Молнин.

— Есть минутка?

«Сволочь, — подумал Знаев. — Конечно, есть; для тебя — найдётся; но каков стиль! Деловой звонок спозаранку. Я себе такого не позволял даже в лучшие годы, когда сам подскакивал с первыми петухами. Когда в семь утра уже сидел за монитором. Впрочем, этот парень давно сам за монитором не сидит. И, может, вовсе никогда не сидел, другими руководил. Новое поколение, менеджеры божьей милостью, с детства умеют управлять чужим трудом».

— Я послал своего шофёра. Его зовут Иосиф. Он привезёт вас ко мне, потом отвезёт. Другого времени не будет. Что скажете?

— Давай, — развязно ответил Знаев. — Пиши адрес.

— Иосиф запишет, — непринуждённо ответил абонент. — Он сейчас вам позвонит.

Знаев отправил телефонное сообщение Горохову: «Ландыш позвал на встречу у него дома в 9.00».

И пошёл бриться.

Он твёрдо решил сегодня познакомиться со своим новым сыном и желал предстать перед ним в максимально приличном виде.

Когда спустился во двор и увидел Иосифа — вздрогнул. Из чрева чёрного, с затемнёнными стеклами седана вышел щуплый, но отлично скоординированный брюнет с пронзительным свинцовым взглядом. «Убийца, — подумал Знаев. — Шофёр, он же телохранитель. Вон и кобура торчит из-под куртки. Валить они меня собрались, что ли? А если так — я что же, не увижу своего нового сына?»

Спохватился: забыл выпить таблетки, — пробормотал что-то извинительное во внимательные глаза Иосифа, поднялся в квартиру, нащёлкал в ладонь таблеток, гранул и капсул, проглотил; запил заваркой из чайника.

Теперь — можно. Теперь я готов.

Проехав Барвиху, они свернули с Рублёво-Успенского шоссе и медленно покатили по узкой, почему-то сильно разбитой дороге меж одинаковых усадеб, слипшихся сплошными трёхметровыми заборами, минуя один пункт проверки за другим; поднимались и опускались неприятно подрагивающие полосатые шлагбаумы;

прохаживались широкоплечие мужики с внешностью отставных майоров; одна улица сменяла другую, заборы разных цветов имели одинаковую высоту, и в проёмах кое-где распахнутых въездных ворот можно было увидеть огромные гаражи — на 8 или 12 автомобилей, — заставленные однотипными премиальными джипами: чёрными (главы семейства) или белыми (жены, дочерей, содержанок). Не менее десяти километров продвигались вдоль заборов и ворот, пока наконец очередные — может быть, сотые по счёту — ворота не открылись перед Знаевым, подобно воронке, готовой засосать его в мир кошмаров или карикатур.

Вспыхнули и закрутились оранжевые маяки на столбах.

Гостя никто не встречал.

Иосиф — явно особо доверенный человек — отомкнул дверной замок своим ключом и сразу уверенно повёл Знаева по широким коридорам со многими поворотами. В доме стояла утренняя тишина, нарушаемая только странным, издалека доносящимся размеренным железным звоном: словно где-то под землёй ковались крепкие цепи с целью порабощения мирового пролетариата.

Присутствие людей обозначал лишь свежий запах варёных овощей, доносящийся с кухни.

Спустились на этаж ниже и оказались в просторном спортивном зале. Здесь Иосиф, сделавшийся бесшумным и даже как бы бесплотным, показал глазами: «Иди дальше, вперёд». Знаев сделал несколько шагов — и увидел перед собой огромную голую мужскую спину, налитую кровью, мокрую от пота.

Григорий Молнин сидел спиной к входной двери, держал в вытянутых руках над собой штангу и делал жим вверх. Шумно дышал. Сверкающий никелированный гриф штанги, укреплённый в машине, скользил вверх и вниз по стальным рельсам и внушительно лязгал. Это и был звук цепей.

Чтобы обозначить присутствие, Знаев громко придвинул к себе табурет и сел.

Молнин немедленно оставил штангу и развернулся в своём кресле — лёгком, ультрасовременном инвалидном кресле с электрическим приводом; надавил пальцем на рычаг и подъехал, почти бесшумно, ближе к Знаеву.

Изумительно искусно изготовленный пластиковый корсет обнимал талию миллиардера Григория Молнина. Выше корсета бугрился мышцами атлетический торс; ниже корсета торчали маленькие колени.

— Сэнсэй, — сказал Григорий Молнин и обозначил короткий, но уважительный поклон.

— Бог вам сэнсэй, — ответил Знаев.

Молнин взвешенно улыбнулся.

— Я извиняюсь, — сказал он. — Встречаю гостя в спортивных штанах. В спортзале. Тухлый стиль, Голливуд восьмидесятых.

— Я тоже без смокинга, — ответил Знаев.

Молнин улыбнулся опять. Об его улыбку можно было точить кинжалы. Знаев хотел проделать какой-нибудь непринуждённый жест, но не смог сообразить, какой именно; не закидывать же ногу на ногу.

— Сегодня у меня четырнадцать встреч, — веско сообщил Молнин. — Времени нет, совсем. Давайте сразу — о главном?

Знаев кивнул.

— Сергей Витальевич, — Молнин щёлкнул пальцами, — давайте договоримся. Насчёт вашего магазина. Я даю хорошую цену, вы её знаете…

— Знаю, — сказал Знаев. — Цена нормальная. Но не могу. Магазин не продаётся.

Молнин постно поморщился, словно священник, услышавший богохульные речи.

— Или продавайте, — сказал он. — Или я его отожму.

— Не могу, — повторил Знаев. — Простите, Григорий.

Молнин нахмурился.

— Я ваш ученик, — сказал он. — Я читал вашу книгу. Я много взял от вас, Сергей. Но в нашем случае правота — за мной… Давайте договоримся. Прошу вас. Пожалуйста.

И улыбнулся снова, обнажая идеальные белые зубы.

Григорий Молнин, сильный мужчина, едва за тридцать, представлял собой продукт сверхновой генерации деловых людей. Родился в Новосибирске, Россия, учился в Гарварде, США; текущие счета имел только в американских банках; там хранил все капиталы. С юности занимался только розничной торговлей — никаких финансов, никакой нефти, никаких стеклянных офисов и антрацитовых приталенных костюмчиков, никакого крысятничества из государева кармана; только игра по правилам. Натренированный умными и свободными людьми в стране свободного предпринимательства, вернувшийся в Россию Молнин поискал и увидел пустующую нишу: дешёвые, самые дешёвые, максимально дешёвые продукты питания, низкосортные крупы, мясные хрящи, колбаса из наполнителей, идентичных натуральным; подгнившая капуста, скользкая морковь — еда низшего сорта для низшего слоя населения.

Оказалось, что Россия, вроде бы уже успокоенная, поделенная и переделенная, освоившая все правила рыночной цивилизации, — упорядоченная Россия нулевых годов по-прежнему может сказочно озолотить любого обладателя пытливого ума. Молнин нашёл Клондайк. Он первым понял, что полунищие городские пенсионеры в России всё своё время тратят на поиски самой дешёвой еды; для стариков это вопрос жизни и смерти. Главное — сэкономить; а гниль с морковки можно и ножичком счистить, а потом в воде помыть, и нихрена ей не будет.

Гнилыми овощами и фальшивой колбасой торгуют по всему миру, это нормально, гуманно, это по-божески. Вместо того чтоб выбросить, лучше продать за гроши бедолагам.

Торговая сеть «Грошик», созданная Молниным, спустя пять лет имела сто пятьдесят супермаркетов по всей просторной стране.

Молнин обратился в миллиардера за считанные годы. Несколько раз его портреты мелькнули в «Воге» и «Тэтлере» наравне с портретами других моложавых эксцентриков тех времён: Полонского, Тинькова, Прохорова. Однако сверхновый миллиардер не спешил превращаться в светскую звезду. Он жил на два континента, то в России, то в Америке, посвящая всё свободное время гонкам на снегоходах по ледяным полям Антарктики или прыжкам на парашюте из стратосферы.

Официально он не считался миллиардером и в списках «Форбса» не значился. Никто не знал точной цифры, кроме самого Молнина. Как и многие десятки других таких же молодых и трезвомыслящих миллиардеров, Молнин не устраивал шумихи вокруг своего имени, ни в какие списки «Форбса» не лез, а главное — не лез и в политику, не финансировал партий и не имел членского билета «Единой России»; он никого не трогал, ни с кем не враждовал, сто пятьдесят его супермаркетов давали прибыль, обеспечивали рабочие места и платили налоги.

Конечно, на пути к миллиарду Молнин наделал много ошибок, и его бизнес довольно быстро оброс проблемами, как обрастает ракушками дно корабля. Судебные иски, штрафы, административные и уголовные дела, обвинения в контрабанде продуктов питания, в найме незаконных мигрантов, в сокрытии налогов, бесконечный поток штрафов, наложенных санитарной инспекцией, — когда накопилась критическая масса, Молнин обанкротил торговую сеть «Грошик». Заблаговременно созданная торговая сеть «Ландыш» приобрела остатки товаров на складах; после лёгкого ремонта все супермаркеты Молнина вновь открылись для населения, но уже под новой вывеской.

В Москве его резиденция располагалась в высотном билдинге близ метро «Парк культуры»; личный кабинет миллиардера занимал весь пентхаус, в приёмной сидели три секретарши, в совершенстве знавшие — на троих — дюжину языков; у босса был отдельный гараж и отдельный лифт из гаража в кабинет, поэтому ни одна из троих секретарш не знала, где именно в данный момент пребывает босс и хозяин: то ли — в Новой Зеландии, то ли — прямо сейчас выйдет и попросит тибетского чаю на ячьем молоке с гречишным мёдом и карельской брусникой.

Они не были знакомы; Знаев видел Григория Молнина только по телевизору.

Но меж ними существовала связь.

В возрасте сорока лет банкир Знаев опубликовал толстую аналитическую книгу о финансовом рынке России. Он сел за работу, движимый абсолютно благородными побуждениями: он хотел описать, выразить собственный опыт. Маленький сын банкира, Знаев-младший, к тому времени проявил полное равнодушие к точным наукам, и банкир грустно сообразил, что тайные знания, накопленные риском и трудом, некому передать. С другой стороны, эти знания представляли собой всего лишь набор мошеннических финтов. Любая схема основывалась на бесстрашии исполнителя и его презрении к закону. Приобщить сына — значило превратить его в махинатора и преступника. Огромный опыт банкира Знаева очень дорого стоил, но издавал дурной запах. В конце концов папа-банкир решил: пусть его опыт достанется всем сразу.

Никакой прибыли от написания произведения он не жаждал. Книга создавалась с оглядкой на американские документальные романы: «Хелтер-Скелтер», «Алчность и слава Уолл-стрит». Знаев трудился три года. Он хотел выступить солидно и беспристрастно. Он описал и систематизировал несколько десятков основных схем сокрытия прибыли и перемещения миллиардов с прозрачного международного рынка на непрозрачный российский и обратно. Он доказал, что мировой финансовый капитал изо всех сил давил на Россию, понуждая её власти превратить целую страну в финансовую пирамиду. Он доказал и более фундаментальную мысль: капитал разумен, у него есть своя воля, отличная от воли хозяина. Капитал сам решает, где ему лучше. Все выкладки банкира-беллетриста были богато иллюстрированы схемами и фотографиями. Пронумерованные квадраты и фигурные стрелки наглядно демонстрировали валютные сальто-мортале с участием офшорных компаний и некоммерческих фондов. Цветные фото являли изумлённому читателю огромные залы, сплошь заваленные мешками с наличностью, вереницы инкассаторских броневиков, роскошные офисы корпораций и банков, ведущих исключительно фиктивную деятельность.

Книга была доведена до ума и опубликована в дорогом издании, на мелованной бумаге, в яркой суперобложке, под претенциозным и немного легковесным названием «Чёрные деньги, белые пиджаки». Это был шикарный подарок для любого финансового махинатара. Издатели устроили шумную презентацию и пригласили знаменитого экономиста Ларионова, советника президента, мыслителя и реформатора. Советник произнёс сравнительно банальный спич и сфотографировался с автором книги и самою книгою в белых холёных руках; тираж был быстро распродан.

Книгу перевели на английский и немецкий. Спустя месяц после публикации текст появился в сети в бесплатной раздаче, и на этом история финансиста-беллетриста закончилась; некий ушлый репортёр из журнала «Euromoney» домогался интервью, но Знаев в то время как раз спасал от краха свой собственный банк. По мысли Знаева, репортёры берут интервью только у успешных людей, а он уже не считал себя успешным, наоборот, — и сухо отказал парню. Тот не обиделся.

Однажды, в ныне отдалённом 2008 году, в офисе банкира Знаева появился скромный человек в скучном сером костюме: посыльный от некоего господина Молнина. Он протянул Знаеву его собственную книгу — «Чёрные деньги, белые пиджаки» — и сказал, ловко проглатывая отчество:

— Сергей Витальич, подпишите, пожалуйста…

Банкир Знаев, автор книги, был тронут и одновременно слегка задет: блестящий миллиардер Молнин не соизволил познакомиться или хотя бы позвонить, а всего только прислал человечка с просьбой. Знаев начертал: «Григорию — от Сергея с пожеланием спортивных успехов!» — и остался доволен. Григорий Молнин, к тому времени блестяще женившийся на дочери члена совета директоров «Газпрома», действительно получил некоторую мировую известность как высокобюджетный спортсмен-экстремал, наподобие Чарли Брэнсона. Канал National Geografic отснял целый фильм, в котором загорелый Greg Molnin шагал по полю аэродрома «Виллидж» в Лос-Анджелесе, Калифорния, вдоль ряда из трёх безмоторных планёров, построенных из ультралёгких композитных материалов. Каждый планёр имел размах крыльев в сотню метров, поэтому Greg Molnin шёл добрых пять минут, по пути рассказывая о новейших видах углепластика и о датчиках температуры, установленных на концах крыльев. Ничто в этом человеке не указывало на его принадлежность к свиным субпродуктам, говяжьим мослам и пищевым наполнителям. Greg Molnin брал планёр за бесконечно длинное крыло и покачивал гибкую сверхпрочную конструкцию без особого усилия. Это выглядело очень серьёзно. Речь шла о вековой мечте человечества: парить в воздухе, подобно птице, летать часами — без двигателя, исключительно мастерством, натренированным умением.

Спустя год, управляя лучшим из своих трёх планёров, названном «Кристина» в честь дочери, над пустыней Наска, в Перу, Южная Америка, Greg Molnin потерпел катастрофу. Планёр вошёл в пологий штопор, сломался в воздухе, фюзеляж с пилотом ударился о землю по касательной, пилота выкинуло вместе с креслом, он отлетел от упавшего фюзеляжа ещё на полмили.

В целях облегчения конструкции Greg Molnin не устанавливал никаких систем безопасности; парашют также не входил в комплект.

Ему спасли жизнь и половину здоровья: травма позвонка, паралич нижней части тела.

Greg Molnin потратил два года на схватку со своим врагом. Несколько операций и сложные восстановительные процедуры принесли небольшой эффект. Безнадёжный инвалид научился самостоятельно перемещаться всюду: в салоне самолёта, в автомобиле, в сауне; нарастил мощный торс, плечи и грудь стали громадны. Специальный корсет удерживал ноги и тазобедренные суставы, пока руки, перевитые мышцами, переставляли костыли, изготовленные лучшими мировыми специалистами, невесомые и упругие.

И вот спустя ровно два года, сопровождаемый журналистами Greg Molnin совершил на новом планёре пролёт над той же перуанской пустыней и сделал круг над местом своего несчастья. Победив, таким образом, собственную жестокую судьбу, врагов, завистников и злопыхателей.

Такой вот человек — как положено гениям, почти уродливый, с выдающимся лбом и глубоко спрятанными глазами, — сидел теперь напротив Знаева, и смотрел без выражения, равнодушно, и улыбался вежливо; левой рукой то и дело чесал затылок, точно так же, как делал это сам Знаев.

Заметив сходство, Знаев тут же прекратил трогать собственную башку.

Молнин — если бы смог встать — был бы выше его на голову; крупный мужик, он сидел в инвалидном кресле — и смотрел как будто сверху вниз.

— Уважаемый Григорий, — сказал Знаев. — Мы ведь с вами в России живём?

— И в России тоже, — ответил Молнин.

— В нашей стране рынок будет расти ещё лет тридцать. То есть мы с вами всю жизнь просуществуем в условиях роста. Этот рост будем быстрым или медленным, он будет сопровождаться спадами, даже кризисами, как сейчас, — но за спадами неминуемо последуют подъёмы. Фундаментальная тенденция сохранится на десятилетия вперёд. А когда рынок растёт — никто ничего не продаёт! Все только покупают — и держат! Правильно?

— Да, — ответил Молнин.

— Вот и я ничего не продаю. Магазин — мой, земля под ним — тоже моя. Кому я мешаю?

— Мне, — сказал Молнин. — И «Пятёрочке» мешаете. «Дикси» тоже вас хочет…

— Это не разговор, — сказал Знаев. — Мало ли кто чего хочет.

— Слушайте, Знаев, — миллионер вдохновенно сверкнул глазами. — В том месте, где стоит ваш магазин, — там не надо продавать валенки и телогрейки. Там надо продавать только еду. Вокруг — тысяча домов, там уже живут люди, и каждый третий экономит на желудке. Россия — голодная страна. Великая, могучая — и голодная. Сто пятьдесят миллионов хотят быть сытыми. Кто утолит их голод — тот и победил.

Знаев вздрогнул. Только что прозвучавшее слово «победил» показалось ему чужим, странным, бизнесмены обычно его не употребляют; идеями победы мыслит воин, а никак не торговец.

— Кстати, — сказал он, — насчёт победы. Я, наверное, уеду из Москвы. Недели на три, на четыре. Мы вернёмся к разговору, когда я вернусь.

— Сергей, — мягко произнёс Молнин, — давайте договоримся сейчас. Здесь.

— Нет, — ответил Знаев, испытывая редкое наслаждение. — Мне надо проветрить мозги. Я боюсь принять неверное решение. Я вернусь — и мы поговорим.

Молнин коротко поморщился и отвернулся.

— Вы не поняли, — продолжал Знаев, чувствуя уверенность, крепнущую с каждым следующим произнесённым словом. — Я уезжаю проветриться. В один город… на границе с Украиной. Я вас прошу, Григорий. Дайте мне возможность уехать… и вернуться. Когда я вернусь — я дам ответ.

— Не понимаю, — сказал Молнин. — Куда вы едете?

— Воевать.

— Шутите? — спросил Молнин с недоумением.

— Думаю, нет.

— Это опасно, — уверенно сказал Молнин после короткого раздумья. — Вас могут убить. Или обвинить в военных преступлениях.

— Знаю, — сказал Знаев. — Могут.

— Продайте магазин — и уезжайте куда хотите.

— Это глупо, — сказал Знаев. — Представьте: я продам магазин, получу деньги — и меня убьют. Зачем мне деньги, мёртвому? Логично будет, если мы договоримся после моего возвращения.

— Но мы договоримся?

— Вероятно, — сказал Знаев.

Молнин теперь смотрел недоверчиво и даже с подозрением, как на опасного чудака или даже душевнобольного. Он помолчал, потрогал собственный огромный бицепс и спросил:

— За что же вы едете воевать?

— За интересы государства.

— Это государство ничего для вас не сделало.

— Уже неважно. Главное — что это единственное государство, где все говорят по-русски и платят рублями.

Знаев полез в карман и достал деньги.

— Смотрите, — сказал он. — Сто рублей. Как думаете, сколько раз тут написано, что это — именно сто рублей?

— Раза четыре, — предположил миллиардер.

— Восемь раз. Цифрами и буквами. По четыре раза на каждой стороне. Чтоб для самых неграмотных. А на долларах — для ещё более неграмотных. Десять раз повторено и продублировано.

— Люди глупей, чем мы думаем, — сказал Молнин.

— Нет. Глупость тут ни при чём. Чтобы запомнить, надо повторить. Четыре раза. Восемь раз. Сто раз. Так получилось, что пора напомнить, что рубль — тоже деньги. А государство, которое его печатает, — это сильное государство. Пора повторить это. Чтобы все помнили.

Молнин улыбнулся.

— Красиво излагаете, — сказал он. — Но я не верю. Если бы вы хотели уехать в Донбасс — вы бы помалкивали. О таких вещах не говорят. Их делают молча.

— Я и помалкиваю, — Знаев улыбнулся. — Но вам — сказал. Вы для меня важный человек. Надеюсь, это будет между нами, Григорий.

— Окей, — ответил миллиардер. — Но если мы не договоримся — вы никуда не поедете.

— И кто меня остановит?

— Я.

— Это угроза?

— Понимайте как хотите. Наша встреча — первая и последняя. Или вы говорите «да», или — «нет»...

— Вы напрасно пытаетесь навязать мне свои условия.

— Вы бы сделали так же. Я читал вашу книгу. Три раза. Я ваш благодарный ученик.

— Это приятно слышать, — сухо сказал Знаев. — Но если мой магазин вам действительно нужен — вы подождёте моего возвращения. Теперь мне пора. У меня тоже сегодня важные встречи. До свидания.

Миллиардер нахмурился.

— Чёрт бы вас побрал, — произнёс он грустно.

Вдруг Знаева кто-то резко толкнул сзади меж лопаток; Знаев обернулся, ожидая увидеть хладнокровного палача Иосифа с пистолетом в умелой руке — но никого не обнаружил.

Зато услышал чей-то тихий голос. Скрипучий, словно ножом по пустой тарелке.

Соглашайся, давай, Серёжа, просто скажи ему «да», он ведь тебя действительно уважает, он читал твою книгу, разве тебе этого мало, он не обманет… Он заплатит, сколько попросишь… Раздашь долги, вздохнёшь свободно, начнёшь новую жизнь, ты пока не старик, изобретёшь что-нибудь новое, интересное… Ты же — парень с фантазией… А у него, в отличие от тебя, вовсе нет фантазии, он умеет только говяжьи хрящи пенсионерам впаривать… Скажи ему «да»… Просто кивни, и произнеси одно слово, и пожми ему руку… Это дело трёх секунд… И — всё, и ты спасён, и ты — выжил… Уцелел… Победил…

— Что с вами? — недовольно спросил Молнин.

— Так, — ответил Знаев и махнул рукой. — Небольшие проблемы со здоровьем. Принимаю психотропные препараты. Голова дурная. Вы, Григорий, кстати, современным искусством не интересуетесь? Абстрактной живописью? Есть хороший художник, через пять лет его работы будут стоить миллионы…

Молнин явно потерял интерес к разговору.

— Что за художник? — вяло поинтересовался он.

— Гера Ворошилова.

— Никогда не слышал, — равнодушно ответил миллиардер. — Позвоните ко мне в офис, вам дадут телефон моего арт-дилера.

— Я пошёл, — сказал Знаев.

Молнин молча кивнул и нажал кнопку. Развернулся в своём кресле и покатил в недра подвала, сверкающие никелированным металлом: словно гном, убегающий в алмазную пещеру от незваного гостя.

16

Бесстрастный Иосиф провёз его в обратном направлении через тот же бледно раскрашенный лабиринт высокобюджетных заборов.

Повернули на шоссе и остановились.

Иосиф покинул водительское кресло, обошёл машину сзади, открыл дверь со стороны Знаева и раздвинул длинные бледные губы в благожелательной улыбке:

— Выйдите, пожалуйста.

Знаев уже расслабился — и теперь на мгновение испытал отвратительный малодушный страх.

Оказывается, ещё ничего не кончилось.

Иосиф улыбался.

Знаев молча вылез.

Мимо пронёсся снежно-белый свадебный лимузин; из полуоткрытых окон долетели упоительные девичьи визги и краткий фрагмент песни «О боже, какой мужчина».

Не произнеся более ни слова и глядя в сторону, Иосиф вернулся за руль, неторопливо развернул машину через две сплошные линии и уехал, оставив Знаева одиноко маячить на просторной лысой обочине.

Это должно было иметь причину; разумеется, миллиардер Молнин приказал вышвырнуть оппонента на пустом шоссе не для того, чтоб наказать за несговорчивость. Не столь мелок был Молнин, чтобы велеть: «А выкинь ты его на дороге, пусть обратно сам едет».

Знаев решил подождать.

Пахло тёплой дорожной пылью. Шум проезжающих мимо автомобилей не заглушал птичьего пения. День обещал быть жарким. День обещал многое. Каждый новый день многое обещает. Жизнь сама по себе и есть обещание.

Таблетки действовали, но эффект был уже не тот; *пелена* обратилась в дымчатую сепию.

Знаев не простоял и минуты.

Подъехал микроавтобус, скучного серого цвета, однако совсем новый; сдвинулась дверь, и двое угрюмых полицейских в штатском выскочили ловко, натренированно.

Один зашёл сбоку, второй показал удостоверение.

— Прокуратура Москвы.

Знаев испытал кратчайшее чувство резкой обиды, какое бывает, если, например, надуваемый воздушный шарик лопается под самым носом надувающего, награждая его мгновенной резиновой пощёчиной; и вот — бывшего банкира изъяли из сияющего подмосковного утра и повезли в миры не столь благоуханные.

Оперативники были молодые парни, оба вполне годились Знаеву в сыновья, один из двоих — и вовсе мальчишка, румяный и огромный, кровь с молоком, джинсы туго обтягивали его толстые бёдра; Знаев вспомнил опять миллиардера Молнина, его высохшие ноги с торчащими мослами коленей; вздрогнул, отвернулся.

Разговаривать с ними он не хотел, куда везут — не спрашивал. Никакого насилия над собой не боялся. Миллиардер Молнин не станет марать свои хорошо проработанные штангой руки ради какого-то магазина.

Не убьют, не отмудохают, в лесу к дереву наручниками не пристегнут — давно прошли те времена, теперь в наших краях всё делается вежливо.

Вспомнил, как однажды, в самом начале самых первых лет становления отечественной феодально-финансовой системы, двадцатидвухлетним начинающим бизнесменом он угодил под следствие как соучастник разбойного нападения: купил полтонны дагестанского коньяка, товар оказался краденый, взяли всех. Нервные сыщики три часа допрашивали Знаева, затем сообщили, что «повезут в лес мудохать». Пересмеивались, потирали руки. Один сказал: «Я позову Петровича, он это любит», — и ушёл. Знаева вывели, скованного, дрожащего от гнева и отчаяния, во дворе затолкали в машину, завели её; ходили вокруг, покуривая; заглушили мотор, экономя бензин, и опять ходили, обмениваясь возгласами: «Поехали барыгу мудохать», «Научим жизни», «Щас всё будет». Таинственный Петрович так и не появился. Через час вытащили из автомобиля, отвели в кабинет, вручили не сильно разборчивый протокол и отпустили. Мудохать, видимо, и не собирались: пугали. Или, может быть, действительно пожалели бензин. Неважно. Теперь, спустя два десятилетия, Знаев думал про тех ментов как про настоящих: они были крутые, злые, бешеные, голодные, а эти — казались слишком спокойными, слишком чисто выбритыми, скучно сопящими. Функционеры.

Оба вскоре вытащили из карманов смартфоны и углубились в изучение картинок на поцарапанных экранчиках.

Когда привезли, когда вместо грубого подхвата под локоть Знаева только вежливо поманили — «пойдёмте с нами», он понял: не арестовали, не посадят, не так всё страшно.

Пока шли по коридорам, один из двоих незаметно отрулил в боковой проход. Остался второй, мальчишка-опер. Постучал большим розовым кулаком в дверь, распахнул перед клиентом.

— Заходите, пожалуйста.

— Пожалуйста, — ответил Знаев, заставив себя беззаботно улыбнуться.

В душной комнате на одно окно сидели за двумя скромными столами два прокурора в синих красивых кителях: худой и потолще.

Мальчишка-опер, впустив Знаева, сам вошёл и по-хозяйски сел за третий стол.

Все трое тут же стали рассматривать гостя с ног до головы.

— Сергей Витальевич? — значительно произнёс прокурор потолще.

— Так точно.

— Присядьте.

— С удовольствием.

Тощий прокурорчик положил перед толстым пухлую папку, заложенную карандашом, и раскрыл.

— Значит, говорите, «с удовольствием», — пробормотал толстый. — Удовольствие — это хорошо… Это мы любим… Вам знакомы граждане Солодюк и Заварухин?

— Знакомы, — тут же ответил Знаев. — Оба — козлы поганые.

— Давайте без ругани, — резко сказал мальчишка-опер.

— Я бы рад, — сердечно ответил Знаев. — Но это не ругань. Это истина. Объективная реальность, данная нам в ощущениях. Они — поганые козлы. Оба мне должны. С обоими я разбираюсь в суде.

— Понятно, — сказал тощий прокурорчик, мирно улыбнувшись. — Но у нас есть заявления. Написанные указанными гражданами. Мы проверили эти заявления и по результатам возбудили уголовное дело. Вот — постановление. Ознакомьтесь и распишитесь.

Протянул лист бумаги с грозным грифом — совсем новый, ни залома, ни вмятинки, распечатанный, безусловно, едва десять минут назад.

— В чём обвиняете? — спросил Знаев.

— Там написано. Читайте.

— Незаконное предпринимательство, — послушно прочитал Знаев вслух. — Незаконная банковская деятельность... Легализация преступных доходов... Фиктивное банкротство... Уклонение от уплаты налогов... — Он посмотрел по очереди на всех троих. — Тут потянет на три расстрела!

— Вы, я вижу, весёлый человек, — строго сказал толстый прокурор. — Обратите внимание, статьи все — экономические. Мы так специально сделали. Жест доброй воли. Вы к нам — с удовольствием, и мы к вам так же.

— За доброту спасибо, — сказал Знаев. — А в чём она? Доброта?

— А доброта, — недобро ответил толстый прокурор, — в том, что ваши действия подпадают под обвинение в мошенничестве. А это — тяжкое преступление! Совсем другая статья. Из другой главы Кодекса. По обвинению в мошенничестве мы в любой момент поместим вас в следственный изолятор. Там сидеть удовольствия мало.

— Согласен, — сказал Знаев. — Изолятор. Конечно.

Обернулся на мальчишку-опера, который сверлил его грозным взглядом. «А куда ему деваться? — Подумал Знаев. — В столь юные годы, с таким румянцем — только изображать бровями и глазами безжалостную непреклонность».

— Дело было так, — сказал он. — Однажды я сделал коммерческий банк. Это был мой банк, собственный, личный. Потом он перестал приносить мне удовольствие, и я его закрыл. Это было — моё, понимаете? Моё. Что хочу, то и делаю. Не потому я закрыл банк, что он убыточный, а потому что меня стали интересовать другие вещи. Розничная торговля, например. Я закрыл свой банк, потому что это был мой банк, и ничей больше. Граждане Солодюк и Заварухин воспользовались закрытием моего банка и не вернули взятые ссуды. Граждане Солодюк и Заварухин должны мне крупные суммы. Они решили не отдавать. Они решили, что проще будет оклеветать банкира Знаева. Они написали свои доносы ещё три года назад. И тогда же, три года назад, я уже давал показания вашим коллегам. Граждане Солодюк и Заварухин утверждают, что я отмывал преступные доходы и незаконно обналичивал миллионы. С тем же успехом они могли сказать, что я пью кровь христианских младенцев, граблю старушек, устраиваю теракты, финансирую «Правый сектор» и «Исламское государство». Тогда же, три года назад, ваши коллеги проверили заявления и ничего не нашли… — Знаев улыбнулся ещё раз, шире. — Скажите, пожалуйста, а что стряслось? Почему вы подняли вдруг это старое дело?

— Не старое! — резко поправил толстый прокурор. — Три года. Совсем не старое. И вообще, Сергей Виталье-вич, не надо так веселиться. Не забывайтесь…

— А может, — спросил Знаев, — это не я веселюсь? Может, господин Молнин веселится, а вы плечо подста-вили?

— Какое такое плечо? — просил толстый прокурор. — При чём тут Молнин? Говорите за себя, господин Знаев.

— Конечно, — сказал Знаев. — Конечно, Молнин ни при чём. Абсолютно. Никаким боком. Я понимаю.

Тощий прокурорчик положил ещё одну бумагу.

— Вот и хорошо, что понимаете. Ознакомьтесь, граж-данин Знаев. Постановление об избрании меры пресе-чения. Подписка о невыезде.

— Спасибо, — искренне произнёс Знаев. — А я ду-мал — закроете. Специальные кеды взял, без шнурков.

— Они вам пригодятся, — с ненавистью сказал маль-чишка-опер, двигая ногами под столом. — Я не вижу в вас уважения к закону.

«Уважение есть, — ответил ему Знаев про себя. — Страха нет. А ты, друг, путаешь. Тебе надо, чтоб я боял-ся. И не закона, а тебя. Если клиент не боится — тебя это раздражает».

— Извините, товарищи, — сказал он. — Я не хотел грубить. У меня невралгия, я принимаю сильнодейству-ющие препараты. Побочные эффекты… Спутанность сознания… так называемая «пелена»…

— Погодите, — сказал тощий прокурорчик, тревож-но вздрогнув. — Вы что же, не в здравом уме?

— Не знаю, — признался Знаев, кротко вздохнув. — Всё как в тумане. Половину того, что вы говорите, я не слышу.

— Но вы поняли суть дела?

— Понял. Обвинение по восьми статьям. Живу по месту прописки, из страны не выезжаю. Буду брыкаться — посадите в камеру. Чего тут не понять?

— Хорошо, — похвалил прокурор постарше. — Иметь дело с понимающим человеком — тоже удовольствие. До свидания, Сергей Витальевич.

Знаев тут же встал.

— Один вопрос, — произнёс толстый прокурор. — Слушайте, а вот этот... ну... ваш супермаркет... «Готовь сани летом».

— «Готовься к войне».

— Да. Зачем он был нужен?

— Уже не помню. Это было давно. Теперь готовиться не надо. Надо участвовать.

— В войне?

— Ага, — сказал Знаев. — Скажите, пожалуйста, а что будет, если я уеду на Донбасс? Это считается за нарушение подписки о невыезде?

Все трое сильно удивились, переглянулись и даже немного испугались, особенно тощий прокурорчик.

— А что вам там делать? — удивился мальчишка-опер. — Россия с Украиной не воюет.

Толстый прокурор выпятил грудь.

— Никакого Донбасса! — приказал он. — Чтоб я этого больше не слышал! Идите. Мы вызовем вас повесткой.

— До свидания, — сказал Знаев. — В любое время я к вашим услугам.

Мальчишка-опер вышел вместе с ним, довёл до проходной.

Хотелось ещё поиздеваться, спросить потихоньку, какую именно сумму заплатил миллиардер Молнин за голову бывшего банкира, но благоразумие победило.

Вряд ли юный страж закона получил от миллиардера хоть один мятый доллар. Низших чинов к таким делам не подпускают. Низшие чины ищут себе богатых друзей самостоятельно.

Когда-то у Знаева тоже были полезные связи среди людей в погонах с большими звёздами. Но денег не стало — и полезные связи перестали быть полезными.

Поэтому бедняки выгодны государству. Бедняку нечем подкупить прокурора.

17

От Пятницкой улицы до Таганки — полчаса пешком, через Большой Краснохолмский мост, широкий, продуваемый немилосердными ветрами. Редкие пешеходы бредут по краям его, отворачивая лица от клубов пыли и выхлопного смрада, словно бедуины, застигнутые песчаной бурей.

Пока шёл, позвонил Алексу Горохову, подробно всё рассказал. Телефон, скорее всего, прослушивали, но это было уже неважно. Выслушав, опытный Горохов глухо хмыкнул: я так и думал, «Ландыш» будет нагибать тебя через ментов; или отдашь магазин, или сядешь лет на восемь. Не ссы, грубо ответил Знаев, ещё не вечер; ещё повоюем, брат. Кстати, как твой брат? Хуже, ответил Алекс, в больницу буду устраивать, но ты, шеф, лучше сейчас не забивай голову... Дурак ты, сказал Знаев, чем же нам с тобой забивать головы, как не здоровьем наших родных? Тех, кого мы любим? А я его никогда не любил, ответил Алекс. Как брата — любил, по-родственному, а вообще — нет. Разве так бывает? — спросил Знаев. Бывает, ответил Горохов; тебя ждать сегодня?

Обязательно, Алекс. Обязательно. У меня только двое вас осталось. Тех, кто меня всегда ждёт. Ты и моя любимая женщина.

Садовое кольцо скрежетало и стонало железными стонами. Но, едва Знаев, по периферии обогнув Таганскую площадь, свернул в переулок, — пыль и смог пропали, вытесненные ветром с близкой реки, и рёв техники пропал тоже, и отдалённое эхо той, настоящей, ватной московской тишины а-ля Гиляровский прошелестело вдоль строя прижатых друг к другу домов.

Тут же захотелось поесть чего-нибудь густого и жирного и забраться под толстое одеяло с толстой книгой, написанной густо и жирно.

Искомое здание — новодел — состояло из стеклянных стен и вертящихся дверей; гостиница.

С обратной стороны огромного окна долговязый пролетарий в комбинезоне натирал стеклянную плоскость особой шваброй, доводя прозрачность до ненужного, в общем, идеала. За спиной пролетария сверкали никелированные рамы и горбы спортивных снарядов. Несколько женщин с мускулистыми попами энергично стремились в будущее, попирая резину беговых дорожек. «Отель и спортивный зал для богатых, — сообразил Знаев. — Ветерок с близкой реки нынче дорого стоит. Что же делает здесь мой потомок?»

Меж тем труженик в синем комбезе перешагнул через свои пластиковые вёдра и посмотрел изнутри через стекло.

За прозрачной преградой Знаев увидел самого себя во плоти. Как цветную гибкую рыбу внутри аквариума.

Тот, второй Знаев узнал первого, кивнул сдержанно — и вышел; дело обтёр мокрые ладони о синюю грудь. Смотрел сосредоточенно.

Двухметровое дитя, сероглазое, некрасивое, протянуло молча руку-жердину.

Сын, потомок, плоть от плоти.

Он был очень похож.

Упрямо, благородно посаженная голова — от матери. Остальное — от отца: узкие губы, лоб клином, ледащий зад, марлевые брови, длинный нос. Полный набор тусклого русского блондина, то ли нордического, то ли чухонского, а короче сказать — рязанского.

Знаев понимал, что никакая традиционная отцовско-сыновняя коммуникация меж ними в принципе невозможна. Вдруг появившийся папаша проиграл сыну до своего появления. Может быть, через год, встречаясь регулярно, они станут приятелями — но это ничего не изменит. В любой момент сын скажет отцу: «Ты мне не отец» — и внезапный папаша заткнётся в тряпочку.

Это противоречие нельзя было снять.

«Даже больше, — грустно подумал Знаев. — Я не смогу объяснить, что не виноват, что решение приняла его мать. Для сына — мать всегда права. Я не сумею оправдаться никаким способом. Я для него — никто. Чужой человек. Посторонний. Холодный».

— Здравствуй, — сказал он. — Будем знакомы, дружище.

Но он уже ощущал тепло и любопытство, то есть — почти любовь, к этому мальчику, слишком похожему на него самого; и эта грубая, солёная, кроваво дымящаяся ветхозаветная любовь переключила Знаева на верную, как ему показалось, тональность.

— Слушай, — сказал он. — По законам чести я тебе должен. Ты — сын, я отец. Меня не было — теперь я есть. Я окажу тебе любую поддержку. Когда сам станешь отцом — сделаешь то же самое.

Младший Знаев нейтрально пожал плечами.

— Я понял, — сказал равнодушно.

Старший сообразил, что не попал в цель.

— Уволься отсюда нахрен, — продолжил он, надеясь хоть грубым словцом преодолеть отчуждение. — У меня свой магазин… Большой супермаркет… Иди ко мне работать. На склад. Белая зарплата… Премиальные…

«Какие премиальные?! — возопило отцовство внутри него. — О чём ты говоришь?»

— Спасибо, — вежливо ответил потомок. — Но я не могу занимать материально ответственные должности. Я несовершеннолетний. И потом… Если мой отец — мой же начальник, это неинтересно.

— Понимаю, — сказал Знаев, тронутый едва не до слёз; слово «отец» прозвучало обаятельно и легитимно. — Хочешь идти своей дорогой.

Младший кивнул и обернулся, разыскивая взглядом свои вёдра и швабры, оставшиеся внутри аквариума. «Беспокоится, — подумал Знаев, — сейчас менеджер придёт, ругать будет…»

— Чем занимаешься? — спросил он. — Кроме мытья окон?

Знаев-младший коротко поморщился.

— Сижу за учебниками. Школу закончил, сдаю ЕГЭ.

— А куда поступать собрался?

— Университет прикладной математики. В Голландии. Город Утрехт.

— Ах вот как, — пробормотал Знаев-старший. — Утрехт. Понятно. Прикладная математика. Короче, я могу быть спокоен за твоё будущее.

— Будущее можно просчитать.

— Можно, — согласился Знаев. — Ты, небось, это уже сделал.

Двухметровый потомок улыбнулся.

— Будущее — наступило, — уверенно сказал он.

«Ах ты, — подумал Знаев, — я и забыл, ему шестнадцать лет, в этом возрасте сейчас они ещё совсем дети, я таким теоретиком был в начальной школе…»

— Расскажи.

— Информация, — пояснил потомок довольно охотно. — Она переполняет мир. Она как воздух, люди ею дышат… Информация — это среда, мы живём в ней, как рыбы в воде… Понимаете?

— Давай на «ты».

— Хорошо, — потомок на глазах стал превращаться в юного мальчишку. — Вот, значит… В этой информационной среде, очень плотной, главной ценностью будет человеческое внимание! Это наш ресурс! Информации много, а каналы ввода те же самые, что и в каменном веке. В новом информационном обществе человек будет продавать своё внимание. Три минуты — выслушать песню. Десять минут — посмотреть новости…

— Ты крут, — искренне похвалил Знаев. — Ты действительно просчитал будущее.

— Вы… Ты тоже, — уважительно ответил потомок. — Ты предсказал войну.

— Это не так. Я не имел в виду конкретную войну.

— Я видел тебя по телевизору. Ты сказал, что знаешь, кто начал войну.

— Конечно, знаю, — сказал Знаев. — Войны начинают задроты. Сейчас — их время. Задроты правят миром.

Потомок поразмышлял немного и осторожно спросил:

— А ты — задрот?

— Был. Много лет.

— А я — задрот?

— Ты им станешь.

— А где они находятся? Те, которые правят миром?

— В столицах богатых стран. В военных аналитических центрах. Выученные в университетах теоретики, оторванные от реальности.

Потомок посмотрел на предка сверху вниз и снисходительно улыбнулся.

— Внешний враг, — сказал он. — Обязательное условие диктатуры.

— Господи, — сказал Знаев, — ты либерал, что ли?

— Я — за свободу, — значительно ответил потомок и снова оглянулся на свои вёдра, как будто именно там хранилась его свобода. — Но ты лучше расскажи про тех задротов.

И расчесал пятернёй вихры. И улыбнулся. Перспектива стать задротом его явно задела. Он, разумеется, никому и ничему не верил: настоящий потомственный Знайка, себе на уме, ни обмануть, ни запутать.

— А нечего рассказывать, — ответил Знаев-старший. — Сидят ребята в удобных кабинетах. Молодые парни, тридцатилетние. Умные. Тоже, как ты, уверены, что можно всё просчитать. Честные, добрые. Патриоты своих стран. Но для них намочить ноги — уже проблема. Они не видели ни войн, ни голода, ни кризисов. Они не стояли в очередях, им не задерживали зарплату, они ничего не знают про страны и государства, которые разваливают. Их главный аналитический инструмент — это глобус. Они тычут пальцем: давайте здесь устроим переворот, здесь революцию, здесь профинансируем, тут напугаем… Это называется «политика», это написано в учебниках, это нормально…

— Я понял, — сказал потомок, заметно разочарованный. — Но в свободном мире каждый делает, что хочет.

Один свободен разрушать, другой свободен защищаться. Свобода — главное. Тут даже просчитывать нечего. Развиваться может только тот, кто свободен...

— Точняк, — сказал Знаев. — Ты прав. Но есть существенная оговорка. Вот жил однажды один парень. Постарше тебя. Тоже — по-своему задрот, мухи не обидел. Прочитал людям несколько лекций. Между прочим, бесплатно. За это его живьём гвоздями к деревяшке прибили и оставили умирать. Как думаешь, он был свободен? Нет. Он был гвоздями прибит, какая тут свобода? И ничего, обеспечил развитие для миллиардов людей на две тысячи лет вперёд...

Потомок хотел что-то возразить, но за стеклом возник-таки озабоченный менеджер в белой рубахе; требовательно постучал по прозрачной плоскости.

— Мне пора, — решительно сказал Знаев-младший. — Работать надо.

— Мой номер у тебя есть, — сказал Знаев-старший. — Надо нам собраться втроём. Поужинаем где-нибудь. Найдёшь время для своего отца?

— Найду.

— Иди, — распорядился Знаев-старший. — Работай.

Сын кивнул и ушёл торопливо.

«О чём говорили? — раздражённо подумал Знаев. — О, глупец. О свободе, о задротах, о будущем... Или, может, так и надо? Первый раз увидел сына — надо говорить о главном. О войне. О будущем. О свободе. Всё было правильно. И он назвал меня отцом! Он назвал меня отцом. А я не был ему отцом ни единого мгновения. Не менял ему памперсы, не провожал в школу, не водил по врачам, не покупал игрушек, не наказывал и не хвалил, не прятал под ёлку новогодние подарки. Я был от этого свободен. Но вот появляется он, любитель прикладной математики, сопливый либерал, — и во мне щёлкает тумблер, вроде бы давно заржавевший. И я, внезапный папаша, тут же забываю обо всех своих свободах — и бегу со всех ног, спешу увидеть, мечтаю понравиться, подбираю слова. Где моя свобода? Куда подевалась? Сейчас бы мне подумать о своей шкуре, об уголовном деле, а я думаю о мальчишке с пластиковыми вёдрами, который прожил шестнадцать лет без моего участия».

18

Горохов рассматривал его долго и внимательно. И даже сделал специальное врачебно-медицинское движение, как бы желая оттянуть своему боссу нижнее веко и изучить глазное яблоко.

— С тобой что-то не так, — сказал он.

— Невралгия, — ответил Знаев, беззаботно улыбаясь. — Ужасное обострение. Наелся таблеток. Голова дурная.

— Это плохо.

— Наоборот. Теперь я вижу мир под другим углом.

— И меня?

— Тебя — особенно.

— Может, шеф, тебе дома отлежаться?

Знаев хлопнул своего заместителя по плечу.

— Смеёшься? У меня нет дома. У меня, Алекс, остался только магазин.

Помолчал и сообщил:

— Зато теперь есть второй сын. Сергей Сергеевич. На голову выше меня.

— Поздравляю, — осторожно сказал Горохов. — Уверен, что твой?

— Никаких сомнений, — с удовольствием ответил Знаев. — Крутой парень. Любитель прикладной математики. Кстати, твой собрат. Либерал, враг диктатуры. Борец за свободу.

— Это сейчас ни при чём, — раздражённо сказал Горохов. — Лучше про свою свободу подумай. От прокуратуры Москвы голыми понтами не отобьёшься. Они закроют тебя в любой момент.

— В жопу их, Алекс. Прокуратура, Григорий Молнин, — в жопу это. У меня есть второй сын. Моя точная копия. Это — важно. Остальное — ерунда. Представь себе, он работает уборщиком в спортивном зале.

— Ну и отлично, — сказал Горохов. — Я начинал в ларьке на улице Миклухо-Маклая.

Знаев погрузился в кресло и с наслаждением вытянул усталые ноги. Уже несколько лет он не ходил пешком так много и так быстро.

— Э, нет, — сказал он. — Ты не путай. Я помню твой ларёк. Тебе было двадцать лет. А мой пацан — ещё школу не закончил. Мог бы не работать. Но работает.

— Ты дал ему денег?

— Пацану? Нет. Не дал. Даже не подумал. Да и нет у меня.

— Ты вроде вчера брал из кассы пятьсот тысяч.

— Уже вернул, — сказал Знаев. — Не пригодились.

— Значит, твой сын — гордый парень?

— Ещё какой. Говорю: у меня большой магазин… Давай ко мне на склад… Нет, отвечает, так неинтересно. Очень правильный юноша. Пять минут поговорили — а у меня сердце до сих пор как будто в тёплом меду плавает.

— В тёплом меду… — озабоченно пробормотал Горохов. — Что за таблетки ты принимаешь?

— Нейролептики. Транквилизаторы. Такими кормят буйных психов.

— Извиняюсь за прямой вопрос: а у тебя крыша от них не поедет?

— Не знаю, — сказал Знаев. — Там видно будет.

И нагнулся, достал из-под стола старую, наполовину пустую бутылку крепкого. И два стакана.

Вошедшая в кабинет Маша Колыванова застала самый апогей священной процедуры, когда слух соучастников радуется звонкому бульканью, и пространство вокруг наполняемой посуды набухает отчаянным спиртовым духом, и ноздри трепещут, и душа замирает в коротком приступе смятения: ну вот, опять алкоголь.

— Что празднуем? — осведомилась Маша.

Знаев немедленно достал третий стакан. Маша азартно ухмыльнулась.

— У меня, — сказал ей Знаев, — появился второй ребёнок.

— Ого, — сказала Маша. — Требую подробностей!

— Всё как в любовном романе, — сказал Знаев. — Я провёл с женщиной всего одну ночь. Через шестнадцать лет выясняется: не напрасно. Сын! Сегодня познакомились.

— Поздравляю, — сказала Маша, заметно возбуждаясь. — Что чувствуете, Сергей Витальевич?

— Любовь, — ответил Знаев. — А ты что подумала?

— То же самое, — сказала Маша. — И как он? Хороший парень?

— Моя точная копия, — ответил Знаев, снова ловя себя на физическом ощущении гордости, на том, что его *распирает*.

Выпили.

Маша Колыванова была тренированным застольным бойцом и занюхала собственным запястьем.

Горохов проглотил с равнодушным лицом, но закашлялся.

Знаев же — опьянел мгновенно, как будто поскользнулся, упал и приложился затылком о твёрдое.

— Маша, — спросил он, — а твоему сыну — сколько?

— Двадцать три, — ответила Маша со вздохом. — Боюсь, скоро он сделает меня бабушкой.

— И что в этом страшного?

Маша точным движением согнутого пальца придержала тушь под накрашенным глазом.

— Сергей Витальевич, — сказала она, — идите к чёрту. Я не хочу быть бабушкой. Моя цель — оставаться сексуальным объектом.

— Тебе, Маша, это удаётся, — сказал Знаев и вручил бутылку Горохову.

— Налей ещё. И пойдём работать.

Горохов немедленно исполнил распоряжение шефа; в самый решительный момент в его кармане зажурчал телефон, но наливающий не обратил на это никакого внимания.

— Ещё одно, — сказал Знаев, глядя на Машу. — На меня завели уголовное дело. Враги всё ближе. Торговая сеть «Ландыш». Григорий Молнин. Миллиардер. Давит на меня через прокуратуру Москвы. Мне предъявили обвинение. Подняли все старые истории. Банкротство банка. Заявления недовольных.

— Ужасно, — сказала Маша.

— И не говори. Тону, как Чапаев в реке Урал. У меня даже машину вчера отшмонали.

— А мотоцикл?

— А на мотоцикле мне нельзя. Принимаю таблетки. Знаешь, что такое спутанное сознание?

— Догадываюсь.

— Про уголовное дело — поняла?

— Поняла, — невозмутимо ответила Маша. — Но мне всё равно. Я бухгалтер. Наёмный сотрудник. У меня — контракт.

— То есть, — уточнил Знаев, — ты это помнишь.

— Разумеется, — твёрдо сообщила Маша.

Знаев посмотрел на обоих. Алекс Горохов моргал утомлёнными глазами — в хмельном состоянии он становился ещё более сутулым и серым, истаивал, сливался с фоном. Человечек-пиджачок. Сидел на краю стула, трогательно развернув внутрь мысы туфель, тоже — серых, но, между прочим, дорогих: он хорошо зарабатывал здесь. Маша, витальная баба-ягодка, наоборот, распрямилась, раскраснелась, выдвинула обширные груди, запахла жасминовыми духами, пудрой, кремом, ментоловыми сигаретами, мятными конфетками, и даже золотые цепочки на её шее, самую малость дряблой, засверкали как будто ярче.

— Помните, — произнёс Знаев. — И не забывайте. Этот магазин — не моя собственность. Он принадлежит компании, юридическому лицу. Обществу с ограниченной ответственностью. Под названием «Готовься к войне». И стены, и окна, и лампочки, и подъездные пути, и стоянки, и фонарные столбы. Деньги компании — не мои деньги. Товар на складах — не мой. Деньгами и товаром распоряжаетесь вы, наёмные менеджеры. Куда девать выручку, откуда брать ацетон, спички и лопаты — решать вам. Я всего лишь хозяин. Я валяюсь дома на диване, как полагается хозяину. Я — буржуй, капиталист, я нанял людей, люди работают, я отдыхаю. Жру ананасы и рябчиков жую. Если я приду и скажу: «Отдайте мне этот стол, и стул, и товар, и наличность из кассы», — вы скажете: «Нет». Потому что это не мой стол и стул и не моя наличность. Потому что это — собственность компании. Вы помните это?

— Да, — сказала Маша Колыванова.

— Никогда не забывал, — сказал Горохов.

— Хорошо, — похвалил Знаев. — Вы ничего не знаете ни про Григория Молнина, ни про торговую сеть «Ландыш», ни про мои долги, ни про мои уголовные дела. Вы — работяги, вы получаете жалованье и премиальные по итогам года. Вы платите подоходный налог и взносы в пенсионный фонд. Вы белые и пушистые. Вы на том стоите и стоять будете. Правильно?

— Правильно, — сказала Маша. — Но всё равно, звучит как-то… траурно. Сергей Витальевич, я на вас пять лет работаю. Почему вы такой тревожный?

— Я не тревожный, — ответил Знаев. — Это метеозависимость. К вечеру похолодает, и дождь пойдёт. Я это чувствую. А вообще — я счастливый. У меня есть сыновья, у меня есть товарищи, у меня есть враги, у меня есть опыт. У меня есть голова на плечах. У меня есть всё, что нужно. Бог даёт каждому ровно столько, сколько необходимо, чтобы выжить в данный конкретный момент. Сегодня, сейчас. At the moment.

— Вы что же, — спросила Маша с недоумением, — в Бога теперь верите?

— Не верю. Но я много про него знаю.

Резкая боль в левой половине лица заставила Знаева замолчать и стиснуть зубы, и рычание само собой выскочило из горла.

Маша испугалась и посмотрела на Горохова; тот испугался ещё больше, но проявил выдержку, даже брови не поднял; оба смотрели на Знаева, не отрываясь.

— Не обращайте внимания, — процедил Знаев. — Невралгия… Воспаление нерва… Сейчас пройдёт… Вот, всё. Уже прошло.

— Сергей Витальевич, — деликатно сказала Маша, — отдайте вы им этот проклятый магазин. Тем более если хорошие деньги предлагают. Зачем нужна эта возня? Ради чего вы себя гробите? Хотите погибнуть за металл? Возьмите деньги — и забудьте, как страшный сон… Вам на всю жизнь хватит…

— Во-первых, не хватит, — сказал Знаев. — Я уже посчитал. Во-вторых, Маша, я не хочу. Это — моё. — Он ткнул себя пальцем в грудь. — Это создал — я. С пустого места. Тут был овраг и бурьян, а теперь свет горит, асфальт лежит и люди ходят толпами. В этом мире всё начинается с таких, как я. С тех, кто делает. Сначала надо что-то сделать. Из говна слепить конфету, как мой папа говорил. А уж потом, когда есть конфета, появляется всё остальное: государство, полиция, пенсионные фонды, войны, внешняя политика. В этом мире я — главный. Я превращаю пустоту в содержание. Никто мне ничего не сделает. И магазин я не отдам.

Горохов молча извлёк и положил на стол пакетик с бумажными платками; Знаев сообразил, что из его левого глаза по горячей дорожке сбегают одна за другой стремительные слёзы.

«Надо увеличить дозу, — подумал он. — Врач сказала: если будет болеть, надо увеличить дозу…»

Он вытер лицо и сказал:

— Возможно, я уеду. Поправлю здоровье. Ненадолго. Но лавку свою — никому не отдам.

Оба они смотрели теперь с жалостью, как на неизлечимо больного, как на убогого, ущербного, выбывшего из строя. И в их глазах, нейтрально-серых в случае Горохова или сине-зелёных в случае Маши Колывановой, угадывалось сострадание высшего порядка: железный, непотопляемый босс не просто временно захворал, а — сломался капитально, был — да весь вышел, кончился, выдохся, а ведь давно предупреждали, намекали, аккуратно рекомендовали отдохнуть, а кто ещё порекомендует боссу, у которого нет жены и семьи, который так и не понял на пороге полтинника, что плоть его подвержена распаду и тлену.

И то, что Знаев принимал за их дисциплинированность, или преданность, или жалость, или деликатность, или воспитанность — оказалось, как он вдруг понял, любовью.

Они оба любили его. Поэтому и оставались с ним до конца.

Знаев разлил остатки по стаканам и убрал бутылку.

— За вас, — предложила Маша. — Чтоб всё обошлось.

— Обойдётся, — ответил Знаев. — Всегда обходилось, и теперь обойдётся.

Чокнулись; стеклянный звон вдруг показался Знаеву невыносимо громким, как будто прозвонил по нему беспощадный колокол. Нет, сказал он себе, глотая горечь, это не колокол, это — гонг! Последний, двенадцатый раунд. Надо вставать, выходить из угла и биться дальше.

— Маша, — позвал он аккуратно. — У меня к тебе вопрос… Как к сексуальному объекту…

— Слушаю, — сказала Маша с большим достоинством и поправила платье на коленях.

— Вчера я рассказал своей девушке… — Знаев прокашлялся, преодолевая смущение. — Я тебе не говорил, что у меня есть девушка?

— Я знаю, — ответила Маша. — Молодая особа. Художник.

— Да. Художник.

Знаев посмотрел на Алекса Горохова — тот молча поднял ладони и помотал головой: мол, я не сплетник, ничего никому не говорил.

— Я рассказал ей про второго сына… Я ей всё рассказываю… Ничего не утаиваю, для меня это важно… И я ей рассказал. А она, по-моему, расстроилась. Я не понимаю, почему.

— Это просто, — мгновенно ответила Маша Колыванова. — Она, Сергей Витальевич, тоже хочет от вас ребёнка. Когда у вас неожиданно возникают взрослые дети от чужих баб, это значит, что её шансы родить для вас сына или дочь уменьшаются.

— Ага, — сказал Знаев. — Ясно. Я подозревал что-то подобное… Но у меня были сомнения.

— А вы не сомневайтесь, — по-свойски посоветовала Маша Колыванова. — У таких, как вы, обычно бывает много детей.

— У таких, как я?

— Да. У обеспеченных.

— Спасибо, Маша, — сказал Знаев. — Спасибо, что считаешь меня обеспеченным. Это очень приятно.

— Но дело не в деньгах, — добавила Маша торопливо. — Она, наверное, вас сильно любит.

— Сильно любит?

— Да.

— Хорошо, — сказал Знаев. — Кстати, про любовь. Алекс, одолжи мне тысяч десять.

Горохов хмыкнул и переглянулся с Машей.

— Легко, — сказал он. — Может, тебе больше надо?

— Не надо. Машины нет, мотоцикла нет, ем я мало, выпивкой меня мой заместитель угощает, — куда больше?

Горохов достал и протянул деньги.

— Теперь идите, — сказал Знаев, — и работайте.

Когда остался один, вытащил из кармана запасы таблеток, кое-как исчислил двойную порцию и проглотил.

Доктор разрешил увеличить дозу.

Давно понятно, что фармакология — тоже бизнес.

Хлопоты о здоровье — бизнес.

Спрос, предложение, учёт покупательной способности, маркетинг и реклама, ценовая политика.

Гамбургер не насытил? Купи второй.

Таблетка не помогла? Проглоти две. Или три, чтоб уж наверняка.

Он съел пять.

И когда все эти хитро синтезированные цепочки молекул, нейромедиаторы, ингибиторы обратного захвата серотонина растворились в его крови, он подумал, что дело плохо. Ведь не может быть так, чтоб человек чувствовал любовь ближнего только после того, как потеряет семью, репутацию, только после того, как ему предъявят обвинения по восьми статьям Уголовного кодекса, только после того, как налакается горькой отравы и зажуёт горстью ядрёных психотропов.

19

Через полчаса, действительно, страдания прекратились, исчезла не только боль, но и сама неприятная необходимость всё время думать о боли и ожидать её.

Ещё спустя полчаса он ощутил прилив сил и стал догадываться, что, возможно, перебрал с медикаментами, но было уже поздно: волна бешеной активности накрыла Знаева.

Он позвонил в юридическую контору «Каплан и партнёры» и заключил договор на адвокатское обслуживание.

Он позвонил в риелторскую фирму «Золотая миля» и распорядился снизить цену своей квартиры на двадцать процентов.

Он позвонил сыну и дал несколько рекомендаций насчёт последнего трека: первая часть была явно затянута, тогда как третья — и лучшая — часть композиции, наоборот, звучала скомканно, нетвёрдо, хотя мелодически показалась самой интересной и вообще крутой.

Он позвонил второму сыну, но его телефон был отключён.

Он позвонил Гере и напомнил: сегодня вечером обещана встреча с дизайнером одежды.

Он позвонил в компанию «Аудит-Эксперт» и сообщил, что намерен подать иск против налоговой инспекции, неправомерно приостановившей операции по банковскому счёту компании «Торговый Дом "Готовься к войне"».

Он позвонил в компанию МТС и сделал официальное заявление о своих подозрениях насчёт того, что его телефон прослушивается.

Он позвонил матери своего второго ребёнка, но она не ответила на вызов (он был разочарован и недоволен: может быть, эта женщина ему всё-таки снова понравилась, и он надеялся, что она с готовностью схватит трубку и предложит что-нибудь особенное, например — «Давай встретимся»; но не схватила и не предложила).

Он позвонил в интернет-аптеку, заказал полный список нейролептиков по имеющемуся рецепту и с удивлением узнал, что интернет-аптеки больше не продают нейролептики: правила ужесточились.

Он позвонил Плоцкому, но тот сбросил вызов.

Он позвонил в банк, где держал свои личные счета, и ещё раз убедился, что на все его денежные средства наложен арест по искам различных физических лиц, а также налоговой инспекции.

Он позвонил Герману Жарову, тот ответил, что его нет в Москве, как вернётся — выслушает внимательно.

Он позвонил Богу, потом дьяволу — телефоны у обоих были переключены на автоответчики.

«Разумеется, — подумал Знаев, ничуть не смутившись. — Нас слишком много у Бога, а у дьявола — ещё больше».

Он прошёлся по торговому залу магазина, когда-то им созданного и построенного, и понял, что цель достигнута, дело сделано; теперь этот проклятый и ненаглядный, в муках рождённый магазин — самостоятельное существо, живущее автономно от родителя. Супервайзеры и мерчендайзеры бегали мимо него, помогая выгрузить с полок бутыли с ацетоном и мешки с сахаром. Покупатели не толкали друг друга плечами, нет, — но возле касс неизменно копились очереди.

Магазин держал сверхнизкие, демпинговые цены; только за счёт низких цен удавалось поддерживать оборот, наполнять кассы сальными трудовыми тысчонками переутомлённых жителей ближнего Подмосковья.

На самом деле Знаев и Горохов — хозяева магазина — ничем не управляли. Все отделы были сданы в аренду торговым сетям: овощной отдел держал Рахим, хлебом занимался Серёжа, алкоголем и сигаретами — Гриша. И тот, и другой, и третий дважды в неделю приезжали на огромных джипах — проконтролировать процесс, — и выглядели сытыми и процветающими. Секреты торговли водкой и табаком были им хорошо известны; при встрече они крепко жали Знаеву руку и арендную плату вносили вовремя или с небольшим опозданием; все они были, в сущности, неплохими людьми, по-своему обаятельными, но разговаривать с ними дольше трёх минут Знаев не умел. В мире розничной торговли он был абсолютным чужаком.

Компании «Готовься к войне» принадлежал лишь один стеллаж в углу торгового зала. Здесь плотными рядами стояли канистры, вёдра, эмалированные тазы, резиновые сапоги и валенки (галоши — отдельно), на вешалках теснились ватники, брезентовые плащи, душегрейки с кроличьим мехом. А на самом видном месте маячил «Патриот» — манекен в полный рост, одетый в соответствии с основной концепцией торгового дома: солдатские берцы, чёрные хлопковые штаны, подпоясанные солдатским ремнём, телогрейка и тельняшка, обтягивающая выпуклую пластмассовую грудь. На идеальной атлетической фигуре «Патриота» даже бесформенный ватник сидел, как концертный фрак на дирижёре симфонического оркестра.

Знаев смерил «Патриота» критическим взглядом и пообещал себе, что обязательно доведёт до конца затею с телогрейками собственного дизайна. Хоть что-то полезное должно было остаться. Хотя бы телогрейка, заново придуманная и хорошо сшитая.

То, что затея с магазином провалилась, было давно понятно.

Для продажи спичек, керосина и кирзовых сапог не нужен специальный супермаркет.

Люди, использующие в хозяйстве керосин, не ходят дальше ближайшего сельпо.

Люди, покупающие сахар в мешках, не обязательно подпоясываются солдатскими ремнями.

Любители солдатских ремней не всегда думают о войне.

В периоды кризисов, падения спроса все торговые сети мгновенно меняют свои стратегии, выбрасывая на полки дешёвую еду и одежду. Бывший банкир Сергей Знаев не мог конкурировать с «Ашаном» и «Дикси». Да и не хотел.

Он обошёл «Патриота» справа и слева. Под любым углом зрения, с расстояния в три метра и пятнадцать метров, манекен выглядел глупо и жалко.

Люди шли мимо, толкая тележки, не обращая на пластмассового болвана никакого внимания.

К сожалению, покупатели тоже не отличались красотой и стройностью: однотипно пергидрольные бесформенные женщины и помятые похмельные мужчины, они сами были похожи на скрипящие смазные сапоги или стоптанные валенки. Нижний слой общества, малоимущие, угрюмые, неопрятные. Привести в движение десятки миллионов долларов, объединить сотни людей, потратить годы, построить огромное капитальное здание, набить его до потолка жратвой и выпивкой, одеждой и обувью — только для того, чтобы пришли самые бедные, нездоровые и недалёкие. Так называемый «народ», молчаливое большинство, нищие духом, которые наследуют землю.

Знаев огляделся и не увидел вокруг ни одного человека моложе сорока. Ни одной улыбки на шершавых лицах. Ни одной короткой юбки. Ни одного крепкого бицепса.

Он создал гетто для унылых, место сбора неудачников.

Знаев примерился — и ударом ноги опрокинул манекен, испытав при этом огромное наслаждение. Шагающие мимо покупатели прянули прочь — словно рассыпались захваченные карты из старой колоды.

Подбежала девушка-продавец в форменной тужурке с пятиконечной звездой на спине, остроносая, решительная. Хозяина не узнала.

— Мужчина, в чём дело?

— Ты не знаешь, кто я? — миролюбиво спросил Знаев, подходя к упавшему «Патриоту».

— Мне всё равно, — резко ответила девушка. — Верните вещь на место! Я охрану вызову!

— Не шуми, — попросил Знаев. — Давно тут работаешь?

— А ты мне не тыкай, — отрезала девушка и оглянулась: появившийся сбоку охранник узнал босса, махал ей рукой, звал подойти ближе — не кричать же при всех, что нервный мужик, атаковавший манекен, на самом деле не псих, а, наоборот, владелец предприятия, то есть практически полубог, недосягаемый для критики.

Знаев ухватил «Патриота» за талию и понёс через весь зал — подальше от людских глаз. Вышел в служебный коридор, пропахший несвежей рыбой, — и швырнул пластмассового парня на пол.

Таблетки действовали, возбуждение усиливалось, мысли догоняли одна другую.

Понял, что всегда ненавидел запах магазинных подсобных помещений: любую вонь мог стерпеть, только не эту, ветчинно-селёдочную, густую, навевающую мысли о плутовстве и обжорстве.

Понял, что магазин следует срочно продать — вместе с манекенами, запахами, подсобными коридорами и прочими оцинкованными вёдрами.

Снять красные звёзды с фасада и со спин продавцов.

Выплатить солидные премиальные Маше Колывановой и Алексу Горохову — и распрощаться с обоими.

Потом — уехать на войну и там сгинуть.

Он вернулся в кабинет Горохова, достал из-под стола новую бутылку и налил себе ещё. Там, под хозяйским столом, бутылок было достаточно.

Он не был разочарован, не ощущал ни горечи, ни досады. Привык проигрывать, давно приобрёл иммунитет. Любой человеческий опыт — это прежде всего опыт эмоциональный. Получивший по физиономии навсегда запоминает вкус крови во рту. Проигравший никогда не забудет горечи поражения.

«Привычка свыше нам дана, — вспомнил Знаев, — замена счастию она».

Если это так — значит, я должен быть абсолютно и непобедимо счастлив.

Может быть, так оно и есть? Может быть, я на самом деле счастлив самым глубоким и чистым счастьем, — но не чувствую этого?

20

Сидели, курили.

Он привёз три образца. Чёрную мужскую телогрейку. Красно-жёлтую, весёлую женскую телогрейку. И совсем юмористическую, фиолетово-оранжевую, радостную телогреечку детскую.

Мужскую надел сам, женскую надела Гера.

Сунула руки в карманы, изобразила некоего трагического сутулого персонажа, замерзающего в тайге или тундре, прячущего папиросный огонёк в кулаке от жестокого ветра. Знаев улыбнулся, коротко поаплодировал, про себя же грустно и раздражённо подумал, что даже его подруга, смело мыслящая девушка, глубоко презирающая нормы и правила и ещё сильней презирающая идейные и эстетические шаблоны, — даже она, облачившись в простёганный ватник, первым делом вспомнила махорочный, колымский шаблон, всё это тошнотворно расхожее, кривое, туберкулёзное, самогонное, стылое, цинготное, дрожащее от голода и перепоя русское бессознательное, пыхающее горьким табачком в нечистую ладошку.

В окна мастерской, рифмой к пантомиме Геры, хлестал холодный дождь. Его органный гул заставлял всех троих повышать голос.

Что-то сломалось нынче вечером в московской погоде, ветер переменился, давление упало; Знаева одолевала тревога; казалось, мир вот-вот упадёт ему на голову, расплющит ненадёжный череп, и все умрут, и биржи рухнут, и акции обесценятся, и правительства падут, и тьма поглотит легкомысленное человечество, и по пустой земле будут бегать бледные кони, чёрные коты с жёлтыми клыками, железная саранча и голые хохочущие бесы, воняющие серой. И будет свобода, но не будет людей, и взойдёт звезда Полынь, сверкающая и ужасная.

В попытке спастись от наваждения Знаеву пришлось ещё раз выпить и закинуться ещё двумя порциями лекарств.

Он пришёл в дом своей подруги, покачиваясь и дыша в сторону.

Импровизированный показ, дефиле в телогрейках, устроили не для забавы — ради гостьи. Её звали Серафима, она занималась дизайном одежды. Сидела у стены на табурете, наблюдала пристально. Затем достала телефон, поставила манекенщика и манекенщицу в свет и сделала несколько снимков. Знаев не удержался, скорчил дьявольскую рожу, Серафима рассмеялась.

С первого взгляда Знаев ей интуитивно доверял. Она мало говорила, зато внимательно слушала, и спину её балахона в стиле этно-фолк украшал знак: стрела, летящая в зенит, языческая руна воина. Гостья, как и Гера, явно полагала свою жизнь битвой, или чередой битв, и вообще принадлежала к той же породе твёрдых городских девушек, предпочитающих сидеть на хлебе и воде, но заниматься любимым делом. Изобретать новое, украшать повседневность.

Гера рекомендовала подругу как исполнительного, вменяемого и исключительно передового специалиста, имевшего опыт работы у Юдашкина, а кроме того — двоих детей, диабет и темнокожего любовника, специально дважды в месяц прилетавшего из Копенгагена. Таким образом, Знаев ещё до прихода передового дизайнера был согласен на любую совместную деятельность. Шутка ли — бойфренд из Копенгагена! Оставалось лишь обговорить детали.

— Я всё придумал сам, — признался он (серьёзная Серафима кивнула). — Нарисовал, как мог. Сшили в Китае. Получилось, как видите, аляповато. Даже не знаю, стоит ли это показывать людям.

— Да, — согласилась Серафима. — Страшновато. Но оригинально.

— Возможно, я допустил системную ошибку. Возможно, одной только телогрейки мало. Что такое телогрейка? Просто ватная набивная куртка. Этого недостаточно. Мне кажется, надо делать полный look. Коллекцию. То есть — и куртку, и штаны, и обувь. Я прав?

— Нет, — ответила Серафима. — Вы можете свои телогрейки надеть на совершенно голых моделей и устроить показ. Конечно, если показ делает большой богатый дом, «Диор» или «Луи Вюиттон», — они под каждую коллекцию отдельно заказывают и обувь, и бижутерию. Могут себе позволить. Но вы ведь не Луи Вюиттон.

— Разумеется, — поспешно сказал Знаев. — Я не Луи Вюиттон, вообще ни разу. Я занимался музыкой. Потом — финансами и розничной торговлей. Но, так или иначе, это должна быть коллекция. Минимум по три варианта для женщин, мужчин и детей. Особенно для женщин. Насколько я понимаю, если мы лезем в мир моды, надо бить по женщинам? Они — целевая группа?

— Нет, — сказала Серафима. — Гендерные правила давно перемешались. Унисекс рулит.

Знаеву нравилось, как она произносит «нет».

Благодарно посмотрел на Геру — она подмигнула. Холодный дождь за окнами её не смущал.

— А как же ворот? — спросил он. — Мужчина запахивается на левую сторону, женщина — на правую…

— Уже всё, — отрезала Серафима. — Нет таких различий.

— Ладно, — сказал Знаев. — Унисекс. Хорошо. Это я подумаю. Теперь про материалы. Я бы хотел что-то простое. Натуральный лён и хлопок. И чтоб очень прочный. Это должна быть в принципе неубиваемая вещь. В этом вся идея. Куртку стирают хозяйственным мылом, дешёвым порошком, речным песком — а с ней ничего не происходит. Чтоб краска держалась, чтоб на солнце не выгорала…

Серафима вежливо покачала головой.

— Такие материалы дорого стоят. Их не производят в России. Если шить из первоклассных материалов — ваша телогрейка не будет дешёвая.

— Должна быть дешёвая, — сказал Знаев.

— А что значит — дешёвая? Или дорогая? В случае с одеждой это всё перепутано. Человек легко выкладывает половину месячной зарплаты за пальто. Оно его украшает. Человек не хочет носить дешёвое пальто — наоборот, он хочет дорогое, солидное, нарядное. Сначала он смотрит в зеркало — идёт ли ему пальто, — а уже потом на ценник.

— Понимаю, — сказал Знаев. — Вы правы. Конечно, ценник — не первое дело. Но и не последнее. Я за низкую стоимость.

— Низкая стоимость ничего не гарантирует. Сейчас рынком одежды правит общая маркетология. А не цена. И даже не мода. Пятьдесят лет назад Софи Лорен выходила в нитке жемчуга — и на следующее утро миллионы женщин делали точно так же. Сейчас в каждом журнале по три десятка звёзд-трендсеттеров, и все они одеты в какие-то особые платья и украшения. Но публике это неинтересно. Трендсеттеры — только малая часть индустрии. Сейчас каждый хочет иметь собственный вкус и выражать собственную индивидуальность. Что носить — сейчас не диктуется сверху, предложением; сейчас важней уловить запрос снизу, от потребителя. В вашем случае — если бы существовал такой запрос, кто-нибудь уже шил бы эти телогрейки и продавал с успехом.

— Не верю, — сказал Знаев. — Если бы кто-то этим серьёзно занимался — я бы знал.

— У Егора Зайцева есть целая коллекция.

— Видел, — сказал Знаев. — Называется «Захар и Егор», совместно с писателем Прилепиным. Их телогрейки — демисезонные, стоят дорого и увешаны каки-ми-то молниями и погонами. Это ошибка; должно быть теплей, дешевле и проще.

Серафима коротко улыбнулась.

«Она считает, что я изобрёл велосипед», — подумал Знаев, раздражаясь.

Оглянулся на Геру — но она, оказывается, уже не следила за разговором, а рассматривала собственное неоконченное полотно: спиралевидную последова-тельность серых, синих и розовых многоугольников, вглядишься — заболит голова, а если перед этим вы-пить и зажевать транквилизаторами — может быть со-всем худо; Знаев поспешил снова повернуться к Сера-фиме.

— Слушайте, — сказал он. — Я — дилетант, но я не дурак. Я не жду, что завтра миллионы людей бросятся покупать мои телогрейки. Я не собираюсь насаждать моду. Я просто хочу попробовать. С точки зрения марке-тологии я всё делаю правильно. Заказываю небольшую опытную партию.

— Конечно, — вежливо ответила Серафима. — Но если начистоту — для меня это слишком простая работа. Любая девочка-швея вам с удовольствием придумает такую авторскую телогрейку, сама сошьёт и ещё гор-диться будет. Вам необязательно нанимать квалифици-рованного дизайнера. Вы потратите лишние деньги.

Знаев ощутил обиду.

— Если вас не возбуждает, — пробормотал он, — в смысле, как художника… То есть, если неинтересно…

— Интересно, — ответила Серафима. — Я возьмусь, конечно. Сейчас работы мало, за любой заказ хвата-юсь… А возбуждает или нет — это уже потом… Если со-всем не будет возбуждать, я скажу.

— Договорились, — сказал Знаев. — Теперь ещё важное. Эту куртку не должно быть жалко. Понимаете?

— Нет.

— Я вырос в Советском Союзе, — объяснил Знаев. — В детстве мы играли в хоккей. Я стоял в воротах. Брал у отца старую телогрейку и надевал спиной вперёд. Приятели застёгивали на спине пуговицы. Это был мой панцирь, защита от шайбы. Телогрейка — универсальная, супер-утилитарная одежда. Используется в хозяйстве самыми разными способами. Например, кастрюлю с горячей картошкой завернуть, чтоб не остыла…

— Вы хотите сделать крепкую, удобную, нарядную куртку — и чтоб её не было жалко?

— Только так. Это же часть нашей национальной матрицы. Ничего не жалко. Пользоваться, но не беречь. Любить, но не ухаживать.

— Хорошо, — сказала Серафима, видимо, не настроенная спорить. — Если вы про национальную матрицу — тогда, наверно, нам нужна славянская или православная тематика. Например, пуговицы в виде храмовых куполов…

— Исключено, — твёрдо сказал Знаев. — Никаких славян. Никакого православия. Мы не спекулируем идеями. Мы делаем телогрейку. Телогрейку — как телогрейку. Как мем, как вещь в себе. Мы не юзаем славянский и православный дискурс. Мы работаем для людей. Мы не националисты и не религиозные фанатики. Мы создаём одежду, и ничего более.

— Понятно, — сказала Серафима.

Знаев снял китайскую продукцию, аккуратно свернул и положил на пол. Он был твёрдо настроен сегодня же довести дело до конца.

— У меня, — сказал он, — много визуального материала. Я пришлю вам рисунки и ссылки на литературу. Принято считать, что телогрейка, или ватник, попала в Россию в начале прошлого века, заимствованная с Востока, от китайцев. В те времена половина Китая ходила в простейших ватных куртках с высоким воротником, защищающим шею от холода и ветра. Куртки были простёганы вдоль, исключительно для того, чтобы не расползался утеплитель — хлопковая вата… — Знаев перевёл дух и облизнул губы; ему казалось важным сообщить если не всё, то главное. — Но для меня очевидно, что телогрейка представляет собой доживший до наших дней так называемый подкольчужник, или поддоспешник. Элемент военного обмундирования средних веков. Толстая стёганая набивная куртка, обычно войлочная, реже — льняная, кожаная или комбинированная. Все такие подкольчужники-поддоспешники изготавливались индивидуально, строго по фигуре воина, и плотно затягивались шнурами на спине и пояснице. Набивали их конским волосом. Это был важный элемент защитного вооружения, такой же, как шлем или латная рукавица. Воин надевал сначала исподнюю рубаху, на неё — подкольчужник, сшитый по мерке, и только потом — стальную плетёную кольчугу. И шёл рубиться. — Знаев полоснул воздух ребром ладони; Серафима вздрогнула. — Толстая набивная куртка смягчала удары вражеского меча. Если вы увидите восстановленные образцы средневековых русских подкольчужников — обнаружите почти абсолютное сходство с современной телогрейкой. И не только в России: традиционный средневековый мужской камзол аристократов, пиратов и поэтов, с обязательным высоким стоячим воротником под горло, с узкой талией и кожаными валиками на плечах, одежда героев Шекспира и Лопе де Веги, есть не что иное, как боевой поддоспешник. На такой камзол в любой момент сверху надевались латы — и парень шёл махать двуручным мечом за своего короля...

— Вы хорошо изучили вопрос, — сказала Серафима.

— Спасибо, — ответил Знаев. — Слушайте дальше. Итак, мы видим, что на протяжении тысячи лет верхняя мужская одежда — и в Европе, и в России — изготавливалась по военным технологиям, и ни по каким другим. В советской армии телогрейку изначально не использовали в качестве верхней одежды: она надевалась под шинель, для тепла. То есть мы снова возвращаемся к защите от ветра и мороза как к базовой функции, закреплённой в самом названии. Выделяя признаки телогрейки, мы всегда имеем в виду однобортную куртку со стоячим воротником. Защищается в первую очередь грудь и горло. Наконец, второй важный признак — дешевизна. То есть в нашем случае цена всё-таки имеет значение. Телогрейка — одежда тоталитарного мира, одежда левацкая, коммунистическая; простоту и практичность телогрейки не надо прятать — наоборот, надо выпячивать. Телогрейка — одежда для радикалов. Для молодых и сильных. В телогрейках будут ходить люди сурового нового мира, который однажды придёт на смену прогнившему и продажному международному капитализму.

И Знаев оглянулся на Геру, поскольку именно её считал молодым и сильным человеком сурового нового мира: она помахала рукой, понимая, о чём речь.

— У меня есть магазин. Я продаю телогрейки пять лет. Это хороший товар, пользуется устойчивым спросом. Не скажу, что я сделал на этом состояние, — но пока не прогорел. Я начал это дело задолго до войны и кризиса, безо всякой политической или конъюнктурной подоплёки... Слово «ватник» ещё не использовалось в качестве оскорбления... Я знаю: если мы придумаем что-то интересное, свежее — товар пойдёт. Спрос на него есть.

— Ясно, — сказала Серафима. — Куртка унисекс для радикалов с уклоном в милитаризм. Сверхдешёвая и сверхпрочная.

— И красивая, — добавил Знаев.

Серафима усмехнулась.

— Обязательно, — сказала она. — У меня больше нет вопросов.

Знаев повернулся к Гере.

— А ты что думаешь?

— Тут не хватает метафизики, — сказала Гера. — Элемента бездонной глубины. Если это одежда солдата — значит, возникает прямая ассоциация со смертью. Значит, надо либо усилить намёк на смерть — ну, или на культ смерти, — либо уравновесить тёмную энергию светлой. Например, яркая подкладка.

— Точно, — сказала Серафима. — Ты гений, мать. Даже не яркая, а легкомысленная. Какая-нибудь клетка или полоска. Сверху — сурово, а внутри — наоборот, весело.

— Хорошо, — сказал Знаев. — Я подумаю.

Серафима, как ему показалось, устала от его лекций и инструкций.

— Тогда всё, — сказал он ей. — Спасибо вам большое. Женский образец телогрейки я могу вам подарить. И детский тоже.

— Спасибо, — ответила Серафима деликатно. — Не мой стиль.

— У вас, вроде, есть дети...

— Детям я покупаю одежду в Дании. Там в два раза дешевле, чем у нас. И в три раза лучше.

Подавив лёгкую обиду, Знаев собрал телогрейки в охапку и отнёс на балкон.

Запах и шум падающей с неба прохладной воды немного протрезвили его.

Он постоял, наблюдая, как автомобили таранят городской полумрак, взмётывая вокруг себя радужные фонтаны. Вспомнил океан, ревущие волны, доску, себя, измученного, на этой доске. Ах, хорошо бы сейчас куда-нибудь в Балеал, в Куту, в Санта-Монику, лечь грудью на шестифутовый сёрф — и вперёд, незваным гостем к яростному водяному царю.

Когда вернулся — девки оккупировали кухню, чаёвничали. Чтобы не мешать, ушёл в ванную, прихватив планшет и наушники.

Лёг в горячую воду, воткнул Роберта Джонсона и задремал под хриплый любимый голос. Так мог бы тренькать какой-нибудь реликтовый русский скоморох на рассохшейся балалайке, — но не сохранилось записей тех древних скоморохов, а Джонсон — уцелел.

Если бы я владел чем-нибудь во время судного дня!
Если бы я владел чем-нибудь во время судного дня.
Господи, я люблю маленькую женщину,
И не имею права молиться.

21

Он ел с громадным аппетитом, грузил на вилку добрые ломти жареного мяса, жевал энергично, то наклоняясь низко над блюдом, то выпрямляя спину и глядя на отца и мать, кивая согласно или пожимая плечами в ответ на вопрос или предложение.

Еду молодой Сергей Сергеевич ценил и уважал: не просто так, не потому что обжора, чревоугодник, а потому что тягал железо.

Выяснилось, что он не только математик — но и спортсмен. Атлет.

— Качаю банку, — так сказал.

Его мать курила электронную сигарету и гладила пальцем стакан с крепким.

В самом начале вечера она с короткой улыбкой призналась, что предпочитает крепкое, и попросила у официанта три порции.

Официант покосился на её электронную сигарету, но промолчал: день был будний, и времена были небогатые — во многих местах, и в дорогих ресторанах, и в демократических едальнях, гостям разрешалось курить на открытых верандах.

В первые минуты всё шло со скрипом. Знаев ловил себя на неприятно мелкой суете, на попытках хлопнуть сына по плечу, заглянуть ему в лицо, с гусарским расшаркиваньем отодвинуть стул для его матери; каждое такое движение делалось непроизвольно, бессознательно; вдруг он понял, что всего-навсего смущён.

И его внезапный сын, и мать сына — смущены тоже.

Мать, в первую их встречу горевшая лёгкими улыбками и жестами, сейчас куталась в бесформенную кофту, теребила свисающий с шеи чёрный проводок наушника, на Знаева почти не смотрела, говорила мало. И выглядела в таком менее позитивном образе гораздо привлекательней.

Сын, едва сев за стол, извлёк телефон и попытался углубиться в смс-общение. Мать железным тоном произнесла: «Убери, пожалуйста» — и малый послушался.

Они ничего друг про друга не знали, видели друг друга второй раз в жизни, а между тем имели самую близкую кровную связь, какая только возможна у людей, — и теперь испугались, оробели.

Знаев понял это быстрей остальных, поймал официанта за край пиджака и заказал себе сразу много: суп с мидиями, селёдку с красным луком, чесночный хлеб, бокал пива, стейк из тунца со сливочным соусом и кунжутным маслом, бутыль воды с газом, кофе — чтобы и мальчишка тоже не стеснялся, пожрал вволю.

С той же целью — преодолеть стартовое стеснение — Знаев рассказал обоим, что уже четверть века следует правилу, установленному в голодной юности: в ресторанах заказывать только рыбу и морепродукты, потому что русский человек из средней полосы мясо ест часто, а рыбу — редко; следовательно, там, где есть выбор, нужно выбирать только рыбу.

Вероника наконец засмеялась, хлебнула из своего стакана: всё понятно! Теперь я знаю, в кого мой сын такой зануда!

На ключевом слове «зануда» — а Знаева так называли самые близкие люди — вечер кое-как тронулся с мёртвой точки. Сергей-младший, не чинясь, стал рвать зубами жареное; взрослые охмелели и заговорили. Она рассказывала, он уточнял. В воздухе над столом повисли образы прошлого. Единственная дочь внимательных родителей, рождённая в годы агонии Советского Союза, вдруг забеременела от случайного любовника, но отец и мать — во всём поддержали, и продолжали поддерживать, пока родила и растила. Молодая мамаша много сил посвятила сыну в первые годы. Когда мальчик научился завязывать шнурки и стал приносить из школы только «пятёрки», — решила, что дальше сын во всём разберётся сам; мужчина, в конце концов; мама стала больше жить для себя. Пыталась наладить что-то личное, но в жёстком поиске никогда не была, и замуж так и не вышла, да и хрен с ними, с мужиками, женщина не должна зависеть, почитай Машу Арбатову.

Много ездила, однажды четыре месяца прожила в Таиланде. И вообще без этого жить не может. Два раза была в Венеции. И неделю на Кубе.

Знаева расстроило малое количество событий, произошедших с его собеседницей; он бы хотел, чтобы удивительная история появления внезапного сына развивалась по нарастающей, чтобы вслед за удивительным мальчишкой и мать его оказалась столь же удивительной, необычной, какой-нибудь журналисткой, профессиональной прорицательницей, режиссёром-документалистом, мастером спорта по кёрлингу, барменом из крутого кабака или хотя бы майором полиции. Но увы, она была всего лишь мастером в области компьютерного дизайна и зарабатывала на хлеб, сидя за экраном на собственной кухне.

Сын и ухом не вёл, решительно пилил ножом стейк, запивал лимонадом. Его внезапный папа наблюдал, улыбался. Думал, что со стороны они трое выглядят как настоящая, всамделишная семья. Скреплённая любовью. Сильно переутомлённый отец, потрёпанный, но обеспеченный. Несколько менее переутомлённая мама в кофте труженицы интеллектуального фронта. И огромный их отпрыск, причина родительского переутомления, яблочной свежестью сверкающий; ещё год или два — и будет настоящий богатырь, косая сажень. Ест за четверых, аж за ушами хрустит, — а родители смотрят, ликуя внутренне: ура, вон какого вырастили, красивого, громадного. Счастливая ячейка, молекула заботы и взаимовыручки. Сейчас насытятся и разойдутся, отец с сыном — в кино, а мать — домой, поспать или посидеть в фейсбуке, провести два-три часа в тишине и уединении.

А за лакированными перилами веранды по тротуару мимо них проходили такие же счастливые и уверенные чьи-то сыновья, отцы и матери, сытые, звенящие от здоровья, любящие и любимые, настоящие.

Сына удалось разговорить, свернув на проблемы тяжёлой атлетики и спортивного питания.

— Говядина не так богата белком, — говорил он, глотая и запивая. — Лучше всего есть курицу. Куриные грудки. В ста граммах грудки содержится сорок граммов чистого животного белка.

— Углеводы? — подсказывал отец, подмигивая матери.

Сын кивал и отвечал:

— Обязательно. Кашу ем каждый день. Овсяную или перловую. Хлеб — тоже.

И забрасывал в рот кусок булки.

— Ещё нужен растительный белок, — напоминал отец.

— Орехи, — отвечал сын невесело. — Орехи — вкусные, я люблю. Дорогие они. Авокадо тоже. Всё, что содержит растительный белок, дорого стоит.

Отец смотрел на мать, а мать улыбалась немного нервно и пожимала плечами.

— Он математик, у него всё посчитано.

Потом сын ушёл в туалет.

Знаев жестом попросил у Вероники электронную сигарету и затянулся.

— Какая гадость, — искренне сказал.

— Извини, — ответила женщина. — С молодости курю, привыкла.

— Он крутой парень, — сказал Знаев. — Я должен тебя поблагодарить.

Вероника улыбнулась.

— Я тут ни при чём. Он рос как крапива. Сам по себе. Это — твои гены.

— Почему ты не нашла меня раньше?

Она сделала строгое лицо, неприятное, учительское.

— Не наезжай, ладно? У меня к тебе нет претензий. Это мой ребёнок. Рожала — для себя. Мне не было легко, но я не голодала. Сама себя обеспечивала. Родители помогали. И я, — она посмотрела на Знаева с вызовом и превосходством, — растила его с удовольствием. Мне нравилось материнство, оно меня раскрепостило. И сделало умней. Мои подружки ещё романчики крутили с двадцатилетними студентами, а я уже была вся такая на теме пелёнок. Это было прекрасно, Сергей. Я реализовалась как мать, и я очень довольна.

— Всё равно, — невесело произнёс Знаев. — Ты нашла бы меня, если бы захотела.

— Я искала. Но я тебе не Шерлок Холмс. Ты исчез, ты пропал. Ты оставил номер телефона, на котором всегда был включён автоответчик. Ты ни разу не позвонил. А мне было девятнадцать лет. Обыкновенная дура, студентка из Балашихи. В голове только Бунин, немного Булгакова и группа «Нирвана». Я просто гуляю вечером по бульвару. Я вижу, ты переходишь дорогу и жестом просишь, чтобы машины остановились, а позади тебя плетётся твой пьяный приятель, и ты его за руку тащишь. И перетащил через дорогу своего приятеля, и ужасно грубо сплюнул… И меня увидел… И стал извиняться… Извинялся долго. Я не знала, что можно так долго и красиво извиняться…

— Это я вспомнил, — искренне признался Знаев.

— Ты выбежал, словно из страшной книги. Дома, деревья, бульвар, жёлтые фонари, вечер, жарко, чёрные лакированные машины одна за другой… Ты выбежал, пиджак нараспашку, как призрак. Я дико испугалась. Я едва не описалась. Это было… красиво, Сергей.

— Спасибо, — сказал Знаев, невероятно польщённый.

Вероника посмотрела в свой стакан; она явно была не прочь повторить.

— Ты мне понравился, — призналась она, глядя в сторону. — Ты… Ну, в общем… произвёл впечатление. Ты был сильный и красивый. И я… В тот вечер… любила тебя… по-настоящему… И когда узнала, что беременна, — поняла, что под нож не лягу, не смогу… буду рожать… Вот — родила, слава богу. — Она допила остаток сильным глотком. — Никаких претензий, Серёжа. Всё было классно.

— Спасибо тебе, — сказал Знаев. — Для меня это важно. Я, между прочим, хороший отец. Мой старший тоже нормально получился. Вполне себе экземпляр… Лентяй, к сожалению… Но зато настоящий пацан.

— Это я не люблю, — резко сказала Вероника. — Я своего сына пацаном не растила.

— А кем растила?

— Джентльменом.

— Это то же самое.

— Не то же самое. Пацаны всегда компаниями ходят. Пацаны — это стая. Вожак и подчинённые. Шестёрки. А джентльмен — фигура самостоятельная.

— Ошибаешься, Вероника, — сказал Знаев. — Джентльмен — это дворянин, рыцарь. Тот, кто не работает, а живёт на доходы от земель и недвижимости. Джентльмен — это верный меч на службе своего короля. Когда королю надо было воевать, он призывал джентльменов. Джентльмены приходили, вынимали длинные тесаки и рубили в капусту любого, кого прикажут.

Знаев показал рукой, как рубили друг друга джентльмены, и Вероника поморщилась.

— Это было давно, — сказала она. — Сейчас джентльмен — просто благородный человек. Тот, кто держит своё слово, соблюдает законы и живёт по совести.

— А пацан живёт не по совести?

— Пацан, — брезгливо сказала Вероника, — живёт по понятиям. Как наш президент. Как его подручные. Как вся эта страна, как весь её народ.

Знаев увидел подходящего к столу Сергея Сергеевича и сказал:

— А мы сейчас у него самого спросим.

И, когда юноша сел, посмотрел ему в глаза.

— Мы с твоей матерью поспорили, кто ты: пацан или джентльмен?

Сергей Сергеевич подумал и неуверенно пожал плечами.

— По-моему, — сказал он, — это одно и то же.

— Вот, — сказал Знаев и улыбнулся Веронике. — Молодой человек думает в точности как я. «Пацан», «джентльмен» — всё это слова. — Он снова удержался от того, чтобы хлопнуть мальчика по плечу. — Давай о главном, дружище. Что это такое — университет в городе Утрехт?

— Один из лучших, — ответила Вероника вместо сына, со старомодной разночинной торжественностью.

После сказанных ею фраз насчёт «этой страны» и «народа» Знаев тут же перестал к ней всерьёз относиться — просто ещё одна наивная дура; зато неожиданно испытал сильное влечение. Да, сутуловатая и прокуренная, но всё же приемлемо привлекательная, улыбается хорошо, глаза подведены жирно, красивые руки с узкими запястьями.

— Мы — поступили, — продолжала она, блестя глазами и губами. — Две недели назад получили ответ. У нас уже есть учебная виза. И мы заплатили за первый семестр. Сидим на чемоданах.

— Круто, — оценил Знаев. — Утрехт. Обучение — на английском языке?

— Ради языка всё и затевается, — снова ответила мама вместо сына. — Язык надо получать как можно раньше.

— Совершенно согласен. А зачем всё так сурово? — Знаев посмотрел на сына. — Ты что, не хочешь жить в России?

— В ближайшие годы — нет, — спокойно ответил сын. — Я хочу быть человеком мира.

— Понятно, — сказал Знаев. — Человек мира. Давай-ка, Сергей, пройдись. Ну, или в баре посиди. Мы с твоей матерью поговорим.

Юноша тут же ушёл — очевидно, привыкший к роли изгоняемого.

— Ты тоже с ним едешь? — спросил Знаев.

— Да, — сказала Вероника. — Боюсь одного оставлять.

— Если он там проживёт хотя бы полгода — он уже не вернётся.

— Ну и пусть. Нечего ему тут делать.

— По-моему, наоборот, — мирно возразил Знаев. — Тут всегда нужны хорошие умные ребята...

Вероника сверкнула глазами.

— Кому? — ядовито спросила она. — Военному комиссару? Не надо, Сергей. Я знаю, ты — за Родину. Красные звёзды, штаны с начёсом, магазин «Готовься к войне». Но меня это всё не волнует. Я своего сына этой вот Родине — не отдам. Сын — это всё, что у меня есть. Это — моё. Это я создала. В мире всё начинается с таких, как я. С оплодотворённых самок, — уточнила она.

— Прекрасно тебя понимаю, — ответил Знаев. — Давай-ка ещё выпьем.

Он предложил дежурно, не задумываясь, — минуту назад не имел ни малейшего намерения устраивать попойку, — да вдруг оказалось, что именно таков был идеальный способ провести несколько часов в компании незнакомых людей, оказавшихся близкими родственниками, и при этом не сказать ни слова о политике.

Много лет был непримиримым трезвенником, но когда перевалило за сорок, стал себе разрешать понемногу, рюмку здесь — бокал тут. Постепенно ослабил сложную систему запретов, самодисциплину, внутри которой жил с юношеских лет. Подступил другой возраст, требовались новые правила, щадящие. Уже не надо было работать с восьми утра до полуночи. Уже можно было разрешить себе передышку. Уже можно было иногда отключать телефон.

Теперь он, наблюдая за собственным сыном, с удовольствием напился, заказав для этой благовидной цели бутылку сухого белого.

— Спасибо, ребята, что нашли меня. Хорошо, что вы есть. Не знаю, что будет дальше, но... Хорошо, что теперь мы знаем друг друга.

И дальше, дальше: любуясь собственной видоизменённой и доработанной двухметровой копией, и тем, как эти двое берегут, всерьёз любят друг друга, слышат друг друга, как сын недовольно посматривает на свою мать, слегка окосевшую, как она жестом велит ему вытереть рот, как сын всё-таки ловит минуту, чтобы быстро вытащить карманный голубой экранчик и проверить входящие, как мать округляет глаза, рассказывая о своём участии в движении «Синие ведёрки», о любви к горькому шоколаду, о том, как она тащится от «Игры престолов» и вообще от всего этого средневекового, рыцарского, только чтобы без драконов и розовых соплей, без фей с крылышками, я для этого слишком серьёзная; и про холивары в фейсбуке, и про возмутительный памятник Владимиру Святому, и про то, что «Brainstorm» — очень даже ничего, а потому что не наши, латыши, европейская музыкальная культура; и про то, как однажды бывший бойфренд предложил ей круиз в Антарктиду, а она отказалась, поскольку с бывшими бойфрендами лучше снова не начинать.

И ещё дальше: наблюдая, как сын начинает скучать в компании двух пьяных взрослых, причём понятно — он точно так же скучал бы и в компании трезвых взрослых, просто потому что — взрослые, другое поколение, старики, олд-таймеры, ничего в жизни не понимающие; наблюдая, как мать снимает туфли и забирается с ногами на диван, наблюдая, как сгущается вечер, как стоят на улице машины, в заторе, бампер в бампер, окончен рабочий день; наблюдая, как новые и новые разноцветные люди заполняют веранду, звенят посудой, пересмеиваются, и все, все, все выглядят любящими и любимыми. И слыша свой голос, разрозненные реплики: тоже не верю в сыроедение, тоже презираю наркотики, а вот здесь не согласен, мотоциклистов не боюсь, сам мотоциклист, нет, не баловство и не понты, а средство передвижения в современном большом городе, одно из самых удобных, и воздух мало отравляет, разумеется, я за охрану природы, за чистоту, я ведь технократ и урбанист, а мы, технократы-урбанисты, всегда держали мазу за экологию; а здесь опять согласен, современное кино — это прежде всего блокбастеры, всё передовое в кинематографе давно ушло с большого экрана в сериалы, и опять согласен, антибиотиков не употребляю, а пьяный дурак, которого я в тот день тащил за собой через бульвар, я вчера у него был, он мой друг хороший, хотя, может, уже и не друг, и он — тебя вспомнил; и ещё, самое главное: по последним научным данным, планета Земля принадлежит не растениям, а микробам, именно микробы имеют решающий перевес в массе живой ткани, именно микробы — хозяева нашего мира, короли планеты, а человечество — жалкие доли процента от общего количества живого вещества, а это значит, что случайная мутация какого-нибудь вируса или другой такой же незримой божией твари в любой момент может привести к полному исчезновению цивилизации, причём микробы, истинные князья мира сего, этого даже не заметят, как не замечает корова муху, сидевшую у неё на спине и вдруг улетевшую.

И ещё, ещё дальше, совсем далеко, в мир запахов, в параллельную реальность обоняния, где дизельный выхлоп равен «Кристиану Диору», но главные ноты — кофе, апельсин, грейпфрут, ментол, свежий и резкий человеческий пот, помидоры, табачный дым, горячий тёплый хлеб; десять лет назад пахло бы обязательно водкой, а сейчас в Москве водку по жаре мало пьют.

Потом на газон сбоку выходит задумчивый маленький азиат и начинает поливать траву и цветы водой из шланга, направив струю высоко вверх и веером, сырая прохлада возникает вокруг него волной, и все обитатели веранды начинают радоваться неожиданной водяной благодати, и какой-то седоватый худой дядька, явно праздничный, нетрезвый, сидящий в развязной позе под самым вентилятором, начинает хлопать в ладоши, и многие за соседними столами улыбаются и тоже аплодируют.

И вот, наваждение пропадает. Оказывается, этот смеющийся и помятый человек, аплодирующий любви и жизни, и есть сам Знаев.

Это — мгновение абсолютной трезвости.

Вся фармакология и все спирты продолжают бродить в его крови, но сознание уже хочет обратно, домой, к себе.

— Ты сказала, «выбежал как призрак». Из страшной книги.

Вероника засмеялась, чтобы скрыть смущение.

— Ты сказала, я тебя напугал, — продолжал он. — Мне просто интересно. То есть я, по-твоему, злой человек? Опасный? Существо, пришедшее с тёмной стороны?

— Да, — ответила, — конечно. В этом нет никаких сомнений.

22

Тишина, подземная парковка, машины стоят плотно, стальные туловища блестят, чёрные, синие, серые, все выглядят воинственно, непримиримо.

Знаев шагает вдоль длинного ряда капотов; ему кажется, бельмастые фары-глаза наблюдают за ним. Из-под хромированных радиаторных решёток обнажаются сверхпрочные клыки. Капает слюна-масло. Сейчас железные монстры оживут, набросятся и поглотят. Московские черти живут и в автомобилях тоже. Может быть, именно в автомобилях, а не в подвалах Лубянки, и не в секретных тоннелях метро, и не в офисах нефтегазовых воротил. И, когда две машины сталкиваются на улице, — черти выпрыгивают и наслаждаются конфликтом.

Знаев беспокойно вздыхает и матерится шёпотом. Пытается ощутить присутствие чертей. Не набросятся, думает он коротко и мстительно, они сами меня боятся! Я ведь призрак, демон, выходец из параллельного мира! Я — персонаж Гойи, кривой карла, карикатура на человека.

А вот и мой мотоцикл, доставленный эвакуатором в порт приписки. Тоже — хищный, готовый к прыжку цельнометаллический дракон. Безусловно, в нём тоже живёт чёрт, в бензобаке схоронился.

А вот и мой лучший друг, большой, весёлый и красивый человек, Герман Жаров, — между прочим, родственник, брат бывшей жены и дядька старшего сына. Приехал по первому зову, как и полагается настоящему другу. Подходит, ухмыляясь, заключает в жестокие объятия. Одет модно, изысканное летнее кепи надвинуто на выпуклый лоб, джинсы продырявлены замысловато, золотисто-кофейный загар, яркие голубые глаза, сбоку на шее — татуировка, славянская руна смерти, знак агрессии, войны, насилия. Чёртова метка.

— Хо-хо, — басом восклицает Жаров. — Да ты бухой в дым! Что стряслось?

Друг излучает возбуждение, он выглядит холодным и сладким, как мыслящий брикет крем-брюле, он всегда не прочь выпить, и закусить, и кратковременно осчастливить какую-нибудь женщину, неважно какую, желательно побойчей и помоложе, и потом опять выпить, и пожрать, и куда-нибудь поехать, подраться, прыгнуть с парашютом, скатиться на лыжах по отвесному склону, расстрелять в тире две-три обоймы, а меж тем мужику за сорок, и кепка нужна ему, чтоб замаскировать лысину.

Знаев протягивает ключи и кивает на мотоцикл.

— Забери. Я всё равно не могу на нём ездить.

— Запой? — осведомляется Жаров.

— Невралгия. Употребляю психотропы. Ничего не соображаю. В таком состоянии нельзя гонять на двух колёсах.

— Ну и не гоняй пока, — говорит Жаров. — Вылечишься — продолжишь.

Знаев оглядывается. Черти попрятались — испугались Жарова. Он сам как тысяча чертей. Лично бьёт подозреваемых грузчиков, если на складе обнаруживается пропажа.

Знаев признаётся:

— У меня есть второй сын. Вчера обнаружился. Внебрачный. Шестнадцать лет.

— Круто, — говорит Жаров. — Нормальный парень?

— Очень. Я сам не ожидал.

— А при чём тут мотоцикл?

— Боюсь, не выдержу, — признаётся Знаев. — Подарю. А сын поедет — и гробанётся нахрен.

— Разумно, — говорит Жаров. — А почему надо обязательно дарить пацанчику мотоцикл?

— Мне больше нечего подарить. Денег нет. А парень — моя копия. Я должен что-то для него сделать.

— Но не дарить же байк.

— Вот именно. Помоги мне его продать. Такая у меня к тебе первая просьба.

— Помогу, — отвечает Жаров, — конечно. А вторая просьба?

— Ты говорил, у тебя есть друзья. Набирают людей для активного отдыха на территории другого государства.

Жаров смотрит с изумлением.

— Что? — спрашивает он. — Куда?

— Ты знаешь, куда. Ты говорил, у тебя одноклассник этим занимается...

— И не один, — говорит Жаров. — А зачем тебе это, Серёжа? Ты с дуба рухнул? Психотропы в голову ударили?

— Конечно, ударили. И насчёт дуба тоже... Дай мне телефон этого одноклассника.

— Зачем?

— Я хочу уехать. Проветриться.

— Хо-хо, — произносит Жаров с презрением. — На байке гонять боишься, а воевать — не боишься?

— Это разные вещи.

Жаров ухмыляется снисходительно.

— Тебя не возьмут.

— Почему? Я служил в армии. Военно-учётная специальность — связист. С оружием обращаюсь. Навыками первой помощи владею. Короче говоря, пользу принесу...

— Забудь, — твёрдо говорит Жаров. — Там такие идиоты не нужны. Проветриться он собрался, глядите на него. Байрон, ёб твою мать.

— Допустим, я идиот, — отвечает Знаев. — Или даже Байрон. Но ещё я — младший сержант запаса.

— Идиот запаса, — говорит Жаров.

— Давай телефон.

— Не дам, — отрезает Жаров. — Я сказал, там такие не нужны. Там нужны специалисты. Как на любой современной войне. Механики нужны. Особенно танковые. А бегать с автоматом и без тебя дохрена желающих. И я тебя туда не пущу.

Знаев злится. Черти корчат ему рожи.

— А я и спрашивать не буду, — цедит он. — Я решение принял. Если не ты — к другим людям пойду.

— Серёга, — говорит Жаров, вздыхая и глядя почти нежно, — не дури. Ты хочешь ехать и проливать кровь только потому, что здесь у тебя — долги и проблемы?

— По-моему, это нормально.

— Ни разу не нормально, — сурово произносит Жаров. — Приди в себя, брат. Потом, если захочешь, можем вернуться к этому разговору.

— Нет, — сказал Знаев. — Мы поговорим сейчас.

— Ладно, — Жаров надвигается, нависает. — Солдат рискует жизнью за интересы народа и государства. А в чём твой интерес? Душу отвести? Нервы пощекотать? Приключений искать на жопу? Здесь ищи, в Москве. А там — не надо. Хорошо, если тебя, кретина, просто убьют. А вернёшься трёхсотым? Без ног? Миной оторвёт? Кому здесь будешь нужен? Не позорь себя, дружище. Не воин ты.

— Ну спасибо, — сказал Знаев. — А кто же я тогда?

— Пьяный взрослый дядя, — отвечает Жаров. — Отец двоих детей. Я понимаю, ты крутой и всё такое. Родину любишь. Но не надо куда-то ехать и кого-то убивать, чтоб решить свои личные проблемы. Так не делают, брат.

Знаев молчит. Его друг, конечно, выглядит как воин. Он коренной москвич, родом со 2-й Тверской-Ямской, из обширной семьи среднего номенклатурного уровня. Его приятели и одноклассники служат в Генштабе и в спецназе ГРУ, работают в центральном аппарате МВД, в кремлёвской администрации, в МИДе, в «Газпроме».

Жаров много знает про войну. Знаев подозревает, что его друг и сам там уже побывал.

— Я думал, ты поможешь, — произносит Знаев угрюмо.

— Просохни, — лаконично отвечает друг. — Тогда поговорим. Давай ключ.

Он заводит мотоцикл и надвигает кепку покрепче. Разумеется, он ездит без шлема. В роли шлема выступает его собственный крепчайший череп. Жаров уважает так называемые «тяжёлые» мотоциклы, чопперы и мускул-байки, монструозные «Харлеи» и «Триумфы».

Он рвёт с места слишком резко и не успевает повернуть, но, к счастью, успевает затормозить; ударяется передним колесом о чужой бампер и едва не падает. Выбирается из седла и смеётся.

— С почином, — ядовито комментирует Знаев.

Мотоцикл не пострадал, но на чужом бампере — вмятина и чёрный резиновый след.

— Не переживай, — говорит Знаев. — Это тачка моего соседа по этажу. Он уже месяц в Индонезии со всей семьёй.

— Вот и тебе туда же надо, — произносит Жаров. — В Индонезию. А ты войну какую-то придумал. Не сходи с ума.

— Постараюсь, — отвечает Знаев. — Передавай привет жене. Как она, кстати?

— Терпимо, — говорит Жаров, и вдруг его загорелая физиономия альфа-самца и воина искажается обидой. — Вчера едва не подрались. Десять раз ей говорил, не покупай деревянные ложки! Их нельзя мыть в посудомоечной машине! Она покупает. Приходится мыть самому.

— Деревянные ложки? — уточняет Знаев.

— Она считает, что деревянная посуда экологичнее. И вот, значит, у меня есть посудомоечная машина, у меня есть домработница, и всё равно я каждый вечер лично вот этими самыми руками отмываю деревянные ложки!

— В семейной жизни есть масса преимуществ, — возражает Знаев.

— Согласен, — без энтузиазма отвечает друг, поворачивает ключ и уезжает.

Герман Жаров на пять лет моложе Знаева.
На две головы выше Знаева, вдвое тяжелее Знаева, в три раза сильней физически, в пять раз громогласней и улыбчивей. И в десять раз проще смотрит на жизнь.

В середине нулевых, во времена «уверенного экономического подъёма», они близко дружили. Понимали друг друга с полуслова.

Их объединяло раздражение, неудовлетворённость, разочарование. Вяжущий вкус плодов победы.

Деньги были сделаны. Дома и квартиры куплены. Дети выросли в смышлёных подростков. Надёжные жёны — умные, сексуальные, полностью лишённые каких бы то ни было романтических иллюзий, — умело управляли налаженными хозяйствами. Но само вещество жизни почему-то изменилось в худшую сторону.

Плоды победы хрустели на зубах, как горькая репа.

Они летали в Дахаб нырять с аквалангом, они летали на Тенерифе гонять на досках, но обоих не покидало ощущение, что главное проходит мимо. Что-то не так, что-то недополучено, понимали они. И однажды, надравшись ледяным красным вином в баре близ пляжа Эспиньо, Португалия, Герман Жаров сформулировал: жить надо так, как будто каждый день — последний.

Это был их план.

Жизнь одна, и она коротка, и деньги — не главное.

Оба, не сговариваясь, почти одновременно — в течение года — развелись с жёнами, оставив им депозиты и недвижимые квадратные метры.

Оба, не сговариваясь, отложили огромные суммы для оплаты обучения подрастающих сыновей в лучших университетах.

Жаров прочил своего отпрыска в спортивную медицину. Знаев подумывал насчёт Института стран Азии и Африки.

Перелёты к сливочным берегам тёплых морей и океанов обходились недёшево, дети имели отличный аппетит, работать приходилось много. Со временем Жаров стал значительно меньше путешествовать, но пить — значительно больше. Регулярно дрались, специально для этого ходили в ночные клубы и задирали нетрезвую молодёжь, или гоняли на машине по ночной Москве, провоцируя дорожные конфликты и потасовки; однажды Жаров получил резиновую пулю в бедро.

Знаев был старше, он первым почувствовал, что акваланги и кулачные бои ничего не изменят, что это — не подвиги, что надо резать по живому; сотня маленьких поступков не заменят одного большого.

Он закрыл свой банк и вложил деньги в дело, в котором почти ничего не понимал.

В магазин «Готовься к войне».

Его друг Герман не отважился поступить столь радикально. Остался кем был. Драчуном, пьяницей, владельцем стального стада из полудюжины автомобилей и мотоциклов, миллионером, продавцом осветительного оборудования — хозяином торговой фирмы, третьей по величине в стране.

Дружба их подвяла.

Жаров ежедневно уговаривал пол-литра дорогого алкоголя, в любое время дня и ночи легко садился пьяным за руль, но физическое здоровье продавца прожекторов и лампочек было столь громадно, что ни один автомобильный инспектор ни разу не учуял запретного запаха.

Знаеву пить было некогда; новая затея — магазин — поглощала все силы и время.

Жаров неожиданно вернулся в семью — с клятвами и покаяниями. По настоянию жены стал захаживать в храм, причащался даже. Но пить не перестал.

Знаев посчитал однажды годы их близкого товарищества — вышло ровно четырнадцать, два полных семилетних цикла.

Познакомились — наглыми, дерзкими двадцатипятилетними делюганами, авантюристами. Теперь медленно расходились — седыми кабанами, каждый в свою сторону.

Но конец близкой дружбы не отменяет единомыслия, возможности откровенного разговора; если двое привыкли доверять друг другу самые тайные сомнения — они будут так делать всегда, дружба ни при чём, товарищеская приязнь может пройти, а привычка останется.

Был откровенный разговор.

Дурак, сказал ему Герман Жаров, зачем ты продал банк? Останешься без штанов. Тебя повело по кривой дороге.

Нет, возразил Знаев, я как раз иду по прямой. Это ты пошёл по кривой.

В чём же кривизна, с обидой спросил Жаров, если я берегу, что имею? Семья, жена, дети, здоровье — вот ради чего надо жить. Это любовь, понял? Себя надо тратить ради любимых людей. Ради родных и близких. Это очевидно. Всё держится на любви, всё скреплено любовью, брат.

А как же жизнь на всю катушку, спросил Знаев.

Это она и есть, ответил Жаров. Вся катушка.

Нельзя жить ради других, брат, сказал тогда Знаев. Даже ради самых любимых. Ты думаешь, что ради других живёшь, а на самом деле — за их счёт самоутверждаешься.

А мне похрен, брат, ответил Жаров.

Они так и не договорились, чей путь прямей.

Друг был в жопу пьян, и чеканные максимы изрекал, брызгая слюной и моргая соловелыми глазами.

Через год была Олимпиада в Сочи, потом Крым, Донбасс, сбитый голландский «аэробус», кризис, подорожавшая валюта, санкции, взорванный русский «аэробус», — совсем другая жизнь началась, совсем.

Телефон в кармане Знаева паскудно вибрирует.

Сообщение от Плоцкого.

ВСРЕЧА СЕГОДНЯ В 23.00 БУДЬ ПОЛЮБОМУ 100 ПРЦЕНТОВ ЭТО В ТВАИХ ИНТИРЕСАХ! РЕШАЙ ВОПРОС! — ОСТАНИМСЯ ДРУЗЯМИ!

И длинный ряд восклицательных знаков, смахивающий на забор, на стену между человеком и человеком.

23

Москва никогда не спит.

Москва всегда ест.

Москва жуёт, проглатывает, вытирает жирные губы, Москва выпивает и закусывает, хрустит хрящами победительно.

Москва конкретно бухает и капитально похмеляется.

Москва готовит на мангале, на гриле, на воке, на углях, в тандыре и в дровяной печи, в горшочке, по оригинальному рецепту шеф-повара.

И белые грибы в сметанном соусе, и шаурма с маслянистым майонезом, и запечённое яблоко с клюквенным соусом, и рёбрышки чёрного быка, и традиционный бургер «Аль Капоне».

А ещё молекулярная кухня для снобов, и заведения для вегетарианцев и сыроедов: пресные винегреты и морковные запеканки.

И потом — сто граммов водки на берёзовых бруньках, и пива холодного, тёмного, с густой шипящей пеной.

Здесь западло быть голодным. Здесь так не принято. Голодный в каменных джунглях не выживает.

Зачем приехал тогда, из Ростова и Екатеринбурга, из Миасса и Кемерова, из Благовещенска и Саратова, — голодать разве? Нет, приехал, чтоб навсегда, необратимо стать сытым.

Для тех, кому не хватает времени, придуман кофе, его продают навынос всюду, на бульварах и в парках, даже с колёс, из распахнутых дверей автомобильных фургончиков; пластиковый стакан с двойным эспрессо есть признак хорошего тона, хлебнул — и голод побеждён на полчаса, и побежал дальше, крутись, пошевеливайся давай!

У дверей ресторана «Янкель» к Знаеву приблизился испитой человек в засаленных брюках и сбивчиво попросил денег. Знаев молча помотал головой и потянул на себя дверь.

Пелена снова была с ним, отгораживала и защищала.

Он не расстроился и не разозлился, когда Жаров отругал его и высмеял его план. Так или иначе, решение было принято.

Исчезнуть, уехать. К ебене матери. Туда, где дерутся, на передний край, в окоп.

Вот этих вот ресторанов — пока достаточно, на нынешнем этапе жизненного пути; с ресторанами явный перебор, хватит ресторанов уже; пора менять картинку.

Каждый день — по три-четыре встречи в ресторанах: поговорили о деле, заодно и пожрали.

Он просиживал по кабакам, барам и кафе тысячу долларов в месяц.

Он проводил огромный кусок жизни, сидя на комфортных диванах, среди музыки, идеальной чистоты, в нарядной толпе благополучных счастливчиков, которым повезло жить в одном из центров обитаемого мира, в блестящей пятнадцатимиллионной столице.

Пора в окопы. Пора в окопы.

Ресторан был дорогой; судя по запаху, на кухне жарились и запекались наилучшие, свежайшие экземпляры морской фауны; Знаев потянул ноздрями и на мгновение с удовольствием перенёсся на атлантический берег, на край Португалии, в йодовую прохладу, на припортовую улочку, где в доме на углу — харчевня на три стола, и коричневые рыбаки, одинаково широкогрудые, с одинаково сиплыми низкими голосами, пьют вино и пиво из скромнейших стаканчиков, ожидая, пока на маленькой жаровне, вынесенной на тротуар, дойдёт до кондиции их собственный дневной улов.

Иллюзия усилилась, когда навстречу Знаеву из-за стола поднялся человек, похожий на рыбака-моремана, со столь же прямым взглядом и капитальной челюстью, столь же прочно сконструированный, явно привыкший к физическим усилиям. Смотрел неглупо, излучал бесстрашие.

— Пётр, — представился он, преодолевая шум голосов и музыку. Предложил крепкую расплющенную ладонь. Конечно, не моряк, не рыбак, сообразил Знаев, — спортсмен, борец какой-нибудь, боксёр или хоккеист.

Рядом со «спортсменом» маячил Женя Плоцкий, показавшийся Знаеву в несильном ресторанном свете совсем старым и чрезвычайно сердитым. Руки не подал, со стула не встал; посмотрел с презрением, поморщился.

— Ты бухой, что ли?

— Я бухой? — переспросил Знаев. — Я давно таким трезвым не был. Но я бы выпил. Если угостишь.

«Спортсмен» тут же сделал жест, подзывая официанта.

Тот подошёл — взрослый мужик с залысинами, к полуночи замотанный уже.

Знаев спросил бутылку сухого белого, жареную треску с отварным картофелем, подогретый хлеб: ему захотелось снова вызвать в памяти португальскую улицу и дыхание Атлантики, что-то красивое, отдалённое, романтическое, что-то непохожее на гудящий жестокий московский муравейник.

Официант ушёл. Плоцкий положил на стол локти.

— Серёжа, — сказал он. — Ты мне должен. Правильно?

— Да, — кротко согласился Знаев.

— Три миллиона долларов.

— Точно, — кивнул Знаев и посмотрел на «спортсмена»: тот был невозмутим. Держался красиво, сидел с хорошей осанкой. Знаев любил физически крепких людей и почувствовал к нему симпатию.

— И за три года, — Плоцкий поднял узловатый палец, — ты не отдал ни копейки. Правильно?

— Да, — ответил Знаев твёрдо, как мог.

— Серёжа, — сказал Плоцкий хрипло, — я тебя предупреждал. Я продал твой долг. Вот ему.

И показал на «спортсмена».

— Я директор коллекторского агентства, — тут же сказал «спортсмен». — Мы взыскиваем долги на официальной основе.

— Погодите, — перебил его Знаев. — Извиняюсь, конечно... Э-э... Пётр... Вы не могли бы... ну... выйти покурить?

«Спортсмен» вопросительно поднял брови. Знаев сделал вежливый жест.

— В смысле, оставить нас вдвоём?

— Я не курю, — ответил «спортсмен», криво улыбнувшись, однако встал.

— Погоди, — резко возразил Плоцкий и тоже начал вставать, глядя на Знаева с ненавистью. — Лучше мы выйдем. Сиди, — разрешил он «спортсмену» и повторил настойчивей: — Сиди. Мы скоро.

И толкнул Знаева в плечо.

— Пойдём.

Они вышли на крыльцо. Город бушевал жёлто-лиловыми огнями. Недавний ливень оставил обширные лужи, они быстро испарялись. По высокому небу неслись клочковатые облака. Вечер был невыносимо хорош.

Плоцкий враждебно придвинулся к Знаеву, в глаза посмотрел.

— Чего ты хочешь?

— Пощады, — признался Знаев. — Прости меня, старый. Пожалуйста. Не топи меня сейчас, я и так почти утонул... Если ты мне друг.

— Нет, — ответил Плоцкий, выпятив челюсть. — Я тебе не друг. Не друг, понял? — Его глаза заслезились. — Ты за год ни разу не позвонил! Друзья так не делают! Ты — говно. А я — нет. Могу при всех в лицо повторить…

— Не надо, — возразил Знаев. — Прости меня. Я тебя очень уважаю. Я у тебя многому научился.

— Ты главному не научился, — неприязненно ответил Плоцкий, глядя в сторону. — Если бы ты хотя бы раз в месяц паршивую смску присылал — ничего бы не было! Но ты — пропал. А говоришь, что уважаешь. Всё, хватит. С этого дня я тебя не знаю и знать не желаю.

И добавил несколько бранных слов.

Знаев улыбнулся.

— Дурак ты, Женя, — сказал он. — Я всё равно тебя люблю.

— Пошёл к чёрту, — ответил Плоцкий и открыл перед Знаевым дверь. — Давай, двигай. Закончим это тухлое дело.

24

Полуночная публика отличалась от публики раннего вечера, как отличается электрогитара от своей акустической сестры. Полуночная публика сверкала, переливалась, шумела, что-то бешено себе доказывала. Давила на все педали. Разинутые радикальные рты, потные лбы, резкие жесты, хохот. Рок-н-ролл вина и секса. Среди гостей тут и там Знаев различил глумливые морды чертей. Кривые носы, торчащие клыки, горбатые спины. Возможно, Женя Плоцкий тоже был замаскированным чёртом, но Знаев не был в этом уверен.

Галлюцинации его не пугали. Они были здесь и сейчас очень уместны. И даже украшали реальность. С чертями было интересней, чем без них.

Пелена скрадывала одни детали происходящего; другие, наоборот, раскрашивала и выпячивала.

Непременный печальный коммерсант сидел в углу, в компании рискованно юной девочки и стакана скотча, и унылым уже не выглядел, а выглядел злым и свободным. Его спутница смотрела влажно.

Звенели фужеры. Полуодетые дамы, все до единой — красавицы, знойно похохатывали.

На большом экране показывали новости «Первого канала», войну, без звука, но с бегущей строкой, и многие разворачивали спины, чтобы прочитать фразу или две, посмотреть на картинку, на дома, разбитые взрывами.

Судя по видеоряду и бегущей строке, обе стороны долбили друг друга из всех видов оружия. Были задействованы танки, реактивные установки, авиация и полный набор систем ПВО. Людские потери с обеих сторон исчислялись тысячами.

Избавиться от этого чудовищного наваждения, от образов убийства, от продырявленных танков и рыдающих старух можно было только с помощью сильного запаха свежей жареной рыбы.

Никто не мог ничего поделать.

Одинаково недовольные патриоты и либералы, радикалы и лояльные граждане продолжали жрать жареное и вздыхать, сиживая по ресторанным верандам.

Война встала дорого, война обошлась смертями невинных детей, отвратительными ужасами и скандалами; война явилась катастрофой для множества наций.

Но и жрать тоже надо было, чтоб сохранить силы, чтобы каждый день идти на работу, копать землю, чертить чертежи, лечить больных, стоять за прилавками, водить детей в детский сад и покупать им плюшевых медведей.

Война стала кошмаром, безумным сном наяву, война ужаснула всех — но ужас ничего не отменил, надо было жить дальше.

Вернулись к столу. Знаев развязно подмигнул «спортсмену». Плоцкий налил себе воды; по резким движениям руки было заметно, что нервничает.

— Давайте сразу к делу, — предложил Знаев. — О чём речь?

«Спортсмен» сел прямо.

— Мы купили ваш долг, — увесисто сказал он. — Официально. Переуступка прав. Мы — коллекторы. Мы будем с вас взыскивать.

— У меня нет денег, — скучным голосом сообщил Знаев.

— Есть.

— Нет.

— Есть, — настойчиво повторил «спортсмен». — Есть, Сергей Витальевич. У вас один только дом загородный стоит полтора миллиона…

— Дом давно продан, — возразил Знаев. — Осталась квартира, но на неё нет покупателя…

— Подождите, — перебил Плоский, поднимая широкую белую ладонь. — Я не хочу это слышать. Я вас познакомил — дальше договаривайтесь без меня. Согласны?

— Я не против, — сказал «спортсмен».

— Мне всё равно, — сказал Знаев, глядя на Плоцкого. — Я сделаю, как ты скажешь, дружище.

Плоцкий встал.

— Удачи тебе, Сергей, во всех твоих делах, — сказал он, дёргая подбородком, и ушёл, по пути ловко обогнув официанта с тяжёлым подносом.

«Спортсмен» придвинулся ближе к Знаеву.

— Извиняюсь, — сказал он. — Но вы, Сергей, его реально сильно обидели…

— Фигня, — грубо ответил Знаев. — Я его знаю двадцать пять лет. Женя Плоцкий — постарел. Вот и всё. Старики сентиментальны и обидчивы. Я ничего ему не сделал. Подумаешь, денег задолжал.

«Спортсмен» нейтрально улыбнулся. Официант сгрузил с подноса снедь. Стол быстро заполнился благожелательным сверканием бокалов и тарелок. Знаев почувствовал себя защищённым, словно все эти блестящие вилки-бутылки, и мелкие пузырьки горячего масла на чешуйчатых, цвета сырой нефти, боках жареных рыбин, и крахмальные салфетки с твёрдыми краями — это его армия, готовая оборонить от любого неприятеля.

«Спортсмен» внимательно смотрел, как Знаев жуёт и пьёт.

— Сергей, — произнёс он доверительно, — а можно вопрос?

— Валяй, — разрешил Знаев.

— Этот вот магазин, «Готовься к войне»… Почему такое название странное?

— Нормальное, — холодно ответил Знаев. — Латинская поговорка. Si vis pacem, para bellum. Хочешь мира — готовься к войне.

— Маркетинговая стратегия, — подсказал «спортсмен».

— Ага. Игра на патриотических чувствах. Здоровый милитаризм.

— И у вас не получилось.

— Получилось, — возразил Знаев.

Вино ударило ему в голову, *пелена* стала густой и мутной.

— Я два года работал в нуле, — сказал он, взмахнув вилкой. — На третий год должен был выйти в прибыль. По некоторым позициям я поднимал до двухсот процентов. Потом началась война. Всё упало, и я упал тоже. Рынок идёт вниз — ты идёшь за рынком.

Неприятно было в сотый раз припоминать этапы поражения, но Знаев был уверен в своей правоте и мог доказывать её любому и каждому снова и снова.

— Эту идею, — сказал он, — надо было развивать в другую сторону. Военно-патриотическая тема — это не топоры и валенки, а система ГЛОНАСС и крылатые ракеты «Калибр». Вот наш para bellum.

«Спортсмен» смотрел с интересом и слушал внимательно.

— Мне надо было не сахар в мешках продавать, — продолжал Знаев, — а гражданское стрелковое оружие. Или, например, купить самолёт и открыть школу пилотов... Потому что это тоже — para bellum! Любой боксёрский клуб — это para bellum! И курсы для хлебопёков — para bellum. Всё, что делает тебя самостоятельным, независимым от политики, любой, внешней и внутренней, — para bellum. Любое практическое знание — это para bellum.

— Так назывался немецкий пистолет, — заметил «спортсмен».

— Знаю, — ответил Знаев с сожалением. — Табельное оружие офицеров Третьего Рейха. Конечно, мне не надо было использовать такое название. Вешать вывеску со словом «война» — это была ошибка... Надо было поискать что-то другое... В том же стиле... Типа — «Щит и меч». Или «Наш бронепоезд»... Мне говорили, но я не слушал...

— Почему?

— Хороший вопрос, — пробормотал Знаев. — Я думал, я умней всех.

«Спортсмен» улыбнулся вдруг.

— Женя сказал, что вы очень умный.

Знаев пожал плечами.

— Умники тоже ошибаются.

— Я вот, — сказал «спортсмен», — сильно умным себя не назову. Но зато умею считать. Вы были должны три миллиона. Если вы отдадите триста тысяч, это будет очень выгодно.

— Не отдам, — ответил Знаев. — У меня нет. Хотите — пытайте утюгом.

— Зачем утюг? — возразил «спортсмен» с недоумением. — О чём вы? Щадящие методы гораздо эффективнее. Допустим, человеку ограничивают выезд. Задолжал по суду — границу не пересечёшь. Поверьте, для большинства этого достаточно. Как только человек понимает, что не сможет поехать в другую страну, — тут же находит деньги и бежит договариваться...

— Понятно, — сказал Знаев. — Вы, наверное, работаете только с крупной клиентурой.

— Конечно, — веско ответил «спортсмен». — Вы — крупный клиент. С вами я работаю индивидуально. И у меня есть индивидуальное предложение. Мы можем всё провернуть уже сегодня.

— Отлично, — сказал Знаев. — Я готов ко всему, кроме детоубийства и скотоложества.

— Надо будет поехать в другое место, — сказал «спортсмен». — Тут недалеко.

— Нет, Пётр, — спокойно ответил Знаев. — Я никуда с вами не поеду.

— А со мной и не надо, — мирно сказал «спортсмен». — Езжайте один. Возьмите такси. Время позднее, Москва — пустая; за пять минут доберётесь. Там ночной клуб. И вас уже ждут.

Знаев изумился.

— Меня прямо сейчас ждут в каком-то клубе?

— Да. Очень солидные люди. Американцы. Ребята из Нью-Йорка. Сказали, ждут душевно.

— Ждут душевно? — уточнил Знаев.

— Да. Интересуются вашими телогрейками.

— Телогрейками, — сказал Знаев. — Ага! Телогрейками.

Боль обожгла его пылающим кнутом.

— Твою мать! — зарычал он, мотая головой. — Твою мать!

И проскрежетал, от бессильной ярости, несколько грязных слов.

«Спортсмен» напрягся.

— Не обращайте внимания, — процедил Знаев, поспешно отворачиваясь и обливаясь слезами боли. — Воспаление лицевого нерва.

— Здоровье надо беречь, — вежливо посоветовал «спортсмен».

Сказано было с дежурным равнодушием; Знаев разозлился.

— Хули ты в этом понимаешь, — грубо сказал он, защищая ладонью горячую мокрую щёку. — Ты вон какой здоровый. Спортсмен?

— Мастер спорта по самбо.

Знаев кивнул покровительственно.

— Я тоже спортсмен, — сказал он. — Но, к сожалению, не мастер. Что ты говорил про телогрейки?

— Вам лучше поговорить самому. Это недолго. Я подожду здесь.

— Чёрт с тобой, — сказал Знаев. — Но учти, я позвоню своему адвокату. Если не вернусь через час — ты первый попадёшь под раздачу.

«Спортсмен» улыбнулся с достоинством; видимо, угрозы на него не действовали.

Впрочем, на Знаева — тоже.

25

Место, где его «душевно ждали», оказалось древней бездействующей фабрикой близ щербатой набережной Тараса Шевченко. Копчёные стены и арочные своды красного кирпича нависали инфернально.

Однако, обернувшись, можно было увидеть на противоположном берегу вздыбленные в зенит, тесно прижатые друг к другу башни «Москва-Сити» — и догадаться, что у заплесневелых фабричных корпусов есть умные хозяева, что заброшенность — мнимая, что фабрика работает.

Повсюду горели энергосберегающие лампы, подсвечивая исцарапанные стены и указатели: студия «Арт-винтаж» — прямо, галерея художественного акционизма — налево по лестнице, а студия боди-арта — направо. Не курить, не сорить. Убитая, поруганная внешне фабрика изнутри предстала обиталищем богемы. Правда, пока всё пребывало в стадии реконструкции, из разбитых стен торчали кривые арматурины, тут и там полиэтиленовые простыни закрывали кучи бурого мусора; общая энергетика живо напомнила Знаеву его собственную стройку, коридоры его магазина, столь же остро пахнущие сырым цементом.

«Все что-то создают, — подумал Знаев, — или переделывают, как и я! Значит, история продолжается. Ещё повоюем».

Двухметровый, мягко ступающий охранник со скульптурным мускулистым задом провёл Знаева по ободранным лестницам и разорённым коридорам, пока за железной дверью не открылось тёмное, фиолетово-шоколадное, неясных размеров пространство с расставленными тут и там колоссальными диванами, с сильным запахом духов и карамельного кальянного дыма. Негромкий солидный бит заполнял зал, звуки падали свободно, как дождевые капли.

На диванах сидели атлетически сложенные, превосходно одетые мужчины.

Это был гей-клуб.

Охранник жестом предложил гостю продвинуться в глубины заведения.

Пока шли, музыка проникла в Знаева и наполнила интимными рефлексиями.

«Вот это аппарат! — восхищённо подумал он. — Усилители, колонки, провода идеального качества. Настоящий хай-энд. Я полжизни занимался музыкой, но никогда не слышал такого дорогостоящего звука. Техника стоит больше, чем весь мой магазин. В свои двадцать лет я бы душу дьяволу продал за такой звук».

С дивана навстречу ему поднялись три огромных педераста, бритые наголо, с широкими и жирными лицами; у двоих в ушах полыхали бриллианты, третий был намазан автозагаром. Из них один был крупней и шире в бёдрах; он инициативно зашевелился, взглядом подозвал официанта и поправил браслетки, обильно обвивающие его толстые безволосые запястья. Видимо, альфа-педераст, лидер, другие двое — свита, предположил Знаев, пока кто-то ловкий нежно совал ему меню, напечатанное, по хипстерской моде, на коричневой обёрточной бумаге.

Педерасты смотрели или глубоко в себя, или сквозь Знаева; он же был зачарован течением звуковых волн. Объёмно гудели басовые ноты: там гитара, тут бонги, а тут, по новейшему способу, накидано синтетических звучков — они не существуют в природе и поэтому особенно тревожат душу. Гармонии все — саксофонные, флегматично джазовые, под Майлза Дэвиса, никакого напряга; но снаружи всё обработано в экстремальной манере.

— Хороший звук, — искренне сказал Знаев.

Альфа-педераст поднял брови, отчего кожа на его лбу набрякла длинными горизонтальными морщинами. Улыбнулся, обнажая белые зубы.

— Do you like it? — спросил он высоким голосом.

— Yes, — ответил Знаев с завистью. — Beautiful sound. It's great.

— Do you like music?

— I'm musicman, — сказал Знаев. — I play guitar.

— Good, — похвалил альфа-педераст. — Вообще, мы все говорим по-русски. Меня звать Эдмон. Я специально прилетел из Нью-Йорка. Привёз тему.

Двое других, менее харизматичных, заговорили восторженно, наперебой; выжёвывали мягкими губами многозначительно:

— Эту тему создал ты, Сергей.

— Парни тебя зауважали.

— Мы видели фотографии твоего магазина.

— В журнале «Солджер форчун».

— Ты создал new look.

— Мы рады, что ты с нами.

— Одну минуточку, — возразил Знаев. — Я не с вами.

— Сейчас — с нами, — ласково поправили его и поставили перед ним планшет. Альфа-педераст двинул по поверхности экрана нежным пальцем.

— Вот эти ватные куртки. Телогрейки. Они очень понравились. Парни сильно любопытствуют.

Двое прочих снова заговорили одинаково мягкими, благожелательными голосами, глядя на Знаева мирно и нежно:

— Они надёжные, эти парни. Они готовы заплатить.

— Они приглашают тебя в Нью-Йорк.

— Они купят у тебя всё.

— Торговую марку «Телага» и домен «Телага.ком».

— Эти парни — модный дом.

— Они сделают коллекцию.

— Они гении тренда. Они видят будущее.

— Они тебя хотят.

— Сейчас есть один общий глобальный тренд — унисекс. Но эти ребята хотят расшевелить рынок.

— Предложить провокативную идею, которая движется против главного тренда.

— Это будет называться REAL GULAG. Это будет одновременно и художественная акция.

— ГУЛАГ? — переспросил Знаев.

— Это будет одежда радикалов. Тех, кто опирается на парадигму физического доминирования.

— Парни считают, что тренды движутся по кругу. Восьмидесятые возвращаются. А вместе с ними возвращается самец-доминатор. Real man.

— Парни сделают коллекцию. На основе твоей. Они заимствуют только идею.

— Понятно, — сказал Знаев. — Сколько?

— Четыреста тысяч долларов, — сказал альфа-пе-дераст. — Вместе с расходами на юридическое оформ-ление.

— Не понимаю, — сказал Знаев. — Никакой ориги-нальной идеи в телогрейках нет. Торговая марка «Тела-га» ничего не стоит. Общую идею всегда можно взять бесплатно.

— Верно, — сказал альфа-педераст. — Но это ведь русская тема, правильно? Русская одежда солдат и ла-герных заключённых. Важно, чтобы в основе коллек-ции лежал оригинальный аутентичный бренд. Важно, чтобы было подчёркнуто оригинальное происхожде-ние. Именно за это ты получишь свои деньги. За то, что в основе американской коллекции находится ау-тентичная русская торговая марка. Так будет честно. Так будет проявлено уважение к вашей национальной identity.

— Identity, — сказал Знаев. — Очень хорошо. Четыре-ста тысяч долларов?

— Эту сумму ребята ставят тебе в Нью-Йорке налич-ными.

— А если в Москве?

Альфа-педераст поморщился.

— Поставить в Москве — дорого будет. Обычную ко-миссию возьмут. Семнадцать процентов.

— Нихера себе комиссия! — искренне сказал Зна-ев. — А я всю жизнь за пять работал. И меня считали конченым барыгой.

— Барыги — в Гарлеме, — веско сказал альфа-педе-раст. — А тут Москва, город широких понятий. — Он покровительственно улыбнулся яркими губами. — Если у тебя нет визы, мы тебе поможем.

— Виза есть, — ответил Знаев. — Есть.

И вдруг ясно увидел чёрта.

Маленький, размером с бутылку вина, чёрт сидел на краю стола, между Знаевым и его собеседниками, свесив кривые длинные ноги, и корчил рожи. Морда его, совершенно человеческая, была искажена в ухмылке, зрачки скошены к переносице. Чёрт показывал Знаеву язык и выл мультипликационным тонким голосом: «Ы-ы-ы». Однако сидел он не без изящества и одет был живописно, фриком выглядел в золотом пиджаке, обтягивающем намазанное автозагаром голое кривое тело. Прочие детали одежды отсутствовали, Знаев успел увидеть впалое брюхо без пупка; галлюцинация длилась одно краткое мгновение, недостаточное, чтоб рассмотреть подробности.

Знаев посмотрел на Эдмона — тот улыбнулся ему и коротко кивнул, как будто видел то же самое.

Знаев немедленно встал.

— Я подумаю, — сказал он. — Дайте мне день или два.

— Конечно, — сказал Эдмон великодушно. — Я в Москве всю неделю.

Кто-то невидимый сменил трек, басы стали ударять чаще и резче.

Знаев добрался до туалета, осторожно умыл лицо, а затем напился из-под крана замечательно чистой, мягкой воды.

Уже было понятно, что всё тут было первоклассным, самым лучшим.

Огляделся — вдруг адово отродье снова покажется во плоти, вдруг снова посмотрит жёлтыми глазами. Но ничего и никого не увидел: пусто было в гей-сортире, сплошь закатанном в хром и нержавеющую сталь.

Закрыл глаза.

— Господи, — прошептал, — не оставь меня сейчас, пожалуйста.

26

К моменту его возвращения публики в рыбном ресторане убавилось, зато теперь она была особенная. Остались самые несгибаемые. Печальный коммерсант исчез вместе со спутницей, за его столом теперь расположились две ухоженные женщины в сарафанах и очках; оба посмотрели на Знаева и отвернулись.

«Спортсмен» сидел, погрузившись в смс-общение, но при появлении Знаева телефон тут же спрятал, излишне торопливо, словно подросток — порнографическую картинку; из этого почти вороватого жеста Знаев вдруг заключил, что его визави всё же испытывает к нему какое-то уважение, пусть дежурное.

— Это что, была шутка? — спросил Знаев, садясь напротив.

«Спортсмен» непринуждённо ответил:

— Нет. Деловое предложение. Серьёзное. Вы согласились?

— Ты что, дружок, — спросил Знаев, — берега попутал? Ты мне что предложил? Хочешь, чтобы я продал родину американским гомосекам?

— Спокойно, — ответил «спортсмен», ничуть не испугавшись, а, возможно, даже обрадовавшись. — Не быкуй, Сергей Витальевич. Долги сначала отдай. Потом про родину поговорим.

— А ты, сынок, не указывай, — сказал Знаев, — про что говорить.

— Спокойно, — повторил «спортсмен» более звучно и сверкнул глазами. — Не загрубляй, друг.

— Я тебе не друг, — ответил Знаев, придвигаясь. — Тебе сколько лет вообще?

— Какая разница?

— Я тебе в папы гожусь, понял?

— А при чём тут это?

— А при том, что я больше тебя знаю. — Знаев обвёл пальцем зал. — Вот про это про всё. Знаю, что можно продавать, а что нельзя. Ты в армии служил?

— Ещё как.

— Значит, должен понимать! Национальные символы не продаются.

— Да иди ты нахер, — ответил «спортсмен» презрительно и беспечно. — Вместе с символами! Ты что, типа патриот?

— Конечно, — ответил Знаев. — А ты — нет?

— Если ты патриот, хули же ты сидишь тут, в Москве? Езжай туда.

И «спортсмен» кивнул в направлении телевизора, где снова бегущей строкой побежали месседжи о бомбовых ударах, взорванных автобусах и повальных арестах торговцев переносными зенитно-ракетными комплексами.

— Придёт время — поеду, — сказал Знаев.

«Спортсмен» усмехнулся.

— Ну вот когда поедешь, тогда и будешь…

Он не успел договорить: Знаев коротко размахнулся и ударил его открытой ладонью в скулу, испытав при этом огромное удовлетворение.

Оплеуха сотрясла сидящего «спортсмена», но не нанесла вреда.

Знаев увидел, как снова выскочил чёрт, такой же маленький и кривой, но теперь не в пиджаке уже, а в борцовском белом кимоно с короткими штанинами; Знаев на этот раз успел заметить крысиный хвост, из штанины как раз торчащий; чёрт поднял ногу и сделал пародийное движение, изображая удар из арсенала карате или кунг-фу.

— Й-й-я-я! — взвизгнул он фальцетом и захохотал.

Знаев потерял важные полсекунды — а «спортсмен» не терял, на чёрта не смотрел, не видел его вовсе; быстро перегнулся через стол и пробил двойку, целясь в глаза.

Удары были у него сильные и точные, Знаев пытался нагнуть голову, подставить лоб, но не успел — получил в надбровные дуги и ослеп.

Он ещё махнул правой, наугад, попал в воздух, и в ответ ещё третий раз прилетело, в переносицу, очень сильно, до треска в ушах и в затылке.

Вот она, вот она, ресторанная драка, во всём её гадком великолепии: азартно ахают и визжат дамы, звенит и обрушивается посуда, скатерть белая залита вином, упруго подбегает широкоплечая охрана, под подошвами хрустит битое стекло, во рту — тёплая кровь, стенающую душу переполняет восторг, потом стыд — взрослый дядька, а устроил чёрт знает что; выволакивают, нейтрализуют железными захватами, ражие секьюрити явно счастливы, их час пробил, не зря, ох не зря хозяин платит им жалованье; радостно извлекают виноватых на свежий воздух, шмонают, отбирают деньги, бубнят про материальный ущерб и вызванных ментов; все возбуждены, все улыбаются мощно, все решительно велят друг другу угомониться; через десять минут конфликт исчерпан, врагов принудили к миру и угостили сигаретами; ментов не будет, отменили; происходящее украшено анилиновым сиянием реклам «Аэрофлота», «Ингосстраха», «Альфа-банка» и благотворительного фонда «Доброта без предела».

Отталкивая чужие руки, шатаясь, Знаев ковыляет к открытой двери такси; изнутри доносятся резкие барабаны и голос Бутусова: «Хочется блевать, но не время! Время начищать сапоги!»

Спустя несколько минут стыд проходит — стыд всегда быстро проходит, такова его природа; остаётся боль в голове и животное удовлетворение — любая драка поправляет нервишки. Особенно когда тебе без пяти минут пятьдесят лет.

Правый глаз не видит, левый ещё может рассмотреть имя абонента на экране телефона.

— Ты чего, Серёжа? — хрипит Плоцкий из глубин полночного эфира. — С дуба рухнул?

— Да, — отвечает Знаев, — рухнул. А что?

— Идиот! Ты на кого руку поднял? Он мой друг!

— Ты тоже.

— Он мастер спорта по борьбе! Он в спецназе служил! Он всю Вторую чеченскую прошёл!

— И что? Мне надо его бояться?

— Не его!! — возражает Плоцкий. — Себя!! Тебе себя надо бояться! Будешь хамить — он тебя размажет!

— Женя, — говорит Знаев, морщась от боли, — а ты знаешь, что у чёрта нет пупка?

— Что??

— Я говорю, у чёрта нет пупка. Я сам видел.

— По ходу, у тебя белка, — говорит Плоцкий. — Не звони мне больше, понял?

— Нет, — отвечает побитый Знаев, улыбаясь коекак. — Что значит «не звони»? Я, бля, тебя люблю. Я в тебе нуждаюсь. Ещё увидимся, Женя. Пока.

27

Когда приехали, Знаев обшарил карманы и ничего в них не обнаружил, кроме авторучки. Наличные отняли ресторанные охранники.

— Слушай, брат, — сказал он таксисту, — а денег-то нет у меня.

— Не надо денег, — с достоинством ответил таксист. — За тебя уже заплатили. Сам до квартиры дойдёшь?

Горбоносый брюнет, совсем молодой; он вполне годился Знаеву в сыновья.

Знаев молча кивнул и выбрался.

— Ты ему тоже попал, — вдогонку произнёс таксист.

— Что?

— Я говорю, тот мужик… ты ему тоже глаз подбил.

— Думаешь, — спросил Знаев с надеждой, — это была ничья?

— Конечно.

Знаев подумал.

— Нет, — возразил он. — Какая ничья? Если б не растащили — он бы меня поломал по-любому.

— Давай держись, — посоветовал таксист.

— Ага, — сказал Знаев. — И ты, друг. Спасибо. Береги себя.

В квартире сразу поспешил в кухню и включил холодильник; открыл морозильную камеру: пусто. В кухонных шкафах не нашлось ни единой посудины, годной для изготовления льда, кроме единственной кофейной чашки тонкого фарфора. Знаев сообразил, плеснул в неё воды едва на четверть, поставил замораживаться. Обыскал туалет и ванную комнату, нашёл кусок тряпки, умеренно грязный; намочил, убрал туда же.

Глаза заплыли совсем. Достал телефон; чтобы видеть экран, приходилось оттягивать пальцем нижнее веко. Набрал номер маленькой художницы.

Конечно, она не спала, поздняя птаха.

— Привет, — сказал. — Я не приеду сегодня. Работы много было. У себя переночую.

— Что-то случилось?

— Нет.

— Я по голосу чувствую.

— Я же под таблетками, — сказал он. — Забыла?

Вдруг вспомнил, что запретил себе врать.

— Ладно, — сказал. — Я подрался. Морду расквасили.

— Ой, — сказала она, — тогда я приеду!

— Не надо. Жить буду. Чепуха, подбили оба глаза. Два-три дня дома пересижу.

— Лучше пересидеть у меня.

— Нет, — возразил он. — Я распугаю всю твою богему.

— Наоборот, — сказала она, оживившись, и её голос стал звонким и лёгким. — Это будет круто! Приходят гости, а у меня на кухне сидит мрачный мужик с фингалом!

— С двумя фингалами.

— Ещё круче.

— Согласен.

— Слушай, — сказала она, — это неправильно. Я всё-таки твоя подруга… По идее, я должна сидеть у ложа раненого воина…

— Я не воин, — грустно возразил Знаев. — Так мне сказали сегодня.

— Неправильно сказали. Тебе точно ничего не нужно?

— Разберусь, — сказал Знаев. — Пока не забыл… Спасибо тебе за дизайнера. Эта Серафима — очень понятливая девушка. Я до сих пор под впечатлением.

Итак, ты был школьником в аленьком галстучке, затем солдатиком Советской армии, и суровым рок-н-роллой с шестью струнами, и ещё более суровым коммерсантом в кожаной тужурке, с газовым пугачом на кармане, потом банкиром, хитрым и быстрым, как мангуст, и мужем красивой жены, и спонсором театральных постановок, величественным долларовым миллионером, трудоголиком, трезвенником, повелителем галактик, пожирателем королевских креветок на гриле, вообще — потребителем всего королевского, и уже было подумал, что тебе хватит. Но кто-то там, наверху, решил, что не хватит, — и вот ты уже другой человек, отмудоханный нищеброд, ходишь в одних трусах по гулкой пустой квартире, осторожно высмаркиваешь густые кровавые сопли в голубой фаянс.

Вслепую отыскиваешь в морозилке чашку с водой — поверхность уже подёрнулась тонким ледком; ты выламываешь аккуратно скользкие пластинки этого льда и прикладываешь к набухшим подглазьям.

Холод отрезвляет. Понимаешь, что нужна помощь. Что надо кого-то позвать. Друга. Того, кто тебя любит.

Но кто он, этот любящий тебя?

Женщин, разумеется, беспокоить не надо.

Алекса Горохова, беззаветного компаньона, тоже не надо, Алекс Горохов управляет магазином, встаёт каждый день в семь утра с одним выходным в неделю — ни в коем случае не следует дёргать такого верного и терпеливого человека, пусть отдыхает.

Германа Жарова, товарища прошлых богатырских забав, тоже не получится — Герман Жаров на ночь отключает телефон.

А других друзей не осталось, что, впрочем, вполне естественно для любого взрослого мужчины.

И вот — ты вспоминаешь про собственного сына.

28

Мир с самого начала нуждался в доработке.

Мир следовало переделать. Улучшить.

Это очень просто.

Бог создал человека не как хныкающее слабосильное дитя, вымогающее заботу и опеку. Человек задуман как помощник бога-создателя, как соавтор, как подмастерье.

Он помнил лето, запах клевера, песочница из высохших серых досок, попытка созидания, неудача, обида, песок слишком сухой, пригоден лишь на то, чтоб насыпать курган, однако конопатый архитектор задумывал замок, с башней и стеной. Разочарование. Медленное появление огромного отца, задевающего головой полупрозрачные июльские облака, всесильного, всезнающего, в его жилистой руке — садовая лейка, вода обрушивается в песок, и вот — восторг: негодный, прожаренный солнцем жёлтый прах, едва его смешали с водой, превращается в великолепный строительный материал, и спустя время готова башня, даже двухступенчатая, и оборонительный вал вокруг, и ещё одна башня, поменьше, привратная, и мост от неё через ров, и хмурый, покрытый шрамами рыцарь в сложных доспехах уже может шагать по этому мосту, раздвигая факелом враждебную темноту.

Или не рыцарь, а сам капитан Немо привёл свой «Наутилус» к месту тайной стоянки в неприступных скалах необитаемого острова.

Или это был Робур-Завоеватель. Или это был Ихтиандр, вернувшийся к своему создателю, доктору Сальваторе. Или это был гениальный и циничный Пётр Гарин, изобретатель гиперболоида. Или это был Капитан-Призрак, или д'Артаньян при шпаге и плаще, или пионер-герой Марат Казей. В любом случае, обязателен был неизвестный остров и секретная крепость в его недрах, или лагерь партизан в лесной чащобе, куда герой прилетал, или приплывал, или приезжал на любимом скакуне, или на боевом слоне, или на термоядерном ракетоплане.

В однокомнатной квартире подрастающему мальчику, щуплому и самоуглублённому, не досталось личной территории, и, хотя изобретённого психологами понятия «личная территория» в семидесятые годы не существовало, мать с отцом изобрели выход. Кухонный стол был накрыт обширной скатертью, свисающей до пола. Откинув полог, мальчик пролезал в свою пещеру-палатку и там сидел себе в покое, в загадочном полумраке, собирал из разрозненных деталей детского конструктора первые опытные модели мира — улучшенного и доработанного. Зато в доме мерцали экранами целых два телевизора, один в комнате, другой на кухне.

Одноклассники считали Серёгу Знаева отпрыском зажиточной фамилии. «У него в доме два телевизора», — хмыкали с завистью.

«Два телевизора», — гневно повторяла учительница, обвиняя в неумении вычислить длину окружности.

«Два телевизора», — упрекал педагог музыкальной школы.

Кроме телевизоров, были ещё магнитофон и радиоприёмник.

Отец работал электротехником, на ощупь в темноте отличал резистор от транзистора, всю электронную аппаратуру собирал собственными руками, с паяльником и очками на носу. И не только электронную.

Внутри квартиры руками отца вся наличная действительность была радикально улучшена и преобразована. Забытый матерью раскалённый утюг сам собой издавал сигнал, требуя выключения. В жаркие дни вентилятор сам собой оживал и разгонял стоячий воздух. Неплотно прикрытая балконная дверь сама собой захлопывалась, производя сердитый щелчок. Мальчик Серёжа Знаев жил в тесной, но роботизированной и электрифицированной вселенной, где всё подчинялось нажатию кнопок и мгновенному бегу электронов по проводам.

Другая вселенная — большая, общая, за окнами, — увы, не блестела достоинствами, пыльная летом, обледенелая зимой, замусоренная и заплёванная круглогодично; но мальчик понимал: достаточно привести в одно место несколько сотен таких же, как его отец, умных, терпеливых, знающих, — и всё вокруг в радиусе тысячи километров будет улучшено и преобразовано ко всеобщему благу.

Мир нельзя создать за шесть дней. Точнее: можно, но результат не будет идеальным. Любая сложная система нуждается в отладке. Даже самую блестяще задуманную и скрупулёзно построенную конструкцию следует испытать, а потом доработать. Это аксиома. Иначе — никак.

Созидание не является конечным процессом.

Мир надо испытывать, мир надо регулярно настраивать заново. Вращающиеся детали — смазывать, перегоревшие транзисторы — менять.

7+7 равно 14, два цикла позади; младший Знаев вырос и давно не помещается в свой вигвам под кухонным столом.

Дома — тесно. Теперь он приходит домой только ночевать.

Все они — мать, отец и сын — уходят из квартиры рано утром и возвращаются в девять.

Дома троим крупным людям нет места.

После ужина с жареной картошкой и двумя стаканами горячего чёрного чая с мармеладом или соевыми конфетами (мать любила сладкое) отец уходит в комнату, к длинному, во всю стену, столу-верстаку. Отец сидит на вращающемся табурете и ловко длинными руками втыкает провода в розетки; врубает Высоцкого и садится паять чей-то магнитофон или радиоприёмник. Мать остаётся на кухне, смотрит телевизор, моет посуду, стирает, ставит тесто, варит холодец.

Летом можно сбежать на балкон, но лето в средней части России всегда короткое.

Бросив дела, мать приходит к отцу в комнату, жестом просит убавить громкость и спрашивает что-то обыкновенное. В подвале замок заедает, надо смазать, что ли. Отец молча кивает, протягивает руку и прибавляет звук. Мать возвращается на кухню. Отец продолжает работу, щурится, паяльное жало дымится в его точной руке. Спустя минуту или две он встаёт, идёт к матери — теперь уже мать убавляет громкость «Кинопанорамы». Замок насквозь проржавел, произносит отец, смазывать бесполезно, надо повесить новый.

Высказавшись, возвращается к своему паяльнику и своему Высоцкому.

Деньги за свой труд отец берёт редко, зато широко практикует обмен деталями. Расходные материалы у отца свои, он их приносит с работы, паяльное олово и провода берёт в любом количестве, прямо говоря — ворует, но в его лаборатории, на секретном, без названия, заводе, производящем электронное оборудование для ядерных электростанций, отец считается лучшим специалистом и ему позволено всё. Он приносит почти каждый день то лампу, то брикет канифоли, и на прямой вопрос матери ещё более прямо и сухо отвечает: «Украл».

Отец мало разговаривал с сыном: был всегда погружён в собственные мысли или в чтение журнала «Радио». Но сына любил и однажды потратил несколько вечеров, изготовив электрическую музыкальную установку. К обычной деревянной гитаре крепился звукосниматель, гудение струны передавалось по проводу в пластиковый чемодан-усилитель, и далее — в ещё более внушительный деревянный ящик с круглым чёрным зевом динамика.

Более того, отдельное электронное приспособление, управлявшееся педалью, тяжёлой, словно медвежий капкан, могло менять звук, придавать ему электронные тембры — гитара скрежетала и выла.

На языке своих это называлось *полный аппарат с педалью*.

Сын — лохматый паренёк с длинным носом — теперь ежедневно сразу после школы целеустремлённо шагал домой, замыкал гитару в беспредельно расцарапанный кофр, хватал тяжёлый пластмассовый чемодан-усилитель и шёл, нагруженный, через восемь улиц в музыкальное училище. Там ему было дозволено сидеть в пустующем классе и упражняться. Роман Генрихович разрешил. Деревянный ящик — колонку с динамиком — гитарист хранил в музыкальной школе постоянно, а вот усилок оставлять побаивался — могут и украсть, ночью заберутся через любое окно; электронная музыкальная техника в большой моде, на неё есть спрос, она стоит очень дорого, сопрут как нехуй делать.

Он играет каждый день по шесть часов, этот гитарист. Ну, может, не по шесть часов, по пять, по четыре, и не каждый день.

По городу быстро разнёсся слух о том, что у одного пацана из 7-й школы *полный аппарат с педалью*. Теперь каждый день у входа в училище возникают потенциальные единомышленники. Подгоняют пластинки и кассеты. У гитариста дома — вертушка и кассетный мафон. Всё, что ему нравится, он переписывает для себя, у него часов пятьдесят записей.

Единомышленники представляют собой примерную копию гитариста: такие же рокеры из тесных квартир, кто три аккорда освоил, кто все четырнадцать.

Они слушают всё, что можно уловить по радио, купить на пластинках. Они слушают группу «Карнавал», «Def Leppard», «Зоопарк», «Metallica», «Альфу», «Kiss», «Зодиак», они слушают Давида Тухманова, Жан-Мишеля Жарра, «Led Zeppelin», «Space», «Машину времени», «Арсенал».

Они приносят английские, немецкие, финские, польские, чешские музыкальные журналы. Недавно гитарист купил такой журнал за десять рублей, ради обложки с Джимми Хендриксом.

Разумеется, вынашиваются планы по созданию команды. Но для команды нужны барабаны и бас. И ещё один усилитель, и ещё динамики, и провода, и микрофоны. Репетиционная база есть, играть будем в училище, я договорюсь.

А уже была Олимпиада, мода на всё «электронное», Рыбников сделал «Юнону и Авось» целиком на синтезаторах, мировая музыкальная культура не стояла на месте, и пластинок на полках магазинов стало больше, и магнитофоны сделались доступны.

Зимой, пока дошагаешь через восемь улиц, — крепко промёрзнешь, до состояния, именуемого «пиписька съёжилась». Действительно, юношеский половой прибор по необъяснимым причинам становится холодным, тогда как нога остаётся тёплой, — как будто кусок льда в паху подвешен. Но сам ладно — гитару жалко, она тоже замерзает и расстраивается, ей не полезны температурные перепады.

Зато — если дошёл, если отыскал свободный пустой класс и в нём заперся, — можно сесть на пол и приложиться лопатками к горячим чугунным углам батареи отопления. Топят щедро, радиаторы пышут жаром, в классе сладко и густо пахнет пересохшим тёплым деревом, и ещё гуще — столь же пересохшими тряпками для мытья пола, тряпки висят, истлевая, на тех же пылающих жаром радиаторах, и вот — музыкант понемногу оттаивает, отогревает руки, разминает пальцы, ласкает инструмент, струны нежной фланелькой протирает, или даже шурует по ладам куском наждачной бумаги. За стеной бесконечно играют «В движеньи мельник жизнь ведёт», ошибаясь всё время в одном и том же месте. Гитарист включает усилок, тоже остывший, при нагреве распространяющий особенный кисловатый технический аромат, который и есть — дух рок-музыки, свободы, победы.

Позиции хард-рока казались ему незыблемыми. Хард-рок безусловно транслировал бешеную созидательную энергию, революционную, преобразовывающую. Это был бунт, протест, наркотики, секс, насмешка, прогресс, преступление без наказания.

Потом гитарист упражняется. Он играет всё, что слышал и слышит, группу «Смоки», группу «Верасы», музыкальный ансамбль под руководством Д. Леннона и П. Маккартни, группу «Одесситы», группу «Круиз», вокально-инструментальный коллектив «Самоцветы», что-то из «Deep Purple», что-то из «Whitesnake», он играет гитарную музыку как таковую, всякую, его слух развит, он легко и мгновенно снимает любую мелодию и аккомпанемент, он играет Александра Розенбаума, Джо Дассена, Микаэла Таривердиева, Андрея Макаревича, Карлоса Сантану, Юрия Лозу, он играет песни из телефильма «Д'Артаньян и три мушкетёра» и кинофильма «Последний дюйм».

За окнами — шершавый мрак, и, когда проезжает по близкой дороге грузовик, или трактор, или какой-то другой грубый механизм, предназначенный для переделывания и усовершенствования мира, — рассохшиеся деревянные рамы дрожат мелко.

Но переделывать мир музыкой гораздо интересней.

С миром вот что случилось в последний год: мир оказался сложным и грандиозным, он теперь состоял не только из детей и родителей, не только из однокомнатных квартир и музыкальных училищ. Когда человек растёт, мир вокруг него растёт тоже. Гитарист рос быстро, его голова звенела. Мир оказался необъятным. Музыкальная культура, внутри которой его растили, культура Чайковского, Шостаковича и Кабалевского, чопорная и невыносимо сложная русская музыкальная культура оказалась миниатюрной частью мировой музыкальной культуры; в её извивах и тысячелетних традициях можно было заплутать навсегда. Хард-рок происходил из рок-н-ролла, рок-н-ролл происходил из ритм-энд-блюза, ритм-энд-блюз происходил из классического блюза, происходившего из соула и спиричуэлз, из ритмических гимнов темнокожих американских рабов. Гитарист, гибкий отрок, с изумлением обозревал горизонты реальности — они распахивались, пугали и восхищали; основными чувствами тех лет были восхищение и нетерпение: вот, ещё год или два — и прыгну во взрослую реальность, как в океан, и поплыву, взрезая волны, как дельфин.

Роман Генрихович наблюдал за опытами своего упорного воспитанника со скептицизмом и электрические соло не слушал, морщился и уходил, оставляя за собой лёгкий портвейный душок, а однажды тихо прокомментировал: ты, Знаев, сначала палец научись правильно ставить, а уже потом изображай Джимми Пейджа. Молодой гитарист был озадачен: оказалось, сутулый и кривой на одно плечо преподаватель знает о существовании Джимми Пейджа — а вёл себя так, словно дальше Ван Клиберна не продвинулся.

Но в целом Роман Генрихович, как и все остальные преподаватели, воспринимался как существо из отмирающего древнего мира. Как старпёр.

Их, преподавателей, невозможно было ни слушать, ни воспринимать всерьёз. Как и предков, в общем. Как и школьных учителей. Как и весь их взрослый, отмирающий старпёрский мир. Взрослые ещё не понимали, что они — динозавры, их время прошло, их советы казались либо наивными, либо вовсе тошнотворными.

Умному современному человеку в его шестнадцать лет открываются такие горизонты, какие и не снились его сорокапятилетним предкам.

Родители стали его раздражать, вместе с их единственной комнатой, вместе с вечным невнятным телевизором; они были ужасно наивны, они ежедневно с утра до ночи тяжело работали ради маленьких денег, ничего не зная про настоящую реальность, в которой «Pink Floyd» получили за свой альбом «Стена» несколько миллионов.

Так или иначе, всё кончилось. Сын вырос и поселился отдельно.

Мать только однажды спросила, откуда деньги. Сын коротко ответил, что играет в ресторане. Ответ удовлетворил.

А отец ничего не спросил. Он давно уже никому не задавал вопросов: делал вид, что всё сам понимает, хотя не понимал ничего.

Никто ничего не понимал. Страна разваливалась.

Так, одновременно со страной, развалилась и семья.

Отец стал круто закладывать; мать терпела два года, затем ушла, у неё имелся альтернативный вариант — весьма положительный мужчина, одинокий врач-гомеопат.

Знаев-младший подозревал, что у матери и раньше были любовники.

Развод родителей он пережил легко. И, может быть, даже немного порадовался: вот, предки развелись — значит, ещё ищут себе новой и лучшей доли; значит, ещё не старики.

Он ни разу не видел, чтоб они обнялись или поцеловались. Но не видел и ссор.

Возможно, они не подходили друг другу. Возможно, не любили друг друга. Жили вместе ради ребёнка, или потому что некуда было деваться. Сын не задумывался об этом никогда. Он знал, что любит обоих, и точно знал, что оба любят его, каждый по-своему, и эта любовь — громадна и надёжна.

Он знал, что в поцарапанной деревянной хлебнице всегда, при любых обстоятельствах, в любое время дня и ночи есть кусок свежего белого хлеба, а в холодильнике — большая кастрюля с компотом, в котором самое вкусное — погрузившийся на дно изюм; если набрать его в половник, и наполнить кружку, и выпить двумя глотками, запрокинув голову, — мягкие ядрышки сами, как живые, катятся на язык, наполняя рот сладостью.

Он знал, что в шкафу на верхней полке всегда лежит уложенное в геометрически правильную стопку его чистое и отглаженное бельё.

На верхней полке — потому что сын давно самый высокий в семье.

Мать тщательно утюжила даже носки.

Елена Знаева управляла своим однокомнатным королевством железной рукой. Всегда, при любых обстоятельствах двое мужчин её семьи были сыты и прилично одеты. Ради экономии мать даже стригла их самолично, дважды в месяц, ловко управляясь и с машинкой, и с диковинной конструкцией под названием «филировочные ножницы». Впрочем, приведение в порядок шевелюр отца и сына не требовало особого мастерства: пегие, ржаные с серым, твёрдые, как стерня, волосы у обоих стояли дыбом, и сын, вслед за отцом, с ранней юности заимел привычку расчёсываться пятернёй.

Мать добывала хлеб в институте с длинным непроизносимым названием, включающим слова «статистика», «прикладная математика» и «государственное планирование»; в недрах учреждения пряталась миниатюрная типография, печатавшая диссертации и методические пособия в примитивных бесцветных обложках. Проникнув в просторный, ярко освещённый полуподвал, пропитанный возбуждающими нездешними запахами, маленький сын заставал мать уверенно царствующей среди безразмерных столов, заваленных рукописями, утробно гудящих копировальных агрегатов и машин офсетной печати. После кратчайшего разговора (обычно речь шла о потерянных ключах от дома или о срочной выдаче тридцати копеек для похода в кино) ребёнок незамедлительно изгонялся, ибо посторонним вход в заведение был запрещён. Вся множительная техника стояла на особом учёте в Комитете государственной безопасности.

Между тем Елена Знаева не слишком переживала за государственную безопасность и однажды преподнесла мужу на день рождения сборник стихов Высоцкого «Нерв», на скверной серой бумаге, зато в превосходном твёрдом переплёте с ликом поэта на лицевой стороне обложки. Позже сын видел в её руках другие хиты советского самиздата: поэму «Лука Мудищев», и повесть «Николай Николаевич» Юза Алешковского, и «Москва–Петушки» Ерофеева, и «Розу мира» Даниила Андреева, разъятую, ввиду огромного объёма, на четыре плоских томика, и даже самоучитель каратэ стиля «Шотокан» со множеством иллюстраций, не слишком чётких, но внушающих трепет. Все эти криминальные манускрипты строго запрещалось выносить из дома и показывать друзьям, но сын, конечно, пренебрегал приказом, и однажды в школе один десятиклассник с ходу предложил младшему Знаеву за учебник хатха-йоги огромную сумму в 50 рублей. Знаев мгновенно отказался. Он понимал, что мать могла бы озолотиться на продаже тайных текстов, но избегала этого, точно так же, как отец избегал обменивать на деньги свои самопаяные магнитофоны и усилители; это было неправильно, не по-советски, «западло». И лукавые мудищи, и электронные машинки изготавливались в единичных экземплярах — для себя, для друзей, для подарка начальству или для обмена: ты мне «Тайную доктрину» — я тебе путёвку в санаторий «Плёс». Превращать эту рудиментарную систему натурального обмена в бизнес, в «товар–деньги–товар» никто не решался. И гораздо чаще мать, вернувшись с работы, доставала из своей полотняной хипповской сумы не запретную поэму, а сжатый скрепками машинописный талмуд под названием «Некоторые вопросы стандартизации ввода данных в автоматические системы управления на предприятиях тяжёлого машиностроения» — и затем, накормив своих мужчин картофельным пюре с луком и кислой капустой, до позднего вечера сидела на кухне, исправляла опечатки, изредка отвлекаясь на экран телевизора, где пани Зося кокетничала с паном Вотрубой в очередной серии бесконечного шоу «Кабачок "13 стульев"».

Изготавливать и продавать вещи, предметы, технику — запрещалось. Зато можно было брать работу на дом, трудиться сверхурочно, прихватывать выходные, перевыполнять план. За это добавляли жалованье, платили премии, продвигали по службе.

И, как потом спустя годы думал Знаев-младший, на проявление чувств родителям просто не хватало сил.

Развод их получился бескровным, интеллигентным.

Отец продолжал паять микросхемы на своём секретном заводе до последнего дня.

Чтобы не тряслись руки, выпивал первый стакан в восемь утра.

Все знали, что ему конец, но молчали.

Начальник лаборатории сам уходил в запой каждые три месяца.

Почти все мужчины круто бухали тогда, работая с утра до вечера и получая жалованье, которого едва хватало на пять дней.

Знаев-младший, уже обратившийся в успешного коммерсанта, ничего не мог поделать. Уговоры не помогали. Денег из рук сына отец ни разу в жизни не взял.

В последний год он почти ничего не ел, только пил. На работу его пускали из уважения к старым заслугам, но к полудню, когда утренний стакан уже рассасывался в его маленьком худом теле, он спешил уйти домой, и ему никто не препятствовал. С полудня до вечера он валялся на продавленной кровати и читал старые газеты, подливая себе самогона из пластиковой бутыли.

В конце концов однажды зимой он умер от воспаления лёгких.

Когда сын приехал в пустую квартиру, в ней не было ничего, кроме прожжённого сигаретами дивана.

Холодильник был отключён, газовая плита тоже.

Уцелел ещё верстак вдоль длинной стены. Когда-то на нём тесно стояли, прохладно отсвечивая никелированными углами, огромные катушечные магнитофоны и виниловые проигрыватели; теперь под слоем лохматой пыли валялись только обрезки проводов и старые справочники по электротехнике.

Запах жилья, в котором много месяцев не готовили еду и не кипятили воду, показался Знаеву-младшему отвратительным. Возможно, так пахло дыхание Бога. Не сына, прибитого к деревяшке, а его отца, создавшего всё сущее.

Умерший человек слишком долго пытался усовершенствовать и доработать созданный Богом мир — а Бог в ответ доработал его самого. Усовершенствовал до конца.

Разумеется, Знаев-младший гордо оплатил похороны из собственного кармана, и потратился даже на лакированный гроб.

Мать на похоронах выглядела моложавой и неуместно красивой. Могло показаться, что между элегантной женщиной в узком чёрном платье и лежащей в гробу остроносой жёлто-серой мумией нет абсолютно ничего общего.

Она не поцеловала усопшего ни в губы, ни в лоб, только погладила пальцами по впалой пергаментной щеке. Но сын, наблюдавший внимательно, вдруг увидел в целомудренном касании ту самую нежность, которую искал в детстве, — мать дотронулась до мёртвого, как до живого, не попрощалась — приласкала.

Сын созванивался с матерью примерно раз в месяц и знал, что дела у неё идут неплохо. Ветер перемен свистал над страной, и Елена Знаева, как и некоторые другие, пока немногочисленные, граждане бывшей империи, сумела услышать в этом разбойничьем свисте правильную мелодию. Институтская типография была приватизирована, превращена в акционерное общество закрытого типа и выпускала теперь не научные труды и даже не стихи запретных поэтов, а самоучители вязания на спицах и брошюры типа «Сто один вопрос для желающих выехать на жительство в Израиль». Товар уходил влёт, офсетные машины не останавливались ни днём, ни ночью. Мать — ныне генеральный директор — даже предлагала сыну войти в долю, но сын ответил снисходительным отказом; его мелодия звучала много громче, настойчиво рекомендуя не связываться ни с производством, ни с торговлей, а посвятить все силы финансовому рынку, капиталу в чистом виде.

В ночь после похорон Знаев купил в магазине «Стокманн» литровую бутыль дорогого виски и выпил её всю, но почти не опьянел. Где-то под затылком заныло, заскрипело нечто складное, немного однообразное, на два аккорда, и он вытащил из-под кровати пыльный кофр, достал гитару. Слух, не упражняемый ежедневной практикой, давно подводил бывшего музыканта, и он не смог точно настроить инструмент. Или, может быть, короб рассохся, или гриф повело. Но это его не смутило — ведь настоящие блюзы играются именно на расстроенных гитарах. Блюз сам по себе и есть — лёгкая расстроенность, гармонизированная неправильность.

Он просидел всю ночь, пока не изобрёл начало, середину и конец, и не записал весь текст на пустой странице, вырванной из справочника «Коммерческие банки Москвы». Зачем записал — не понимал, но точно чувствовал, что песен больше не будет, под затылком не зазвенит.

Слышишь длинные стоны и хриплый смех?
Это молятся рабы.
Они признают твою власть во всём, кроме одного:
Когда они молятся,
Тебе нельзя смотреть.

Однажды ты проследил за ними
И увидел, как они собрались толпой,
И разожгли костер, и сели все на траву,
А один, красивый и мрачный,
С лицом цвета молодой меди,
Остался стоять;
Это был их жрец.

Они вытолкнули к огню маленькую девочку,
Она изображала их Бога.
Каждый достал из-за пазухи хлеб, или яблоко,
Или кусок козлятины, и отдали всё жрецу,

А он — бросил в огонь;
Это была их жертва.

Потом жрец запел, и все стали плакать,
А девочка, изображавшая Бога,
Захохотала, словно была не ребёнком,
А взрослым мужчиной пятидесяти лет
С грудной клеткой, подобной барабану;
Это была их молитва.

От страха ты вскрикнул и выдал себя.
Тогда жрец подошёл к тебе и сказал, что тебе надо уйти.
Ещё он сказал, что, если ты ещё раз придёшь смотреть
На молитву рабов,
Все они уйдут от тебя к другому хозяину,
Ибо так велит их вера.

ЧАСТЬ ВТОРАЯ

29

Виталик вошёл; пожали руки, а затем и обнялись, и старший Знаев с удовольствием хлопнул ладонью по твёрдой спине младшего Знаева, а младший в ответ сжал отца преувеличенно крепко.

Огромный голенастый лось, мускулистый ребёнок. То ли сгрёб в охапку, как мужчина мужчину, то ли прильнул, как сосунок.

«Нет, — подумал в этот момент отец и потёрся скулой о плечо громадного мальчишки, — я любил его мать, я не был сухарём. Меня к ней тянуло с первой встречи. Она была хороша, она была мечтой для такого, как я. Нет, мы родили сына в любви. Не в результате трезвого сговора, а потому что звёзды сошлись. Нет, я любил её, и люблю нашего с ней сына».

Сын изучил побитую отцовскую морду, не сумел сдержать быстрой улыбки, попытался её спрятать, отвернув лицо, — и снова не сумел.

— Кто тебя так? — спросил тихо.

— Неважно, — поспешно ответил старший Знаев. — Небольшой конфликт. На почве денег и любви к Родине. Ты всё принёс?

Двухметровое дитя поставило на стол пакет; помимо форм для льда и набора заживляющих мазей вытащило бутыль дорогого виски.

— Откуда? — изумлённый, спросил отец, незамедлительно откупоривая и отхлёбывая из горла.

— У меня есть друзья, — гордо ответил младший Знаев. — Я его знаю?

— Кого?

— Того, кто тебя побил.

— А если бы знал — то что?

— Поломал бы, — серьёзно сказал сын.

Старший Знаев шмыгнул разбитым носом.

— Хочешь впрячься за отца?

— Естественно, — ответил младший Знаев. — Что же я за сын, если не впрягусь за отца?

Старший Знаев осторожно потрогал набухшие подглазья.

— Что же я за отец, если позволю сыну за меня впрягаться?

Протянул бутыль, предлагая. Сын отрицательно помотал головой.

— Может, — спросил, — тебе травы привезти?

Спросил снисходительно и со значением: вот, мол, я совсем взрослый, и выпивку в два часа ночи найду, и траву, и разговариваю на равных, и возражаю. Ты ведь, папа, меня позвал как взрослого, как сильного, ты ведь за помощью обратился, вот я и предлагаю всю помощь, какая только возможна.

— Спасибо, не надо.

— Тогда скажи, кто. И я пойду.

— Не скажу. Это тебя не касается.

Сын развернул плечи.

— Я не уйду, — произнёс он упрямо, — пока не скажешь. За такое должна быть ответка. По-любому. Без вариантов. Иначе все будут думать, что ты — слабый.

— Да и хер с ними со всеми, — ответил старший Знаев, кое-как улыбнувшись. — Пусть думают. Ve con dios, сынок. У тебя деньги на такси есть?

— Я с другом, — недовольно ответил сын. — На машине. Скажи, кто. И телефон дай. Я разберусь.

— Я сказал — иди. Это не твоё дело.

— Нет. Моё.

И демонстративно сложил руки на груди.

«Я хорошо помню, — подумал отец. — Я влюбился в её осанку, в её имя, в её пальцы на фортепианных клавишах. Я сразу решил, что она — та самая. Я понял, что моя жена и мать моих детей будет музыкальным человеком. Я помню, меня тогда осенило: в моём доме будет рояль, и толстая пачка нотных альбомов! Я построю свою семью вокруг музыки! Так я подумал, когда она подходила, когда мы знакомились. Привет, я Сергей. Камилла. Красивое имя, а что оно значит? Оно значит "девушка благородного происхождения". Вам идёт это имя, в вас видна порода… Спасибо, Сергей…

Это была любовь? Разумеется! Я увидел, что с этой женщиной возможно общее будущее. И дети. Минимум один, вот такой вот, огромный, упрямый, весь в друзьях, весь на понятиях».

— Слушай, юноша, — сказал отец. — Я ведь тебя этому не учил. «Поломаю», «ответку дам», «без вариантов» — откуда ты такого набрался?

— Отовсюду, — спокойно ответил сын. — Ещё скажи, что я — неправ.

— Это я был неправ! — перебил отец, раздражаясь. — И я получил — за дело. Конфликт исчерпан. Всё. Говорить не о чем.

— Если надо, — сказал сын, сузив глаза, — я пацанов соберу, хоть двадцать человек. Мы любого закопаем.

— В каком смысле — «закопаем»? — испугался отец.

— В переносном, — ответил сын. — Накажем. У нас у одного парня отец — полковник ГРУ. В Сирии воюет.

— Я думал, ты музыкант, — сказал отец.

— Ты тоже когда-то был музыкант, — ответил сын. — Скажи, кто тебя тронул. Мы ему вломим. По-настоящему. По-русски. Быстро, тихо и вежливо.

— Иди, — приказал отец. — Тоже мне, вежливый человек.

Сын не двигался с места, и отцу пришлось слегка подтолкнуть его в плечо.

Виталик недовольно процедил «звони» и ушёл вразвалку. Со спины выглядел совсем взрослым. «Обиделся, что ли? — Подумал Знаев. — Ничего, пусть привыкает».

У неё была длинная белая шея и треугольное лицо с миниатюрным, но крепким подбородком и прямым носом. Длинные пальцы и хрупкие прозрачные запястья — в состоянии эротического помрачения можно было увидеть сквозь тонкую кожу множество синеватых косточек, сложно соединённых мягчайшими хрящиками.

Она походила на холодных царственных блондинок из золотого века Голливуда.

Она носила жемчуг и не пользовалась косметикой — что было неопровержимым, стопроцентным доказательством *породы*. Хочешь найти *породу* — ищи девушку, которая не красит лицо.

Он нашёл.

В первый год после свадьбы мистер и миссис Знаефф много ездили по миру. Молодой супруг уставал на работе и предпочитал пассивный отдых: мало двигаться, много спать и есть. Он отдыхал как старик. Ему нужен был абсолютный комфорт, какой только можно купить за деньги. Это была принципиальная позиция.

Отдыхал только в Европе. Третий мир не любил и редко там бывал.

Он покупал дорогой тур на Тенерифе, Мадейру или Капри, выпивал перед полётом стакан крепкого — и в зале прилёта обращался в полусонного мистера Знаефф, в очень, очень важного и богатого парня.

Завидев утомлённых перелётом мужчину и женщину, мистера и миссис Знаефф, заранее оплаченные люди подбегали, подхватывали два его чемодана, набитые белыми брюками, сандалиями, купальными полотенцами, очками для плавания и соломенными шляпами; потом два её чемодана, набитые тем же плюс каблуки и вечерние платья, — и с этого момента и вплоть до возвращения домой все желания молодой пары упреждались шофёрами, гидами и бесшумными слугами.

Мистер и миссис спали, тесно прижавшись друг к другу, обязательно под открытым небом, на балконах-террасах, чтоб в семи-десяти шагах от вытянутых ног уже были пустота, и обрыв, и гудение волны внизу. И две минуты пешком до пляжа, и кровать кинг-сайз.

Молодая миссис Знаефф всегда легко покупалась на «кинг», на королевское, на главную тему, скреплявшую молодожёнов: на их очевидную избранность, на их пре-

восходство над многими прочими, на их принадлежность к сверкающей верхушке золотого миллиарда.

Они были молоды, умны, образованны, богаты, абсолютно здоровы, сыты, остроумны, пьяны, счастливы,
шикарны, они наслаждались всеми плодами мировой
культуры, они любили глядеть с обрыва на бесконечный океан, — они, двое русских молодых людей из Москвы, владели миром.

Утром он плавал и жрал рыбу; днём его и жену везли
смотреть Саграда Фамилия, или Каркасон, или Дворец
дожей; потом он снова плавал и жрал рыбу: треску, тунца, лосося или буйабес, пил портвейн, курил, парился
в сауне, дремал или слушал старые блюзы, рассматривал субтропические бирюзовые закаты.

Зачатие ребёнка произошло на одном из тёплых сол-
нечных островов, в шуме волны, вечно совокупляю-
щейся с берегом. Сын был создан отцом в состоянии рас-
слабления, умиротворения, глубокого самодовольства.
Дух, ангел его сына прилетел, привлечённый ароматами
лосося, политого лимонным соком, и холодного бордо,
и хрустящих простыней; дух, ангел прилетел в особенный, исключительный мир, в райский сад с фонтаном
и лимонным деревом, где все мечты сбылись.

Сын родился желанным, здоровым, сильным, любимым с первой секунды.

Изумляло то, что все эти длинные годы родительских
хлопот, труда, нервов, его памперсы, его колики, его
первые шаги, его зубы, его игрушки, обои в его комнате, его аденоиды, его детский сад, его первый класс, его
футбольные мячи, игровые приставки, его портфели,
роликовые коньки, велосипеды, единые государственные экзамены? — всё пролетело как одна секунда.

Ни единого раза отец не советовал сыну решать проблемы кулаками и вообще добиваться чего-либо насилием и агрессией. И никаких «пацанских» кодексов ему не внушал, и бить первым не учил, а учил бить вторым, и про то, что лучшая драка — это та, которая не состоялась.

И ни единого раза отец не произнёс сыну ни одного слова о любви к стране, к Родине, к берёзам, валенкам, телогрейкам и особому русскому пути. Наоборот, ругал власть, государство, отвратительную равнодушную систему много и часто, и мать активно поддакивала.

Она — тогда уже не тургеневская фортепианная фея, а шикарная и уверенная банкирова жена — сразу решила, что сын должен быть выучен только в Европе. И впоследствии там же, в Европе, найти своё призвание. Чтобы не связывать жизнь с этой помойкой, со страной убийц, бандитов и тупых пьяных рабов.

Возможно, сын слышал о любви к Родине в школе, но банкир Знаев не был в этом уверен. Он бывал в школе у сына не более раза в год. Когда учителя жаловались — спокойно обещал надрать паршивцу задницу. Ни в коем случае, пугались учителя. Если я не хотел, в меня вколачивали, осторожно возражал старший Знаев. Никаких телесных наказаний, восклицали в ответ. Родитель должен реализовываться через любовь, а не через гнев и насилие. Как же быть, если балбес не желает грызть гранит? — вопрошал Сергей Витальевич, и в ответ получал только отрицательные междометия и взмахи мягких старых рук.

Почему-то все они, учителя его сына, чопорные и боязливые педагоги, считали, что господин Знаев хочет иметь «наследника», какого-то мифического Знаева-штрих, которому однажды торжественно передаст бразды владения. Почему-то они полагали, что папа не спит ночами, воображая своего сына хозяином трастового фонда или завода минеральных удобрений. Почему-то они решили, что Знаев-старший хочет передать Знаеву-младшему в наследство свой бизнес: пятнадцать комнат в особнячке близ Покровских ворот, где каждый вечер президент и директор, надёжно замкнув дверь на ключ, лично шлёпает печати липовых организаций на липовые контракты. Что он мог передать в наследство? Какие бразды? Технику дискуссии с инспектором финансового мониторинга? Сто пятьдесят сравнительно честных способов резкого снижения налоговой нагрузки?

Маленький Виталий Сергеевич папиной работой вовсе не интересовался — гонял в футбол и на велосипеде, как положено всем мальчишкам. А если бы заинтересовался, папа немедленно сказал бы сыну, что его бизнес — финансы — не для всех, что это нервная и однообразная работа, и заниматься финансами сейчас, на данном этапе мировой истории, он никому бы не посоветовал; что современный финансист представляет собой не более чем приставку к персональному компьютеру, а современные коммерческие банки — монструозные муравейники, где процветает корпоративная бюрократия, где нет места свободному творческому труду.

Потом папа пошёл ещё дальше: написал книгу о своей работе и дал сыну почитать.

Сын всё понял.

Но прежде чем отцовский банк издох, прекратила существование семья банкира.

Развод состоялся по решительной инициативе жены. Возможно, у неё «кто-то был». Знаева это не волновало.

Он работал с утра до ночи. Банк вибрировал, но стоял. Отвлечься от денег, отвернуться от конвейера было немыслимо. В банк он вложил всего себя, а в семью — почти ничего: два ежегодных семейных отпуска, десять дней в мае и две недели в январе.

Его жене потребовалось семь лет, чтобы понять, насколько унизительна ситуация: у неё были деньги, но не было мужчины. Муж появлялся поздним вечером, погружённый глубоко в себя, и его телефон непрерывно звонил, входящие сыпались одно за другим; муж не занимался своей женой и её не замечал.

Секс у них был примерно раз в десять дней, в хорошие времена — два раза в неделю. Но поскольку муж и жена, как правило, находились в ссоре, — бывали периоды, когда они по три недели не притрагивались друг к другу.

Женщина прекрасного воспитания, она ссорилась тихо, сухо, незаметно для ребёнка.

Конечно, бывали и периоды благополучия, мира. Бывали долгие месяцы, когда жили втроём очень дружно. Вместе по вечерам ходили в парк гонять мяч. Любовь к физической красоте, к телесному совершенству может объединить любую женщину с любым мужчиной; правда, ненадолго. Жена ходила на фитнес и держала себя в идеальной форме. Муж по три часа в неделю мордовал боксёрский мешок. Жена готовила идеальные наборы белков и углеводов. Муж благодарно ел. Сын бегал вокруг, размахивая лазерным мечом, и все были счастливы. Но недели и даже месяцы покоя сменялись очередным происшествием на рынке, или запросом из прокуратуры, или скандалом с людьми из-за процентов и долей процента; муж и отец появлялся, только чтобы переночевать; в семье ничего не происходило, ничто никуда не двигалось. Всё было неопределённо, всё — в будущем: вот-вот, сейчас, ещё немного — и отложу ребёнку пол-лимона сразу на Сорбонну, на пять лет, а лавку закрою; год или два, а дальше всё изменим; жена слушала это несколько лет подряд, возражала безуспешно — и вот ей надоело.

Дальновидная и трезвая девушка, она мужнины деньги не тратила, жила без показной роскоши, модой увлекалась в меру, а все (или почти все) деньги, выдаваемые на роскошь, откладывала. И в год семнадцатилетия купила сыну квартиру. А когда сын перебрался в самостоятельное логово, объявила о разводе.

Сын пережил достаточно легко. Переезд в индивидуальное обиталище даже не стал для него большим событием: он этого ждал. Среди его приятелей многие получили уже, в свои шестнадцать и семнадцать лет, от родителей собственные квартиры.

Что происходило в этих квартирах, какие дикие оргии могла устроить эта пост-индустриальная молодёжь, дорвавшаяся до самостоятельности, — отец мог только догадываться, но предполагал, что ничего особенного, максимум — пиво и лёгкие наркотики. Молодёжь была тихая, суховатая и самоуглублённая, и сын его был такой же: все они сидели по домам, играли в игры и музицировали на купленных родителями дорогих мощных компьютерах.

Надо признать, что Камилла, налаживая самостоятельную жизнь сына, употребила весь свой вкус и всё понимание истинных ценностей. Квартира была великолепна, она реяла на высоте птичьего полёта — просыпаясь, мальчик подходил к окнам и видел справа пойму реки Сетунь, а слева — башни Москва-Сити, торчащие, как золотой зуб во рту Бога.

Не будем забывать: он ведь с момента зачатия пребывал в мире, где мечты сбылись.

А вот в какой момент он перестал воспринимать рассказы матери о дерьмовом совке? Когда и кто научил его, что русские всегда всех порвут, что страна его — величайшая из сущих, что в России придумали паровоз, луноход и радио, что здесь всегда всё — самое большое, громадное, необъятное, что размер имеет значение, что вклад России в движение мировой истории уникален?

В семье он этого не слышал.

Старший Знаев никогда не считал свой народ уникальным. По его мнению, уникальным был каждый из дюжины крупнейших народов планеты. Россия была одним из центров силы, одним из столпов мирового порядка — но не уникальным, не особенным. Другими центрами являлись США, Китай, Африка, исламский Восток, Западная Европа, Юго-Восточная Азия плюс интернациональные финансовые и религиозные лобби: католическая церковь, например, или еврейский капитал.

Десяток или полтора крупных игроков планетарной шахматной доски играли партию. Россия играла наравне с остальными. Каждый из десятка игроков был исключителен по-своему.

Россия не была самым сильным игроком, но не была и слабым.

Россия не имела бесконечного человеческого ресурса, как Китай, и процветающей потребительской экономики, как США и Европа, — но Россия имела тысячелетний опыт войн, крупнейшую военную промышленность, ядерное и космическое оружие, большие территории, природные богатства, оригинальную и сильную культуру.

С точки зрения Знаева-старшего, рассуждать о русской исключительности значило признать себя нацистом. Исключительными являются не отдельные нации или народы, но комплексы идей, несомые этими народами.

Итальянцы и китайцы, англичане, испанцы и французы вложили в планетарное благо на глаз побольше, чем русские.

Арабы делали трепанации черепа за полтысячи лет до того, как русские научились письменности.

Португальцы и голландцы бороздили мировые океаны за сотни лет до того, как в России был спущен на воду первый большой корабль.

Немцы и японцы, проиграв мировую войну, за считанные годы восстановили сильные экономики и добились благоденствия, тогда как в России никогда, например, не существовало лёгкой промышленности и не существует до сих пор.

Русские выиграли множество войн, но множество и проиграли.

Русские провели множество военных интервенций, унизив национальное достоинство поляков, венгров, чехов, латышей, эстонцев.

Русские победили нацизм, уничтожили Гитлера и спасли мир, но вместе с русскими мир спасали сотни тысяч и миллионы казахов, узбеков, армян, украинцев и белорусов. А также удмурты, осетины, черкесы, башкиры и люди множества других национальностей.

Но об этом Знаев со своим сыном не говорил.

И про то, что ни один историк так и не выяснил, откуда, собственно, взялись русские, — не говорил.

И про то, что в XX веке Советским Союзом последовательно управляли грузин, украинец и молдаванин, — не говорил.

И про Крым, Донбасс, Сирию, «вежливых людей» и «зелёных человечков» — не говорил.

Но оказалось, что сын это всё узнал и без участия своего родителя.

Теперь родитель отхлебнул из подаренной сыном бутылки, сел на пол, привалился спиной к стене и разрыдался.

Не от боли.

И не от того, конечно, что сын обозначил себя как русского. Как принадлежащего к племени вежливых людей.

Сейчас для отца это не имело никакого значения.

30

Потом услышал в комнате посторонний звук: в раскрытое окно залетела птица, обыкновенный серый голубь, спавший, наверное, где-то рядом и потревоженный треском распахиваемой оконной створки.

— А ну пошёл отсюда! — грубо крикнул Знаев, раздражаясь, как будто бессловесная тварь не имела права видеть его разбитую морду. — Пошёл!

Голубь заметался, хлопая крыльями и издавая враждебные горловые звуки, несколько раз ударился о стены и даже попытался напасть на человека, но тот замахал руками, оттеснил птицу к окну — и она наконец канула в фиолетовую пустоту.

Запивая из горла приступ отцовской любви, Знаев некоторое время бродил по квартире. Глаза почти ничего не видели. В голове было — словно в пустом мусорном ведре: самую малость смрадно. Чтобы хоть как-то себя взбодрить, снял носки и продолжил бороздить пустоту босиком, и это помогло на какое-то время: обхватывая ступнями твёрдый прохладный пол, Знаев как будто держался за весь земной шар, за прочную твердь — чтоб не сорвало набегающим потоком звёздного вихря и не унесло в никуда.

И ругался про себя шёпотом. И подбирал бумажным платком кровавые сопли.

Вот же попал. Вот же дожился. Что ж ты, старый дурак, совсем ни на что не годен? Если собственный сын — пацан, мальчишка — предлагает тебе защиту?

Ночь была на переломе к рассвету, по старой поговорке — «час волка и собаки».

Вдруг Знаев почувствовал сильную дурноту, закружилась голова — и он опёрся рукой о стену, чтобы не упасть.

Ноги ослабли: сел на пол.

Стуча зубами, ждал, в состоянии болезненного полуобморока, что будет дальше, и время от времени шёпотом изрыгал матерные проклятия, поминая чёрта и дьявола.

Наконец, он увидел его напротив.

«Накликал», — подумал Знаев.

Обильный холодный пот прошиб его, и тут же наступило сильное облегчение. Но фантом никуда не делся.

Чёрт был столь отвратителен, что для описания его гадкого изменчивого облика не существовало слов ни в одном языке. Он был гол и одновременно волосат, стар и одновременно юн. Он то придвигался, огромный, длиннорукий, то уменьшался до размеров кошки или детской куклы. Лицо — точная копия Знаева, но при всём сходстве лицо это было лишено мужских черт, лицо андрогина, полумужчины, полуженщины, жирное лицо, текучее; гримасы и ухмылки сменялись на этом лице с огромной скоростью.

Волосы его стояли дыбом, ярко-рыжие и даже как бы дымящиеся — то ли лохмы, то ли огненные языки.

Знаев опять оттянул пальцем нижнее веко, чтобы лучше видеть.

— Покажи живот, — попросил он.

Нечистый, глядя белыми глазами, тут же расстегнул рубаху, демонстрируя живот без признаков пупка.

— Ты чёрт? — грубо спросил Знаев.

— Бес.

— Чем отличается?

— Ничем.

Голос беса тоже менялся: то карикатурно высокий фальцет, то оперный бронзовый бас.

— Тебя нет, — уверенно сказал Знаев. — Ты — галлюцинация. Исчезни. Я не хочу тебя видеть. Только не сейчас. Уходи.

— Не получится, — веско ответил бес, перемещаясь ближе и ближе. Он излучал силу и уверенность. — Ты сожрал слишком много.

Знаев вспомнил про таблетки. Побежал в кухню.

Там на спинке стула висел его пиджак.

Вытащил из карманов пузырьки, облатки, блистеры — они были пусты, выпотрошены.

— Я всё съел, — растерянно сказал Знаев. — Когда?

Нечистый пожал покатыми плечами.

— Давай сразу о главном, — произнёс он мягко, покровительственно. — Ты понимаешь, Серёжа, что дальше тебе жить совершенно незачем?

— Что за бред, — возразил Знаев, отшвыривая пузырьки. — Убирайся! Тебя нет. Ты — глюк.

Чёрт надвинулся ближе и увеличился в размерах.

— Для начала напиши записку, — посоветовал он. — Что-то элементарное. Несколько слов буквально. Типа: «Простите все. Никто не виноват. Я вас люблю». Или: «Я люблю вас всех, простите меня». Главное, чтобы про любовь было.

— Пошел нахер, — ответил Знаев. — Ничего писать не буду.

— А дальше, — игнорируя его возражения, продолжал нечистый, — два варианта. Либо резать вены, либо в окно. Рекомендую вариант номер два. Дёшево и сердито.

— Не выйдет, — сказал Знаев. — Я боюсь высоты. Ничего не боюсь, а высоты — боюсь. Не смогу.

— Это ничего, — серьёзно произнёс нечистый. — Давай пиши записку. И иди на балкон.

В его протянутой руке образовалась авторучка.

— Я не хочу умирать, — возразил Знаев.

— Хочешь, — спокойно сообщил бес. — Сейчас самый момент. Ты на пике жизни. Сыновья выросли. Деньги сделаны. Жены нет. Дальше — будешь катиться только вниз. Ниже, ещё ниже…

— Нет, — сказал Знаев, дрожащей рукой нашаривая и поворачивая рукоять балконной двери. — Я выкручусь… Договорюсь… Переиграю… Первый раз, что ли? И насчёт жены ты тоже не прав…

Записку он написал на оборотной стороне магазинного чека.

— Теперь надо выпить, — авторитетно рекомендовал нечистый. — Так будет легче. Имей в виду: ты умрёшь, не долетев до земли. Скончаешься в полёте, от инфаркта. То есть удара не почувствуешь. Чем больше выпьешь — тем быстрей произойдёт разрыв сердечной мышцы. Поэтому — пей. И ничего не бойся.

— А может, в ванну? — спросил Знаев. — Говорят, это не так болезненно. Расслабляешься и засыпаешь…

Чёрт улыбнулся: показались коричневые длинные зубы.

— Не получится, — ответил. — Нет инструмента. Нужен острый нож. Скальпель или бритва… И потом, резать вены — физиологически гадко. Отвратительно. Я предлагаю мгновенную смерть как идеальную. Шлёп — и всё! Он звонко хлопнул в ладоши; Знаев вздрогнул. — Серёга, ты же — технократ! Ты же влюблён в железобетонные пропасти, в висящие дороги, в шпили, в башни, во всё это высокое, великое, имперское, грандиозное! Твоя смерть — это прыжок из окна небоскрёба! Разве не так?

— Не знаю, — ответил Знаев, выходя на балкон. — Не уверен.

— Ты выпей, выпей, — посоветовал бес.

Знаев остановился.

Просторный балкон был снизу доверху застеклён, створки давно никто не открывал.

— Не дави на меня. Уйди. Исчезни.

— Открывай.

— Не буду. — Знаев сунул руки в карманы и засмеялся. — Я счастливый человек. Я жить люблю.

— А если любишь жить — зачем воевать собирался?

— От отчаяния, — ответил Знаев, поразмыслив. — Вот зачем. От отчаяния.

Он открыл замки, сдвинул тяжёлую раму и увидел на пальцах слой серой грязи. Нечистый усмехнулся.

— Москва — город пыльный, — сказал он. — На берегу степи стоит. Не бойся. Залезай.

— Думаешь, слабо́? — спросил Знаев.

— Помнишь, — чёрт скабрёзно ухмыльнулся, ноздри раздулись, — ты в девятом классе за девочкой ухаживал? Всё водил её на крыши девятиэтажек? Сидели, целовались на верхотуре. Тебе это казалось ужасно романтичным.

И заржал отвратно.

— Ну и что? — спросил Знаев с обидой. — Ни баров, ни кафе тогда не было. Социализм. Куда бы я её повёл? В читальный зал?

— Ты все делал правильно, — покровительственно сообщил чёрт. — Высота возбуждает.

— А меня всё возбуждает, — сказал Знаев, сидя на краю балконного окна. — Я люблю жизнь. Я рождён счастливым.

В ушах гудел ветер, отчётливо пахнущий клевером.

Босые ноги свисали над пропастью, ступням было прохладно. Знаев испытывал состояние полёта. Он задохнулся от восторга. Не просто ветер — само пространство вокруг казалось более плотным, густым, значимым. На него можно было встать, как на гранитную мостовую.

— Я рождён счастливым, — повторил он.

Решился, наклонил корпус вперёд, и уже раскрылась перед ним пустая чёрная воронка, всеядная спираль хитроумной нечеловеческой нарезки, алчно гудящая, готовая благодарно поглотить, пережевать, размолоть, разложить на атомы, — но в последнее мгновение перед полной потерей равновесия приступ малодушия заставил тело откинуться назад.

Знаев мгновенно ослабел; сердце бешено колотилось.

— Ничего, — произнёс бес покровительственно. — Это со всеми бывает. Защитный механизм, инстинкт. Вроде ты готов — а в последний момент щёлкает кнопка: нельзя!

Но Знаев совсем не горел желанием повторять начатое дело.

— Я не могу, — прохрипел он чужим голосом и слез с края, больно ударившись пяткой о твёрдый пластиковый угол.

— Ничего, ничего, — одобрительно кивал бес. — Хочешь ещё глотнуть?

— Я всё выпил, — сказал Знаев, но в руке беса уже сверкала полная бутыль с неизвестным, латынью, названием на яркой этикетке.

— У меня есть, — хозяйственно произнёс бес. — Пей.

Знаев повиновался. Алкоголь оказался превосходным — настоящая амброзия.

— Теперь скажи: ты видел воронку?

— Да.

— Тебя туда тянет?

Знаев ещё раз продолжительно отхлебнул. По телу разлилось тепло.

— Да, — признался он.

— Это хорошо, — похвалил бес, уменьшаясь в размерах, и придвигаясь вплотную, и обнимая человека за плечи.

— Господи, — прошептал Знаев, — спаси меня.

— Эй, эй, — недовольно сказал бес. — Мы так не договаривались. Ты уже хочешь туда, Серёжа. Тебя уже ждут. Господь тебе не нужен.

Знаев по-прежнему почти ничего вокруг не видел, только спираль-воронка крутилась перед ним в темноте; на ощупь он нашарил края окна и крепко схватился. Он решил, что наилучшим способом будет прыгнуть, как в воду, руками вперёд.

Всё должно напоминать простой прыжок с высокой вышки.

Напрягся, согнул ноги.

Ветер переменился и дул теперь в висок, гулял вдоль огромной стены дома.

Помедлил ещё.

— Нет, — сказал, отшатываясь, спиной назад падая на балконный пол. — Нет.

Чтоб не передумать, тут же в панике задвинул обе створки огромного окна: одной рукой манипулировал, другую держал у лица, раздвигал пальцами набрякшие веки, щурился яростно.

— Нет.

На кухне, торопясь ещё пуще, рванул дверь холодильника, выгреб горсть ледяных кубиков, приложил к носу, к глазам, лёд обжёг, словно спиртом в рану плеснули; скользкие кубики падали на пол; используя их как оружие, стал швырять во все стороны, стараясь попасть в беса.

— Изыди, тварь! — кричал шёпотом. — Изыди.

Чёрт исчез, оставив после себя только запах сгоревшей спички. Знаев остановился. Ни звука теперь не доносилось до него.

Он шагнул вперёд, наугад, попал босой ногой на кусок льда, поскользнулся и упал, затылком об пол. Удар был сильным. Перед глазами прыгнули анилиновые искры. Как будто бес добился своего, как будто прыжок состоялся и прыгун, долетев до самого низа, до дна, расплющился в конце концов о влажный предутренний асфальт.

31

Пришёл в себя от телефонного звонка. Разговоры с кем-либо были совершенно невозможны. В затылке дёргало. Он дополз до раковины, по пути попадая ладонями и коленями в лужицы воды, оставленные растаявшим льдом; подумать только, он швырялся в чёрта кусками льда!

Кое-как воздвигся вертикально и утолил жажду с первобытным наслаждением. Обследовал квартиру. Флаконы и блистеры от лекарств действительно были пусты; Знаев совершенно не помнил, в какой момент решил всё съесть, а главное — зачем.

Следов присутствия существ из параллельных миров, бесов, чертей, демонов и злых духов тоже нигде не увидел. Более того, бутыль качественного пойла, ночью вроде бы опорожнённая, оказалась едва початой — недоставало смешных каких-то ста граммов.

Но на мокрых ладонях остались смазанные следы грязи. И на штанах.

Вышел на балкон, изучил окна — их действительно ночью кто-то открывал, на стёклах снаружи остались следы его, Знаева, пальцев: скорее всего, ночью в этом доме действительно дело едва не закончилось суицидом.

И в дальней комнате действительно на подоконнике остался засохший уже, но абсолютно очевидный потёк голубиного помёта.

А на полу под кухонным столом действительно лежал кассовый чек с логотипом торговой сети «Ландыш». На обороте чека печатными буквами было выведено:

«Я БОЛЬШЕ НЕ МОГУ. НИКТО НЕ ВИНОВАТ. Я ЛЮБЛЮ ВАС ВСЕХ. ПРОЩАЙТЕ».

Записка эта, совершенно реальная, ужаснула Знаева, но душевных сил, чтоб испугаться по-настоящему, уже не осталось, и он равнодушно отложил бумажку в сторону.

«Оставлю на память», — так подумал.

Экран телефона сигнализировал о десятке входящих сообщений и неотвеченных звонков. Часы показывали пятый час вечера. Из-за стены доносилась музыка, Лана Дель Рей, песня из «Великого Гэтсби». Песня эта нравилась Знаеву и оказалась сейчас кстати, помогла собраться с силами и обрадоваться тому, что жизнь продолжается. Всё пребывало на своих местах, старый дурак Серёжа был ещё жив, контролировал себя, стоял под холодным душем, промывал дряблые складки повреждённого лица, осторожно массировал отбитое темя, отдувался, скрёб ногтями грудь, и обмылок нашёлся, и бывший банкир наяривал себя скользкой пеной, фыркал, отплёвывался и смотрел в запотевшее зеркало, соображая, насколько кошмарно он выглядит с подбитыми глазами.

Конечно, нельзя сидеть здесь, в немоте, в голой квартире, где обитают бесы, в месте, чреватом самоубийственными бредами. Конечно, надо выбираться наружу, к людям. Конечно, оставаться наедине с упырями из собственного подсознания — смерти подобно. Думая так, он долго сидел за кухонным столом в ожидании, пока высохнут волосы (полотенца не нашлось в пустом доме); затем оделся и вышел вон.

Денег в карманах не отыскал, только несколько мелких монет, но это его не озадачило, это входило в новые правила игры. Сейчас его могли бы соскребать с асфальта совковыми лопатами при стечении зевак. Он был в полушаге от гибели, он спасся чудом. Кто-то спас его. Бог, возможно. Кто-то дал ему новую жизнь. И в эту новую, следующую жизнь следовало входить налегке, ничего при себе не имея, кроме штанов, прикрывающих срам. И чтоб ни единой мысли в голове, только похмельный скрежет извилин — и на заднем фоне какая-то неопознаваемая мелодия, что-то вроде гимна или псалма. Музыка небесных сфер.

Спускаясь в лифте, сообразил, что слышит не псалом — музыка сфер оказалась народной песней про чёрного ворона. Ты добычи не добьёшься, чёрный ворон, я не твой! Я — ничей, свой собственный, я — Великий Гэтсби, я Знайка, создатель банков и супермаркетов, отец двоих сыновей, и сам чёрт мне не брат.

Я не твой, я не твой.

Весь путь до цели занял полчаса быстрым шагом.

Ему хорошо было теперь, внутри жаркого дня, под красно-жёлтым солнцем, на шумной улице, в толпе. Вдруг он понял, что идущие навстречу люди улыбаются ему доброжелательно и сочувственно, а некоторые женщины, увидев разбитую, в багровых пятнах физиономию бывшего банкира, вовсе не могут сдержать смеха. Один маленький мальчик, семенивший возле розовой неторопливой мамы, ткнул в Знаева пальцем и крикнул, что у дяди — фингалы! Знаев ненавидел слово «фингалы», но по существу возразить мальчику было нечего.

Мужчины, увидев повреждения на лице Знаева, все как один надолго задерживали взгляд. Но смотрели, опять же, с большим пониманием.

Когда проходил мимо магазина сети «Ландыш», от стены отделился суетливый алкоголик, уже совсем опустившийся, сальный, хуже всякого чёрта.

— Брат, — сказал он, — не поможешь?

Жалость захлестнула Знаева.

— Ничего нет, брат, — ответил он с сожалением. — Честное слово. Ни копейки. Прости.

— Ничего, — сказал алкоголик с достоинством. — Ладно.

И отступил в тень.

Знаев двигался внутри волны сострадания, это было новое для него ощущение: направленные на него, поначалу равнодушно-настороженные взгляды тысячеглазой толпы, мгновенно светлели, людям было его — побитого — жалко; он шёл, согреваемый электричеством человеческого сострадания, абсолютно счастливый.

Когда нашёл нужную дверь — никакой вывески не обнаружил ни сверху, ни сбоку. Почему, проезжая мимо позавчера, зашёл именно сюда? Попробовал вспомнить — и не вспомнил.

Но за дверью явно было то же самое заведение, обыкновенный бар на две дюжины столов, пустой в это время дня; тот же бармен посмотрел на гостя теми же голубыми глазами; та же огромная стойка с алкоголем.

Меднолицый колдун сидел за тем же столом. Правда, на этот раз без дочери.

Знаев подошёл и сел напротив.

При свете дня колдун показался ему меньше и суше — не гигант, но всё же крупный, крепкий человек, дочерна загорелый, явно шагнувший за шестьдесят; выглядел проще, не так загадочно, не так инфернально и грозно; на долю мгновения Знаев засомневался, стоит ли начинать разговор.

Кроме них, в зале скучал ещё официант представительной внешности — но, судя по глазам, чрезвычайно недалёкий.

То, что колдун нашёлся мгновенно, там же, на том же стуле с царапиной на деревянной спинке, в том же заведении, в той же самой позиции, Знаева никак не удивило. Он подозревал, что находится в другом слое реальности, в новом мире, столь же ужасном, сколь и великолепном. В фармакологическом бреду, где возможно всё.

32

— Это был не бес, — уверенно сказал колдун. — Какой-то мелкий потусторонний гад. Начинающий искуситель. Демон. Ты бы не прыгнул, Сергей. Не волнуйся.

— Я почти прыгнул, — признался Знаев. — Я помню момент. Я был готов.

Колдун улыбнулся улыбкой сильного человека.

— Но ты — не прыгнул.

Произнёс так, что Знаев мысленно похвалил себя за то, что пришёл именно сюда, именно к нему; действительно, не прыгнул ведь! Остался живым, целым. Мало ли что могло помститься. Главное — результат. Не прыгнул.

— Я видел его, как тебя.

— Не сомневаюсь, — сказал колдун. — Ну, по крайней мере, теперь ты знаешь, что это такое.

— А если он снова придёт?

— Возможно. Учти, ты ещё под кайфом. Химия выйдет из организма примерно за сорок часов. Хороший эффект даст капельница. У тебя есть знакомые врачи? Фельдшер? Медсестра?

— Нет.

— Ладно, — произнёс колдун. — Хочешь, я сам поставлю капельницу? Поедем к тебе. Купим в аптеке, что нужно, — и поедем.

— Нет, — твёрдо сказал Знаев. — Спасибо, друг. Обойдусь. Не настолько я плох.

Колдун кивнул.

— Ты молодец, — сказал он. — Смелый. Ты не бойся никаких чертей. Москва — город очень большой и очень старый. Черти тут повсюду.

— Я знаю, — сказал Знаев. — Спасибо, друг. Ты мне помог.

— Я вообще тебе никак не помог, — сказал колдун. — Я тебе только по ушам проехался. Всё, что я сказал, может быть враньём. Почему ты мне веришь?

Знаев замолчал; колдун теперь смотрел едва ли не с презрением, его брови надвинулись низко.

— У меня глаза есть, — ответил Знаев. — Я в людях немножко разбираюсь. Ты, друг, уже лет тридцать никому не врёшь, и себе тоже.

Колдун не отводил взгляда.

— К тому же, — добавил Знаев, — у меня есть подозрения, что всё это — не по-настоящему. Это мой сложный бред.

— Даже не надейся, — сказал колдун. — То, что ты видишь — твоя единственная реальность.

Взгляд его стал ещё тяжелей.

— Но ты, — он довольно бесцеремонно ткнул в Знаева увесистым пальцем, — должен понимать, что Москва — столица Гипербореи. Ледяной страны, которая сама по себе есть ворота в другой мир. Это горло, через которое изрыгается на поверхность планеты магма первобытной энергии человеческого гения. Так называемая «хтонь». Это страшное и тёмное место. Здесь вылупляется сама жизнь, во всей её прекрасной и вонючей подлости, в тошнотворном хтоническом великолепии. Не культура, но — её первородная праматерия. Сто лет назад один европейский умник назвал нашу страну «Хартленд» — сердцевинная земля. Кто контролирует Хартленд, утверждал этот умник, тот контролирует весь мир. Сердцевинная земля недосягаема для неприятеля. До неё нельзя доплыть на корабле, потому что она окружена ледяными морями. До неё невозможно дойти пешком и доехать по железной дороге, потому что она, с точки зрения европейца, расположена слишком далеко. Сердцевинная земля неуязвима, это заповедная пустыня, хранящая память о младенческой эпохе человечества, о временах титанов, и смысл её существования заключается в самом факте существования, и больше ни в чём. Разумеется, здесь, у жерла вулкана сырых смыслов, бродят миллиарды чертей и бесов, демонов, неотмщённых призраков, замученных душ. Неправильно думать, что Москва — единственные ворота в ад. Любой большой город, от Мадрида до Токио, является силовым узлом, воротами в нижний слой, в подсознание цивилизации. Но из полутора десятков этих тысячелетних городов Москва — самое кошмарное и тёмное устье в мир сырых смыслов. Реки крови тут пролились, и миллионы преданных, замученных, невинно убиенных вопиют к живым из чёрного праха. Конечно, в таком метафизически напряжённом узле, как Москва, водятся чёрные тени всех видов и мастей. Здешних бесов и чертей следует беречься. А если они нападают — надо противостоять.

Произнеся это тусклым, почти бытовым тоном (словно речь шла не о демонах, а о садовых вредителях), колдун сделал официанту знак, и на столе возникли два бокала с пивом.

— Как? — спросил Знаев. — Как противостоять?

— Я вчера тоже много выпил, — вместо ответа сообщил колдун. — Вот, опохмеляюсь. Давай и ты тоже.

— Нет, — мгновенно ответил Знаев; мысль об алкоголе тут же вызвала гадкую вибрацию желудка. — Спасибо.

— Хочешь победить чертей? — спросил колдун.

— Да.

— Тогда научись опохмеляться.

И придвинул бокал.

Знаев подумал, что отказываться будет невежливо: загорелый морщинистый человек действовал явно из лучших побуждений.

Колдун смотрел, как Знаев пьёт.

— В храме давно был?

— Я неверующий, — ответил Знаев, вытер с губ кислую пену и улыбнулся. — Я бывший банкир. Я поклоняюсь маммоне и сгорю в аду.

— Это неважно, — ответил колдун и поморщился, как будто шутка показалась ему непристойной или слишком глупой. — Ты пока не в аду. Посиди, отдохни. Только не кури. Табачный дым привлекает бесов.

— Ладно, — дисциплинированно сказал Знаев. — А можно спросить, где ты живёшь?

— Пока нигде, — ответил загорелый человек. — Я тут проездом.

— Тебя зовут Сергей?

— Назовёшь Сергеем — отзовусь на Сергея.

Пиво ударило Знаеву в голову, он размяк и почувствовал облегчение: оказывается, всё это время, начиная с первой секунды, как обнаружил себя на прохладном кафельном полу с гудящей головой — всё это время ему было плохо, тоскливо, зато теперь, после нескольких больших глотков холодного светлого, сделалось легко и благодатно.

— Сейчас тебе надо поесть, — посоветовал колдун. — Потом вернись домой — и ложись спать. Напейся воды. Всякое лишнее дерьмо выйдет из тебя естественным путём. Вообще, воды пей как можно больше. А таблеток не употребляй.

— Нет, — ответил Знаев. — Как же без таблеток? Я боюсь, он опять придёт.

— Тогда, — сказал колдун, — иди в храм.

— Зачем?

— Ты сказал, что боишься. Иди в храм. Там тебе дадут защиту.

Прозвучало мирно, вежливо; колдун подмигнул и в несколько огромных глотков осушил свой бокал; его глаза заблестели, и он неожиданно показался Знаеву обыкновенным старым пьяницей, а вовсе не тайным мистическим воином добра и правды.

— Я не умею молиться, — сказал Знаев.

Колдун заметно опьянел.

— При чём тут молитва? — сказал он с раздражением. — На тебя напал демон. Искуситель. Иди, проси защиты. Тебе дадут.

— Ясно, — сказал Знаев.

— Иди сейчас, — сказал колдун. — Иди, не теряй времени.

Знаев стал вставать.

— Погоди, — сказал колдун и показал на бокал с пивом. — Глотни ещё.

Знаев послушно вернулся за стол и допил всё, что было.

— Молодец, — сказал колдун. — Иди, брат. И запомни главное: бесы — очень сильны. Но любой человек, даже самый слабый, всегда гораздо сильней любого беса, или даже компании бесов. И любой человек, если захочет, в одиночку победит любую шайку бесов, сколь угодно сильную, чем бы они его ни губили.

Знаева снова прошиб резкий пот, и он, вместо того, чтоб встать и уйти, откинулся на спинку стула и вытянул ноги.

В храм идти не хотелось; а хотелось, действительно, поесть и уйти домой, и, может быть, ещё выпить, и лечь спать, хоть бы и на полу, главное — в тишине и безопасности.

Колдун отвернулся, дав понять: разговор окончен.

Официант взял с барной стойки пульт и включил телевизор, — и побежали по экрану люди с автоматами, и полетели гильзы, и ракеты расчертили чёрное небо, и крупно вылез сгоревший танк без гусениц, и плачущая баба с красным лицом и большими тёмными руками, и эксперт в галстуке, и репортёр в съехавшей набок каске, и лежащий на траве мёртвый солдат с кривой вывернутой ногой.

«Тяжёлые бои…» — услышал Знаев, — «жертвы…» «наблюдатели…» «резкие заявления…» «ракетные установки…» «снимки из космоса…» «фосфорные боеприпасы…» «гуманитарный конвой…» «переносной зенитно-ракетный комплекс…» «потери в живой силе…»

Знаев встал и сказал:

— Я пошёл. Пока. Спасибо.

Колдун молча кивнул.

33

Боб Марли поклонялся богу Джа.

Бог Джа запрещал отрезать от человека что бы то ни было. Боб Марли не стриг волосы.

Однажды на пальце Боба Марли образовалась опухоль. Врачи сказали, что если не отрезать палец, больной умрёт. Боб Марли отказался. Здесь уместно употребить слово «наотрез». Вот, Боб Марли отказался наотрез — и умер.

Служба в разгаре, храм полон, Знаев стоит позади всех, у самого входа. Священника он не видит, слышит только его голос.

— Господу помолимся!

Земной поклон, вспоминает Знаев.

Надо встать на колени. Наклониться — и ладони положить на пол. Далее — коснуться лбом.

Это тоже труд, вспомнил он. Молитвенный труд.

Откуда он это знает? Ни его родители, ни его деды и бабки в церковь не ходили.

— Господу помолимся!

Справа и слева люди опускаются на колени и сгибают спины. Смотреть на них неинтересно, все одинаково сосредоточены, лица одинаково слегка бледны и печальны. Смотреть на молящихся — всё равно что подглядывать за нагими стариками в общественной бане. Молящийся человек почти уродлив. Молящийся человек для постороннего наблюдателя перестаёт существовать. Молящийся не излучает сигналов, вся его энергия направлена на достижение контакта с высшей сущностью.

Люди стоят тесно; когда кладёшь крест, задеваешь локтем соседа.

Все разные, абсолютно. Нигде не увидишь столь разных людей, сошедшихся ради единой цели.

Бабьи платки всех видов и цветов. Женщин — большинство.

Но и мужчины есть.

Ни один из них, кладущих кресты, включая самого священника, почти ничего не знает про Всеблагого, Всевышнего Создателя.

Его никто никогда не видел, с Ним никто не говорил. Как выглядит, чего хочет?

Кто такие Отец, Сын, Святой Дух? Нет ничего, кроме домыслов и общих гипотез.

Есть свидетельства, что Он являлся избранным очевидцам в виде голубя, взывал из средины куста, посылал знамения, — но каждый такой случай, пусть и описанный в литературе, можно легко оспорить.

Откуда Знаеву известно, как класть крест? Откуда — про Бога? Про дьявола? Про ангелов и архангелов? Про Страшный Суд? Из старых блюзов? Чёрные блюзмены, вроде великого Роберта Джонсона, были очень религиозны. Вся их неловкая поэзия посвящена вере в Бога.

Где-то на даче у друзей поздним вечером нашарил на полке молитвослов и наугад прочитал несколько страниц.

Где-то в вагоне дальнего следования потеребил пальцами оставленный кем-то православный календарь.

Перекинулся несколькими фразами со священником на похоронах матери.

Да читал оба Завета, и Апокалипсис. И Экклезиаста. Читал, размышлял над прочитанным, даже выписывал цитаты. Но читал — тридцать лет назад, в юности, шестнадцатилетним, в общей сложности за всю свою жизнь не одолел и сотни страниц.

Да, заходил в храмы, раз в год примерно. Свечи ставил.

Но Бог — это для него всегда была философская категория. Фокус ума. Идея. Абстракция.

К вере, к церквям, к образам и лампадам это не имело никакого отношения.

Бог никогда ничего не решал, он был фигурой фольклора, чуть более чем общим местом.

Бог, может, и создал наличную реальность, но явно не имел на неё влияния.

В реальности всё определялось не волей Бога, а прямой механической причинно-следственной связью.

— Господу помолимся!

Точные науки исчерпывающе объясняют мир.

Обезьяны, сидя за решётками зоопарков, тыкают волосатыми пальцами в собственных безволосых потомков и кидают в них шкурками бананов.

Обезьяна лучше человека, она — его *карикатура*, поэтому люди всегда наблюдают за обезьянами с восторгом, смеются и хохочут.

Человек — это голое злое животное.

Ярость, агрессия, решимость и бесстрашие приводят в действие человеческую общность. Наилучшим способом утверждения человеческой правоты является массовое убийство.

Человек обречён рвать на куски ближнего, нет более гнусной твари, убивающей миллионами просто так, за идеи, за власть, за веру.

Царство божие будет построено, но построит его не человек.

Может быть, когда-нибудь, через три или четыре тысячи лет, отдалённейший потомок человека, разумное существо из будущего — войдёт в лучезарные врата. Может быть, будущий человек. Но не нынешний, не это завистливое, злобное племя, вооружённое крылатыми ракетами и технологиями обмана.

— Господу помолимся!

Сильный запах ладана и свечного воска.

Знаев тянет его ноздрями, закрывает глаза.

Это мы знаем тоже. Чтобы привести сознание, нервы, дух человека в особое состояние, нужен особый запах.

Даже самые лучшие, сакральные священные тексты не в силах передать запах. Слова и картинки не передают запаха.

Чтобы почуять Бога, надо прийти в церковь.

Человек в золотом облачении снова загудел проволочным басом нечто убедительное, грозное, и люди вокруг Знаева снова опустились на колени.

Он подчинился общему движению.

Ему нравился аромат технической канифоли.

Серёжа, мальчик из Советского Союза, помнил, как легко мнётся в руках отца сизая оловянная проволока, помнил полупрозрачные, жирного жёлто-коричневого цвета кристаллы канифоли, схожие с янтарём, помнил, как горячее жало паяльника касается этих кристаллов, они звонко шипят и плавятся, и если смотреть совсем пристально, можно увидеть вспышку ярко-фиолетового огня на конце раскалённого острия; щекочет ноздри сладкий аромат, и волшебно вкручивается в воздух тугая струйка дыма; потом стеклянная, изощрённой формы лампа с чрезвычайной хирургической осторожностью вставляется в своё гнездо, при этом отец сужает глаза в щёлочки и не делает ни единого лишнего движения.

Наконец, выключает паяльник и осторожно откладывает на подставку — остывать.

Магнитофон начинал играть. Телевизор начинал работать.

Запах паяльной канифоли для маленького Серёжи означал наведение порядка, восстановленную связь с внешним миром, новости, музыку, включённость в общую жизнь цивилизации.

Сейчас он вдыхал ладан — и понял, что ожидает того же.

— Господу помолимся!!

Тёплый воздух сотен горящих свечей колеблет реальность. К этому составному теплу размноженного огня добавляется мощный ток человеческого дыхания. Общий выдох восходит вертикально, высоко в подкупольное пространство.

Знаев встаёт на колени, кладёт руки на прохладный пол и опускает голову. Прикладывается лбом.

Сотня мужчин и женщин вокруг него, рядом с ним, прижатые друг к другу, делают то же самое.

Он никогда не видел этого Бога.

Но, конечно, всегда верил в его сына, в Иисуса Христа.

Тот был — никакая не умная абстракция, не Бог с большой буквы, а настоящий живой человек, из плоти и крови.

В людей верить проще, чем в идеи.

Да, несомненно, был такой парень, прибитый гвоздями за проповеди, за разговоры. Он существовал обьективно, тут не о чем спорить.

Конечно, лучший его образ создал Иэн Гиллан в рок-опере «Иисус-Христос Супер Стар».

Это не обсуждается.

В конце концов, мы знаем, что не только блюз, но хард-рок прямо вырос из церковных композиций Баха и Генделя, из органной храмовой музыки.

То есть, старые рокеры, опытные зубры гитары — люди, в целом, религиозные.

— Господу помолимся!

Предположим, что Небесный Отец много возился со своими детьми, посылал сигналы и инструкции, являлся во плоти, и множество пророков сообщили нам его волю.

Предположим, что это правда — но так было давно, в древние вонючие эпохи, во времена дикарей.

А мы — современные люди, мы с нашими тёмными ветхозаветными предками имеем мало общего. Мы продвинулись, мы другие. Мы много знаем, мы вооружены наукой. И мы в Боге справедливо сомневаемся.

Человеческого горя и страдания слишком много.

Бог, Отец, Создатель, Прародитель — кто бы он ни был — явно оставил своих детей.

Иисус был беспредельно крутой парень. Но даже его усилий оказалось недостаточно. Он не убедил Отца, что мы, люди — можем выжить.

Человек разумный — как модель для сборки — получился бракованным, неудачным, несовершенным. Эта форма жизни оказалась слишком жестока, кошмарна.

Бог-отец произвёл бракованный продукт. Иисус, его сын, не убедил отца. Не отстоял род человеческий.

Бог оставил наш мир, нас, своих детей; мы не получились, не уродились.

Поэтому современный человек Бога уважает, но ему не молится.

Чтобы идти специально в церковь, и там в тесноте стоять, и ложиться на пол, перед цветной картинкой, — такого современный человек не практикует.

Так думал Знаев, пока не попал в это душное полутёмное место, где сквозь подступающее головокружение до него доносился тяжёлый голос попа.

Поклониться Богу, ударить лбом о землю оказалось нетрудно. Никакого трагического усилия, просто кланяешься, и всё.

Ты кланяешься снова и снова. Ты не единожды признаёшь его власть и силу, ты повторяешь это, и снова повторяешь, и опять, и опять.

Ты представляешь, как в этот же самый момент миллиарды людей по всему миру, от Австралии до Исландии, собравшись в таких же, или почти таких же храмах, костелах, кирхах и часовнях, кладут такие же, или почти такие поклоны, — и тебя пронизывает дрожь смирения. Ты пытаешься вообразить общую силу этого молитвенного усилия, и не можешь — она слишком велика.

Конечно, никакой бес перед ней не устоит.

Конечно, теперь ты под защитой.

34

Ничего мне не нужно, Господи.

Особенно не нужно твоего прощения.

Нас таких у тебя — примерно пятнадцать миллиардов, если считать всех рождённых и почивших со времён палеолита.

Признание не гарантирует покаяния.

Покаяние не гарантирует прощения.

В конце концов, меня воспитали атеистом.

Господи, прости меня, но я ничего про тебя не знал, совсем.

Меня учили верить в диалектический материализм и научно-технический прогресс. В яблони на Марсе.

Господи, однажды я едва не убил человека. Мог убить, застрелить. Кто-то удержал мою руку. Может, это был Ты?

В тот год я был бизнесменом.

Кроме бизнеса, нечем было заниматься в большой и вдруг обедневшей стране. Все занятия, за исключением коммерции, вели к унылой бедности.

Бедность вела к личному краху.

Бедность ужасала меня, Господи, я ничего не мог с собой поделать.

Как только представилась возможность войти в «бизнес» — я немедленно вошёл.

Я хотел развиваться, разбухать от знаний и опыта; процветать. В те времена все люди ума и характера шли в бизнес; не было занятия интереснее.

Мне было легче, чем многим. Я умел организовывать людей. У меня был автомобиль — неслыханная роскошь для юнца, едва прожившего трижды по семь лет. Я полтора года руководил гитарной бандой, организовывал репетиции и концерты, возил с места на место громоздкую и дорогую аппаратуру, договаривался о гонорарах с хозяевами кабаков и танцплощадок; успеха никакого не было, доходы едва покрывали расходы, группа прозябала и быстро прекратила существование, — но я, Серёжа Знаев, сообразительный парнишка, хорошо знал, сколько стоит нанять грузовик из Коньково в Балашиху и обратно, почём взять водку глухой ночью в Капотне и как воодушевить вечно полупьяных своих подельников, ударника и бас-гитариста; ничего плохого не скажу про них, Господи; теперь, спустя четверть века, они оба отцы семейств и работают в такси.

В ту осень я покупал сливочное масло в картонных коробках, в московском кафе близ Малой Бронной, и вёз его к знакомому в город Ржев, за четыреста километров, где ржевский товарищ давал мне твёрдую цену.

Я мотался во Ржев и обратно каждые три дня.

И похрен мне было, Господи, это сливочное масло, я лишь искал заработка, и когда подвернулось — ухватился крепко.

К концу той осени снял себе квартиру.

С тех пор, и поныне, я не был бедным и голодным ни одного дня в своей жизни.

И я, Господи, не загадывал дальше чем на пятьдесят часов вперёд, да и по сей день делаю так же.

Масло я обменял на шоколадки «Сникерс», а те, в свою очередь, на водку «Столичная», с большой выгодой. Вышло тридцать ящиков. Я оставил их там же, где совершил обмен, в магазинчике у приятеля близ метро «Водный стадион». Сам составил товар в аккуратную пирамиду, в кафельном углу, и обещал вывезти на следующий день.

Пахло от этих ящиков и запечатанных бутылок отвратительно, рвотными массами, слежавшимися опилками, с детства я ненавидел это поганое вино-водочное амбре — вот и в тот вечер, пока двигал ящики, морщился и предчувствовал нехорошее.

Потом поехал к девушке по имени Юлия, по дороге купив для подарка кассету с альбомом Тома Уэйтса «Rain Dogs».

Сотни тысяч московских девчонок каждый вечер взахлёб мечтали, чтоб их прокатили по ночной Москве под громкую музыку на автомобиле с открытыми окнами.

Господи, мне важно, чтобы ты понял законы того мира, в котором я начинал.

У тебя много миров, у меня — один, поэтому свой единственный мир я ценю во много раз больше, чем ценишь ты свои миллиарды миров.

Во вселенной, где я провёл свою молодость, не существовало ни интернета, ни банковских карточек, ни рекламы, ни фильмов про «Людей Икс», ни даже московской кольцевой автомобильной дороги.

И девушка Юлия была от меня без ума, и предлагала: «возьми меня в невесты!» — а я не знал, что ответить, и брал её в невесты до пяти утра.

Я, она, наши друзья и знакомые — все были голодные, весёлые, все пили скверное разливное пиво, все рассчитывали в самое ближайшее время стать миллиардерами, королями, магнатами, гениальными музыкантами и всемирно известными дизайнерами верхней одежды — а вокруг юных красивых мечтателей ходила тёмным ходуном непонятная новая страна, настоящая терра инкогнита.

Целая неизведанная планета размером с два Китая разворачивала перед нами свои ледяные ландшафты, — каждый новый шаг грозил гибелью. Или статусом полубога.

Я не был никогда любителем обобщений, ты меня знаешь, Господи, я смиренный практик, я люблю реальность в её непосредственной сиюминутной текучести. Даже книга моя, про чёрные русские деньги, и та получилась лишь набором историй; никаких выводов.

Я не мыслитель, слава тебе, Господи. Я боюсь всего умного, я не верю пошаговым инструкциям.

Если мне говорят — по одной таблетке в день, я съедаю десять, потому что я практик, я во всём хочу убедиться сам. Если это грех, Господи, — тогда я конченый грешник.

Теперь ты понимаешь, в каких смешанных чувствах я проснулся в тот день, под влажной простынёй, густо пахнущей женскими соками. Девушка по имени Юлия спала рядом, безмятежная, белая и тёплая. Я оделся и бесшумно вышел, и завёл свою машину, и поехал через холодную красную пустыню.

Я прибыл в магазин, и хозяин его вышел ко мне прихрамывая и стеная, с разбитым лицом, и признался, вздыхая, что его обобрали, что утром заявился некий старый кредитор, вдвоём с плечистым приятелем; кредитор предъявил старые, но законные требования —

и удовлетворил эти требования, забрав из кладовой тридцать ящиков водки.

Кто он такой, спросил я.

И хозяин магазина ответил: вообще никто.

Надо стребовать обратно, сказал я.

И хозяин магазина кивнул.

Адрес был известен. Поздним вечером того же дня я взял газовый пистолет, посадил на заднее сиденье угрюмого, но решительно настроенного владельца магазина, и мы поехали.

Дело было не в водке, пусть и в количестве тридцати ящиков, — а в самом факте унижения.

Я же вырос на сериале «Д-Артаньян и три мушкетёра», я наизусть помню песенку про то, как «призвать к ответу наглеца».

Вот я в тот вечер ехал призвать к ответу наглеца.

Я всё сделал сам.

Надавил кнопку, спросил Алексея, так его звали, а на вопрос «кто?» ответил «его близкие», и толкнул входную дверь, обтянутую древним дерматином, а когда он открыл — достал револьвер.

Господи, он действительно выглядел как никто, неряшливый мужичонка в домашних портках, отвисших на заду и коленях, над полной верхней губой торчали усики — он был похож на тюленя: такой же валкий, с такими же коротковатыми и слабыми верхними конечностями. Господи, я знаю, это большой грех — презирать тех, кто слабей тебя, кто не столь крепок и ловок; но презрение переполняло меня в те минуты.

Хозяин магазина переминался сбоку, но не трусил и сильно мне помог.

В квартире, может быть, находился кто-то ещё, я не знал, я пришёл не для того, чтобы совершать кровавые непотребства. Я хотел призвать к ответу, и правота была за мной. Тридцать ящиков водки принадлежали мне.

Конечно, он сильно испугался, но я — как мне теперь понятно — не обратил внимания; чужой страх мне не нравился, я им не питался, не наслаждался доминированием, я здоровый человек; если бы он оказал сопротивление, грубил бы, отказался открыть, стал бы кричать, звать на помощь, или с топором бы на нас прыгнул, — я бы его понял, и мне, наверное, было бы даже легче; но «тюлень» впустил нас, проводил в кухню на слабых ногах, и мы сели, втроём, на скрипящие табуреты.

И я взял человека за волосы и сунул ствол револьвера в его рот. И спросил: «Где моя водка?».

Я помню, Господи, никогда не забуду: от ужаса его глаза сделались абсолютно прозрачными, я смотрел сквозь них, я видел пульсацию капилляров на его сером веществе.

Очевидно было, что он готов к смерти. Он ведь не знал, что револьвер — газовый. Снаружи — ничем не отличался от боевого.

Я видел, Господи, как живой человек в один миг засобирался умирать, побелел, посерел и стал излучать ужас перед близкой встречей с загробным миром.

И он ещё сложил ладони меж коленей, и колени сдвинул; сам себя зажал.

Я повторил вопрос.

Ответить он не мог, крупно трясся, с металлом меж зубов, но я подумал, что так будет лучше. Когда ответ созреет, он выскочит со слюной.

И, конечно, я не собирался стрелять, Господи, даже курок не взвёл, хотя если бы выстрелил — может, не убил бы, но серьёзно искалечил.

Я не хотел причинять ни смерти, ни вообще вреда, — не в том мой грех, Господи, что я ствол своему собрату в рот засунул, а в том, что я его собратом в тот миг не считал.

Я его презирал, я относился к нему как к амёбе. Он не должен был так поступать: грабить меня среди бела дня.

Сегодня ты мою водку забрал, — сказал я ему, — а завтра — захочешь мои штаны? Или мою жену?

Он что-то мычал, но я правой рукой держал его за затылок, а левой заталкивал револьвер глубже и глубже в его мокрый рот.

Судя по его рту, судя по его глазам, по его не слишком чистой кухне, по его не слишком прямым усикам — он был не тот человек, который мог невозбранно вредить окружающим.

Господи, ты знаешь всё. Сам скажи — я мог бы выстрелить?

Я думаю — нет. Но ты знаешь больше меня.

Мыча и сотрясаясь, «тюлень» признался, что все тридцать ящиков пребывают неподалёку, в гараже; в сохранности.

Правила этой опасной и неприятной игры требовали, чтоб я как можно быстрее довёл дело до конца. То есть, мне следовало, не медля ни минуты, отправиться в гараж и вернуть товар. Но я желал полного торжества.

Сам всё привезёшь, сказал я. Завтра не позже девяти утра.

Вынул ствол из его рта и опустил.

Я не могу с утра, возразил он, вытирая слюну с трясущегося подбородка. Я к врачу иду. У меня давление. Внутричерепное.

Именно эта нелепая жалоба заставила меня потерять контроль.

Он был не просто жалкий дурак — но масштабный, феерический кретин. Он жаловался на здоровье тем, кого ограбил.

Сейчас тебе будет давление, сказал я ему. Внутричерепное.

И снова сунул дуло меж его зубов, и взвёл курок на этот раз.

Я знаю, Господи, при сильном приступе гнева разум становится ясным. В помрачении рассудка убивают только очень больные люди: психопаты, алкоголики и наркоманы. Я же был в свои двадцать два совершенно здоров. Я собирался выстрелить абсолютно осознанно.

Господи, ты знаешь всё. Сам скажи — я смог бы его убить?

Не за великую идею, не на поле боя — в облезлой квартире, в спальном районе Москвы, убить за тридцать ящиков водки, за несколько сотен долларов.

Если бы я его убил — больше никто и никогда не сделал бы попытки ограбить меня и вообще причинить ущерб. Слава душегуба катилась бы следом за мной. Человеческая общность очень чутко реагирует на подобную информацию.

Я надавил на крючок, но он был тугой, и едва поддался при первом усилии.

Я не выстрелил.

Мы быстро ушли.

Цель была достигнута: я напугал мерзавца и потребовал вернуть должок.

История закончилась.

Есть, конечно, продолжение, оно такое: никто никому ничего не вернул, на следующий день утром в магазин приехали менты в штатском, изображавшие криминальную группировку, работающую «под солнцевскими», и долго выясняли, кому принадлежит водка на самом деле.

Хозяин магазина, опытный парень, когда-то отсидевший двушку за квартирную кражу, быстро распознал ряженых мусоров и съехал с базара.

Я потерял почти все деньги и утёрся. Но я не об этом, Господи. Я говорю о человеке, которому я сунул в рот пистолет.

Неважно, чем это закончилось. Важно, что я хотел его уничтожить.

Я был абориген красной планеты, марсианин, мне нужна была еда, кислород, электричество, бензин, я не мог себе позволить, чтоб меня грабили, отбирали у меня моё.

Но я, конечно, себя не оправдываю.

Мне важно, чтобы ты понял, Господи. Я не собираюсь подвёрстывать к своему поступку никаких высоких смыслов.

Я был в гневе, он был в ужасе.

Я едва не убил его. Вот и всё.

Так вышло, Господи, что я отслужил два года в армии, вдоволь настрелялся по деревянным мишеням, — и только потом, спустя ещё два года, в сугубо мирных гражданских обстоятельствах, на кухне двухкомнатной малогабаритной квартиры в Кунцево сообразил, что убить человека очень трудно, почти невозможно.

Потом такие или похожие ситуации повторялись много раз.

Деньги приходят только к тем, кто готов ради них убивать.

Господи, я слишком давно жарюсь на этой тефлоновой сковородке, в городе самых жестоких царей, самых хитрых воров и самых красивых женщин.

Надо сказать, что впоследствии хозяин того магазинчика на Малой Бронной женился по большой любви на молодой женщине, работавшей аудитором в компании «Прайс и Уотерхаус», и за двадцать лет последующей жизни эта женщина родила ему троих детей, купила квартиру в Москве, дом в Подмосковье и особнячок в Черногории.

А если бы мы тогда убили этого тюленя с кривыми усиками — нам бы дали лет по двенадцать, и не было бы у нас ни весёлых детей, ни жён с квартирами.

Именно Ты, Господи, отвёл в тот миг мою руку, лишил её силы.

Прощение Твоё мне не нужно — и так понятно, что только Твоя чудесная воля уберегла нас от ошибки в тот вечер.

Я знаю Твой промысел, Господи.

Есть табу на убийство, запретительный инстинкт, внутренний физиологический тормоз. Программа.

Убивать себе подобных нельзя, это противоестественно и тошнотворно. Никакие высшие цели, никакие обстоятельства благородного возмездия не оправдывают людской гибели, никакая цель, даже самая благородная, не может окупить смертного кошмара любого отдельного человека, каков бы он ни был.

Кто умножает смерть, тот умножает власть сатаны.

35

Он вышел из церкви, когда служба закончилась, вместе со всеми.

Толпа, в храме казавшаяся несметной, на открытом пространстве, среди шума машин вдруг обратилась в небольшую группу дурно одетых простолюдинов. Оказалось, что количество посетивших службу богатых людей Знаев сильно преувеличил. Бархатные дамские кофты оказались поношенными и чуть засаленными. Только одна действительно нарядная женщина в шёлковом платке и кафтанчике с воротником из дорогого меха поспешила влезть в поджидавший её автомобиль скользкого графитового цвета — и отчалила плавно. Остальные, кто в потной рубахе, кто в ситцевых юбках, расходились пешком и медленней.

Многие мужчины торопливо закурили. Другие извлекли телефоны и проверили входящие. Все приняли излишне будничный вид, как будто отстояли не службу, а длинную очередь в гипермаркете.

Вопреки ожиданиям, Знаев не ощутил никакого единения с этой жидкой командой смиренных богомольцев. Ему немедленно захотелось уйти от них как можно дальше.

Торопливо перекрестившись на дверь церкви, он зашагал прочь.

Куда направлялся — сообразил моментально. К своей маленькой женщине. Не домой же идти, в комнаты, опоганенные бесовскими наваждениями.

И, конечно, идти следовало только на ногах; нет ничего лучше, чем пешая прогулка после долгой молитвы.

Рыхлая цыганка с толстыми ногами, затянутыми в ещё более толстые шерстяные носки, попросила у него денег.

«Нету», — кротко сказал он, и ускорил шаг.

Очень хотелось кому-нибудь позвонить: или первому сыну, или второму, или матери первого сына, или матери второго. Но никому не позвонил.

Шагая через Крымский мост, даже хотел выбросить телефон в чёрную реку, — но воздержался в последний момент.

Что бы он им сказал? «Я за тебя молился»? «Я поставил за тебя свечку»?

Не надо никому звонить.

Не надо никогда никому говорить такого.

Сильную любовь надо держать внутри себя, и ни слова о ней не сообщать.

Он прошёл мост и ещё дальше, до поворота на Пироговскую.

Город в этом месте был просторен, всего лишь кусок Садового кольца — но размерами со стадион, по шесть асфальтовых полос в обе стороны, замысловатая светофорная система. Но пешеход легко преодолевает все препоны по подземным переходам, где стоят, прислонившись к стенам, полупьяные музыканты, выкрикивая в лица прохожих бессмертный рефрен: «ВСЁ ИДЁТ ПО ПЛАНУ!!!»

По пути Знаев вдруг захотел есть, остановился, снял пиджак, обшарил карманы и отыскал, по счастью, какое-то количество медной мелочи, и в ближайшем магазине купил огромный батон хлеба, рыхлый, но всё же очень похожий на настоящий хлеб, — и съел его, отламывая и глотая, тут же неподалёку, сидя на нагретой солнцем деревянной лавке в сквере у поворота на Плющиху, с удовольствием и жадностью.

О своём приходе он предупредил, написал сообщение: будет в течение часа и останется на ночь, и, может быть, заночует несколько дней подряд, если нет возражений.

Это была его особая церемония: он жил у маленькой художницы уже два месяца, но обязательно ежедневно предупреждал о своём приходе.

Они ничего друг другу не обещали, каждый жил свою отдельную жизнь.

Ответ был: «Я у подруги в гостях, буду поздно, располагайся».

И смайлик ещё подвесила: рожицу, символизирующую хорошее настроение и симпатию.

Увидев этот весёлый смайлик, Знаев неожиданно растрогался и совсем успокоился. Простая улыбка близкого человека иногда очень дорого стоит, подумал он, жмурясь на солнце, и на лёгких ногах дошёл до своего нынешнего обиталища.

В квартире за неполный день настоялся запах красок, для борьбы с ним Знаев открыл окна во всех комнатах (такова была выданная ему инструкция — всегда открывать окна), умыл под краном горячее лицо, выпил залпом два стакана воды, лёг на свой диван в углу и заснул благополучным сном.

Она вернулась глубокой ночью, может быть, в два часа, или в три, в общем, в своё обычное время активного бодрствования, и пришла, разумеется, не одна: целая компания ввалилась, пересмеиваясь и перешёптываясь; деликатно застучали подошвы снимаемых ботинок и туфель, затем вся шайка, шурша пакетами и звякая стеклом, проследовала в приватную часть апартаментов, где голоса сделались звонче и бодрее.

Почти каждую ночь происходило нашествие вежливых, патлатых, шикарных гостей, кто с коньяком, кто с гашишем; по звукам шагов Знаев научился, не вставая с дивана, определять количество визитёров и даже отличать дам от джентльменов.

Конечно, он был тут, на диване в углу за холодильником, лишний, чужой.

Бывает, что в пылу спора иной гость, какой-нибудь кинооператор, забредёт на кухню выпить воды из под крана, или в поисках туалета, или просто размять ноги, — и вдруг рыжий дядька в углу за холодильником повернётся на своём диване и посмотрит враждебными жёлтыми глазами. Но после дурного взгляда всегда следует улыбка. Проснувшийся шмыгает носом, сердечно подмигивает гостю, поворачивается спиной и снова проваливается в мёртвый сон.

Ему хорошо спится в этом доме, среди этих людей, все они — чистые и светлые люди, наивные позёры и выпендрёжники, но зато — все как один физически красивые, неглупые и незлые люди.

Человек на кухне им не мешает и даже нравится.

Хозяйка сама ему сообщила: гости, как правило, принимают его за профессионального бандита, который скрывается от подельников. Так оно и есть, ответил он ей тогда.

…Два часа забытья освежили Знаева. Можно было встать, одеться, выйти к гостям, поздороваться, выпить красного вина или зелёного чаю, но ничего из перечисленного делать совершенно не хотелось, и он просто лежал под одеялом, в предутренней прохладе, и ждал, когда она к нему придёт.

«Кандинский…», доносилось до него из-за стены. «Фон Триер… Бэнкси… Акционизм… Уорхолл… Ротко… Шульженко… Постмодернизм… Тарантино… Трики… Ван Гог… Хиппи… Андрей Рублёв… Малевич… Кубрик… Лимонов… Модильяни… Гигер… Достоевский… Херст… Тупак… Куросава… Экстези… Соцреализм… Климт… Курёхин… Depeshe Mode… Поллок… Джобс… Панк… Мондриан… Боуи… Гринуэй… Рахманинов… Набоков…

Кобейн... Бродский... Rammstein... Баския... Фотореализм... Пикассо... Андеграунд... ЛСД... Хамдамов... Раушенберг... Прилепин... Шагал... Джаггер... Эйзенштейн... Филип Дик... Эдгар По... Барышников...»

Обычно он ложился на свой диван примерно в полночь, и ждал её до трёх часов ночи. Не мог уснуть, пока она не приходила.

А когда уходила — засыпал мёртво.

После четырёх часов такого сна просыпался в прекрасном настроении, с благодатной ломотой в мышцах, и уходил на лёгких ногах, как будто ему было двадцать пять, а не сорок восемь.

Это продолжалось весь май и весь июнь.

Она приходила, горячая, маленькая, весёлая, почти всегда немного пьяная, а в иные ночи порядочно пьяная; приходила, шлёпая босыми ступнями; скидывала через голову домашний балахон и забиралась к нему под простыню.

И гладила его по лицу и плечам, и целовала.

Её миниатюрность приводила его в восторг. Она почти ничего не весила.

— Какой хороший день, — прошептала она. — Я продала картинку. Даже не знала, что могу быть такой счастливой.

— Молодец, — ответил он. — Действительно, большой день. Сказала бы раньше. Я бы вышел, выпил бы с гостями.

Она засмеялась и прижалась сильней, и задышала чаще.

— Нет, — ответила, — ты бы его спугнул. Покупателя. Это тихий интеллигентный американский еврей. Он увидел бы твои подбитые глаза и убежал бы сразу. Хорошо, что ты не вышел.

— Жаль. Я бы с удовольствием напугал тихого американца.

— Прекрати. Он хороший человек. И соображает в своём деле. Он попросил право первого показа моих новых работ. Это хороший знак. Это значит, он действительно заинтересован.

— Если бы предупредила, я бы вообще не приходил.

— И где бы ты ночевал? В квартире без мебели? На полу? На газетках?

— Спать на твёрдом полезно для здоровья.

— Не рассказывай мне про здоровье. Ты неважно выглядишь. У тебя ввалились щёки. Ты мало спишь и ешь. У тебя каждый день стрессы. Ты можешь умереть в любой момент.

— Спасибо, дорогая. Я пока не планирую.

Она сильно укусила его в ключицу.

— Никто не планирует. Но в твоём возрасте уже пора иметь в виду.

— Ты забыла. Я пятнадцать лет прожил за городом. В собственном доме в дубовой роще. Это была постоянно действующая кислородная камера. Каждый день я вставал на рассвете и по три часа занимался спортом. Я не курил, очень мало пил и ел самую лучшую еду, какую можно купить за деньги. Я не употреблял ни кофе, ни чая, пил только родниковую воду, по четыре литра ежедневно. Я торчал на всём этом. Бассейн, сауна, медитация, массаж. Я — очень здоровый человек.

— Я не забыла. Я помню эти ужасные рассказы. Вести такой здоровый образ жизни могут только больные люди. Физкультура не спасёт тебя ни от внезапного инфаркта, ни от безумия, ни от рака.

— И что мне делать, по-твоему?

— Работа тебя убьёт. Будешь продолжать — умрёшь. А я бы не хотела. Ты бы мне ещё пригодился.

— Спасибо, — сказал он. — Это приятно слышать. Думаю, нам надо отметить твой успех. Завтра же.

— Только не завтра. Я хочу начать новую картину как можно скорей. Меня прёт, у меня подъём. С утра поеду на Крымский мост, куплю полотно — и вперёд.

— Купи большое полотно, — напомнил он. — Самое большое, которое пролезет в дверь.

Она снисходительно засмеялась.

— Господи, — сказала, — о какой ерунде ты думаешь? Всегда можно нанять мастеров, они вынут окно целиком и втащат полотно на верёвках. А потом точно так же вытащат. Все так делают. Главное — чтоб я сама понимала, готова ли к большим объёмам.

— Давно готова.

— Но имей в виду — я проработаю дней десять, а потом уеду.

Едва прозвучало слово «уеду», Знаев вздрогнул и испугался: он так привык уже к собственной идее «отъезда», что считал эту идею «своей», как бы присвоил её, и теперь, когда другой человек заговорил о том же самом, — ощутил недоумение, чуть ли не ревность. В картинке, которую он в последние два дня себе нафантазировал, уезжал только он один, остальные неподвижно оставались на своих местах.

— Куда? — спросил он.

— Как обычно. В Крым или в Абхазию. Денег хватит на целый месяц. В августе вернусь. Ты можешь жить здесь. Ключ у тебя есть.

Он подумал и возразил:

— Но я не могу без тебя. Целый месяц! Ты с ума сошла.

— Ты сам собирался уезжать.

— Это другое, — нервно возразил он.

— Ты уже решил, куда?

— Ещё нет, — ответил он, тут же понимая, что впервые ей соврал.

Попробовал решиться, признаться, уже открыл было рот — так и так, поездка может быть в один конец, уан вей тикет, собираюсь взять в руки оружие, чувствую такую необходимость, — но не произнёс ни слова.

И ощутил стыд.

«Вот, оказывается, — подумал с горечью, — даже самым чистым и прямым людям приходится лгать, когда речь заходит о войне, смерти и крови. Получается, что в основании лжи всегда лежит смерть. И если смерть неизбежна, то ложь неизбежна тоже».

— Теперь, — сказала она, помолчав, — расскажи, как прошёл твой день. Кто тебя побил?

— Неважно, — ответил он. — Скучный спор из-за денег. Настоящее приключение было потом. Я обожрался таблеток, и у меня были галлюцинации. Я видел чёрта. Он уговаривал меня прыгнуть в окно.

— Господи, — сказала она. — Надеюсь, ты сходил в церковь?

— Простоял всю вечерню.

— Сейчас ты его видишь?

— Чёрта? Нет. Я прогнал его. Мне сказали, черти слабей, чем люди. В этом наше человеческое преимущество.

— Так сказал священник?

— Нет. Другой человек. Я постеснялся говорить со священником.

— Зря, — сказала она. — Надо было поговорить.

«Перед отъездом обязательно поговорю», — решил Знаев про себя.

— Расскажи мне про чёрта, — попросила Гера. — Какой он был?

— Очень неприятный. Гибрид человека и козла. Воняет, как целый химический завод. Огромный кривой член. Причём он его всё время теребит, как обезьяний самец...

— Какая гадость, — сказала она с чувством и рассмеялась. — Он всё время был голый?

— Он разный. Иногда голый, потом сразу одетый. Очень мускулистый. Горбатый. Ни рогов, ни хвоста нет, конечно. Но облик — совершенно нечеловеческий. Мокрый от пота... Двигается как животное, очень быстро...

— Тебе было страшно, — утвердительно сказала она.

— Не знаю, — ответил Знаев. — Я и раньше что-то такое видел. Или даже не видел, чувствовал... Не обращал внимания. Мне казалось, это нормально.

— Да, это нормально, — сказала она. — Я тоже иногда чувствую бесов.

— Наверное, это приходит с возрастом. Или с опытом.

— Или если обожрёшься таблеток, — добавила она. — Тебе надо немедленно перестать их принимать. Ты мог умереть.

— Может, оно было бы к лучшему.

— Прекрати, — сказала она недовольно. — Почему ты себя так ненавидишь?

— Я себя люблю, — ответил он. — Более того: я собой горжусь.

Она не приняла шутки, нахмурилась.

— У тебя всё время такой вид, словно ты считаешь себя последним говном.

— Нет, я не говно, — спокойно возразил он. — Почему — говно? Я — в порядке. Я нормальный. Просто у меня чёрная полоса.

— У всех сейчас так, — сказала Гера. — Ты не виноват.

— Нет. Если корабль утонул — капитан всегда виноват.

— Это был не твой корабль. Это был всего лишь магазин с канистрами и сапогами.

— Нет, — ответил Знаев с убеждением. — Люди, которые начали одновременно со мной, сейчас имеют сотни миллионов долларов. Это совсем другой уровень... Они завтракают в Майами, а ужинают — в Гонконге... Я должен был быть там, с ними... Всё было просчитано... Но я обсчитался...

«Звучит отвратительно, — подумал Знаев, — всё равно что "обоссался"».

— Не смог, — добавил он. — Устал. Надоело.

— Не смог, устал и надоело — это три совершенно разные причины.

— Господи, — прошептал Знаев, — ты такая умная. Я и не подозревал, что такие умные женщины вообще существуют.

— Привыкай, — ответила маленькая художница.

И они заснули.

36

В полдень он стоял на углу Садового и Большой Пироговской, ждал Жарова.

Друг велел одеться попроще: намечалось путешествие за город.

Куда именно, зачем — Знаев не спросил. В таких случаях меж мужчинами не принято обсуждать детали. За город — значит, за город.

Жаров появился с опозданием в четверть часа, на огромном «Триумфе»: его двухлитровый мотор ревел, сотрясая стёкла в зданиях, пугая кошек и птиц.

Протянул толстый конверт.

— Я продал твой мотоцикл.

— Спасибо, брат, — ответил Знаев, засовывая деньги в задний карман. — Куда едем?

— По твоим делам. Ты же, вроде, хотел на войну?

— Да, — сказал Знаев. — Хотел.

Жаров протянул шлем.

— Погнали.

Снова сообразив, что подробностей ему не раскроют, Знаев послушно сел в седло, и «Триумф» помчал обоих через город, полупустой почему-то. Воскресенье, сообразил бывший банкир, сегодня — воскресенье! Свято соблюдаемый день отдохновения. Вот почему музыканты и дизайнеры засиделись в квартире художницы Геры Ворошиловой до рассвета. Конечно, все они где-то работают, рисуют этикетки и сочиняют джинглы, — но в ночь на воскресенье обязательно отрываются. Это важно, да.

И только бывшие банкиры, чёртовы трудоголики, и прочие такие же безумцы-бизнесмены забывают про законный выходной день, дарованный каждому трудящемуся человеку.

Жаров водил мотоцикл мастерски, сверканием фар и рычанием движка принуждал мирных автолюбителей уступать дорогу, на свободных участках ускорялся так, что несчастного пассажира от перегрузок поражала секундная слепота.

Меньше чем через час, немного попетляв по пыльным ухабистым просёлкам близ города Чехова, они добрались.

Дачное местечко, обширное, раскиданное, выглядело, конечно, много скромнее, чем рублёво-успенские кущи; там всё было разгорожено монументальными заборами по квадратно-гнездовому методу, и многоэтажные особняки милионеров возвышались над заборами одинаково массивно, и одинаково сверкали надраенные оконные стёкла, и одинаково обрезанные кроны голубых елей, сосен и дубов скрывали их блеск. Здесь, на юго-восток от Москвы, построился средний класс, и при первом же взгляде на дома и участки становилось понятно, что никакого единого среднего класса не существует, что он состоит из совершенно разных людей. Деревянные дома соседствовали с кирпичными, грубые двухэтажные особняки самых разных очертаний — с маленькими бунгало. Сложносочинённые нарядные шато из оцилиндрованных брёвен сменялись скромнейшими щитовыми домиками три на шесть метров. Заборы все были символические: штакетники, или стальная сетка, или вовсе — полное отсутствие. Одни участки были сплошь перекопаны под картофельные грядки, другие засажены смородиновыми кустами, третьи заставлены парниками, отливающими под солнцем, как рыбья чешуя; были участки, полностью замощённые камнем, с бассейнами, гамаками, детскими качелями и любовно обустроенными мангалами, и участки, где в просторных вольерах подпрыгивали от возбуждения огромные овчарки, и участки, окутанные берёзовым дымом растапливаемых банных печей, и участки, засыпанные кучами привозного песка, навоза и щебня; и участки, где мучительная эпопея благоустройства едва стартовала, крутились барабаны бетономешалок, тут и там маячили согнутые смуглые спины рабочих, и участки, благоустроенные до идеального состояния, с разноцветными дорожками, фонтанами, английскими газонами, баскетбольными щитами и увитыми плющом беседками, где сидели в плетёных креслах, в утренний час, главы семейств, в поношенных шортах, в окружении детей и домочадцев: дули свежий чай с самодельным вареньем, или хрустели редиской под пиво.

С одного участка до Знаева донеслась песня Наговицына «Человек в телогрейке», с другого — песня Григоряна «Безобразная Эльза», с третьего — песня Славы «Одиночество — сволочь».

Ворота были настежь; посреди двора гостей ждал огромный человек в штанах хаки и такой же майке, обтягивающей широченный торс, с лицом, как будто вырезанным из гранита.

— Марк! — крикнул Знаев, снимая шлем. — Марк!

Обнялись и расцеловались. От Марка пахло жареным мясом и водкой.

Жаров выключил зажигание, и раскалённый выпускной коллектор мотоцикла громко затрещал, остывая.

— Как ты? — басом спросил Марк, улыбаясь и глядя Знаеву в глаза.

— Лучше всех, — сказал Знаев. — Я по тебе скучал.

— Взаимно, — прогудел Марк, пожал руку Жарову и кивком громадной головы пригласил обоих в дом.

Двор вокруг не блистал, к сожалению, — отличался от соседских в худшую сторону. Половина территории заросла будыльями. Возле кучи чернозёма лежала на боку тачка со ржавым колесом. Хозяину явно не хватало сил, или времени, или денег, чтобы превратить свой кусок земли во что-то приличное. Или, печально подумал Знаев, хозяин просто не рождён, чтоб хозяйствовать.

Он воин, майор спецназа, он родился, чтобы сражаться с врагом, а не возить туда-сюда тачку с благоуханным перегноем.

Через два часа все трое уже были пьяны и объелись до последней степени. На каждого пришлось по два шампура жирного свиного шашлыка и по три половника картофельной похлёбки с овощами.

Небольшой, но ладный, симпатичный одноэтажный деревянный дом гудел от голосов. В распахнутые окна, затянутые противокомариными сетками, задувало подмосковным клеверным бризом, столь свежим, что хмель проникал в тело как будто с особого входа: каждый новый выпитый стакан водки делал Знаева всё более и более трезвым.

Говорили только на самые простые темы: о семьях, детях, подругах. Хозяин дома достал телефон, показал фотографии дочерей: две румяные грудастые девахи с бицепсами, обе спортсменки, но поступать хотят в медицинский, учат химию, половина зарплаты уходит на репетиторов. А жена где, спросил Знаев, почему не на природе, вместе с мужем, в таком доме прекрасном? Жена в Москве, ответил Марк, я ж сказал, школу закончили, сдаём ЕГЭ, в первый мед поступаем, а дом — продаю, если девки не попадут на бюджетные места — придётся платить; дом жалко, хороший дом, спасибо, только — не продаётся, ни у кого денег нет, кризис. Да и хер с ним, с кризисом, решительно сказал Жаров. Согласен, сказал Знаев и признался: у него обнаружился взрослый сын. Оба товарища спокойно кивнули. Такое бывает. За это и выпьем. Женщины рожают от нас. И пропадают. Рожают — для себя. Никто не виноват. Всё произошедшее — нормально. Что естественно — то не позорно. Нет повода психовать.

Скупо произнося такие фразы, Марк хлопал Знаева по плечу, подносил огня к сигарете, переглядывался с Жаровым. Потом встал, слегка покачнувшись и оперевшись о край стола (посуда подпрыгнула, как живая):

— Ладно, мужики. Займёмся делом.

Отомкнул маленьким ключиком железный шкаф в углу, достал пистолет и коробку с патронами. Посмотрел на Знаева.

— Вперёд.

Никогда Знаева не тянуло к военным людям. Всё таки он был музыкант, блюзмен, рокер, то есть — пацифист. Хиппи. Лозунги Джона Леннона — «Дайте миру шанс», «Занимайтесь любовью, а не войной» — в юности были ему много ближе, чем весь бронзовый грохот военно-патриотической машины Советского Союза. Знаев без особого напряжения отслужил два года срочной службы, но это был не его мир, и радости военных людей не были его радостями. Они принадлежали к другой касте, эти военные; они не были хуже или лучше, они были иначе сконструированы. Знаев не хотел иметь к ним никакого отношения.

Капитан Марк Егоров появился в его жизни сбоку, его привёл Жаров, они десять лет учились в одной школе; в годы позднего СССР их отцы вместе ездили на рыбалку.

Отец Марка Егорова был боевой генерал, и сына своего настроил только на судьбу военного человека.

К тридцати пяти годам капитан Егоров послужил в Таджикистане, затем — в Забайкалье, участвовал в боевых операциях, был награждён медалями и имел ранения. После многих лет мытарств по промороженным степям и горным ущельям капитана Егорова перевели в Москву, с понижением в должности, зато с улучшением жилищных условий. Его сын-подросток уже учился в кадетском корпусе, и будущее самого капитана вот-вот должно было решиться: с одной стороны, им заинтересовалась охрана президента, с другой — отец советовал поступать в академию Генштаба и оставаться на боевой работе.

Тем временем капитан и его супруга обживались в Москве. Им везде были рады. Вокруг капитана — двухметрового атлета — появились новые друзья, из которых первым оказался бывший одноклассник Жора Жаров, или Герман, как он теперь рекомендовался. Богатый бизнесмен, алкоголик и хулиган, он вовлёк капитана в плейбойские похождения, в гонки на машинах и мотоциклах, в пьянство и драки.

Знаеву нравился его новый товарищ.

Капитан Егоров был не просто человек, с которым можно идти в разведку.

Он сам и был этой разведкой.

За год знакомства банкир обменялся с капитаном едва дюжиной фраз.

И при этом доверял ему, как себе.

Нынешний Марк Егоров прибавил в весе, двигался тяжелей и слегка прихрамывал. Пистолет Макарова в его ладони напоминал несерьёзную сувенирную зажигалку. Обогнув дом, все трое вышли на просторный задний двор, с двух сторон огороженный капитальным забором. С третьей стороны возвышался кирпичный гараж, — как и всё остальное, он не был закончен постройкой, ворота отсутствовали, и в зияющем проёме Знаев увидел внушительную гору садово-огородного хлама, состоящего из вёдер, лопат и полупустых мешков с удобрениями; почему-то это напомнило Знаеву холм из человеческих черепов, изображённый на знаменитой картине Верещагина «Апофеоз войны».

Стена гаража на высоте полутора метров была густо испещрена пулевыми дырами. Марк развернул бумажный рулон, — поясную мишень — и прикрепил к стене большими кусками скотча. Раздвинул треногу, установил зрительную трубу.

— Давно стрелял?

— Давно, — сказал Знаев. — Лет десять, наверно. Может, больше.

— Хреново, — Егоров, хищно глядя в окуляр трубы: настраивал резкость. — В этом деле нужна тренировка. А из чего стрелял?

— Из «Макарова». Но он был палёный, я его выбросил. Потом ещё «Беретта» была. Никогда не нравилась, тяжёлая слишком. Чечены за долги отдали. Я её вот ему подарил, — Знаев кивнул на Жарова. — На юбилей.

— Было дело, — подтвердил Жаров, хрустя огурцом. — Хорошая «Беретта».

— Ещё поршень был, — добавил Знаев. — Ижевский, трёхзарядный.

— Поршень — это да, — сказал Егоров, снаряжая обойму. — А в армии из чего стрелял?

— Из карабина Симонова. Из автомата. Автомат на скорость разбирал и собирал. Второе место в батальоне.

— Ясно, — произнёс Марк, очевидно, никак не впечатлённый вторым местом на батальонных соревнованиях. — Держи.

Протянул пистолет.

— Дистанция — двадцать пять метров. Огонь!

Знаев встал боком, напряг корпус, прицелился и выстрелил. Отдача приятно сотрясла руку и плечо. Запах пороха возбудил ноздри. Из-за близкого забора прыгнула в небо напуганная птица.

Егоров посмотрел в трубу.

— Промах. Давай ещё.

— А соседи? — спросил Знаев. — Жаловаться не будут?

— Соседи сами такие, — небрежно ответил Егоров. — Прекратить разговоры. Огонь.

Знаев снова нажал на курок.

— Давай, давай, — крикнул Жаров. — Не стесняйся.

И бросил в сторону мишени огуречный огрызок, и тоже промахнулся.

— Патроны денег стоят, — неуверенно возразил Знаев.

— На хорошее дело патронов не жалко. Огонь!

Знаев с большим удовольствием высадил всю обойму. Егоров немедленно протянул вторую.

— Ещё, — сказал он. — Давай.

— Есть, — с наслаждением ответил оглохший Знаев, перезарядил пистолет и выпустил все восемь пуль так быстро, как только мог.

Егоров посмотрел в трубу и сказал:

— Ладно. Отдохни пока, — посмотрел на Жарова. — Теперь ты.

— Не, — ответил Жаров. — Не буду. Я ради него всё замутил. — Ткнул пальцем в Знаева. — Пусть душу отведёт.

— Уже отвёл, — искренне сказал Знаев. — Спасибо, мужики.

— Мы ещё и не начинали, — сказал майор. — Давай, стреляй. Ты даже в пятёрку ни разу не попал.

Знаев подошёл к мишени и устыдился.

— Позорище, — сказал он с досадой.

— Ничего, — усмехнулся майор. — Тренируйся. Я сейчас вернусь.

Знаев выстрелил ещё и ещё, тщательно прицеливаясь и напрягая плечо.

— Оба раза мимо, — резюмировал Жаров, посмотрев в трубу.

— Ну и хватит, — ответил Знаев, недовольный собой. — Хорошего понемножку.

— Ты же на войну хотел.

— Да, хотел.

— Тогда стреляй.

Знаев подышал носом, тряхнул кистью, снова прицелился и выстрелил.

— Убил! — радостно воскликнул Жаров, как будто играл в морской бой. — Завалил гада! Точно в сердце!

Вернулся Егоров, отодвинул Жарова от трубы, посмотрел сам. Ничего не сказал. Под локтем держал деревянную кобуру, обмотанную ремнём. Размотал, извлёк огромный «Стечкин». Примкнул приклад.

— А вот это я люблю, — сказал Знаев.

— Многие любят, — улыбнулся Марк. — Рука болит?

— Болит, — признался Знаев.

— Слабое запястье. Давай-ка попробуй от живота.

— А так можно?

— По-всякому можно. Если жить хочешь. Встань крепче. Приклад упри повыше пупка. В обойме 20 патронов. Очередью. Огонь.

— Погоди, — пробормотал Знаев. — Может, не надо? Я из такой дуры и одиночными не умею…

— Огонь! — проревел майор, командным басом.

Знаев напряг мышцы живота и посмотрел на мишень.

Вместо мишени теперь у кирпичной стены стоял бес, такой же бумажный, чёрный, продырявленный, но явно — живой. Волосатый, презрительный. Показывал длинный язык.

В тебя не промахнусь, подумал Знаев со злостью, и нажал спуск.

Двадцать пуль вылетели в две секунды. Отдача сотрясла бывшего банкира от затылка до пят. Удержать мощный пистолет не получилось, ствол увело вверх и вбок. От стены полетели кирпичные брызги. Знаев вернул оружие владельцу. Тот произнёс что-то, шевеля полными губами.

— Не слышу! — крикнул Знаев. — Уши заложило!

— Привыкай, — засмеялся Жаров, подходя ближе. — Как самочувствие?

— С меня хватит!

— На войну хочешь?

— Да!

— Тогда давай ещё.

Но Знаев решительно помотал головой и поднял руки вверх.

— Сдаюсь! Не буду больше.

Жаров и майор переглянулись.

— Рука бойца колоть устала, — резюмировал Егоров и вогнал новую обойму. — Ладно. Теперь я. Зажмите слух.

Знаев закрыл ладонями уши и приложился к окуляру трубы. Невредимый бес, в четырёхкратном увеличении, казался очень реальным. Он смотрел прямо перед собой, на майора спецназа, вышедшего на огневой рубеж, затем вдруг округлил глаза от страха и пропал из поля зрения. Там, где была его голова, стена взорвалась под градом пуль; все до единой легли в круг размером со сковороду.

— Марк, — спросил Знаев, — ты в Бога веришь?

— Пусть он в меня верит, — ответил майор спецназа и сунул пистолет в кобуру. — Кстати, запах пороха стимулирует аппетит.

— Полностью согласен, — воскликнул Жаров с энтузиазмом.

Егоров снял со стены измочаленную мишень, свернул в трубку, протянул Знаеву.

— Возьми. На память.

Вернулись в дом.

Знаев, действительно, ощутил голод; накидал себе в тарелку картошки с редиской, ломанул добрый кусок хлеба, стал жевать.

— Так что ты там про войну говорил? — осторожно спросил Егоров.

— Ничего не говорил, — ответил Знаев с полным ртом. — Но я бы поехал. Повоевал.

— Зачем?

— По многим причинам.

— Сколько тебе лет?

— Сорок восемь.

Майор вынул из кармана пятнистых своих штанов телефон, нажал кнопку и показал картинку.

Знаев едва взглянул и тут же отвернулся.

Фотография была цветная, очень чёткая.

— Донбасс, — сказал Егоров. — Девочке было четыре года. Убило миной.

— Зачем ты хранишь такие фотографии?

— Иногда помогает, — сухо ответил Егоров. — Как аргумент. Ты же не первый, кто на войну хочет.

— Ага, — сказал Знаев. — Нас, значит, много?

— Не много. Но бывают. Обычно просится молодёжь. Но и взрослые мужики тоже. А я на шести войнах работал. Таких картинок у меня достаточно. Хочешь ещё посмотреть?

— Нет, — мгновенно ответил Знаев.

— А воевать — хочешь.

— Да.

— Тебе туда не надо, — негромко сказал Егоров. — Воюй в Москве. Здесь твой фронт. А там ты никому не нужен. Поедешь воевать — погибнешь.

— Ты же не погиб, — возразил Знаев.

— Я офицер. Я обучен.

Знаев не нашёл, что возразить.

— Я тебя понимаю, — сказал майор. — Взрослый человек, гражданин своей страны. В армии был, службу понял. Сейчас тебе обидно. Всем обидно. Нам диктуют — мы утираемся. У американцев — шестьсот военных баз по всему миру. У России — десять. Кто кому грозит? Кто перед кем пистолетом машет? Американцы — смелые. Рубятся за свободу и демократию. А мы — империя зла, у нас нищета и диктатура. Они все в белом, а мы — говно. Потом начинаем выяснять. Кто первым в истории человечества применил ядерное оружие? Американцы. Была военная необходимость? Не было. Посоветовались с кем-нибудь? Ни с кем. Сколько японцев положили? Сто пятьдесят тысяч. Почти все — мирные жители. Сто пятьдесят тысяч заживо сгорели за несколько секунд. Никакой Освенцим так быстро не работает. По сравнению с этим Гитлер и Сталин — маленькие мальчики. И что, кого-нибудь судили? Международный трибунал, Гаага, вот это всё — было? Не было. Зачем побили столько мирного народа? С какой целью? Весь мир напугать. Продемонстрировать. Так поступают только палачи, натуральные бляди. Полная безнаказанность. Америка — чемпион мира по массовым убийствам и военным преступлениям, с большим отрывом. Они кого угодно в распыл пустят, за свою злоебучую демократию. Хороша демократия: у себя дома — кайфуем, в гостях — убиваем пачками. Кто мы для них? Дикари, недочеловеки…

— Они не все такие, — возразил Знаев. — Я в Америке три раза был. На обоих берегах. Плевать им на нас, они своей жизнью живут. Из ста американцев девяносто девять ничего про нас не знают.

— Так ещё хуже, — сурово сказал Марк. — Ничего не знают, но приходят и гадят.

Он придвинул к себе лавку, сел верхом, стал разбирать и чистить пистолет, аккуратно раскладывая перед собой детали.

— Ты, Сергей, если хочешь пользу принести — езжай волонтёром. Как гражданский человек. Поможешь, чем можешь. Гуманитарку купи, отвези. Поработай головой или может, руками даже… Там гражданские специалисты тоже нужны…

Слово «гражданский», уже второй раз прозвучавшее, задевало самолюбие Знаева; кадровый офицер произносил его подчёркнуто вежливо, даже деликатно, как будто врач говорил с неизлечимо больным. «Он воин, а я нет, — грустно подумал Знаев, — мы из разных каст, мы не поймём друг друга».

— Нет, — ответил он. — Я хочу биться. А работать можно и в Москве.

Егоров нахмурился.

— Тогда, — ответил он, — лучше останься в Москве и работай.

— Ладно, — сказал Знаев. — Понял. Спасибо, дружище.

— Учти, — сказал Егоров, показывая на Жарова. — Вот он, твой друг, сделает всё, чтоб ты никуда не ездил. Побереги остатки здоровья.

— Думаешь, у меня нет здоровья?

— Я так не сказал, — вежливо возразил майор. — Но если бы сейчас была всеобщая мобилизация — ты бы не прошёл медицинскую комиссию. В первую очередь — по возрасту. Война — дело молодых. Помнишь такую песню?

— Мне ещё пятидесяти нет, — возразил Знаев, неожиданно сильно задетый за живое. — Хочешь сказать, что я — не молодой?

— Нет, — ответил майор. — Ты не молодой.

— Как и все мы, — примирительно сказал Жаров, придвигаясь и обнимая Знаева за шею. — Не обижайся, Серёга… Я же знаю, помню, ты — спортсмен, штангу тягал, подраться не дурак… Но башку под пули подставлять — это другое…

Хмельные дружеские объятия Знаеву не требовались в этот момент, он хотел отстраниться, но передумал: это выглядело бы как минимум несолидно.

Замечание насчёт возраста вдруг его расстроило. Конечно, каждое утро он видел себя в зеркале, сбривал с подбородка жёсткую серебряную щетину, разминал пальцами неприятные складки на физиономии; но внутренне, в мозгу, в мышцах и сухожилиях много лет ощущал себя тридцатилетним. Зубы его были все целые — унаследовал от отца, ни разу в жизни не посещавшего дантиста. Глаза не подводили: очки использовал только для чтения. Легко взбегал на пятый этаж, прыгая через ступеньку.

То есть был в форме, ничего себе.

Теперь смотрел на своих приятелей, нависающих, как скалы, и понимал — да, всё так. Повернулся круг жизни. Сам он мог думать о себе что угодно, прыгать хоть через десять ступенек, — но люди вокруг уже вывели его из одной категории и зачислили в другую.

Он уже не молодой, такова объективная реальность.

— Нихера, — сказал он, чувствуя возбуждение. — Не согласен. Это вы — старые кабаны. А я ещё пацан. Что хочу — то и ворочу.

— Ну, — хмуро возразил Егоров, — так тоже неправильно. В некоторых местах тебе так жить не дадут. Ты можешь поехать в Луганск или Донецк в любой день. В машину садись — и езжай. На месте вступишь в ополчение. Официально. Но там тоже — дисциплина, всё строго, будешь своевольничать — тебя не только выгонят, но и под суд отдадут. И срок дадут. Будешь вместо войны — в тюрьме сидеть...

— Ладно, ладно, — сказал Знаев, — не продолжай. Я уже понял, что я не боец.

— Ты боец, каких мало, — сказал Жаров. — Но тебе надо биться на своём месте.

— И я уже не молодой.

— Нет. Конечно, нет.

— Тогда, — с вызовом сказал Знаев, — дайте автомат! Пистолеты — не моя фишка. Дайте автомат, — пойдём, посмотрим, кто старый, а кто молодой.

— Автомата нет, — ответил Марк. — Только на службе.

— Вот же чёрт неугомонный, — с чувством произнёс Жаров, придвигая к Знаеву стакан. — На, выпей ещё.

— Не надо про чёрта, — попросил Знаев. — Не надо. А выпить — давай. — Он встал. — За вас, мужики. Спасибо, что вы есть. Я, честно говоря, не ожидал... Патронов расстрелял долларов на триста... Честное слово, я друзей всегда ценил, а теперь в пять раз больше ценить буду...

— Спасибо, — сказал Егоров.

— ...Но учтите, — закончил Знаев, — я — пока не старый. Вообще ни разу не старый. Ни на долю процента. Из пистолетика я не мастак, это да... Автомат дадите — сами увидите.

Жаров кивнул.

— Ладно, — сказал он. — Раз ты такой упёртый — найдём мы тебе автомат. Подожди дня два.

Около полуночи Егоров довёл пьяного Знаева до железнодорожной станции, — три километра пешком по заросшей лопухами пыльной тропе, через клеверное поле, через скрипящий мостик над сырым прохладным оврагом, через березняк, наполненный органным комариным гудением — и сам поторговался с зевающим таксистом, и бережно обнял на прощание.

Когда отъезжали — Знаев едва не заплакал от благодарности к этому человеку: хорошему, спокойному, настоящему.

Но едва выкатились на шоссе и набрали ход — другие чувства заполнили душу. Привычное возбуждение и упрямая насмешка.

Курил одну за другой. Водитель был не против. Слушал, поддакивал, равнодушный тёмноликий человек, судя по манере речи — совсем простой, пахнущий жареным луком, серебряная цепочка на толстой шее, в магнитоле — радио «Ретро», на спидометре — всегда семьдесят.

А пассажир — порывисто жестикулировал и рассказывал, как подарил сыну первую электрогитару в 2005-м, и как искал для себя малиновые сапоги-казаки в комплект к малиновому пиджаку в 1992-м, и как чистил картофан в офицерской столовой в 1987-м, и как ходил на премьеру «Юноны и Авось» в 1980-м...

Захлёбываясь и хохоча, пассажир выкладывал истории одну за другой, — ему было важно вспомнить как можно больше ситуаций, когда он проявил себя сильным, быстрым, безрассудным и легкомысленным. То есть — не старым.

Никогда он не испытывал такого бешеного желания жить, как в тот день, когда ему сказали, что он уже не молод.

37

В девять утра он сидел в кабинете врача.

Доктор Марьяна — как почти все прочие люди утром понедельника — отнюдь не выглядела эталоном трудолюбия.

Существует убеждение, что утро в мегаполисе начинается с рассветом, что благодать ждёт каждого, кто в 7:00 уже сидит за рабочим столом. На самом деле житель большого города ненавидит ранние пробуждения.

Жалея доктора, пациент рассказал о своих приключениях как мог коротко. Передозировка лекарствами, отравление алкоголем, белая горячка, бред и галлюцинации. О попытке прыгнуть с балкона — умолчал, всё-таки перед ним сидела привлекательная женщина, ей невозможно было признаться, что сильный поджарый дядька Серёга Знаев на самом деле — полусумасшедший псих.

— Никакой горячки, — сурово отрезала Марьяна. — Вы не алкоголик. Белая горячка возникает только у сильно пьющих людей. Обычно в период ломки. Допустим, вы пьёте по бутылке водки в сутки, а потом решаете завязать. Тогда возможны галлюцинации. Не изобретайте себе болезней, Сергей Витальевич.

— Спасибо, — сказал Знаев. — То есть, по-вашему, я здоров.

— Почти.

Знаев посмотрел на стену, увешанную фотографиями.

— Картинки — новые, — сказал он, сообразив. — В прошлый раз были другие.

Марьяна смутилась, даже покраснела сквозь загар.

— В прошлый раз была Шри-Ланка. А эти — Таиланд. Год назад. Раз в неделю я их меняю.

— Это стимул, — сказал Знаев.

— Да. Визуализация целеполагания.

Героиня серии портретов выглядела расслабленной и весёлой, полуголой, полупьяной, — счастливой. Индивидуальные снимки чередовались с групповыми, где Марьяну окружали похожие на неё взрослые русские девки категории «без возраста», белозубые, самоуверенные, сильные. Между ними торчали и торсы мужчин, худых, бородатых и на вид очень интеллигентных.

— Хорошо там? — спросил Знаев.

— Очень хорошо, — грустно ответила Марьяна. — Солнце и плюс тридцать круглый год. А я — из Новосибирска. Там у нас лето длится три недели, а зимой — минус сорок. Конечно, мне в Таиланде хорошо. Особенно если не работать.

— Доктор, — сказал Знаев, слегка смешавшись. — У меня к вам странный вопрос… Только не смейтесь… Если сейчас будет всеобщая военная мобилизация — я пройду медицинскую комиссию?

Марьяна не удивилась и тут же ответила:

— Вряд ли.

— Почему?

— Не подходите по возрасту. Сначала будут забирать молодёжь.

— А я — не молодёжь?

Она усмехнулась кратко.

— Нет. Кроме того, вы не пройдёте собеседования с военным психологом. У вас расстройство невротического характера.

— То есть, — спросил Знаев, — я негоден к военной службе?

— Думаю, нет.

— Ясно.

— Боитесь, что будет война, и вас призовут в армию?

— Нет, — ответил Знаев, улыбаясь. — Извините. Это было простое любопытство.

Марьяна посмотрела на него так пристально, как смотрят только врачи и уголовные дознаватели.

— Сергей, — сказала она. — Просто для порядка. Если вы испытываете желание причинить кому-то физическую боль — скажите об этом мне.

— Нет, — ответил Знаев абсолютно искренне. — Ничего такого. Не беспокойтесь, доктор. Мой единственный враг — это я сам. Остальных люблю и уважаю.

Марьяна заметно расслабилась.

— Если хотите — встаньте на учёт. В психоневрологический диспансер.

— Как псих?

— Как неврологический больной.

— Вы же сами сказали, что я здоров.

Марьяна вздохнула раздражённо.

— Боли — продолжаются?

— Не так, как раньше. Терпимо.

— Лечиться — будете?

— Буду. Только без этих таблеток. Давайте другие.

— Послушайте, Сергей, — сухо сказала Марьяна. — Здесь вам не ресторан, чтоб из меню заказывать. Подбор нужной комбинации препаратов займёт время. Или вы лечитесь — или не лечитесь, и не тратите моё и своё время. Если вы ещё раз нарушите предписанную дозировку — я не буду с вами работать. Передам другому специалисту.

— Извините, доктор, — поспешил ответить Знаев. — Это больше не повторится.

И опустил глаза, испытывая некоторое мазохистское удовольствие — его отчитывали, как школьника; оказывается, в иных местах возраст ничего не значит, любой солидный дядя может обратиться в юношу за считанные мгновения. Получив новый рецепт и краткую суровую нотацию, он заплатил, попрощался и вышел из кабинета с весёлой улыбкой.

В коридоре увидел следующего клиента. В прошлый раз это была полупрозрачная лунатическая девушка, сейчас сидел собственной персоной «печальный коммерсант», перекочевавший как будто из ближайшего бара, в той же согбенной позе, в том же отличном, немного заношенном пиджаке, с теми же двумя телефонами в руках, только без стакана крепкого.

«Ага, — подумал Знаев, — это место посещают не только лунатические дамочки, но и взрослые крепкие дядьки тоже; нас много, значит. Мы, значит, повсюду. Весь мир построен нашими истериками, нашим пьянством и безумием».

На улице жарило солнце, — он расстегнул верхнюю пуговицу и зашагал, обнадёженный, в голове вертелась старая любимая пластинка, «Иисус Христос — суперзвезда», ария Иуды из самого начала:

Listen Jesus I don't like what I see
All I ask is that you listen to me
And remember — I've been your right hand man all along
You have set them all on fire
They think they've found the new Messiah
And they'll hurt you when they find they're wrong

Шагал, сам себе подвывал на деревянном своём подмосковном английском, и даже пальцами несколько раз подщёлкнул. В кармане сотрясался телефон, докладывая о поступивших сообщениях, новый день стартовал, надо было жить дальше, работать, изобретать, договариваться, воевать на три фронта, переживать за детей, любить женщин и, может быть, даже платить налоги.

Самое интересное сообщение — от Горохова — гласило: «У нас менты, выемка, на контору не приезжай».

«Приеду обязательно», — ответил Знаев.

Когда шёл мимо дверей супермаркета «Ландыш» — приблизился, издалека прицеливаясь, полностью спившийся морщинистый человек; бесцветные лохмы сильно отросших сальных волос обрамляли лицо, налитое нездоровой синюшной розовостью; попросил денег.

— Сколько тебе лет, мужик? — спросил Знаев.

— Все мои, — ответил синюшный с апломбом.

— Извини, я без всякой обиды. Скажи, сколько.

— Сорок шесть.

«Моложе меня», — подумал Знаев, сунул купюру и пошёл дальше.

Деньги теперь у него были: Жаров выгодно продал мотоцикл; карман бывшего банкира нагревала толстая пачка.

Вполне хватало на то, чтоб снять квартиру и начать новую жизнь.

Или оплатить год учёбы сына в университете города Утрехта.

Или купить армейский джип УАЗ и записаться в ополчение Донбасса.

Или ничего не начинать, не записываться, а уехать в любую точку этой маленькой зелёной планеты, неважно куда, главное — как можно дальше, в какие-нибудь дебри, в самые мирные, тихие места, где войн нет и не бывает, где тепло, и жёлтое солнце, и можно ходить босиком, и голые дети бегают, смеясь, по кромке прибоя.

38

Он пришёл, когда действо было в разгаре.

В его кабинете вокруг стола сидели четверо правоохранителей.

Алекс Горохов, бледный больше обычного, надиктовывал показания одному из них, щуплому блондину в потёртой курточке с сильно отвисшими карманами.

Сейф был открыт и пуст, содержимое — три толстых, как кирпичи, папки с бумагами — лежало на столе, папки были разъяты; одна за другой бумаги извлекались из зажимов и передавались из одних ловких рук в другие, столь же ловкие.

Один из четверых тут же фотографировал каждый документ дорогим айфоном.

Все правоохранители выглядели парнягами не старше тридцати и в общем годились Знаеву в сыновья.

«Иногда возраст даёт преимущества», — подумал он и громко поздоровался.

Правоохранители застыли и посмотрели одинаково внимательно. Горохов кивнул и ещё больше ссутулился.

Одного из четверых Знаев припомнил: «мальчишку-опера», — три дня назад именно этот румяный пацанчик пригласил бывшего банкира в микроавтобус на обочине Рублёво-Успенского шоссе.

— Кто главный? — спросил Знаев.

Вид распахнутого сейфа его разозлил. Вскрыть сейф — это было отвратительно; всё равно что забраться в чужую супружескую постель.

Один из четверых, пухлый темноволосый парень с кислым выражением на некрасивом лице, сверкнул глазами.

— А в чём дело?

— Вообще, это мой магазин, — вежливо сказал Знаев. — Кто вы такие?

Толстяк предъявил удостоверение. Мальчишка-опер развернул плечи.

— Только не надо нажимать, — сказал он басом. — Сами тоже, паспорт давайте. Если не трудно.

— Мы же только недавно виделись.

— Такой порядок, — лаконично ответил мальчишка-опер. — Присаживайтесь.

— Стоп, — ответил Знаев. — Тут я решаю, кому присаживаться. Что вам нужно?

— Проводим оперативно-следственное мероприятие. Выемку. В рамках уголовного дела, по которому вы — обвиняемый. Паспорт давайте.

— Могли бы позвонить, — сказал Знаев, протягивая паспорт. — Я бы сам всё привёз. Любой документ… Мне скрывать нечего…

— Нарисовал — и привёз, — сказал правоохранитель, который фотографировал айфоном, и презрительно усмехнулся.

Знаев подумал, что грубить дальше нет смысла: формально всё происходило по правилам; в любой момент его могли остановить хоть на улице и потребовать вывернуть карманы. С точки зрения закона это было разумно и оправданно.

— Как открыли сейф? — спросил он.

Горохов кашлянул и признался:

— Я открыл.

И посмотрел виновато, хотя никто никогда не требовал от него закрывать грудью амбразуру.

— Правильно сделал, — похвалил Знаев.

— У них ордер, — добавил Горохов с некоторым облегчением. — Всё по закону. Я даже адвоката не стал вызывать.

— Ладно, — сказал Знаев, сел за стол и улыбнулся пухлому брюнету. — Чёрт с вами. Скажите, что ищете. Так будет быстрей.

Пухлый брюнет приосанился.

— Документы о финансировании строительства. Это было пять лет назад. Вы вывели из банка шесть миллионов долларов и вложили в строительство магазина. А банк — обанкротили.

— Неправда, — ответил Знаев. — Это были мои собственные деньги. Я рассчитался с вкладчиками. Обиженных не было.

— Обиженные есть везде, — сказал брюнет. — И вокруг вас тоже нашлись. Покажите договора с организациями, которые финансировали стройку.

— Если покажу — вы уйдёте?

— Не надо условий, — тут же произнёс мальчишка-опер.

Брюнет коротко вздохнул.

— Уйдём, — сказал он.

— Но вы уже сняли копии со всех моих бумаг.

— Ну и что? — развязно спросил тот, который фотографировал айфоном. — Тут нет ничего интересного. Насколько я понял, магазин заложен. То есть, он уже не ваш, и кабинет тоже — не ваш. Есть и другие кредитные обязательства. И ещё — копии расписок, на крупные суммы…

— Так точно, — ответил Знаев. — У меня большие долги. Но это к делу не относится.

Простое военное выражение «так точно» очень помогает в беседах с правоохранителями. Полиция и прокуратура — полувоенные организации, скреплённые дисциплиной, здесь любят обмен лаконичными сигналами.

Знаев подвинул к себе самую толстую из трёх папок и вытащил стопку контрактов, стянутую в пластиковый файл.

— Здесь всё.

— Отлично, — похвалил пухлый. — Можете дать устные пояснения?

— Любые.

— Сколько организаций финансировали строительство?

— Три.

— Можете назвать их фактических владельцев?

— Фактический владелец — лично я. — Знаев ткнул себя пальцем в грудь. — Компания «Готовься к войне» была заказчиком строительства, а я был владельцем компании.

— То есть, вы сами себе заказали строительство и сами его оплатили, через подставные фирмы?

— Я бы не употреблял таких сильных терминов, — аккуратно возразил Знаев. — Здесь не было умысла на преступление. Все так делают. И в России, и в Европе, и в Америке. Инвестируют в капитальное строительство не напрямую, а через специально созданные компании или фонды.

Тот, который фотографировал айфоном, заинтересованно подкинулся.

— А вот ещё такой вопрос...

— Погодите, — перебил его Знаев, и посмотрел на брюнета. — Ребята, если хотите меня допросить — давайте сразу писать протокол. А то мы тут три дня будем сидеть, обсуждая каждую бумажку.

Правоохранители переглянулись. Воспользовавшись паузой, Горохов кашлянул и сказал:

— Наверное, я уже не нужен... Я — наёмный сотрудник... Я пойду, у меня — работа...

— Допроса не будет, — сухо сказал брюнет. — Оформим только выемку.

— Тогда приступим, — решительно сказал Знаев. — Я всё подпишу. А ты, Саша, иди. Делом займись.

Горохов вздрогнул — в этом кабинете его никто никогда не называл Сашей, — тут же встал и исчез за дверью. Правоохранители ему не препятствовали.

Неожиданно Знаев заметил, что с шеи того, кто фотографировал айфоном, свисают провода наушников.

— Какую музыку слушаете? — спросил он.

— Рэп, — ответил правоохранитель. — А вы?

— Блюз.

— Понятно, — ответил правоохранитель. — Любите музыку?

— Я бывший музыкант.

— На чём играете?

— На всех инструментах ритм-секции. Гитара, бас, ударные. На клавишах немного. На губной гармошке. И даже на скрипке могу.

Правоохранитель посмотрел с уважением, затем спохватился, снял с шеи провода и сунул в карман.

— Про скрипку потом расскажете. А сейчас — давайте по делу. Вы давно знакомы с гражданином Солодюком?

— Очень давно, — ответил Знаев. — Тридцать лет.

— Вы друзья?

— Да. Вместе в армии служили.

Брюнет теперь заполнял протокол, разложив документы вокруг себя широким веером.

— Не понял, — сказал мальчишка-опер. — В прошлый раз вы говорили, что Солодюк — негодяй и подлец. А теперь оказывается — он ваш друг?

— Одно другому не мешает. Кроме того, люди меняются. Организм человека полностью обновляется каждые семь лет. До последней клетки. Каждые семь лет человек живёт новую жизнь.

— Солодюк утверждает, что вы украли его деньги. Угрожали ему и били.

— Мало бил, — искренне ответил Знаев. — Таких, как он, надо бить раз в полгода. Широким ремнём — по заднице. Для тонуса. Гражданин Солодюк приехал ко мне в Москву в девяносто втором году. Без копья. Жил — у меня на кухне. Работал — у меня в конторе. Специалистом широкого профиля. Когда я сделал банк, я взял его в учредители…

— Зачем же вам учредитель, который — без копья?

— А затем, — перебил брюнет, не отрываясь от заполнения протокола, — что они были друзья.

Знаев хладнокровно кивнул.

— Так точно. Через два года он ушёл на вольные хлеба. Придумал себе бизнес — и отвалил.

— Что за бизнес? — спросил мальчишка-опер, сдвинув брови.

— Обналичка, — признался Знаев. — Он снимал наличные деньги у меня в банке и продавал на сторону. Это был его хлеб. Больше он ничего не умел и не умеет. Когда у банка отозвали лицензию, часть денег Солодюка оказалась заморожена. Солодюк решил, что я их украл. Он устраивал истерики, написал на меня заявление, и даже пытался наезжать. Приводил каких-то быков. Я его послал.

— И побил, — добавил мальчишка-опер.

— Ну, не побил, — возразил Знаев. — За ухо дёрнул. В следующий раз увижу — сделаю то же самое.

— Увидите, — пообещал брюнет. — Будет очная ставка.

— Жду с нетерпением, — ответил Знаев. — Очень хочется спросить, почём он меня продал.

— Кому?

— Григорию Молнину. Нет, вы не подумайте, я не с целью отомстить... Просто интересно. Сколько сейчас стоит продать человека.

— Готово, — сказал брюнет и придвинул к Знаеву исписанные листы. — Подпишите здесь и здесь.

— Конечно, — сказал Знаев. — Может, вы ещё что-нибудь заберёте?

— Всё, что надо, уже есть, — многозначительно ответил брюнет.

— Берите ещё, — предложил Знаев, двигая по столу папки. — Рекомендую. Договор займа. Взгляните. Вот: хороший парень, тоже — друг… Я ему полтора миллиона долларов должен. А вот — другой гражданин, здесь я должен два…

— На жалость бьёте? — спросил правоохранитель с айфоном. — Напрасно. Вас никто не заставлял строить этот супермаркет.

— Как же «никто не заставлял»? — спросил Знаев. — Я сам себя заставил. Никакого желания не было, ей-богу. Но — пришлось.

— Зачем?

Знаев собрал папки со стола и сунул обратно в сейф. От бумаг исходил запах свежих чернил, как будто они были напечатаны и подписаны вчера; на самом деле, увы, все эти долговые обязательства, все эти расписки на колоссальные миллионы возникли давно, иные — лежали в сейфе пять, шесть лет. «Давно верёвочка вьётся, — подумал Знаев. — Похоже, свилась».

— Что значит «зачем»? — спросил он. — Надо же что-то делать. Банки учреждать. Супермаркеты строить. Картины писать, или музыку. Как-то шевелиться. Жизнь — одна, её надо потратить на созидание. Иначе неинтересно.

Он закрыл стальной ящик и посмотрел на пухлого брюнета.

— Хотите, я вам ключ от сейфа отдам? Приедете в любое время, заберёте, что хотите.

— Не смешно, — с вызовом сказал мальчишка-опер. — Надо будет — заберём без ключа.

Едва они ушли, Знаев снова открыл сейф и вытащил бумаги обратно.

Сунул жирные скоросшиватели в пакет, спрятал в нижний ящик стола — и отправился искать Горохова.

39

Ближайший помощник был найден на свежем воздухе, у стены близ служебного выхода. Держал в руке початую бутыль виски, отхлёбывал из горла. Щурился на высокое сильное солнце. Вид Горохова был самый жалкий, плачевный.

Кусок асфальта перед ним был покрыт пятнами плевков.

Торговый ветчинно-селёдочный дух доставал и сюда — пропитал тонкие стены магазина, ядовито сочился наружу. «В мире запахов свои причудливые законы, — подумал Знаев. — Вроде бы только что я выслушивал полицейские угрозы с намёком, и подмахивал грозные протоколы, и подумывал о вероятной тюремной отсидке, года эдак в четыре, — а сейчас втянул ноздрями портвейный, баранье-говяжий, сладко-солёный перегарчик, ан тут же захотелось и пожевать, и выпить, и выругать кого-нибудь за глупость, и, может даже, песню спеть».

Стараясь не наступать на плевки, Знаев подошёл близко.

— Ты чего, Алекс? — спросил он тихо. — Перенервничал?

Вместо ответа Горохов грубо выругался и снова отхлебнул, запрокинув голову, словно горнист, трубящий сигнал атаки. Знаев смотрел, как движется вниз и вверх его кадык и гуляют желваки.

— Я тоже это ненавижу, — признался он.

— Нет во мне ненависти, — с вызовом сказал Горохов. — Я вообще ненавидеть не умею. Я умею работать. Детей воспитывать. Готовить люблю. Ты мои груши на гриле пробовал?

— Конечно, — ответил Знаев. — Замечательные груши. Во рту тают. А менты тут при чём?

Лицо Горохова сделалось твёрдым и покраснело.

— Вот и я думаю, — сказал он. — При чём тут менты? Человек просто работает, воспитывает детей и делает груши на гриле. Зачем менты? Почему всё время — менты? Что мы с тобой сделали? Героин не продаём. Террористов не содержим. Из бюджета не воруем, и даже наоборот. Родину любим и уважаем. А к нам приходят, как к себе домой. Покажите паспорт, откройте сейф… Ладно, вот вам паспорт, вот вам сейф. Так они ещё и смотрят, как на врага. А я разве враг?

— Алекс, — позвал Знаев. — Ты ошибаешься. Ты никому не враг. Ты хороший человек. А эти менты — приличные ребята. Вежливо забрали нужные бумажки и испарились. Всё кончилось.

— Им заплатили! — крикнул Горохов и закашлялся; снова сплюнул, туда же, на асфальт перед собой. — Они на Молнина работают! Это рейдерский захват! Они отбирают у тебя последнее!

— Последняя — у попа жинка, — сказал Знаев. — Это нормально. Капитализм, сильный пожирает слабого.

— А кто тут — слабый? — Горохов ещё повысил голос. — Ты, что ли? Или я? Если я люблю груши на гриле, значит я — слабый? У меня, между прочим, двое детей. Один раз моя жена, которая мне этих самых детей родила… Один раз она мне сказала: «ты — слабый». А я ответил: наверно, слабый, вполне возможно, дорогая, но если ты ещё раз такое мне скажешь — больше меня не увидишь, и детей тоже. Потому что я сначала человек, а уже потом — капиталист, буржуй, наёмный менеджер и так далее. И как менеджер я, может быть, слабый, или как муж слабый, но как человек — вполне себе ничего. Потому что слабые — по канавам валяются. А я живу в трёхэтажном доме и каждое воскресенье детям груши на гриле делаю. Какой же я, к чёрту, слабый?

Знаев вздрогнул.

— Не зови чёрта, — попросил он.

Алекс Горохов посмотрел, не понимая.

Он был здорово пьян, облизывал мокрые губы, вытирал большим пальцем бегущий по вискам пот, заметно было, что гнев и отчаяние полностью его поглотили — однако старался держаться молодцом, разворачивал плечи, дрожал и шумно дышал через ноздри.

Знаев вытащил из его пальцев бутылку. Обнял.

— Спасибо, что ты есть.

— При чём тут «спасибо»... — раздражённо пробубнил Горохов. — Я для тебя ничего не сделал. А менты... Мне вообще на них положить... Подумаешь, менты, говна пирога...

— Слушай, друг, — сказал Знаев, — хочешь, уйди из этой помойки. Хватит с тебя. Сбережения есть, детей вырастил, — можно и завязать.

— Уйду, — ответил Горохов. — Когда-нибудь. Я не из-за ментов набухался. Мне из больницы позвонили. Надо ехать. Валера плохой, обе почки отказывают. Операция и всё такое. Требуется согласие родственников.

— Езжай, — сказал Знаев.

— Не хочу. Специально напился, чтоб не ехать.

— Я бы поехал.

— Ты ничего не знаешь, — с обидой и раздражением сказал Горохов. — Это я его туда положил. Деньги заплатил. Но Валера не хочет лежать в больнице. Валера не хочет лечиться у врачей. Валера хочет домой. Ему в больнице плохо. Он кричит на соседей по палате. Он толкнул медсестру. Он не даст согласия на операцию, он уже меня предупреждал…

— Он твой брат, — сказал Знаев. — Ты должен его спасти.

Горохов посмотрел с ненавистью.

— Нет, — ответил он. — И я не хочу, и он не хочет. Я уважаю его выбор. В этом и заключается свобода.

— Дурак, — сказал Знаев. — Сначала спаси. Потом поговоришь про свободу.

— Нет. Мы договорились, как братья. Он не хочет помощи. Почку я ему покупать в любом случае не собираюсь. Я не настолько богат. Я не намерен выворачивать карманы, чтобы Валера жил дальше. Он бестолковый человек, от него всегда были одни проблемы. Если Валера умрёт, я не буду себя винить.

— Ладно, — сказал Знаев. — Тебе видней.

Мысль, что где-то неподалёку в этот момент лежит на серой больничной простыне и умирает молодой мужчина, которого, наверное, можно ещё спасти, показалась Знаеву глубоко неприятной; её трудно было отогнать. Но пришлось.

Знаев никогда не занимался благотворительностью. И, конечно, не собирался спасать того, кто не хотел спасти себя сам.

— Это я его создал, — тем временем бормотал Алекс Горохов. — Это из-за меня он такой дурак получился. Это я, его брат, устроил студента Валеру на хорошую работу. Чёрная бухгалтерия… На дому, за компьютером… Три часа в день — максимум… Полторы тысячи долларов в месяц… Валера двадцать лет сидел в трусах со стаканом зелёного чая у монитора и раскладывал цифры по полочкам. Причём люди, которые его наняли, меня уважали, и с Валерой общались, как с Джоном

Пирпонтом Морганом. Только на «вы», по имени отчеству. Чтоб отругать за что-то — не дай бог! Он же мой брат! Они на него ни разу голос не повысили. Вот какая жизнь была у Валеры. Непыльная работа, хорошие деньги и много свободного времени. Как в Калифорнии! Только в Москве.

— Не вижу никакой твоей вины, — возразил Знаев. — Одни заслуги. Я бы так пожил с большим удовольствием.

— Иди к чёрту, — грубо возразил пьяный Алекс Горохов. — Ты так никогда не жил. Ни единого дня. А Валера — все сознательные годы. Как думаешь, на что он их потратил?

— На женщин и наркотики, — предположил Знаев.

— Ничего подобного! На духовные поиски. То Монтеня почитает, то Кастанеду. Пробежки по парку, медитация ежедневно. При этом обязательно вся духовная работа должна происходить в трёхкомнатной квартире с музыкальным центром и телевизором во всю стену. Умный страшно, и про йогу расскажет, и про цигун, и кругозор у человека есть, и жить любит, и всегда знает, чего хочет. Жить в трёх комнатах, а не в одной, и ездить на дорогой машине, а не на дешёвой. И не курить, и не есть жареного.

— Отличный парень, — сказал Знаев. — Я уже его люблю.

— Подожди любить, — ответил Горохов. — В конце концов контора закрылась, Валера остался без работы. В сорок два года. Первым делом ко мне прибежал, а у меня — магазин, свистопляска, убытки, я говорю — пожалуйста, Валера, продавцом, кассиром, мерчендайзером, кладовщиком, четыреста пятьдесят долларов чистыми. Нет, отвечает Валера, что это за работа, кладов-

щиком за четыреста пятьдесят? Удалился гордо. Пошёл
туда, пошёл сюда, нигде его не берут, профессии нет,
резюме нет, всё, что умеет, — чужие деньги считать,
сидя в трусах перед экраном. Сбережения потратил.
А уже привык: три комнаты, BMW, два раза в год — Египет. Всё никак не мог понять, что закончился Египет,
и BMW — тоже. Нервишки не выдержали. Пятый десяток, взрослый мужик. А все вокруг давно сообразили,
что он бесполезный эгоист, озабоченный, как бы себя
не поломать, не потратить. Чтоб, не дай бог, не перена-
прячься. Все поняли — и отец с матерью, и жена, которая сбежала сразу... и друзья... Все стали Валере наме-
кать, что никакой он не король вселенной — а парень
в трусах перед компьютером. И Валера увидел, почувствовал, как люди к нему переменились. И сам переменился. Все вокруг стали виноваты. Брат ему деньги
даёт — тот берёт, но вместо «спасибо» в ответ гадости
говорит и отворачивается. Сначала сделался вредный,
потом — невыносимый. Ты вот говоришь, что я — либерал, — Горохов презрительно осклабился, — так ты Валеру не видел. Вот кто был поборник законов. Когда его
на дороге гаишник останавливал — Валера выходил
сразу с ручкой и бумажкой, и личный номер этого гаиш-
ника себе в бумажку переписывал. Вот такой он был.
Всегда точно знал, сколько картофелин покупать, семь
или восемь. Мылся только хозяйственным мылом, потому что так дешевле и полезней для кожи. И вот — лежит
сейчас, весь опухший, раздутый, почки не справляются,
и мне говорят, что счёт идёт на часы. Зачем жил, на кой
ляд это было, все эти разговоры про личность и её свободу... Зачем была йога, спорт, сауна, обливания холодной водой, лечебные голодания? А всё потому что нечем ему было в жизни заняться, нигде не надрывался,

не рисковал, ни в каком большом деле не участвовал, никакими большими мыслями не горел...

— Ты его судишь, — сказал Знаев. — Не надо. Он умирает, а ты — здесь стоишь.

— Вот именно, — ответил Горохов. — Он там, умирает лежит, а я — здесь, здоровый и пьяный. Но его мне не жалко, а себя — жалко. До слёз жалко. Не знаю, почему.

40

Он твёрдой рукой отобрал у Горохова ключи от его машины. После небольшого сопротивления затолкал своего заместителя на заднее сиденье, сам сел за руль. Подумал — надо ли спешить? — и решил, что не надо. Если человек умрёт за те полтора часа, пока они прорываются сквозь заторы — в этом не будет ничего, кроме божией усмешки.

Знаев совершенно не жалел умирающего «брата Валеру», он никогда его не видел и три недели назад вообще не подозревал о его существовании. Судя по словам Горохова, по его глубокому раздражению и недовольству, а также по степени его опьянения, по лихорадочному блеску слезящихся глаз, — его брат Валера действительно доставил всем своим родственникам множество проблем.

Зачем они сорвались именно теперь, бросив работу, и понеслись за пятьдесят километров — Знаев не задумывался. Очевидно, для очистки совести.

Да, решил он, именно так, для очистки совести, чтоб потом не упрекать себя: вот, человек испустил дух, а мы ничего не сделали, продолжали сидеть в своих кожаных креслах над своими проклятыми калькуляторами.

Тем временем Горохов, полулёжа на широком заднем сиденье, продолжал возражать, сопеть, браниться, сморкаться и дышать спиртом. Куда мы едем, зачем это надо, я тебя не просил, пусть он помрёт, наконец, и все вздохнут свободно; развернись вот на этом перекрёстке, здесь стрелка есть, здесь можно, и вернёмся, и будем работать.

Его автомобиль был огромен, тихоходен, изнутри завален упаковками чистящих салфеток, бумажными полотенцами, журналами, зубочистками, зарядными устройствами для телефонов и планшетов всех мастей, скидочными купонами, бутылками с водой и туго свёрнутыми бумажными пакетами из-под фаст-фуда; в багажнике слитно громыхали какие-то канистры или бидоны.

— Не гони, — угрюмо попросил Горохов. — Мы не торопимся.

— Согласен, — сказал Знаев. — Торопиться надо было раньше.

— И вообще, ты не должен этим заниматься.

— А чем я должен заниматься?

— Своими делами.

— У тебя умирает брат. Ты не хочешь его вытаскивать. А я должен заниматься своими делами?

— Примерно так.

— Спасибо, Алекс, — сказал Знаев ядовито. — Теперь я буду знать, какого ты мнения обо мне. Пусть все умрут, а я буду заниматься своими делами. Так получается?

— Ты не мать Тереза. И я не просил тебя помогать.

— Я не буду помогать, — сказал Знаев. — Я рядом постою, и всё. Я вообще могу не ходить в больницу. Подожду в машине, заодно выкину весь этот хлам...

— Это не хлам! Это следы активной жизнедеятельности. Я живу на два дома. Семья на даче, я — в Москве. Мотаюсь каждый день. Я же семейный человек. В отличие от тебя.

— А я — какой?

— Ты маргинал, одиночка.

— У меня двое детей.

Горохов рассмеялся столь снисходительно, что Знаев разозлился. Уже очень давно с ним никто не разговаривал свысока.

— Дети — это не то. Дети вырастают и сваливают. Семья — это больше, чем дети. — Горохов завозился сзади, ударил коленом в спинку сиденья. — Семья — это жена, дом, тёща. Дача. Клумбы с розами. Груши на гриле. Ежедневная покупка огромного мешка жратвы. Отпуск два раза в год. Педикюр на дом. Запрет на алкоголь. Ссоры, примирения. Секс без презерватива. Ремонт в туалете. Дискуссии: каким должно быть сиденье унитаза? С микролифтом — или без микролифта? Семья — это кастрюли, виагра и машинка для стрижки лобковых волос, одна на двоих. Ты нихуя в этом не понимаешь, Сергей Витальевич. У тебя нет ни жены, ни дома. И никто тебе не высылает каждый вечер по электронной почте список продуктов. Соевый соус, пучок редиски и триста граммов нежирной сметаны. А мне — высылают. И я это люблю. Потому что семья и есть любовь.

Знаев подумал и возразил:

— Ездить по магазинам со списком продуктов должен водитель.

— Я давно уволил водителя. Не по карману. А ты даже и не помнишь. Я ж говорю, ты — маргинал.

— Еду можно заказывать в интернет-магазинах.

— Хватит! — желчно каркнул Горохов. — Курьер из интернет-магазина не поедет на двадцатый километр Киевского шоссе. Не начинай даже. Нет в тебе этого.

— Чего — нет?

— Семейной идеи! Вот этой, сука, парадигмы бытовой. Готовности забыть про всё и устремляться за нежирной сметаной. Себя вот на эту беготню тратить.

— Что ж ты, весь такой семейный, своего брата вылечить не можешь? Он ведь тоже твоя семья.

— Да. Семья. Помнишь поговорку — «в семье не без урода»? Этот как раз тот случай.

— Урод, — возразил Знаев, — это не оскорбление.

К моменту, когда они, отстояв положенное время во всех без исключения заторах и пробках, добрались до больницы, благородный порыв почти иссяк, и Знаев даже малодушно подумал, не остаться ли ему, действительно, в машине. Но когда Горохов, решительным движением открыв дверь, спросил: «Ты идёшь?» — Знаев молча кивнул и зашагал следом.

Больницы он, разумеется, ненавидел. А отдельно ненавидел сопряжённую с посещением больниц необходимость близко контактировать с простыми людьми, с *народом* , видеть и обонять распадающуюся плоть, слышать вздохи, стоны, ругань и жалобы, исторгаемые беззубыми ртами. Из десяти недужных, встреченных им на лестнице, по пути на четвёртый этаж — девятерых лечить было бесполезно, они выглядели живыми мертвецами, задержавшимися в этом мире из-за какого-то системного сбоя, небольшого глюка в программе миропорядка. Провалившиеся глаза, серая, дряблая кожа, жиденькие бесцветные волосёнки, согнутые спины, торчащие из-под халатов отвратительно белые, трупного цвета, голые женские ноги. И вялые синеватые губы, и сигареты, нетерпеливо разминаемые в дрожащих пальцах. Всё указывало на то, что огромное количество «простых людей», представителей *народа*, — не имеет понятия о самостоятельной заботе о здоровье и уповает на докторов и их таблетки, как уповали когда-то на барина безграмотные крепостные крестьяне.

Нашли нужную палату. Из деликатности Знаев не стал заходить, задержался в дверях.

Увидел: солнце бьёт в большое окно, несколько неподвижных синих тел на узких кроватях, свесившиеся простыни в жёлтых и серых пятнах, мятые одеяла, торчащие рёбра, слипшиеся от пота волосы, стойки с капельницами, тумбочки, заваленные свёртками, мешочками, пакетиками, кульками, газетами, очками, апельсиновыми шкурками, мобильными телефонами, а у окна — один, распухший, заметно моложе остальных, коротко стриженный, со злым лицом, искривлённым судорогой, смотрит воспалённым взглядом гноящихся глаз, как подходит к нему Горохов, и поднимает жёлтую трясущуюся руку, и хрипит:

— Хули… ты… припёрся?

Дышать он почти не мог, и когда выталкивал из себя звуки — кожа его на шее под горлом глубоко проваливалась внутрь, как будто под нею не было ничего, как будто он уже состоял не из мышц и костей, а из смертного страха.

Когда Горохов подошёл, придвинул стул и сел — распухший брат Валера приподнялся и сделал попытку его оттолкнуть.

— Сссказал… не надо… Сам… разберусь…

Стойка с капельницей поколебалась и рухнула бы, если бы Горохов не перегнулся через брата Валеру и не придержал рукой.

Тем временем с соседнего места попытался восстать человек лет пятидесяти, или семидесяти, похожий на полутруп; схватившись коричневыми клешнятыми пальцами за стальную раму койки, он с усилием набрал в грудь воздуха и сипло попенял:

— Чего ругаешься… Не ругайся… Нехорошо ругаться… Зачем ругаться…

Выхаркнув эти четыре фразы, полутруп полностью лишился сил, упал мокрым затылком на куцую подушку и закрыл глаза, или, может быть, наконец отправился в рай для мучеников. Его капельница покачнулась — Горохову пришлось снова вскочить со стула и придержать и её тоже.

— Рот закрой! — просипел Валера и зашарил вокруг неверными руками, — очевидно, искал, чем бы швырнуть в соседа. Не нашёл; закрыл глаза и задышал часто.

Горохов оглянулся на двери, на Знаева, и развёл руками.

Знаев осторожно кивнул. То, что Алекс Горохов именно в эту секунду про него вспомнил, оглянулся, взглядом и жестом сообщил что-то — показалось невероятно важным и растрогало даже.

Никакого внешнего сходства меж братьями нельзя было найти; но от обоих исходил одинаковый нервный ток огромного, запредельного упрямства. Ни тот, ни другой не хотели уступать. У обоих одинаково горели умные глаза, и одинаково двигались челюсти, и одинаково обнажались неровные зубы в гордых улыбках.

Знаев закрыл дверь палаты и отправился искать дежурного врача.

Врач оказался ярким кавказским брюнетом, широкогрудым, выбритым до синевы и красивым, как врубелевский демон. Халат идеальной белизны сидел на нём, как влитой. По сравнению с кривыми бледнолицыми пациентами он выглядел избыточно, неприлично здоровым. Не доктор, а боец микс-файта, подумал Знаев; наверное, больные его ненавидят. Вон у него какой перстень золотой на пальце; врубелевские красавцы необычайно уважают драгоценные металлы.

— Да, — сказал врач. — Есть такой больной. А вы — родственник?

— Нет. Друг родственника.

— Ага, — сказал красавец. — Так даже лучше. Слушайте, у больного почечная недостаточность в терминальной стадии. Понимаете?

— Смутно.

— Пятая стадия. Последняя. Почки не работают. Сердце, соответственно, не справляется. Спасти жизнь можно только путём оперативного вмешательства.

— Пересадка почки?

— Срочно. По идее, его надо уже сегодня готовить к операции.

— Сколько это стоит? — напрямик спросил Знаев.

— Зависит от донора.

— То есть, почку нельзя просто купить за деньги?

Врач внимательно осмотрел Знаева с ног до головы.

— Вы, значит, не родственник?

— Нет.

— Тогда я вам скажу. Операция бесполезна. Больной не хочет лечиться. Отказывается принимать лекарства. Хамит персоналу. И даже мне, — красавец поднял сильные волосатые руки, давая понять: мне особо не нахамишь, я и в зубы могу двинуть. — Даже если вы ему отдадите свою собственную почку — это не поможет. Пациенты с таким настроем не выживают.

— Понимаю, — сказал Знаев.

— Вряд ли вы всё понимаете. У нас тут не отель четыре звезды. Мы не обслуживаем, мы лечим. От смерти спасаем. И больные — нам не клиенты. А пациенты. А ваш человек — про это забыл.

— Доктор, — тихо попросил Знаев. — Простите его, пожалуйста.

— Бог простит, — ответил красавец. — У нас очередь на госпитализацию. Больной не хочет лечиться. Его брат тоже не горит желанием. Что я должен сделать, по вашему?

— Откуда мне знать, — сказал Знаев с тоской. — Какой-то выход должен быть.

Врач нервно улыбнулся, его голос стал грубей и ниже.

— Выход всегда есть. На первом этаже — видели? Дверь, и над ней надпись. «Выход». Пусть родственник пишет заявление, и я выпишу больного. Везите его домой, и пусть он живёт дальше, пока не умрёт.

Знаев помолчал и просил:

— А когда он умрёт?

— В любой момент.

— И ничего нельзя сделать?

— Давайте донора и почку.

Знаев уже всё понял и собирался встать и попрощаться, как вдруг в дверь постучали, и вошёл Горохов.

За два часа, проведённых в машине, после полулитра крепкого, после разговора с обречённым братом, — он опьянел ещё больше. От него пахло по́том и отчаянием.

— Здравствуйте, доктор, — сказал он, шумно дыша носом. — Я забираю больного. Извините за всё, что он тут устроил.

Красавец немедленно извлёк из ящика стола лист бумаги.

— Правильное решение, — сказал он. — Пишите расписку.

Знаев посторонился. Горохов сел за стол. Предложенную шариковую авторучку равнодушно отложил, достал собственный «Паркер», толстый, как сигара, — неудобно изогнулся и стал размашисто писать, дёргая локтем.

— Мне очень стыдно, — произнёс он без выражения. — Я не знал, что так будет. Мой брат — реальная сволочь.

— Не ругайтесь, — благожелательно сказал врач-красавец. — Жизнь продолжается в любом случае.

— Он лежачий больной. Я должен везти его на «Скорой»?

— Обязательно.

— Вот ещё геморрой! — возопил Горохов с досадой. — И ещё мне надо будет сиделку нанимать? Чтобы меняла ему капельницу? Пока он умирает?

— Достаточно вызвать на дом медсестру. Единоразово.

— Я же говорю, от него всегда были проблемы!

Знаеву стало неприятно, что Горохов так ругает своего брата в присутствии незнакомого человека.

— Не заводись, — сказал он. — Пиши.

— Извините, — тут же искренне сказал Горохов. — Ты, кстати, Сергей Витальевич, двигай по своим делам. Я справлюсь. Картина, слава богу, прояснилась… А то я уже приготовился свою почку отдать…

— Есть мнение, — аккуратно произнёс Знаев, — что это не поможет.

Но Горохов вдруг снова вернулся во взвинченное состояние.

— Ты ничего про это не знаешь, — агрессивно процедил он. — Езжай. Езжай, пожалуйста.

— Алекс, — сказал Знаев, — можно тебя отвлечь, на минуту?

И кивнул в сторону двери.

Врач-красавец, привыкший ко всему, индифферентно отвернулся. Горохов отодвинул наполовину исписанный лист. Они вышли в коридор.

Мимо них прошла, качая бёдрами, медсестра, похожая на героиню фильма ужасов: грудастая и пышноволосая и очень себе на уме.

— Ты уверен, что правильно делаешь? — спросил Знаев.

— Не ссы, — грубо ответил Горохов. — Правильней некуда.

Он явно переживал тяжёлые минуты и удерживался от слёз только усилием воли.

— И я тебе не нужен?

— Абсолютно. Кстати, спасибо, что доставил до места.

— Кроме тебя, у него нет родни?

— Нет. И не надо. Только отец. 75 лет, из дома почти не выходит. Ещё есть бывшая жена, но она ничего про Валеру знать не хочет.

— То есть, ты отвезёшь брата к нему домой и оставишь там умирать?

— У моего брата нет дома, — сказал Горохов. — Не так много он зарабатывал, чтоб купить квартиру. Он снимал. И, кстати, задолжал за три месяца. То есть, я отвезу его в квартиру, потом погашу хозяевам долг, потом Валера умрёт, потом я его похороню — и квартиру освобожу. Вот такой план.

Знаев вздохнул.

— Ладно, — сказал он. — Я поеду. Я буду молить бога, чтобы всё быстро закончилось.

— А ты умеешь?

— Что?

— Молить бога?

— Умею, — ответил Знаев. — Недавно научился. Давай, друг. Держись.

— За меня не волнуйся, — сказал Горохов. — Завтра в десять я как штык на работе.

Они коротко обнялись, и Знаев ушёл, обогнув по пути хромающую на обе ноги женщину со стоящими дыбом волосами, у корней седыми, а на половине длины — крашенными в каштановый. Женщина эта, примерно семидесяти лет, покосилась на Знаева блядским глазом и подмигнула.

41

Погода стремительно портится.

Темнеет небо, набегают тучи цвета войлока, и на город обрушивается буйный горячий дождь.

Дымится асфальт, дымятся крыши автомобилей и шлемы мотоциклистов, дымятся тротуары и свежепокрашенные бордюрные камни, газоны с травой химически-зелёного цвета, дымятся зеркальные окна витрин, дымятся полиэтиленовые плащи полицейских и оцинкованные кровли особняков.

У тебя нет зонта, но зато есть слух, память и фантазия.

В твоей голове гудит песня Кузьмина «Ливень».

Ты успеваешь забежать под козырёк входа в супермаркет торговой сети «Ландыш». Оглядываешься: вокруг стоят такие же, до нитки мокрые, с прилипшими волосами, смотрят друг на друга и смеются.

Ты звонишь сыну, и велишь ему приехать, и добавляешь, что это срочно и важно.

Отношения между вами выстроены так, что если отец пишет: «Приезжай, надо поговорить», — то сын не может ответить ничего, кроме «Сейчас буду».

Ты читаешь его ответ — и улыбаешься скупо.

Когда небесная вода слегка ослабляет напор, ты бежишь ко входу в метро.

Твой бег — это бег мастера: четыреста метров до лестницы, ведущей в сухое уютное подземелье, ты проходишь в среднем темпе — но зато не сбив дыхания и ни разу не угодив ногой в лужу.

Люди валом валят по лестнице на перрон, на ходу складывают зонты, обдают друг друга обильными брызгами; множество улыбок, толпа сияет весельем, никакой враждебности, — все, как один, мокры или с ног до головы (у кого зонта нет) — или от пояса до пяток (у кого зонт есть).

Сыро, как в Таиланде. Под сводами подземного зала висит тропический туман. Вентиляция не справляется. С шумом подкатывает поезд. Вспотевшая, возбуждённая приключением, но слегка утомлённая толпа грузится, бурля и дыша с присвистом. Навязчивый запах мужских дезодорантов мешается с ещё более навязчивым запахом дамских парфюмов.

Седьмой час вечера — по домам едет трудовая, рабочая Москва.

Хохочут девчонки. Каждая вторая видит себя в финале конкурса «Мисс Мокрая футболка».

Вода стекает с волос, плеч, зонтов, платьев, туфель и ботинок.

Окна в вагоне запотели, воцаряется духота, женщины обмахиваются газетами.

На каждой новой станции выходит каждый третий. Броуновское движение, мужики вежливо обтекают дам, запах пота и духов — резче, щёки — ярче.

На «Чистых прудах» поднимаешься на поверхность, но оказывается, что в этой части города ливень не только не закончился, но — в разгаре; в обложенном кафелем тоннеле, у самого выхода, толпятся пугливые и не имеющие зонтов; те, кто посмелей и с зонтами, выбегают прочь сквозь прозрачные двери с возбуждёнными возгласами, или молча, но с непременными улыбками на обычно угрюмых лицах.

Ты пробегаешь по Кривоколенному переулку и успеваешь открыть дверь заведения под названием «Гамбургерз» буквально за несколько мгновений до того, как вода начинает хлюпать внутри твоих ботинок.

Заведение выбрано с дальним умыслом. Во-первых, после посещения больницы и наблюдения за полумёртвыми людьми тебе приятно чувствовать себя живым, здоровым и полным сил; ты испытываешь лютый голод. Во-вторых, отеческие собеседования со взрослым сыном лучше всего идут над тарелкой, полной горячего мяса. Это педагогически правильно, а кроме того, приятно.

Заведение миниатюрное, едва на дюжину столов, но, по законам высшей справедливости, место для тебя освобождается как раз в тот момент, когда ты входишь, отдуваясь и вытирая ладонью мокрую физиономию. Официантка протягивает коробку с бумажными салфетками и с уважением глядит на синяки под твоими глазами.

Затем появляется сын, тоже, разумеется, без зонта: в свои двадцать он законченный минималист, не носит ни часов, ни украшений, ни очков тёмных. У него нет ни кошелька, ни даже аудиоплеера.

«Слишком красивый, — думает Знаев. — Слишком
крепкий, слишком глазастый и обаятельный. Слишком
чистая кожа, слишком крепкая шея. Или дело не в нём,
а во мне: я слишком его люблю. Наверное, всё это сон,
морок. *Пелена* ещё со мной. Я продолжаю пребывать
внутри многоходовой галлюцинации. Этот парень, которого я себе вообразил — иллюзия, подсознательная
проекция моего настоящего ребёнка Виталия Сергеевича, безработного балбеса, музыкантствующего лентяя,
столичного мальчика-инфантила».

— Они не проходят, — говорит сын.

— Синяки?

— Да.

Знаев улыбается и двигает ближе к сыну тарелку
с гамбургером «Аль Капоне».

— Зато теперь я понимаю, что чувствует боксёр, от-
стоявший двенадцать раундов.

— Нифига ты не понимаешь, — говорит сын. — После боя боксёры две недели сидят дома. Лицо вот такое, — он показывает ладонями: полметра от правой
щеки и полметра от левой. — Я видел фотки в интернете.

— Извини, брат, — отвечает Знаев. — Я всё время забываю, что интернет — мощный источник знаний.

Сын недоумённо сдвигает светлые, от матери достав-
шиеся брови.

— А что, нет, что ли?

— Не буду спорить. Я позвал тебя, чтоб напомнить
две главных твоих задачи. И сообщить задачу номер
три.

— Внимательно слушаю, — говорит Виталик.

Знаев понимает, что не утолил голод, и крадёт с та-
релки сына кусок, и глотает одним мигом.

— Во-первых, — начинает он, — не влезай в криминал. Никаких драк, разборок за своих пацанов против чужих пацанов, а главное — никаких наркотиков и оружия. Сядешь в тюрьму — я не буду тебя вытаскивать. Это очень дорого. Многие десятки тысяч долларов. У меня сейчас нет таких денег.

— Понятно, — говорит Виталик.

— Во-вторых, не женись и не заводи детей. Ты — никто, у тебя нет ни работы, ни профессии. Не должно быть никаких залётов и беременностей. Если у тебя есть девушка, и вдруг ты соберёшься жениться — делай это без меня, я участвовать не буду, ни копейки на свадьбу не дам и сам не приду. Ты пока щегол, пацан-мальчишка, тебе это не нужно. Подруга, наверное, у тебя есть, и, может быть, ты уже с нею живёшь — дело твоё, я в твою жизнь не лезу… Но — никаких свадеб и младенцев.

— Понял, — отвечает Виталик. — Ты это уже говорил.

— Повторение — мать учения, — произносит Знаев. — Третья просьба, и последняя. Слушай внимательно. У тебя есть брат. Сводный. Звать его Серёжа. Шестнадцать лет, школьник. Я решил, что ты должен об этом знать.

Виталик никак не реагирует. Он просто не понимает, как отнестись к этой полученной новой информации. Знаев достаёт телефон, находит номер младшего сына и пересылает старшему.

— Я тебе не предлагаю прямо сейчас идти к нему, знакомиться и дружить. Можешь вообще не дружить… — Он вдруг чувствует смущение и с трудом подбирает слова. — Но пообещай мне, что вы… ты… и твой брат… вы будете поддерживать связь. Всю жизнь. Хотя бы раз в год ты будешь ему звонить, или письмо напишешь. Такое же обещание я возьму и с него. Вы — братья, одна кровь, вы в любом случае должны помогать друг другу. Хотя бы советом.

— Я понял, понял, — спокойно говорит Виталик. — А чего так сурово? Я ему сегодня же напишу.

— Напиши. И постарайся встретиться в ближайшие дни. Он скоро уедет. В Голландию, на учёбу.

Виталик ухмыляется.

— Короче, у меня будет брат в Голландии.

— Необязательно, — говорит Знаев. — Там не всем нравится. Маленькая страна. Скучновато. Взрослые все работают, молодёжь наркотики жрёт. Может, он ещё вернётся.

— А ты сам? — спрашивает Виталик. — Ты сам когда узнал?

— Неделю назад.

— Прикольно, — говорит Виталик после раздумья. — Раз! — и у тебя сын! Что ты чувствуешь?

— Сначала, — отвечает Знаев, — ничего не чувствовал. Вообще. Я же его не растил. Тебя — растил, а его — нет. Это же важно, да? Потом познакомились, поболтали... И он мне... ну... понравился. Наш человек. Правда, не патриот. Борец за свободу, колбасу и западные ценности. Но это ему мать внушила; это пройдёт. Как у тебя прошло.

— Всё равно прикольно, — говорит Виталик, явно не обратив внимания на последние реплики отца. — И что, он сам тебя разыскал?

— Нет, — ответил Знаев. — Ему пофигу. Как и тебе. Вы почти взрослые, вам сейчас отец не нужен. Или нужен, чтобы бабок на карман подкинуть...

— Ладно, — говорит Виталик. — Я всё понял. Сколько ему, говоришь? Шестнадцать лет?

— Да.

— Тоже, наверно, музыкант.

— Ничего подобного. Интересуется математикой. Музыкальный ген унаследовал только ты.

— Осталось понять, что с ним делать, — произносит Виталик не слишком бодро. — С музыкальным геном.

— Что-нибудь делай, — отвечает Знаев. — Пиши музыку. Играй. Развивайся.

— Куда? — тихо спрашивает Виталик. — Я играю плохо. Пою ещё хуже. Все, кому я давал послушать свои альбомы, сказали, что это вторично. Я вот не понимаю. Что значит «вторично»?

— Это значит, ты используешь чужие идеи.

Виталик подкидывается.

— Ну и что? Fifty Cent тоже вторичный! По отношению к Тупаку! Не все музыканты открывают новые направления! Есть много таких, кто работает внутри стилей, которые давно сформировались…

— Забудь про стили, — говорит Знаев. — Главное — мелодия. Есть мелодия — есть всё. Нет мелодии — до свидания. Есть ещё такая штука, как звук. Оригинальное сочетание тембра, тона и силы. Придумать новый звук ещё трудней, чем мелодию…

Виталик нетерпеливо отмахивается.

— Я знаю, — говорит он. — Ты лучше мне скажи… Только не смейся… Допустим, вот я потрачу десять лет на музыку. На мелодии. Запрусь в квартире, буду писать — и больше ничего не делать. А потом окажется, что всё это напрасно. Музыка моя никому не будет нужна. Как тогда быть?

— Это невозможно в принципе, — твёрдо отвечает Знаев. — Человечество не может существовать без музыки. Композиторы пользуются спросом. Сотни ребят, сочиняющих музыку, работают в рекламе и прекрасно себя чувствуют. Рекламы без музыки не бывает. Дальше: любой телесериал, любой детский мультфильм, любая компьютерная игра — везде звучит оригинальная музыка. За десять лет ты по-любому найдёшь себе работу в этом бизнесе. Но при одном условии: если у тебя есть к этому воля.

Виталик молчит несколько мгновений и говорит:

— Есть, наверное. Но я не уверен.

— Тогда живи дальше. И жди, когда уверенность придёт. Или исчезнет. Что-то случится, произойдёт событие — и ты сам поймёшь, нужно тебе это или не нужно. Прёт тебя или не прёт. Счастлив ты или нет. Главное, чтоб возбуждало, чтоб затягивало, как в водоворот. Творческий человек должен ценить это наслаждение сочинительства, он ради него живёт, это его главная награда. Сидишь в три часа ночи, пьяный, дурной, в одних трусах, в наушниках перед клавиатурой, или с гитарой под локтем, и что-то ваяешь. Потом записываешь, перезаписываешь, улучшаешь. Потом даёшь послушать друзьям — а они что-то как-то без восхищения. Нормально, говорят. А ты неделю не спал. Вот это — самое главное. Чтобы ты верил в то, что делаешь...

Тем временем поток небесной воды слабеет, и некоторые наиболее нетерпеливые посетители, дожевав и допив, уходят. Увы, спустя полминуты пространство над крышами ещё темнеет, и его раскалывает молния. Ливень гремит с удвоенной мощью. Те, кто остались в заведении, мысленно хвалят себя за правильный выбор и дружно отхлёбывают из чашек; те, кто ушёл, попадают под падающую стену воды, их участь незавидна.

— Однажды ты понимаешь, что ничем не отличаешься от Бетховена или Джимми Хендрикса. Они сочиняли музыку — и ты сочиняешь. Кто сочинил больше, кто меньше, кто лучше, кто хуже — это уже детали. Главное — чтобы музыка звучала в твоей голове. И чтобы ты её любил. И тогда она полюбит тебя тоже. Молодость лучше потратить на исполнение мечты. Пойти на работу ради денег — много ума не надо. Забросишь мечту — потом будешь жалеть.

— А ты? — спрашивает Виталик. — Ты жалеешь?

— С какой стати?— возражает Знаев. — Я не предал мечту. Я её исполнил. Я выступал с концертами. Я прожил так целую жизнь. У меня была публика. И даже поклонницы. Две.

Виталик весело смеётся и дожёвывает свой «Аль Капоне».

— Человек живёт не одну жизнь, — добавляет Знаев. — Несколько. Каждые семь лет — новую. Не все это понимают. Если не быть дураком, можно прожить полноценную жизнь в музыке, или в другом искусстве, — а потом заняться чем-то новым. Ты прожил всего две жизни. Я прожил — семь. И собираюсь прожить ещё примерно три…

Виталик молча кивает. Он, в общем, вполне понятливый парнишка, ему не надо ничего объяснять по десять раз, но Знаев на всякий случай напоминает:

— Позвони брату.

— Я понял, понял…

Так они сидят ещё примерно четверть часа, пока наконец дождь не прекращается так же внезапно, как начался, и в разрывах туч не показывается торжествующее солнце.

Сын уходит. Он, как все неработающие молодые люди, страшно занятой человек.

Знаев остаётся один и смотрит, как мимо окна проходят один за другим несколько чертей, мокрых и чрезвычайно недовольных. Вода — священная стихия — очистила город и его людей; слугам зла это не нравится.

42

Вечером Герман Жаров снова позвонил и потребовал явки — на том же месте.

Знаев не хотел никуда идти. История с умирающим братом Валерой тяжело на него подействовала. Бывший банкир уже и забыл, что соприкосновение с чужой смертью может быть столь пугающим. Теперь его план был — пересидеть остаток дня в квартире Геры, приготовить прохладную ванну, воткнуть в уши музыку — что-нибудь взрослое и сложное, вроде Майлза Девиса, — погрузиться и отвлечься.

Он пытался возражать Жарову, но тот сказал твёрдо и с чувством: «Если мы друзья — выходи, а если не друзья — пошли меня нахер».

Пришлось уступить.

На этот раз вместо мотоцикла к тротуару подкатила чёрная с тонированными стёклами акула; громадная башка Жарова высунулась из открытого окна, могучая лапища решительно открыла лакированную дверь; Знаев сел назад.

Жаров был облачён в смокинг и бабочку. Молча сунул в руки Знаева плотный конверт. Внутри оказалось приглашение на ежегодную церемонию журнала «GQ» «Человек года» для двух персон, тиснёными золотыми буквами на бумаге типа верже.

— Тебе надо проветриться, — объявил Жаров. — А то ты совсем одичал.

— Сам ты одичал, — ответил Знаев. — Какой такой «Человек года»? Сколько ты за это заплатил?

— Нисколько, — пробормотал Жаров. — Друзья подарили. Имей в виду, там дресс-код.

— Ты бы предупредил, что ли. Я бы побрился.

— Побрился, не побрился — сейчас на это никто не смотрит. Просто будь собой, понял?

— Это легко, — ответил Знаев. — Главное, чтобы никого не напугала моя побитая морда.

На углу Садового кольца и Нового Арбата машина свернула в жерло подземной парковки огромного торгового центра «Лотте Плаза», вдвинутого в пространство, как рояль в городскую квартиру: тесно, зато круто.

На лифте поднялись на последний, девятый этаж, и после блужданий по переулкам из сплошных витрин, в маленьком ателье арендовали для Знаева смокинг и белую рубаху. Шмотки, сшитые на чужое плечо, сидели криво, но, в общем, не позорно. Жаров рассчитался; Знаев подсмотрел сбоку.

— Ничего себе, — сказал он искренне. — У тебя много лишних денег?

— Ради друга стараюсь, — значительно ответил Жаров. — А лишних денег давно нет. Пошли, найдём тебе ботинки.

Этажом ниже они купили подходящую к случаю обувь. На этот раз заплатил Знаев.

Меньше всего ему сейчас были нужны дорогие официальные ботинки; он выбрал самые дешёвые, оказавшиеся, по совпадению, самыми уродливыми. Впрочем, полностью экипированный бывший финансист Сергей Витальевич, с белоснежной грудью, седой щетиной и пегими лохмами на упрямо склонённой голове, посмотрев на себя в высокое зеркало, заключил, что смотрится хоть и помято, но достаточно нагло. Даже коричневые пятна под глазами не портили картины.

Жаров тоже остался доволен: оба они выглядели вполне бравыми; один плотный, массивный, другой — его антипод, костистый и сухой.

— Надо выпить, — сказал Жаров.

— Полностью поддерживаю, — сказал Знаев.

Неожиданно он себе понравился, униформа светского хлыща его преобразила, сделала значительным, породистым, почти красивым. «Жаров молодец, — благодарно подумал он. — Надо выбираться к людям. Люди — лучшее лекарство. Будем расслабляться, пока не расслабимся».

Спустились ещё на этаж ниже, отыскали бар и опрокинули по сто, а потом, после кратких колебаний, ещё по пятьдесят.

Алкоголь не расслабил Знаева, но размягчил, сделал вялым и ленивым; всё-таки дискуссии с прокурорскими операми и наблюдения за умирающими в больнице собратьями не прошли даром для нервов; вяло и лениво он дал себя увлечь в лифт и усадить на мягкий диван бизнес-седана; машина вынесла обоих нетрезвых приятелей на поверхность мегаполиса и помчала, по полупустым зелёным бульварам, в самый центр, в начало Тверской.

Свернули на Театральную, у входа в Молодёжный театр высадились на красную ковровую дорожку, окружённую группами праздных зевак.

Чёрный лакированный «Шевроле» Жарова оказался вип-такси; тут же, в устье красной дорожки, Жаров рассчитался с водителем и отпустил его.

Несколько фотографов нацелили было свои объективы-базуки, но не опознали знаменитостей в двух раскрасневшихся от выпитого мужиках, и жерла базук развернулись в сторону других гостей.

На входе возникла заминка, охранники с лицами младенцев и телами геркулесов трижды заставили Жарова пройти через рамку детектора и дочиста опустошить карманы; в конце концов дожидавшийся рядом музыкальный критик и либеральный деятель Артемий Троицкий стал недовольно вздыхать и покашливать; Жарова пропустили.

Покосившись на Троицкого, холёного, похожего на спаниеля, Знаев сообразил, что смокинг сидит на плечах авторитетного либерала гораздо ловчее, нежели смокинг самого Знаева.

Это его смокинг, догадался Знаев, собственный, по фигуре сшитый.

Оглядевшись, он тут же легко разделил всех гостей мужского пола на тех, кто пришёл в собственных смокингах, и тех, кто пришёл в арендованных. Первые — их было больше — смотрели вокруг уверенно и хладнокровно, они все друг друга знали и благожелательно переговаривались, пересмеивались и похлопывали друг друга по плечам, тогда как вторые часто сглатывали слюну и руки держали в карманах, не зная, что это и есть главный признак неуверенности, моветон par excellence.

— Я тут никого не знаю, — пробормотал Жаров. — Ты тоже, наверно.

— А приглашение где взял?

— Долго рассказывать. Давай, говори мне что-нибудь.

— Что именно?

— Неважно. Мы должны разговаривать меж собой. Чтобы выглядеть непринуждённо.

— Хорошо, — ответил Знаев. — А почему так жарко?

— Надышали, — сказал Жаров.

В большом зале играл струнный квартет, сверкание обнажённых женских плеч было невыносимым, у столов с алкоголем и закусками возникла давка из гостей, пришедших в собственных смокингах; те, кто пришёл в арендованных смокингах, в толпу не лезли, из гордости или из скромности.

Почти все были красивы, а женщины — и вовсе великолепны.

Маленькая девушка-фотограф в чёрном брючном костюме отодвинула Знаева локтем и сделала несколько снимков Ингеборги Дапкунайте, беседующей с Ренатой Литвиновой. Знаев хотел было возмутиться, но девочка-фотограф уже исчезла, протиснувшись меж главным редактором «Русского репортёра» Виталием Лейбиным и редактором издательства «Эксмо» Юлией Качалкиной.

Расслабиться не получалось.

Запах духов и паров алкоголя становился гуще.

Гости продолжали прибывать. Спустя час после анонсированного начала церемонии их поток стал шумней и пестрей: появились суперзвёзды.

Оказалось, что те, кто пришёл в собственных смокингах, отнюдь не были доминирующей популяцией: зал стали заполнять люди вообще без смокингов, в драных джинсах, кособоких пиджаках и позолоченных майках. Особенно выделялся известный всей Москве художник Бартенев: затянутый в серебристое трико, со шляпой в виде чаши, он символизировал собой то ли бокал для мартини, то ли кружку Эсмарха.

Большой неопрятный чёрт посмотрел на Знаева из ближнего угла зала; спустя мгновение Знаев понял, что ошибся, он принял за чёрта знаменитого писателя Сергея Ширяева. Тяжеловесный и слегка испитой, он не задержал взгляда и теперь глядел в бокал своего собеседника. Ростом, комплекцией и серьёзным видом модный писатель выгодно выделялся из общей массы собравшихся, и было заметно, что писателю это нравится, он был тут свой.

Но наибольшее оживление вызывал другой писатель, всемирно известный Лимонов: поджарый, каменный, сущий дьявол без возраста, с великолепным кручёным усом а-ля Сальвадор Дали, или Мефистофель, или Vendetta. Блеск презрения исходил от бешеного Лимонова. Смокинг сидел на нём, как вторая кожа. Несколько молодых женщин, блестя глазами, отделились от своих мужчин и поспешно сфотографировались с великим безобразником; он никому не отказал и вообще вёл себя так, словно родился среди фотовспышек и шампанского перезвона.

Наконец, объявили начало. Возбуждённая толпа потекла в распахнувшиеся двери, увлекая и Знаева, и он подчинился общему порыву, изо всех сил стараясь не наступить на ногу идущему рядом Никасу Сафронову и не толкнуть в голую спину идущую впереди кинематографистку Петронию Евгенику; она двигалась слегка деревянно, неуверенно — то ли страдала от бессонницы, то ли была удолбана. Впрочем, это ей шло. Глядя на юную звезду, Знаев, наконец, ощутил душевное освобождение и пошёл искать свободное место.

Увы, все места до единого оказались заняты, пришлось встать сильно сбоку и подпереть спиной стену.

Вошедшая в числе последних Анастасия Волочкова безуспешно пыталась найти свободное кресло — никто из дам и джентльменов не пожелал уступить, пока, наконец, организаторы шоу не внесли из фойе полдюжины стульев и не усадили растерянную приму, вкупе с несколькими прочими припозднившимися мега-звёздами; усевшись, балерина застыла, обратившись в безупречную, идеальных пропорций фарфоровую статую, — а тем временем ударило бойкое музло, и действо стартовало. На сцену пружинисто выбежали Ксения Собчак на серьёзных каблуках и Иван Ургант с густой щетиной, призванной замаскировать излишне плотные щёки; на собравшихся обрушился фейерверк приветственных гэгов и благодарностей в адрес спонсоров церемонии; зал реагировал сердечно и непосредственно, как в детском саду.

Оба ведущих были в ударе, выглядели великолепно, сыто и удовлетворённо, хохмили изящно и негрубо.

«Человек года» выбирался в десяти номинациях.

Когда объявили короткий список соискателей звания «Бизнесмен года» — Знаев оглянулся на Жарова, тоже стоявшего у стены, сжатого толпой: вот оно как, оказывается?! Ты в числе претендентов?! Почему молчал, я бы поздравил?!

В ответ получил взмах рукой: отвали, не мешай.

Меж ними втиснулись юный парнишка-фрик в блестящей шляпе и темноликий тощий бес в малиновой бабочке; уловив его серный запах, Знаев поспешил отвернуться.

Между тем вечер катился вперёд. В номинации «Артист года» с большим отрывом победил отец Иоанн Охлобыстин, в текущем сезоне уже лишённый духовного сана, но заработавший вистов в качестве ведущего актёра сериала «Белые халаты», а также поэта-афориста.

— Что-нибудь! — потребовали из зала. — Отец Иоанн, что-нибудь своё!

Охлобыстин выждал паузу (зал притих), прищурился и изрёк с невероятным артистизмом:

— Свобода — не кокаин! На дорожки не делится!

Аудитория разразилась рукоплесканиями. Отец Иоанн вернулся на место и поцеловал в шею собственную супругу, мать его шестерых детей.

Вручение приза в номинации «Ресторатор года» не вызвало у публики особого интереса. Аркадий Новиков, удостоенный то ли в десятый, то ли в пятнадцатый раз, всё отлично понимал и на сцене не задержался ни единой лишней секунды. «Бессменные непобедимые лидеры никому не любопытны, — подумал Знаев. — Любопытны выскочки, ниспровергатели. А вечные чемпионы, пусть даже и рестораторы, быстро всем надоедают».

К этому моменту он уже немного устал. Два часа подряд он стоял на ногах с бокалом в руке. От запаха духов, от блеска камней в ушах и на пальцах женщин — голова была дурная и тяжёлая.

Оглянулся на Жарова. Тот пожирал глазами артистку Юлию Синицыну. Звание бизнесмена года ему не досталось: победителем был провозглашён широко известный магнат Рустем Хамидов, изобретатель революционного рецепта водки «Славянский вариант», где спирт был смешан с барбитурой.

Церемония награждения ресторатора года перетекла в церемонию награждения писателя года. Приз ожидаемо ушёл молодому литератору Прилепину, голубоглазому и бритоголовому; про него говорили, что он получает премию везде, где бы ни появился, пусть даже и случайно. Литератор Прилепин, самую малость пошатываясь от хмеля и переутомления, поднялся на сцену, взвесил микрофон в мускулистой руке и хрипло заявил, что ему неприятно находиться на церемонии: среди публики явно преобладают бездельники, буржуи и гомосексуалисты. По залу прокатились равнодушные усмешки. Выполнив долг, писатель свалил, ему активно хлопали: видимо, оскорбления совсем не трогали собравшихся.

Наконец, действо развернулось к финалу: объявили номинацию «Дизайнер года» и выход главной приглашённой звезды. Ею оказался Том Форд. Грянула бешеная овация. Американский модельер, свежайший, бодрейший, мгновенно затмил всех. Как будто выточенный из цельного куска слоновой кости, он был в десять, в пятьдесят раз шикарней остальных. Его бархатный клифт отливал драгоценным ультрамарином. Стоявшие рядом с ним Собчак и Ургант теперь казались пыльными неофитами из страны третьего мира. Знаев загляделся на американца и с удовольствием присоединился к аплодисментам. Покрытый сливочно-золотистым загаром, стройный, как мальчик, заокеанский модельер расстрелял аудиторию натренированными улыбками и произнёс лаконичный спич: он счастлив приехать в Москву, он очень любит Россию и своих русских друзей.

«Этот вряд ли будет шить телогрейки, — невесело подумал Знаев. — Только если из обезьяньего меха. Наверное, я зря полез в мир моды. Дилетант, вот я кто. Чтобы продавать людям одежду, надо уметь сверкать».

Он призвал на помощь фантазию, мысленно снял с Форда пиджак и нарядил в лучшую ватную куртку собственного производства: результат вышел тошнотворным. Знаев расстроился и решил пока не думать о телогрейках.

Вечер увенчался музыкальным номером — Александр Ф. Скляр и Мазай спели дуэтом; вживую, разумеется. Вдобавок Мазай ещё и на саксе исполнил. Как ни странно, именно эти двое не уступили американской суперзвезде Тому Форду элегантностью облика и красотой движений; дело, очевидно, было не в пиджаках или сверкающих белых зубах, а в исходящей энергии, в обаянии творческого усилия. Русские музыканты, как и звёздный американский портняжка, были уверены в себе, хорошо делали своё дело, тогда как три четверти собравшихся, как можно было догадаться, вообще никаким делом никогда не занимались.

Песня ещё звучала, Мазай ещё надувал щёки и терзал золотые кнопки, а толпа уже валила прочь; Знаев хотел дослушать до конца и теперь тянул шею, его толкали; девушка в изумрудном колье уронила клатч, под ноги уходящим посыпались тюбики с помадой и кредитные карточки. Праздник закончился.

На улице Жаров немедленно закурил, снял с себя бабочку и расстегнул рубаху. Пошли пешком вверх по Большой Дмитровке. Фиолетовая московская ночь полыхала ярче самого яркого дня. Фонари и огни сигарет отражались в полированных поверхностях сплошного ряда припаркованных автомобилей. Сверху, со стороны Камергерского переулка, доносилась музыка и запахи кальянных дымов. По тёплому асфальту поперёк движения стремительно пробежала огромная лоснящаяся крыса — счастливо проскочила меж колёс и канула в асфальтовой дыре, огороженной красными лампами: Большая Дмитровка, как и Малая, как и прочие улицы центра, непрерывно ремонтировалась.

— Что ж ты молчал, — сказал Знаев. — Бизнесмен года! Кто бы мог подумать.

— У меня только номинация, — нервно ответил Жаров. — И вообще, если б не ты, я бы не пошёл. Я такие сходняки не люблю. Ни выпить нормально, ни пожрать, ни расслабиться.

— Грубый ты, — сказал Знаев. — Красивые люди, весело, интересно — а ты брюзжишь. Я, например, очень доволен.

— Ну и слава богу, — сказал Жаров. — Значит, цель достигнута.

Неожиданно в дюжине шагов от них к тротуару бесшумно подвалил широкий лимузин; обогнав Знаева, туда же подкатился миллиардер Григорий Молнин на коляске с электрическим ходом.

Он был в смокинге, то есть, безусловно, возвращался с той же церемонии.

Знаев не видел его среди гостей и теперь вздрогнул от неожиданности.

Задумчивого, коротко стриженного миллиардера сопровождали трое охранников.

Шофёр лимузина вышел, оставив дверь открытой, и удалился в сторону джипа охраны.

Знаев обрадовался и уже поднял ногу, чтобы подойти к миллиардеру и что-нибудь сказать.

Он встретился глазами с Молниным — и тут же понял, что тот его не узнал.

Скользнув взглядом, король розницы отвернулся.

Из его ушей торчали провода, он был занят телефонным разговором.

— ...Нет, — говорил он негромко, теребя в пальцах телефонный провод, — мы ему не уступим. Мы никому не уступаем. Мы лидеры на рынке, пусть все уступают нам. Или он делает, как ему скажут, или идёт нахер. Спроси его, хочет ли он, чтоб я вычеркнул его из списка друзей. Спроси именно так. Спроси, он остаётся в списке или его можно вычеркнуть...

Коляска катилась быстро — Молнин прожужжал мимо, очень занятой, недоступный. Сам, при помощи одних рук с гимнастической ловкостью перебрался из кресла за руль машины и захлопнул дверь; управление, разумеется, всё было ручное, как в инвалидной мотоколяске или в болиде «Формулы-1»; утробно зарычав, тачка снялась с сухого асфальта, как со взлётной полосы, и миллиардер исчез, а его кресло, оставшееся на проезжей части, охранники засунули в свой джип и поспешили следом.

Знаев повернулся к Жарову.

— Видел его? Этот человек хочет отобрать у меня мой магазин.

— Да, — ответил Жаров, — жалко. Даже по морде не дашь: инвалид всё-таки.

Проходящие мимо две девчонки в обтягивающих штанах посмотрели с интересом; Жаров показал им язык, девчонки рассмеялись и убежали вверх по улице, навстречу ресторанным шумам и запахам злачного Камергерского.

— Как ты думаешь, — сказал Знаев, — может, отдать ему этот проклятый магазин?

— Только не бесплатно.

— Нет, конечно! Не бесплатно. Он даёт мне твёрдую цену. Она, правда, меньше реальной раза в четыре, но это другой вопрос.

— Соглашайся, — уверенно сказал Жаров. — Ты же не бизнесмен. Ты — оригинал. Человек не от мира сего. Идеалист. На кой чёрт тебе этот магазин? Продай и успокойся. Отдохни полгода-год. Потом что-нибудь ещё замутишь.

— Нет, — ответил Знаев. — В нашем возрасте опасно отдыхать полгода-год. Я так не хочу. Силы есть, ещё пободаюсь.

— Ради чего? — спросил Жаров. — Какова твоя цель, брат?

Вопрос был важный и серьёзный; перед тем как ответить, Знаев хорошо подумал.

— Моя цель, — сказал он, — абсолютная свобода. Я всегда делал что хотел. Ни с кем и ни с чем не считался. Я прожил при этой абсолютной свободе все свои семь жизней. Мне никто ничего не указывал. Я хочу, чтобы это продолжалось.

43

Серафима положила перед ним эскизы; терпеливо ждала, пока заказчик изучит все детали.

Заказчику хватило нескольких взглядов, чтобы понять: он имеет дело с большим талантом, или даже с гением. Девушка Серафима уловила самую суть. Зарисовала жирным карандашом его собственные дилетантские фантазии.

— Очень хорошо, — искренне сказал он. — Особенно вот это. Я доволен.

— Идея не моя, — ответила Серафима. — Заимствование. По вашему совету. Русский поддоспешник XVII века.

— Вы настоящий мастер. Слушайте, а если мы сделаем один вариант из дорогого бархата? Это будет выглядеть шикарно?

— Не понимаю.

— Вчера, — объяснил Знаев, — я видел Тома Форда. Он сверкал, как золотой слиток. Молодец мужик. Пятьдесят лет, а выглядит на тридцать. Я даже позавидовал. А что, если мы сделаем ещё один вариант? Гламурный? Из какой-нибудь парчи, из бархата, или что там бывает…

— Телогрейку из бархата? — уточнила Серафима.

— Именно.

— Но вы сказали, что мы работаем в зоне casual. Практично и недорого.

— Да, — сказал Знаев. — Дёшево и сердито. Но зачем нам себя обеднять? Разве нам не нужна красота? Чтоб каждый, надевший мою телогрейку, превращался в Тома Форда.

— Том Форд много лет работал в «Гуччи». Занимался женской одеждой и обувью. Мне трудно представить Тома Форда одетым в телогрейку.

— А я смог, — сказал Знаев. — Представил.

— У вас богатая фантазия.

— Ваша — богаче. Давайте немного изменим концепцию. Добавим роскоши и безумия.

— Подождите, — возразила Серафима, — но ведь мы делали одежду для радикалов и революционеров. Это несовместимо с роскошью.

— Да, — сказал Знаев, подумав. — Вы правы. Жаль. Ваши эскизы прекрасны. Но я чувствую, что мы не раскрыли потенциал. Может быть, больше пуговиц... Или какие-нибудь карманы...

Серафима ничего не сказала. Знаев ещё раз с удовольствием посмотрел на рисунки. Как обычно в таких случаях, ощутил прилив гордости. Немного денег, немного времени, несколько встреч с умным человеком — и вот из ничего появляется нечто, какая-то концепция, разработка, проект. Так был создан весь мир, все автомобили, мотоциклы, ракеты, телогрейки, смокинги, компьютеры, пистолеты Стечкина: от сырой безумной идеи к шедевру. Только ради этого и стоило жить.

— Серафима, — сказал он, — вы явно талантливей Тома Форда.

Она рассмеялась.

— Надеюсь,— спросил Знаев, — вы не считаете меня идиотом?

— Нет. Наоборот. С вами интересно иметь дело. Если вы утверждаете эскизы, я запускаю это в дело. В следующий раз приеду с образцами тканей…

— Не надо, — возразил Знаев. — Я вам верю. Я вижу, вкус у вас есть. Ткани выберите сами. Если честно, я в восторге. Мы на верном пути. Приходите с готовым результатом. Сделайте одну взрослую куртку — и одну на ребёнка, какого-нибудь яркого цвета…

— А что насчёт бархата? И Тома Форда?

Теперь засмеялся Знаев.

— Том Форд подождёт, не обидится. Это была плохая идея. Вы правы, никакого бархата. Мы должны работать ради молодых, смелых и голодных…

Засвербел телефон в кармане; прищурившись, Знаев прочитал: «Уважаемый Сергей Витальевич, на вашу квартиру есть покупатель, очень реальный, готов встретиться сегодня».

Он ответил, что выезжает немедленно.

Время было к полуночи, но многие богатые ребята часов не наблюдают; он и сам не наблюдал, когда был богатым.

44

В квартиру вошёл бесшумно: боялся, что опасный лохматый бес до сих пор поджидает поблизости. Выскочит сейчас откуда-нибудь из сортира, кривляясь. Привет, родной, я по тебе скучал! Но пусто было в комнатах, и ничто не напоминало о недавней попытке смертельного прыжка. И даже лоток для льда, вроде бы давеча оставленный на столе, был убран в холодильник, а стол сиял чистотой. «Может быть, — подумал Знаев, — сегодня приходил агент, и навёл порядок перед визитом богатого покупателя? Покупатели нынче привередливые, а агенты, наоборот, весьма предупредительные».

Открыл окна — выгнать стоячий воздух. Никогда не любил ничего стоячего, неподвижного. Как тот капитан Немо, суровый технократ, главный герой подростковых фантазий, чей девиз был — «Mobilis in mobile».

Двигаться, всё время двигаться. Мир вокруг движется ежесекундно — и тебе нельзя стоять.

Прожил одну жизнь — не зевай, начинай следующую.

Снаружи потянуло прохладным, сладко-солёным: фирменная московская дыхательная смесь, одна часть пыли, две части углекислого газа, остальное — прана, чистая благодать.

Эта квартира — в четыре огромных комнаты на две стороны высотного дома — понравилась ему с первого мгновения.

Он купил её в лучшие времена, в середине нулевых. Отдал большие деньги. Купил не для собственного удовольствия. Он, конечно, в те времена летел на гребне волны, на расстоянии в сто шагов издавал запах денег, — но всё же не до такой степени, чтоб делать себе подарки ценою в два миллиона долларов. Что-то внутри протестовало против такой императорской щедрости. Два миллиона — лично себе? Парню, выросшему в однокомнатной халупе с видом на промзону? Нет, он покупал не для себя, он делал вложения, инвестиции. За десять лет московская недвижимость подскочила в десять раз, и рынок продолжал подниматься, то есть —

купленное сегодня за два миллиона через десять лет должно было стоить двадцать миллионов. Все, у кого были деньги, покупали дорогие квартиры, — вот и он купил.

Инвестировал, ага.

Когда в дверь позвонили — пригладил перед зеркалом волосы, чтобы, значит, соответствовать. И отомкнул замок, со свежей гостеприимной улыбкой.

Но за дверью стоял не какой-то гипотетический «богатый покупатель», а вполне конкретный Женя Плоцкий, а рядом — «спортсмен»-коллектор, оба с каменными лицами, в дорогих костюмах и консервативных галстуках. «Спортсмен» держал в руке лакированный портфель, слишком блестящий, слишком густо оснащённый заклёпками и замочками, — с такими портфелями ходят внезапно разбогатевшие адвокаты или опытные профессиональные аферисты.

— Доброй ночи, Серёжа, — ласково произнёс Плоцкий. — Можно?

Захлопывать дверь перед самым носом незваных гостей было глупо. Знаев впустил обоих.

Плоцкий смотрел смело, пристально, ловил глаза Знаева; тот выдержал взгляд и спросил, с усилием сохраняя спокойствие:

— Значит, это ты — покупатель?

— Он, — ответил Плоцкий, кивнув на «спортсмена». Тот немедленно подмигнул Знаеву. Затем оба гостя довольно бесцеремонно отправились изучать пустые комнаты, одну за другой, причём у Знаева, так и оставшегося стоять у двери, сложилось впечатление, что они вовсе не комнаты осматривают, а проверяют, есть ли в доме кто-то ещё.

— Хорошая хата, — похвалил Плоцкий из дальней восточной комнаты. — Сколько за неё хочешь?

— Два миллиона, — ответил Знаев.

— И парковка есть?

— Два машино-места. Входит в стоимость.

Плоцкий вернулся в коридор и покровительственно хлопнул Знаева по плечу.

— Молодец, — сказал он. — Думал ли ты, Серёжа, что когда-нибудь будешь жить в таких шикарных апартаментах? Чтоб из окна можно было видеть всю Москву? Со всеми её чертями, блядями, кабаками и обменными пунктами?

Знаев вздрогнул.

— При чём тут черти? — хрипло спросил он.

— Ни при чём, — ответил Плоцкий. — Так, к слову пришлось. Давай присядем.

— Стулья, — сухо объявил Знаев, — только на кухне.

— Отлично! — похвалил Плоцкий. — На кухнях делаются самые большие дела.

Знаев посмотрел на «спортсмена»-коллектора — тот держался спокойно.

— Минуточку, — сказал Знаев, расправив плечи. — Вообще-то я вас не приглашал. Особенно тебя. — Он снова посмотрел на «спортсмена», в глаза ему. — На моей кухне вам делать нечего. Валите отсюда оба…

Прежде чем договорил, «спортсмен» мгновенно приблизился и, не выпуская портфеля, свободной рукой коротко ударил его в солнечное сплетение.

Знаев согнулся пополам.

— Это тебе за прошлый раз, — сообщил «спортсмен», наклонившись. — Мне пришлось платить за всю разбитую посуду.

Знаев хотел возразить, что у него тоже отобрали деньги, и тоже за посуду — но дыхания не хватило. Тем временем Плоцкий переместился на кухню и громко приказал:

— Тащи его сюда!

«Спортсмен» за локоть повлёк глухо стонущего Знаева, усадил на кухне — здесь на столе уже лежала расписка, когда-то собственноручно написанная бывшим банкиром.

— Серёжа, — отеческим тоном спросил Плоцкий, — ты в долг у меня брал?

— Брал, — ответил Знаев, восстанавливая дыхание.

— На какой срок?

— На шесть месяцев.

— А сколько прошло?

— Три года.

— Как сам считаешь — это нормально?

— Абсолютно, — ответил Знаев со всей твёрдостью. — Ты же знаешь, я — попал. Все попали, из-за войны и кризиса. Это нормально, Женя, — Знаев сменил тон на более тёплый. — Ты же мне не по дружбе давал. Ты же мне давал — под проценты! Это был бизнес, ты на мне зарабатывал! Пока я мог — я платил. Сейчас — не могу.

— Как же — не можешь? — с бытовым недоумением спросил «спортсмен», и картинно огляделся. — Вот же — квартира у тебя, большая, дорогая, — что, нет покупателей?

— Никто не даёт хорошей цены.

— Я даю, — объявил «спортсмен». — Вот договор.

Он достал из портфеля и метнул на стол бумаги.

— Я покупаю твою квартиру. За сто тысяч. — «Спортсмен» провёл пальцем в воздухе горизонтальную черту. — И — всё. Расписку — уничтожаем, долги списываются, и мы расходимся, как в море корабли.

— Квартира стоит два миллиона, — ответил Знаев. — Какое море, какие корабли? Я не согласен.

Плоцкий, в продолжение последних реплик сидевший молча и глядевший в стену, придвинул бумаги ближе к Знаеву и положил поверх толстую авторучку.

— Ты согласен, — сказал он. — Подпиши.

— Нет.

Плоцкиц побагровел.

— Просто подпиши, и всё, — угрюмо попросил он.

Знаев покачал головой.

— Нет. — Тут его, наконец, захлестнуло волнение, во рту стало сухо, он кашлянул, сглотнул и почувствовал дрожь в локтях. — Валите отсюда. Вы меня не убьёте и не искалечите, внизу есть охрана — она вас видела... Вставайте и уходите.

— Подожди, — миролюбиво сказал «спортсмен». — Ты не понял. Я тебе не бандит какой-нибудь. По этой расписке завтра же можно подать иск, и выиграть суд. И передать дело судебным приставам... Для взыскания всей суммы, плюс судебные издержки... Пристав, который придёт к тебе описывать квартиру, — это будет мой друг. То есть, ты лишаешься своего недвижимого имущества в любом случае.

— Мне всё равно, — резко сказал Знаев. — Эта квартира — последнее, что у меня есть. Уходите.

— Нихуя себе ты орёл! — гневно каркнул Плоцкий, повысив голос. — Три лимона мне торчишь, а когда я пришёл — пинками выгоняешь?! Мне шестьдесят лет! Я не могу позволить, чтоб со мной так обращались! Рассчитайся, Серёжа. Сдержи слово. А потом будешь хамить.

— Не могу, — ответил Знаев. — Это беспредел. Ты пытаешься отобрать последнее. Уходи по-хорошему.

— Извини, Сергей, — вместо Плоцкого ответил «спортсмен», с чрезвычайной вежливостью. — Мы не можем просто так уйти. Мы сделаем всё, чтоб тебя убедить. Дело — важное, сумма — серьёзная… Не торопись, подумай.

— Всё уже думано и передумано, — ответил Знаев; боль в груди совсем утихла, зато теперь заныло, укололо в левой стороне лба; пришлось зажмурить глаз, чтоб не заплакать; глядя на Плоцкого одним правым глазом, он через силу улыбнулся. — Бесполезно, Женя. Ты ничего не получишь. Уходи. И его забери.

Кивнул на «спортсмена»; тот некрасиво дёрнул щекой.

— Уйти? — переспросил Плоцкий. — Ладно, я уйду. Но с условием.

— На любых условиях, — сухо ответил Знаев. — Только чтоб через минуту вас тут не было.

— Условие простое, — продолжал Плоцкий, багровея. — Положи руку на стол.

Знаев молча выполнил.

Плоцкий взял авторучку, лежавшую поверх жидкой стопки бумаг, и засунул меж пальцев Знаева. Указательный и безымянный оказались внизу, а средний и мизинец — поверх пластмассового чёрного тельца авторучки. Знаев увидел, что и Плоцкий тоже дрожит, от гневного возбуждения.

— Ты получишь по пальцам, — сказал Плоцкий. — Один удар — и я ухожу. Согласен?

Он поддёрнул брюки, резво вскочил на стул, оттуда — на стол. Посмотрел сверху вниз. Его превосходно начищенные ботинки оказались в полуметре от лица Знаева.

«Спортсмен» придвинулся ближе и железной рукой схватил Знаева за запястье.

Под тяжестью седовласого ветерана стол отчаянно заскрипел. Плоцкий схватился ладонью за стену.

При взгляде снизу его лицо выглядело чрезвычайно старым, все морщины как будто набрякли и умножились, наслоились одна на другую.

— Ручку не жалко? — спросил Знаев снизу вверх, жмуря левый глаз.

— Для такого дела — не жалко.

— Один удар — и мы в расчёте?

— Нихера! — грубо рассмеялся Плоцкий, сверху вниз. — За три лимона грина — всего лишь пальцы сломать? Нет, сегодня — только начало… Хочешь, чтоб я ушёл — я уйду… Но по рукам ударить — обязан…

— Подожди, — сказал Знаев. — Если дошло до такого — договоримся по-новой. Ты ломаешь мне пальцы — и долг списывается. Бей, если согласен.

Плоцкий посмотрел с ненавистью и поднял ногу, намереваясь изо всех сил ударить каблуком.

Знаев напрягся. Плоцкий нависал: грузный, злой. «Спортсмен» подобрался и громко засопел, явно готовый к любому повороту событий.

В открытое окно задувало сухим и тёплым.

Снизу или сбоку, от соседей, доносилась старая песня из девяностых: «Поплачь о нём, пока он живой… Люби его таким, какой он есть…»

— Готов? — спросил Плоцкий.

Знаев увидел слева от себя беса, возникшего из воздуха. Его круглые жёлтые глаза блестели, как мундирные пуговицы.

— Молодец, — похвалил бес, — держись! Стой до конца. Не отдавай ничего. Пусть ломают, пусть на части режут — не отдавай. Стой на месте. Ты красавчик. Не сдавайся. Посылай на три буквы.

— Готов? — повторил Плоцкий.

— Мы не договорились, — возразил Знаев, снизу вверх.

— Это ты так захотел! — гневно прорычал Плоцкий, сверху вниз. — Я пришёл с конкретным предложением! Ты сказал: «нет, уходи»! Ладно — я уйду... Но пальцы тебе — сломаю по-любому! Потому что ты — крыса! Своих обманываешь!

— Не слушай его, — тяжёлым баритоном советовал бес тем временем. — Он обыкновенный жадный старик, ему деньги не нужны, он за твой счёт самоутверждается, у него — язва, артрит и гипертония, собственные дети его ненавидят, к женщине без виагры подойти боится, он — пропащий, время его сочтено, как только он помрёт, мы заберём его к себе...

В этот раз нечистый выглядел особенно неприятно: жирный, горбатый, олицетворяющий самые тошнотворные проявления физиологии; мутные зелёные сопли свисали из ноздрей и подрагивали, багровая толстая губа болталась, изжелта-синие ногти на передних лапах загибались от собственной длины, из подмышек вытекали и сбегали по волосатым бокам обильные струи смрадного пота, и когда он менял позу — его суставы громко скрипели и щёлкали; сросшиеся брови гуляли вниз и вверх, и шевелился загривок, поросший спутанной густой шерстью, на вид — совершенно козлиной; и колебался огромный тестообразный зад.

— Пусть бьёт! — нажимал он, клонясь к уху Знаева. — Главное — стой на своём. Квартира стоит два арбуза! Продашь — на всю жизнь хватит. Уедешь на

Фиджи, будешь кататься на сёрфе, жрать тигровые креветки и спать с местными шалавами. Сражайся за будущее!

— Подожди, Евгений Петрович, — сказал «спортсмен» Плоцкому. — Наш друг засомневался.

— Не сомневайся, — страстно шептал бес, подбирая сопли фиолетовым языком. — Сейчас отдашь — всю жизнь жалеть будешь. Они блефуют! Сломают тебе пальцы — себе хуже сделают! Ударил — значит, получил! По всем понятиям так!

На глазах Знаева плечи и грудь беса сами собой покрылись уголовными татуировками: на ключицах проявились восьмиконечные воровские звёзды, на груди — пятистолпный православный храм с идеально прорисованными луковичными куполами.

— Что молчишь? — нетерпеливо осведомился Плоцкий. — Очко играет?

— Изыди, — пробормотал Знаев, кося́сь на жёлтые глаза беса.

— Что? — раздражённо спросил Плоцкий.

— Ничего, — ответил Знаев. — Слезай.

— Что?

— Слезай! — Знаев повысил голос. — Так нельзя.

— Как — нельзя?

— Мы не животные, — сказал Знаев и вытащил из пальцев авторучку. — По крайней мере я — точно. Насчёт вас — не уверен. Слезай, я передумал. Показывай, где расписаться.

Плоцкий грузно соскочил. «Спортсмен» тут же провёл ладонью по столу, смахивая пыль, оставленную подошвами его приятеля, и этот жест неожиданно примирил Знаева с происходящим. Старый психологический фокус: ты ненавидишь тех, кто тебя бьёт, но если после избиения те же люди помогут тебе подняться на ноги — мгновенно всё прощаешь.

Знаев самостоятельно нашёл графу «подпись продавца» и поставил размашистый автограф.

— Молодец, — похвалил «спортсмен», плюя на пальцы и суетливо подсовывая второй экземпляр.

— Идиот, — презрительно произнёс бес и растаял в воздухе.

Плоцкий смотрел с некоторым разочарованием: возможно, уже не надеялся на успех, приготовился искалечить чужую руку.

— Расписку оставь себе, — сообщил он глухо, словно из погреба. — Мы в расчёте. Твой агент с тобой свяжется. Отдашь ему паспорт, он зарегистрирует сделку. Ключи тоже отдашь ему. Мне больше не звони, никогда.

— Хорошо, — сказал Знаев, улыбаясь. — Конечно, Женя. Извини, что так вышло. Я был неправ.

Плоцкий не ответил. Молча направился к выходу, сильно прихрамывая — очевидно, прыжок со стола ему не удался.

Знаев тут же порвал расписку на множество мелких частей и выбросил в мусорное ведро.

«Спортсмен» тоже молча собрал бумажки в проклёпанный свой портфель и двинул следом; оба незваных гостя сами догадались отомкнуть замки и исчезли, не попрощавшись и на Знаева не посмотрев.

Знаев услышал, как зашумел лифт, вызванный ими.

Безмолвие установилось и в природе, за окнами, — возможно, собиралась гроза.

Он сильно перегнулся через подоконник, посмотрел вниз.

Выйдя из дверей, Плоцкий и «спортсмен» загрузились в жирный джип, а всего джипов было два, и вокруг

покуривали шестеро широкоплечих в тёмных костюмах; подробностей, со своей верхотуры, Знаев углядеть
не сумел, но понял, что многоопытный Женя Плоцкий
подстраховался, приехал отбирать квартиру не один,
целую банду с собой прихватил. «Интересно, как они
это себе представляли, — подумал Знаев. — Расчленить,
что ли, собирались, на мелкие фрагменты порубить
и в собственных карманах вынести?»

Наблюдая, как отряд широкоплечих раскидывает чи-
нарики и дисциплинировано рассаживается по лосня-
щимся джипам, Знаев похвалил себя за правильное решение и немедленно захотел спать.

Квартиры ему не было жалко ни в малейшей степени. Наоборот, он ощущал освобождение, как будто
сбросил тяжёлый груз. Как будто его не раскулачили,
а облагодетельствовали.

Перед ним распахивалась другая жизнь, совершенно
чистая, пустая и новая. Неизвестная земля.

Он написал телефонную записку Гере.

«Сегодня был хороший день, продал хату очень выгодно, сегодня опять ночую у тебя, идёт?»

«Конечно!» — ответила она.

Он с удовольствием залез в душ и долго стоял под ко-
лючими струями воды, ухмыляясь и отплёвываясь.

Он трогал себя за торчащие рёбра и весело думал,
что до старости ему ещё далеко, и он, разумеется, успеет
прожить ещё минимум три судьбы.

Голый и мокрый, ходил потом по пустым гулким
комнатам, ветер гладил кожу, дубовый пол приятно
пружинил под босыми ступнями: как будто дом был не
дом, а корабль, палуба кренилась, надо было во что бы
то ни стало держать носом к волне, а далеко впереди,
у чёрно-синего горизонта, уже можно было рассмотреть

в бинокль зелёные горы и золотые берега нового и лучшего мира.

Когда сел в такси — ощутил внезапно глубокую усталость, почти измождение. Закрыл глаза. Очнулся от того, что водитель деликатно тряс его за плечо.

— Уважаемый… Э, уважаемый… Приехали…

На ватных ногах поднялся на этаж. Осторожно открыл дверь; думал, в квартире опять гости, беззаботные люди искусства; но на этот раз тихо было в комнатах.

Гера вышла деловая, серьёзная, волосы упрятаны под косынку, на пальцах разноцветные пятна краски. Обнялись коротко.

— Я сразу спать, — сказал он. — Извини.

— Конечно, — сказала Гера. — Я постелила свежие простыни. Отдыхай.

Через три минуты Знаев уже был далеко от Москвы, в другой стране, в особенном мире, управляемом особенными законами.

45

Казарменная норма — +17° C.
Постоянно хочется есть, спать и согреться.
Эти три проблемы взаимосвязаны.
Сытый солдат не так чувствителен к морозу. Или: сон хорошо помогает бороться с голодом.

Громко стуча каблуками, в центр казармы выходит сержант Ахмедов.

— Батальон, подъём!!! — ревёт он.

Устав срочной службы предусматривает все бытовые и житейские ситуации, происходящие с солдатом. Даже пробуждение. Услышав команду, солдат должен взять одеяло за верхние края, вместе с простынёй, и отбросить от себя таким образом, чтобы и одеяло, и простыня повисли в ногах на спинке койки, и развеялись скверные ночные газы, пропитавшие постель.

Две сотни босых ступней ударяют в холодный пол.

Трое или четверо из тех, кто спит на втором ярусе, очнулись не до конца — и обрушиваются на головы тех, кто спит на первом ярусе.

До ушей рядового Знаева доносится глухая ругань на пяти или шести языках народов СССР.

Холод мгновенно пробирается под нижнюю рубаху; увы, сейчас её надо снять через голову, остаться голым по пояс, схватить полотенце, зубную щётку — и срочно бежать в туалет, а потом в умывальную комнату.

За дверями казармы стужа. Нынче утром термометры показывают минус двадцать восемь по Цельсию.

Ничего не слышно, кроме хруста снега под двумя сотнями подошв.

Процесс отлива должен происходить только в уборной — а вот и она, в ста шагах от казармы, длинный дощаный сарай с односкатной крышей. Внутри — в унисон звонко журчат жёлтые струи, с каждой секундой народу всё больше, вокруг каждого очка теснятся по нескольку полуголых воинов, вибрирующих от холода и тоски по дому; некоторые, особо ушлые, успевают закурить; аммиачный пар скрывает детали, хмурые лица, упрямо сжатые рты. Сделал дело — тут же уходи, за твоей спиной ещё дюжина невменяемых от холода воинов дожидается своей очереди, а кому не хватает терпения — справляют нужду рядом с сортиром, хотя за такое святотатство положена весомая затрещина от сержанта и наряд вне очереди. Увы, увы, на обратном пути выясняется, что вся торная тропа, ведущая от клозета к казарме, с обеих сторон покрыта жёлтыми пятнами; не всех пугают сержантские затрещины.

В умывальной тоже тесно. Из кранов лупит ледяная вода, колючая, как наждак. Сопят, толкаются, сквозь зубы посылают друг друга, но без злобы или ненависти — это дежурная, ни к чему не обязывающая ругань, она неизбежна, когда солдату восемнадцать лет, и холод надоел до крайней степени.

Тем временем из тёплой казармы неторопливо выходят деды и дембеля. Им можно не спешить. Под форменными нательными рубахами каждый имеет вольную, гражданскую шерстяную фуфайку; такие фуфайки запрещены Уставом, но деды и дембеля презирают Устав. Вместо портянок они носят шерстяные носки, вместо жёстких армейских кальсон — благородные фланелевые подштанники. У дедов и дембелей считается шикарным носить гражданское цветное бельё.

Рядовой Знаев — быстрый, ловкий и скоординированный парень, за десять минут он успевает и отлить по всем правилам, и почистить молодые зубы, и заправить койку, и внутренне подготовиться к проживанию очередного бесконечно длинного ледяного дня, в его собственной солдатской истории — шестидесятого; а всего таких дней будет семьсот тридцать. Два года ровно.

Но и шестьдесят дней, два месяца — тоже срок, вполне себе круглая дата.

В семь утра объявлено построение на завтрак: две трети личного состава — уже перетянутые ремнями, с начищенными сапогами и бляхами, в бесформенных зимних шапках с кокардами, — изнывают у казарменного крыльца, построенные в шеренги по пятеро; каждый крупно трясётся от лютого холода, но при этом мечтательно жмурится, глядя на яично-жёлтое, негреющее зимнее солнце, робко восстающее над верхушками чахлых деревьев. Скоро март, скоро будет тепло, а там и лето, и новый год, и ещё один март, и новое лето, и дембель, — и всё кончится. Так думает Знаев, и весь его призыв, ровесники, корефаны, два десятка новичков, мучимых голодом и недосыпом, рядовой Лакомкин из Серпухова, рядовой Сякера из Витебска и рядовой Темирбаев из Казахстана.

Они — салабоны, они знают, что в первые шесть месяцев службы в советской армии им суждено пройти через ад.

Советский солдат круглый год находится под открытым небом — в помещение заходит только для того, чтобы поспать.

Наконец, в строй встают деды и дембеля — по обычаю, они выходят в последний момент, когда остальные уже стучат зубами.

Ну и — следом за небольшой группой дембелей, громко поскрипывая яловыми сапогами, — появляется дежурный по части капитан Кармальский, идеально выбритый, туго перетянутый ремнями; он невозмутим и выглядит как человек, совершенно нечувствительный к погодным условиям. Говорят, он много лет прослужил в Заполярье. Салабон Знаев смотрит на румяного капитана и мёрзнет ещё сильней.

В той части страны, где служит рядовой Знаев, −20° С зимой считается «нормальной» температурой. «Холодно» говорят при −28° С.

Каждые полгода нескольких солдат из батальона отправляют в соседнюю часть, в трёхстах километрах к северу. По слухам, это совершенно ледяное, смертное место, где морозы доходят до −40° С и по ночам солдаты, чтобы справить большую нужду, обкладывают себя газетами и поджигают их; иначе никак невозможно.

Холод и тоска — спутники рядового Знаева, круглосуточные.

Мечта всего дня — «заныкаться», забиться куда-нибудь, хоть на полчаса, лишь бы вдали от командира, от сержанта: в котельную, в кабину работающего трактора, в бойлерную, в любую берлогу с плюсовой температурой.

Когда, наконец, батальон построен в колонну по пятеро, сержант Ахмедов командует марш, и полторы сотни каблуков обрушиваются на звенящий от мороза асфальт; пошли в столовую.

— Песню — запевай!

Кто придумал пение в строю — неизвестно. Традиция уходит корнями в славное прошлое. Наверное, песня должна объединять и поднимать дух.

По негласному обычаю, запевалами выступают салабоны.

— Несокрушимая!! — кричат они, срывая глотки. — И легендарная!! В боях познавшая радость побед!! Тебе, любимая, родная армия, шлёт наша Родина песню-привет!!

Помимо пения, полагается ещё маршировать по всем строевым правилам. Если отлынивать и не стучать сапогами изо всех сил — могут и по шее дать. Это унизительно. Но салабоны страдают не от попранного достоинства, а от холода, голода и недосыпа; мысли о еде и тёплом одеяле гораздо ярче и навязчивей, чем сожаления о полученных ударах — удары все чувствительные, но несильные, дисциплинарные.

В гарнизоне четыре роты: четыреста человек звенят ложками, сидя за длинными зелёными столами.

Пар от дыхания, от кружек с кипятком.

За каждым столом сидит по две дюжины одинаковых зелёных солдатиков. К торцу стола подносят герметично закрытый бак с едой.

Здесь — армия, здесь вам не тут, здесь всё военное, зелёное, обшарпанное, поцарапанное, тусклое, самое простое и немного сальное. Бак с едой тоже зелёный и сильно исцарапанный, и тоже слегка лоснится от жира.

— Раздатчики пищи — встать!

Ближайший к торцу стола воин вскакивает и открывает бак. К серому потолку рвётся кислый пар. Ухватив половник, раздатчик пищи наваливает каждому миску скверной каши, — есть её невозможно, но все едят.

Каждому положен большой кусок белого хлеба с маслом и сахаром — это деликатес, он проглатывается сразу и запивается чаем стремительно и жадно.

Чай подносят отдельно, в таком же зелёном помятом баке, раздатчик пищи зачерпывает манеркой и наливает от души.

Если быстро выпить первую кружку — раздатчик, не чинясь, наливает вторую.

На холоде и еда, и чай быстро остывают, и завтрак как таковой занимает у рядового Знаева считанные секунды.

На малое время у него возникает иллюзия благополучия, тепла и сытости, уверенности в себе, в своей силе, в отваге и здоровье.

Советская армия — это трип. Путешествие.

Знаев понимает это краем сознания, он ещё не знает слова «трип», — но ощущение запоминает навсегда.

Чай в желудке остывает, остатки каши в мисках густеют и начинают пахнуть тухлым жиром; сержант Ахмедов ловит взгляд капитана Кармальского и встаёт.

— Выходим!

Так начинается новый день.

В 8:00 — утреннее построение и так называемый «развод». Здесь рядовой Знаев узнаёт свою судьбу на ближайшие 12 часов.

— На уголёк! — объявляет капитан Кармальский и хлопает в ладоши — видимо, чтобы поднять настроение если не солдатам, то самому себе.

Туркмен Язбердыев вздыхает и ругается сиплым шёпотом.

— За мат в строю, — обещает капитан, — любому влеплю три наряда! Советский воин проявляет недовольство только одним способом! Шевелением большого пальца правой ноги! Чьи фамилии назову — выходят из строя!

Все названные, семь человек, оказываются салабонами. В начальство им определяют старослужащего сержанта Ломидзе, широкоплечего, красивого неправдоподобной неаполитанской красотой. Ломая богатую чёрную бровь, сержант с достоинством ведёт подчинённый отряд в каптёрку. Каждый получает поношенный рабочий бушлат и рукавицы. В каптёрке пахнет тушёнкой и тёплым хлебом; чуткие ноздри салабонов трепещут. Их желудки давно переработали утреннюю кашу до последнего разваренного зёрнышка, и утренний хлеб с маслом и сахаром давно разложен на мелкие молекулы, — всем снова хочется есть и спать, и даже сильней, чем раньше.

К казарме подруливает трёхосный грузовик «Урал» с брезентовым верхом; отряд готовится к погрузке. Никто не спешит, а сержант Ломидзе — особенно. Опыт помогает ему убивать время понемногу: минута там, две здесь, пока покурили, пока сбегали в туалет перед дальней дорогой, пока расселись на промороженных лавках вдоль бортов, — полчаса долой.

Салабон Знаев смотрит на шофёра — такого же, вроде бы, солдата, только везунчика, практически — небожителя, восседающего за рулём вовсе без бушлата и без рукавиц, шапка заломлена по-разбойничьи, рукава гимнастёрки закатаны по локоть — невыносимо, мучительно думать, что в его кабине всегда тепло, или даже жарко.

От гарнизона до города — двадцать километров ухабистого зимника. Водила, разумеется, лихач, давит гашетку, двигатель ревёт бизоном. Чтобы усидеть на лавке в промороженном кузове, надо держаться руками и упираться ногами. Посреди кузова стоит огромный, как гроб, ящик, обитый оцинкованным металлом, внутри — еда, сухой паёк, хлеб, консервы, сахар, чай в баке-термосе; это будет съедено в обед, то есть — очень, очень нескоро. Пока ящик закрыт на замки.

Сквозь щели в брезенте круто задувает синяя стужа.

Синий — главный цвет нынешнего утра, синие снега окружают узкую дорогу, синее небо обещает ясный день; сидящий напротив Знаева рядовой Алиев, интеллигентный, нервный, с кожей удивительного оливково-бронзового оттенка, трогает замёрзшими синими пальцами замёрзший синий азербайджанский нос.

Это холодный, непригодный к жизни край, сырая лесотундра, здесь хорошо растёт только болотная ягода. Животные крупней зайца не водятся. А страшней животных — злейшие весение комары.

Город, выстроенный посреди этих цинготных пустынь, нужен был только как административный центр,

как место, откуда управляется здешний район, пусть
и малонаселённый, но зато большой, размером примерно с Голландию. Город состоит из врачей, учителей,
ментов, поваров и кочегаров, которые взаимно лечат,
кормят, обучают, обогревают и охраняют друг друга.
Едва 15 тысяч человек живут в городе — но всё же это
полноценный «райцентр» со всеми формальными при-
знаками. Полдюжины прямых улиц, кинотеатр, цен-
тральная площадь с клумбой, вокзал, гостиница с ре-
стораном, парк увеселений и краеведческий музей
с редчайшими бивнями мамонта и живописными кар-
тинами выпускников местной художественной школы.

Салабон Знаев лично бивни мамонта не видел, картины тоже, в городе не был — ему, как салабону, уволь-
нения не положены. В увольнение отпускают только
после года беспорочной службы, такова здешняя традиция.

Наконец, где-то близ города существует очень старый
и большой православный мужской монастырь, один из
древнейших в стране. Говорят, монастырь появился тут
на семьсот лет раньше города. Но салабонам, конечно,
неизвестны точные координаты монастыря. Советская
армия — твердыня научного атеизма. В её безразмер-
ном чреве равномерно и бесперебойно перевариваются-
ся христиане, мусульмане, буддисты, иудеи и много-
численные язычники, включая последователей культа
Тенгри.

Въехали в город. Общее оживление. Салабоны ска-
лят зубы. Холодней всего тем, кто сидит у самого задне-
го борта — но им зато интереснее. Они могут лицезреть
«гражданку»: уже порядком забытый обычный мир,
улицы, дома в пять или даже девять этажей, занавески
на окнах, обмазанный серебряной краской памятник

Ленину, афишу кинотеатра, вход в гастроном, а главное — женщин и девушек. К сожалению, в начале морозного дня женщин и девушек мало, а те, кого удаётся заметить, закутаны в платки и тулупы, их вид не обещает никаких плотских утех — скорее, отсылает к мыслям о матерях. Как они там, наши матери? Сами чистят снег у калиток, сами носят воду из колодца, сами поправляют покосившийся забор? Сыновей нет, сыновья ушли служить, нескоро вернутся.

Возле железнодорожного вокзала грузовик сворачивает на просёлок, переваливается по большим и малым ямам и подкатывает к месту работы.

Выпрыгнув из кузова, Знаев видит длинную вереницу чёрных вагонов типа «хоппер».

Появляется местный гражданский человек, железнодорожный служитель, слегка перекошенный и одетый, по совпадению, в армейский ватный бушлат и сапоги. Рядом с солдатами он и сам неотличим от солдата, только физиономия — испитая и старая; или, возможно, просто тёмная от въевшейся угольной пыли.

Весь снег вокруг вагонов на десятки метров вокруг — чёрный от пыли. Повсюду — мелкие кристаллы каменного угля, они сверкают на солнце; салабон Знаев щурится и смотрит, как железнодорожный дядька открывает дверь стальной будки и извлекает лопаты и ломы. В группе бойцов происходит мгновенное замешательство. Кто поумней — расхватывают лопаты. Медленным и недальновидным достаются ломы. Салабон Знаев тоже замешкался и теперь сжимает в руках ржавый десятикилограммовый лом, обжигающий ладони даже сквозь рукавицы.

Вагон-«хоппер» имеет раздвижное днище, поделенное на секции-люки. Надо подойти с ломом или кувалдой и сильным ударом сбить один за другим два стальных запорных крюка: тогда люк с тяжким грохотом отваливается, и чёрный поток каменного угля обрушивается на утоптанную землю. Тот, кто наносил удары, должен тут же отскочить, чтобы его не погребли под собой огромные глыбы.

Чёрная пыль тугими клубами поднимается над местом сражения. Салабоны тоскливо молчат. Глыбы угля выглядят ужасающе. Железнодорожный дядька — а именно он нанёс первые удары, освободил первый люк и наглядно показал все несложные технологические премудрости — бросает кувалду к ногам сержанта Ломидзе.

— В каждом вагоне по 70 тонн, — сообщает он. — До вечера успеете сделать два вагона.

Уходит вразвалку. Хлястик на его бушлате болтается на одной пуговице.

— Алё, воины, — зовёт сержант Ломидзе. — Готовы Родину защищать?

Все молчат. Чёрная завеса медленно рассеивается. Вагоны даже на расстоянии источают смертный холод, словно прибыли прямиком из Воркуты.

— Вперёд, — командует сержант. — Знаев, чего застыл? У тебя — лом, давай первый, не стесняйся.

Знаев молча лезет в открытый люк. Сначала швыряет внутрь лом, затем карабкается сам. На половине пути лом стремительно скользит обратно и едва не пробивает грудь Знаева. Но салабон твёрдой рукой перехватывает стальное жало — не настолько он ослаб и замёрз, чтоб утратить врождённую ловкость.

Делать нечего. Этот день надо как-нибудь прожить. Этот уголь надо как-нибудь победить.

Внутри выясняется, что лишь малая часть груза высыпалась из люка сама собой. Основная масса — слежалась и замёрзла.

«Из Воркуты, — думает салабон Знаев, — точно из Воркуты».

Он набирает полную грудь ледяного воздуха и вонзает лом.

Через час все становятся одинаково чёрными. Белорус Сякера неотличим от туркмена Язбердыева. Все сплёвывают чёрную слюну и яростно высмаркивают чёрные сопли. Чёрная пыль скрипит на зубах. Чёрный пот течёт по чёрным лбам. Зато все согрелись, вороты бушлатов расстёгнуты, и если остановиться, отставить лом и присесть на угольную кучу, отдохнуть, перекурить, перевести дух — мороз атакует не сразу. Можно жить. Только недолго — минуту, две: мокрое от пота исподнее быстро стынет, и салабон, вроде бы презревший стужу, вынужден снова вскакивать и хвататься за инструмент.

Ещё через час Знаеву становится понятно, что выгрузить всемером 140 тонн угля за один день абсолютно невозможно — а следовательно, нечего и пытаться. К тому же выводу приходят остальные, это понятно по невесёлым взглядам и неторопливым движениям чёрных рук, сжимающих чёрные черенки лопат.

Представление о времени — «час, ещё час» — весьма условны; часов ни у кого нет, устав не позволяет. Часы есть только у сержанта Ломидзе, но подойти и поинтересоваться никому и в голову не приходит: в худшем случае нарвёшься на удар в грудь, в лучшем — на старую поговорку о советском солдате, который «копает от забора до обеда».

Сержанту Ломидзе тоже нелегко, — он, конечно, не работает, он — «дед», старослужащий, ему «не положено». Однако никто не снимал с него обязанности руководить и контролировать. Сержант Ломидзе стоит в отдалении от окутанного пылью вагона, изо всех сил размахивает руками, в попытках согреть своё большое красивое тело, и курит одну за другой дорогие сигареты с фильтром. Ему никто не сочувствует.

Салабоны не сочувствуют даже друг другу; среди восемнадцатилетних, грязных, замёрзших сочувствие не практикуется. Каждый сочувствует в первую очередь самому себе. Сочувствие хорошо там, где все сыты, согреты и выспались. Там, где все промёрзли до костей и круглосуточно хотят жрать, — сочувствия не бывает.

Иногда до них доносится шум поездов. Нечасто, впрочем. Город невелик и расположен в отдалении от очагов цивилизации. Но и здесь жизнь движется, грохочут товарняки, гонят закопчённые цистерны с нефтью и солярой, вагоны с лесом и углём; из Воркуты, из Карелии, из Мурманска, со всех концов холодной страны. Заслышав железное громыхание, салабоны переглядываются. В их мифологии железная дорога занимает важное место. Когда 730 дней истекут и салабоны станут дембелями — все они разъедутся по домам именно на поезде. «Дембельский поезд» — возлюбленная мечта, он приедет за каждым, никого не забудет.

Его надо просто дождаться.

«На самом деле я совершенно счастлив, — думает салабон Знаев. — Все мы здесь счастливы. Жизнь заканчивается плохо, смертью, а служба — хорошо, возвращением домой. Из-за этого всё у нас наоборот, неправильно. Вместо того, чтоб жить, мы дожидаемся. Лучшее отложено на потом. Главное событие — в самом финале. Когда приедет дембельский поезд. Но это ошибка, так нельзя. Мой лучший день — сегодня, моё лучшее время — теперь, в эту минуту. Прошлое уже кончилось. Будущее ещё не наступило. Я имею в распоряжении только сегодня и сейчас. Миг между прошлым и будущим, как в той песне из того красивого фантастического фильма. Я живу, пока наслаждаюсь текущей минутой».

Это — собственная, сокровенная правда салабона Знаева. До главной идеи своей жизни он дошёл самостоятельно. Примерно в шестнадцать; точнее сказать нельзя. Идея оформлялась постепенно, Знаев не вычитал её в книгах, не услышал от друзей.

Живёшь только один раз. Каждая секунда — единственная.

Миг, ещё миг, тикают часики, безжалостно цедят быстротечное время.

От раздумий его отвлекает сдавленный вопль: появился первый пострадавший, салабон Алиев. Глыбой антрацита ему отдавило ногу. Подпрыгивая и ругаясь на родном языке, Алиев уходит из вагона. Остальные не обращают внимания. По тому, с какой ненавистью Алиев отшвырнул лопату (она ударилась о стальную стенку вагона, стенка отчаянно зазвенела), всем понятно, что уроженец города Гянджа просто выдохся и хочет отдохнуть.

Знаев тут же бросает лом и присваивает освободившуюся лопату. Она кажется неправдоподобно лёгкой, игрушечной. Из-за стенки доносится недовольный бас сержанта Ломидзе, не поверившего в серьёзность травмы; спустя краткое время Алиев возвращается, дрожа от холода и унижения, его лицо искривлено страданием, из-за чёрного голенища торчит, наподобие заячьего уха, угол фланелевой портянки: не иначе, снимал сапог и показывал сержанту повреждённые пальцы.

— Э, — хрипит Алиев трагически, — моя лопата куда делся?

Все молчат. Знаеву становится жаль повреждённого азербайджанца, но не до такой степени, чтоб возвращать инструмент. С какой стати? Он сам его презрел, выбросил.

Алиев смотрит на одинаковых сослуживцев, чёрных, как каспийская ночь, но, судя по взгляду, не может вспомнить, как выглядела его лопата, — наверное, мало дела имел с лопатами у себя в Гяндже, совковую от штыковой не отличает.

Алиев садится в угол вагона, очищенный от угля, на ребристый железный пол, и молча плачет. Слёзы текут по чёрному лицу, оставляя на щеках и скулах извилистые дорожки. Остальные отворачиваются. Сочувствия нет, но осталась мальчишеская деликатность, она велит не смотреть, не замечать слабости товарища.

Салабон Алиев, судя по всему, в первую очередь замёрз, слегка двинулся рассудком от холода. Холод такой, что смерзаются ресницы, а сопли, неизбежные при всякой физической работе, замерзают ещё внутри ноздрей.

У Алиева и Знаева есть общий секрет: оба закончили музыкальную школу, Алиев по классу аккордеона, Знаев — по классу гитары; оба в глубине души рассчитывали попасть на службу в какой-нибудь военный оркестр.

Оба оказались не совсем готовы к разгрузке угля.

В мечтах салабон Знаев предполагал, что он будет в первую очередь музицировать, а уже потом — ходить строем, в наглухо застёгнутом воротничке.

Ходило множество верных слухов, что студентов музыкальных училищ забирают служить в оркестры.

Оказалось — нет, музыкантов в стране много, оркестров — мало, любой знаток Генделя и Джимми Пейджа может оказаться рядовым необученным.

Наконец — обед. Приободрившись, салабоны бредут прочь от железной дороги, в поисках чистого снега, и кое-как удаляют чёрную пыль с рук и физиономий. Лопату каждый держит при себе. Раздатчиком пищи назначен рядовой Сякера. Он открывает оцинкованный ящик и достаёт буханки хлеба и банки с тушёнкой. Все рады, салабон Язбердыев даже смеётся беззвучно: сухпай всяко сытней жратвы из столовой. Каждому — по два добрых куска чёрного хлеба, и по половине жестянки тушёной говядины в мятой алюминиевой миске, и по три куска сахара. Чай в баке давно остыл, но и такой сойдёт.

Пока салабоны стучат ложками, сержант Ломидзе пролезает в вагон и лично инспектирует фронт работ.

— Мало сделали, — недовольно произносит он, закуривая новую сигарету с фильтром. — Если до вечера не разгрузим — завтра опять поедем.

— До завтра ещё дожить надо, — говорит салабон Сякера.

— Будешь п…деть, — веско обещает сержант, — точно не доживёшь.

Сякера затыкается. Прочие молча дожёвывают и допивают со всем тщанием, на которое способны. Разговоры про «завтра» никого не трогают. «Завтра» — это абстракция. Нечто отдалённое и нереальное. Главное — прожить сегодня, дотянуть до вечера.

И вот — однажды вечер наступает.

Вагон почти побеждён. Справа и слева от него внушительными кучами возвышается извлечённый уголь.

Вышло — по десять тонн на каждого из семерых. Внутри, в пустом прямоугольном пространстве, звуки голосов отражаются от близких железных стен, мечутся пинг-понгом. Салабон Язбердыев справляет в углу малую нужду. Это принципиальная акция, символизирующая победу и капитуляцию неприятеля. Уголь никого не волнует, на проклятый ледяной вагон всем наплевать, но гордость всё равно распирает салабонов, — шутка ли, семьдесят тонн, считай, собственными зубами разгрызли и в собственных ладонях вытащили! Было доверху, а теперь — вот, ничего, голая металлическая коробка.

Начинает темнеть. Подходит давешний железнодорожный человек. Бойцы сдают лопаты и ломы. Железнодорожник и сержант Ломидзе отходят в сторону и несколько минут разговаривают о чём-то. Судя по хладнокровным жестам, железнодорожник никак не расстроен тем, что работа выполнена только наполовину. Железнодорожнику всё равно, сержанту тем более, они обмениваются рукопожатием, а со стороны города уже подкатывает тот же тяжёлый грузовик «Урал», и тот же водила скалится из уютной тёплой кабины, но теперь у Знаева нет сил ему завидовать. Если разобраться, то завидовать, наоборот, должен водила: он не испытывает удовольствия от того, что день прошёл.

А салабоны — счастливы.

И когда, с трудом разгибая спины, они залезают в кузов — рядовой Алиев даже поёт вполголоса какую-то невероятно красивую азербайджанскую песню, построенную на неизвестных Знаеву гармониях.

В гарнизоне грузовик катит мимо казармы, мимо столовой, — салабоны не сразу понимают, что их везут в баню. А когда понимают — эйфория усиливается до самого высокого градуса.

Из дверей, в облаке пара, выходит банщик, таджик Нуралиев. Он тоже — дембель, он одет в легкомысленную гражданскую футболку с улыбающимся олимпийским мишкой, спортивные штаны с лампасами и тапочки. Увидев группу салабонов, банщик округляет глаза и весело ругается на родном языке. От усталости Знаеву кажется, что олимпийский мишка на груди банщика тоже ухмыляется: чёрные салабоны выглядят, как группа бесов, изгнанных из ада.

— Внутрь не заходи! — командует банщик, морщась. — Бушлаты кидайте здесь.

Салабоны снимают и бросают в снег бушлаты. Банщик спешит отойти подальше: с бушлатов летит густая угольная пыль. Ветер относит её в сторону офицерского клуба.

В бане тепло. Сокрушительный запах хлорки никого не смущает. Знаева тут же тянет в сон. Раздетые догола салабоны смотрят друг на друга и ухмыляются. У всех — белые тела и чёрные лица.

Слипшиеся от грязи и пота волосы стоят дыбом. Отмыть их непросто. Салабоны яростно намыливаются. Грязная серая вода бежит по кафельному полу. Каждый моет голову и лицо в трёх водах.

Салабон Знаев засовывает скользкий палец в ноздрю, вынимает — палец чёрный. То же самое — в ушах.

Но вдруг оказывается, что самая большая проблема — это глаза, и конкретно — ресницы. Когда банщик перекрывает воду и голые салабоны возвращаются в раздевалку, у каждого глаза словно подведены жирной тушью. Взрывается смех и удалая ругань. Алиев бросается назад, зачерпывает из шайки, пальцами интенсивно драит веки; мыло попадает в глаза, Алиев жмурится, банщик его выгоняет, ругаясь на десяти языках.

Розовые, распаренные физиономии с обведёнными чёрным глазами выглядят фантастически; неожиданно Знаев понимает, что рядовой Алиев — весьма красивый парень, да и рядовой Сякера, уроженец Витебска, тоже практически Ален Делон, а рядовой Язбердыев в полупрофиль неотличим от Брюса Ли.

Но физическая красота презирается в советской армии. Главное — сила, твёрдость и терпение.

Гимнастёрки и сапоги — те же, пропахшие ледяной Воркутой, зато бельё — свежее, ласкает кожу. Чистое тело не так чувствительно к морозу, это известно каждому советскому воину. Грязный боец мёрзнет сильней. Миниатюрный отряд, ведомый сержантом Ломидзе, вразвалку марширует на ужин. Спина, плечи и руки Знаева окаменели от непривычной нагрузки, маршировать по правилам нет никаких сил.

— Песню — запевай! — приказывает сержант.

— Несокрушимая и легендарная… — хочет крикнуть салабон Знаев, но горло перехватывает от усталости.

Прочие тоже молчат.

— Что, никак? — усмехается сержант.

Ему никто не отвечает.

В гулкой прохладной столовой четыре сотни бойцов прекращают жевать: встречают вернувшихся с уголька бедолаг восторженным рёвом, свистом и хохотом.

— Макияж что надо!

— На дискотеку собираетесь?

— Красота — это страшная сила!

— Ресницы свои? Или — наклеил?

— Припудриться забыли!

— И губы накрасить!

Салабон Язбердыев, вдруг застеснявшись, обильно смачивает слюной большой палец и старательно трёт веки, но только размазывает грязь вокруг покрасневших раскосых глаз.

Меж длинных столов леопардами расхаживают хмурые сержанты.

— Прекратить разговоры!

Глухо и слитно звенят алюминиевые ложки.

Знаев жадно глотает прохладную солёную кашу.

«Хороший день, — думает он. — Может быть, лучший, за все шестьдесят дней службы. Главное — не забыть одолжить у курящих товарищей спичку и вычистить воркутинский уголь из-под ногтей».

Ещё спустя мгновение рядовой Знаев просыпается.

Теперь он старше на четыре с половиной жизни, но эта мысль не сразу до него доходит.

Он давно не салабон, и давно не рядовой, и весь уголь, который суждено ему было разгрузить, он давно разгрузил.

ЧАСТЬ ТРЕТЬЯ

46

Он проснулся в середине дня, с ощущением лёгкости, чистоты и прозрачного золотого света в голове и сердце; в благодатных предчувствиях чего-то хорошего, правильного. Как просыпался в детстве. Или даже ещё лучше: ведь ребёнок привыкает к предвкушению долгой счастливой жизни и не осознаёт своего восторга. А взрослый — осознаёт, и каждое мгновение вдруг подступившего первородного счастья бережёт и ценит.

Побродил нагишом по пустой квартире. Маленькая художница ушла куда-то; может быть, в магазин, пополнить запасы хлеба, вина, гречневой крупы и хозяйственного мыла. Или на Крымский вал, докупить кистей и красок. Её жизненные потребности всегда сводились к элементарному монастырскому минимуму.

Посмотрел её новую, недавно начатую картину, большой холст, где раскручивалась, пока только вчерне намеченная, многоцветная галлюциногенная спираль, состоящая из геометрических фигур, перетекающих одна в другую, и ещё раз убедился — его подруга талантлива, а больше того — упорна и трудолюбива. Нежность захлестнула бывшего банкира, и он поспешно покинул мастерскую, вспомнив, что творческие люди не любят показывать незаконченные работы даже близким друзьям.

Спешить было некуда. Всё главное, что должно было произойти, уже произошло. Все решения были приняты. Всё начатое — закончено. И даже синяки под глазами исчезли. Не потому, что он их интенсивно лечил, втирал мази и прикладывал лёд — а потому что в этот особенный день всё начиналось с чистого листа. Прошлые проблемы, беды и раны отменялись.

Позвонил в рент-а-кар и через час, спустившись во двор, получил из рук деликатного юноши с обесцвеченными волосами ключи от маленького снежно-белого автомобильчика; уплатил наличными, дал весомые чаевые, и деликатный юноша ушёл пешком, немногословно поблагодарив. Молодое поколение, как уже не раз было замечено, не делало праздника из получения халявных сумм.

К магазину подъехал в начале вечера. Ни тяжёлая июльская жара, ни безбрежные пробки, ни даже выпуски новостей, сообщающие о непрерывных миномётных обстрелах и смертях мирных жителей, не поколебали душевного равновесия. Знаев не стал заезжать во внутренний двор, оставил машину на общей стоянке. Прежде чем войти, помедлил, посмотрел с расстояния в сто шагов. Ему всё здесь нравилось. И подъездные пути, и фасад, и вывеска, и клумбы с цветами по углам здания. И особенно — люди, покупатели, выкатывающие из раздвижных дверей доверху наполненные тележки. Для них это был просто большой дешёвый супермаркет, один из сотни таких же. Они, разумеется, не понимали, сколько нервов и сил вбито в зеркальные витрины, бордюрные камни и прожекторы ночной подсветки. И не должны были понимать. Они приезжали и пользовались, равнодушно, деловито. Именно за это равнодушие Знаев был им благодарен. Когда делаешь что-то действительно большое, серьёзное, требующее напряжения всех сил — понемногу черствеешь, и однажды уже не ждёшь, что кто-то оценит твои усилия по достоинству. С тебя достаточно, что люди примут результат. Просто примут, как должное. Просто подъедут, оставят машину на стоянке, войдут в двери, что-то купят.

При ярком дневном свете красные пятиконечные звёзды на фасаде смотрелись очень внушительно. Почти грандиозно.

«Может, переименовать? — подумал Знаев. — "Готовься к войне" — слишком длинно. Сократить до пяти букв. Товсь! Вот прекрасный вариант. Военно-морская команда. Товсь! Пли!

И никаких ландышей, фиалок и лютиков, никаких копеечек и десяточек. Будем последовательны. Война — значит, война. Кому не нравится — пусть идут в "Ландыш".

И никогда никому я это не продам. Точка. Решение принято.

Корову свою не отдам никому; такая скотина нужна самому».

Он подхватил портфель и зашагал ко входу. Пересёк торговый зал, открыл своим ключом дверь. В коридоре прохаживался сонный охранник, штаны его на заду сильно лоснились; узнал хозяина, поздоровался, слегка отворачивая лицо. «Выпил, наверное», — неодобрительно подумал Знаев, вторым ключом отмыкая замок ещё одной двери, стальной, тяжёлой.

Вошёл, поставил портфель на бетонный пол.

Здесь была счётная комната. Маленькое, душное помещение без окон; каждый сантиметр простреливался видеокамерами, укреплёнными под низким потолком.

Две женщины, стоящие у стола, сплошь заваленного мятыми деньгами, повернулись и посмотрели вопросительно.

— Добрый день, — вежливо сказал Знаев и улыбнулся.

Обе узнали босса, кивнули и вернулись к своему занятию. Продолжили сортировать выручку — затёртые трудовые купюрки, извлечённые из кассовых аппаратов супермаркета, — и закладывать их в счётные машины, одновременно не забывая делать пометки в рабочих блокнотах.

Лохматые пачки лежали на железной поверхности стола в несколько рядов, и ещё в большом пластиковом чане отсвечивали металлические монеты, на глаз — килограммов пятьдесят. Для их обработки имелся особый аппарат. На глазах Знаева одна из счётчиц высыпала в приёмное жерло полведра медной мелочи, и нажала кнопку; аппарат зазвенел и загрохотал на манер скорострельного пулемёта.

Работа требовала полной концентрации; обе счётчицы, кажется, уже забыли про Знаева. Он переступил с ноги на ногу и громко свистнул. Треск и звон прекратились. Счётчицы повернулись снова. Одна, постарше, выглядела утомлённой и недовольной, что было типичным для её профессии, всё-таки считать чужие и большие деньги по восемь часов в день вредно для нервов;

зато вторая, помоложе, блестела превосходным золотистым загаром и была похожа на доктора Марьяну Пастухову.

Вспомнив кабинетик на верхнем этаже сумасшедшего дома, Знаев вздрогнул, и у него снова дёрнулся глаз.

— Прервитесь пока, — сказал он отрывисто. — Идите и позовите Алекса Горохова. И главбуха. Сами тоже возвращайтесь.

Переглянувшись, обе дамы торопливо подхватили свои блокноты и исчезли за дверью. Знаев достал из портфеля сложенный в несколько раз вместительный полотняный мешок и стал сгребать деньги со стола, бесцеремонно перемешивая уже готовые, перетянутые резинками пачки с грудами скомканных, неразобранных купюр; увы, почти все они были небольших номиналов, в основном сторублёвки. За этим занятием его застал тревожно насупившийся Горохов.

— Привет, — сказал Знаев, погружая деньги в мешок. — Как твой брат?

— Нормально, — холодно ответил Горохов. — Пока живой. Что ты делаешь?

— Забираю всё, — деловито объяснил Знаев, продолжая набивать мешок; несколько пачек рассовал по карманам пиджака.

— Не хочешь объяснить?

Горохов жестом велел счётчицам исчезнуть.

— Стоп, — сказал Знаев. — Останьтесь.

Женщины робко отодвинулись к стене. Замок на двери снова щёлкнул; вбежала Маша Колыванова, уже всё понявшая: картинка с камер наблюдения поступала прямиком на монитор в её кабинете.

— Забираю выручку, — объявил Знаев, оглядывая всех четверых. — Всё, что есть. Кроме мелочи, естественно.

— Сергей Витальевич, — твёрдо сказала Маша. — Так нельзя. Все суммы пробиты в чековых лентах. У нас будет недостача. Вы грабите собственную фирму.

— Садись за стол, — произнёс Знаев, продолжая набивать мешок; счётчицы плотней прижались спинами к стене и, кажется, не дышали.

— Зачем? — спросила Маша.

— Составляй акт. Ты передала, я принял. Сколько тут было, примерно?

Счётчицы посмотрели в свои блокноты и озвучили. «Мало», — с тоской подумал Знаев.

— Пиши сразу в двух экземплярах, — продолжил он. — Вы все поставите свои подписи.

Маша Колыванова не двинулась с места. Знаев сообразил, что она продолжает стоять возле двери, то есть — загораживает выход.

— Сергей, — сказала она тише и решительней. — Я материально ответственное лицо. Я не могу выдать такую сумму.

— Составляй акт, — повторил Знаев.

— Не буду, — ответила Маша, краснея от волнения (или, может быть, от духоты).

— И я не буду, — произнёс Горохов, блестя глазами. — Я управляющий. Я не дам разрешения.

Знаев наполнил мешок доверху, взвесил в руке. Раздвинув полотняный зев, сунул ногу внутрь и грубыми ударами ступни стал утрамбовывать содержимое. Деньги хрустели и скрипели, как снег на сильном морозе. Счётчицы смотрели с ужасом.

— Дышать нечем, — пробормотал Знаев. — Вытяжка, что ли, не работает?

— Работает, — сухо ответил Горохов. — В половину мощности. Экономим электричество.

— Пиши акт, — сказал Знаев.

— Не буду. И деньги не дам.

— И я не дам, — добавила Маша.

«Хорошие, твёрдые люди, — подумал Знаев. — Зря я так с ними. Но другого выхода нет».

— Это что, бунт? — весело спросил он.

Счётные дамы опустили глаза. Загорелая снова развернула блокнот и стала обмахиваться, как веером.

— Никакого бунта, — тяжёлым голосом ответил Горохов. — Мы не будем стоять и смотреть, как ты совершаешь глупость.

Он подошёл ближе, протянул руку и стал вытаскивать мягкие лямки мешка из пальцев Знаева.

Тот грубо дёрнул на себя.

Опасаясь драки, счётчицы продвинулись друг к другу. Горохов тут же отступил назад, помедлил и извлёк из кармана брелок.

— Блокирую все двери, — объявил он, глядя Знаеву в глаза. И нажал кнопку.

В тишине громыхнул дверной запор, а за стенами эхом пролетели щелчки прочих замков. Теперь технические помещения и коридоры — все, кроме торгового зала — были изолированы друг от друга, никто не мог войти и выйти.

«Всё-таки удобная система, — подумал Знаев. — Вот и пригодилась».

Он ослабился и достал точно такой же брелок.

— А я блокирую все твои блокировки.

Теперь уже он надавил на кнопку, и засовы громыхнули повторно.

— Сергей, — хрипло выдавил Алекс Горохов. — Мне что, охрану вызвать?

— Лучше не надо, — процедил Знаев. — Иначе я тебя уволю.

Горохов оглянулся на Машу. Та молча пожала плечами. Счётчицы окаменели; безусловно, испугались, что их уволят тоже.

— Бог с вами, — сказал Знаев. — Акт напишете потом. — Он улыбнулся Алексу широко и сердечно. — У тебя в столе, в среднем ящике, лежат пустые листы с моей подписью. Можешь использовать. А вы, — теперь он улыбнулся счётчицам, — если что, выступите свидетелями. Скажете, что я забрал выручку самоуправно. Против воли директора магазина и главного бухгалтера.

Никто ему не ответил.

Знаев поднял тяжёлый мешок и с трудом, клонясь то вправо, то влево, забросил его за спину.

— Не провожайте меня.

Посмотрел на Машу Колыванову — та молча сделала шаг в сторону, и Знаев незаметно для остальных выдохнул с облегчением. Не уступи она — что бы он сделал тогда? Уволил её? Оттолкнул?

В коридоре было много прохладней, чем в счётной комнате. «Надо было отругать Алекса, — подумал Знаев, — вентиляция должна работать как положено, что это за экономия такая за счёт здоровья рядовых сотрудников?»

Повернул за угол; нога ударилась о что-то твёрдое, он уронил мешок и сам едва не упал. У стены лежал, вывернув длинные ноги и руки, старый приятель, манекен. «Патриот». Уже раздетый, нелепый в своей розовой пластмассовой наготе. Поверженный символ веры в экономическую мощь Отечества. Знаев задохнулся от нежности и досады. Похлопал пластикового парня по гладкой голой башке и зашагал дальше.

Горохов догнал его на парковке, и вид у него был такой, словно он собирался ударить босса, или, может быть, загрызть зубами. Знаев даже почувствовал лёгкий испуг, а затем разозлился на себя: вот, довёл хорошего человека до гневного помрачения, до состояния, когда нет времени завязать шнурок на левом ботинке и заправить за ремень выбившуюся рубаху; всё-таки гнев уродует даже лучших из нас.

— Может, объяснишь? — спросил Горохов.

— Я уезжаю, друг, — сказал Знаев. — Завтра. Может, послезавтра. Дело решённое.

— Куда?

— Мне приснился сон. Восемьдесят шестой год. Армия. Город Котлас.

— И что? — презрительно осведомился Горохов. — Ты стрелял с двух рук? Бегал марш-броски с полной выкладкой?

— Нет, — ответил Знаев. — Гораздо круче. Ты не служил, не поймёшь.

— А при чём тут деньги?

— Я должен что-то оставить сыновьям. Вдруг не вернусь.

— И для этого ты ограбил собственную контору?

Знаев опустил мешок на тёплый асфальт.

— Извини, — сказал он. — Я унизил тебя при чужих людях. И Машу унизил. Мне очень стыдно… Когда-нибудь я заглажу свою вину… А сейчас мне нужен твой совет.

— Пошёл ты! — процедил Горохов. — Никаких советов. Мы договаривались! Касса неприкосновенна! Торговая выручка — это всё, что у нас есть!

— Да, — мирно сказал Знаев. — Договаривались. Теперь настал момент отменить договорённость. А теперь скажи мне, дружище… У тебя тоже есть дети… Скажи, как мне это поделить?

И пнул ногой мешок.

— Понятия не имею, — ответил Горохов, отворачиваясь.

— Два сына, — продолжал Знаев. — Одного растил с первого дня. Пылинки сдувал. А второго — неделю назад в первый раз увидел… Что у него в голове — неизвестно… Денег ему отсыпать — а вдруг он всё спустит на ерунду? Ребёнок совсем… Окна моет в каком-то спортзале, куда ни один спортсмен не зайдёт никогда…

Горохов молчал. Но Знаев не собирался уезжать, не получив ответа. Слишком мало осталось вокруг него тех, кто понимал скрытую логику происходящего, кто мог сообщить что-то дельное.

— У тебя тоже есть брат, — сказал он. — Сын твоей матери. Как бы она поделила деньги между вами?

— У матери не было денег, — тихо ответил Горохов. — Мы никогда ничего не делили.

— Это не ответ, — сказал Знаев, раздражаясь. — Не молчи, Алекс. Скажи, как мне быть. Я не могу придумать.

Горохов помедлил.

— Младшему дай на карман, — неуверенно произнёс он. — Остальное — старшему. Родному.

— Они оба — родные! — воскликнул Знаев. — Оба!!

— Тогда подели пополам.

— Пополам — нечестно! Старший жил в полном шоколаде! Сын миллионера! Залюбленный, забалованный мальчик! А как жил младший — я даже и не знаю… Знаю, что рос без отца… Мама — дура, либеральная стерва… Совок — говно, и всё такое…

— Не кричи, — сказал Горохов. — На нас люди смотрят. Из двух детей одного всегда любишь больше. Виталик — хороший парнишка. Отдай ему всё.

— Боюсь, — признался Знаев. — Мне кажется, если я его люблю по-настоящему — я не должен давать ему ни копейки. Деньги его испортят.

— Тогда и младшему не давай.

— А младший круче старшего. Виталик — весь в мать. А Серёжа, младший, — моя копия.

— Не знаешь, как быть — верни деньги в кассу.

— К чёрту кассу, — сказал Знаев. — Наш «Титаник» погружается, Алекс. Только не в воду, а в дерьмо. Оно течёт в пробоины, я чувствую вонь…

Горохов вытащил сигареты и закурил.

— Честно говоря, — признался он, — я думал, ты хочешь потратить всё на телогрейки. Рекламный ролик, проезд танка, расстрел из автоматов…

— Это совершенно неизбежно, — уверенно сказал Знаев. — И танки, и расстрел. Я нашёл гениального дизайнера. Скоро сошьют опытные образцы. А автомат мне обещали буквально завтра.

Знаев забросил мешок в багажник. Увидел: меж машин шагает паренёк в форменной безрукавке с красной звездой на спине, собирает тележки, оставленые тут и там небрежными покупателями; смуглый, белозубый, настоящий сын солнца.

— Дуст! — крикнул Знаев и махнул рукой.

Паренёк подошёл, глядя с подозрением.

— Сколько тебе лет? — спросил Знаев.

— Двадцать два.

— Дети есть?

— Четыре сына.

— Молодец, — сказал Знаев. — Когда сыновья вырастут — как поделишь между ними наследство?

Сын солнца осветился сахарной улыбкой.

— Пусть сначала вырастут.

— Вырастут, — уверенно пообещал Знаев. — Не успеешь оглянуться. Кому оставишь дом?

— Старшему, — ответил парнишка.

— А младшим?

— А младшим — ничего.

— Но так нечестно.

Сын солнца снова улыбнулся.

— Э, — сказал он. — Честно, нечестно — не разговор. Так правильно.

— Ладно, — сказал Знаев. — Спасибо, дорогой. Иди. Зинда бош*.

— Я не таджик, — вежливо возразил парнишка. — Я туркмен.

Знаев смотрел, как отец четверых сыновей толкает состав из дюжины тележек, искусно лавируя меж тесно стоящими автомобилями, как напрягаются сухие мускулы на коричневых предплечьях маленького туркмена.

— Серёжа, — позвал Горохов. — А ты, между нами, куда ехать-то собрался? Неужели воевать?

— Я тебе этого не говорил, — ответил Знаев, садясь за руль. — А если говорил — ты не слышал.

— Так мы что, больше не увидимся?

Вопрос прозвучал с такой тревогой и грустью, такая трещина послышалась в голосе, что Знаев поспешил выбраться из машины; ему даже показалось, что в глазу Горохова блеснула слеза. Но нет — всего только солнечный блик прыгнул, отразившись от витрин.

— Увидимся, — пообещал Знаев. — Я заеду попрощаться. Ты, главное, брата береги. И себя тоже.

Выезжая с парковки, увидел нескладного хромого человека, с бритым яйцевидным черепом, вымазанным

---

* Будь здоров (*тадж.*).

зелёнкой, и кривым костылём, обмотанным грязными тряпками. Хромой ковылял вдоль вереницы машин и побирался. «Дать ему что-нибудь, — подумал Знаев, — или, наоборот, позвонить на охрану, чтоб вывели мужика с частной территории?»

Не сделав ни того, ни другого, выкрутил руль, против всех правил рванул в обход очереди, под «кирпич», утопил педаль в пол, оставляя позади магазин с красными звёздами; может быть, навсегда.

Только так и надо уезжать из старой жизни в новую. С рёвом мотора, по встречной, не оглядываясь назад.

«Милостыню больше давать не буду, — решил. — У меня двое сыновей, всё пойдёт им. И ещё на телогрейки надо отложить. И Гере что-нибудь оставить. Бог его знает — вдруг, в самом деле, не вернусь?»

47

В кухне распахнул окно настежь. Тонко скрипнули рассохшиеся фрамуги. Снаружи хлынула, как из ведра, фиолетовая вечерняя сырость, пахнущая нагретым асфальтом, заряженная электричеством. То ли снова ливень грозился, то ли московские колдуны вышли на битву с московскими бесами и разгромили врага подчистую.

Деньги вывалил на пол. Затеял пересчёт.

Вышедшая из мастерской Гера застала его сидящим по-турецки, в одних трусах, среди бесформенных груд разноцветных мятых купюр; под правым локтем — бутылка воды, под левым — шпаргалка с точным указанием пачек, разобранных по номиналу.

— Ничего себе. Ты ограбил банк?

— Хуже, — ответил Знаев, не отрываясь от работы. — Собственный магазин. Очень гадко вышло. Людей напугал и обидел.

— Когда дело касается денег, — сказала Гера, — всегда есть напуганные и обиженные. Освободи мне, пожалуйста, проход. Я поставлю чайник.

Знаев небрежно сдвинул разноцветный ворох в сторону.

— Мне всё равно, — сказал он. — Пусть обижаются. Мне надо уехать. А это я оставлю сыновьям. И тебе, кстати.

— Мне? — спросила Гера с искренним недоумением. — Зачем?

— Ну… Мы вроде спим вместе. Думаю, ты имеешь право принять от меня материальную помощь.

Она рассмеялась.

— Зачем мне помощь? Я не инвалид. Ни в чём не нуждаюсь.

— Ты месяцами сидишь на гречневой каше. Однажды ты заработаешь гастрит. Или чего похуже. Творческие люди должны принимать помощь. Особенно если — от чистого сердца.

— Ты только что сказал, что напугал и обидел людей. Тоже мне, чистое сердце. Я ничего не возьму.

Знаев перетянул резинкой очередную пачку в сто листов и поднял глаза. Маленькая художница, босоногая, прямая, при взгляде снизу вверх, с зажжённой спичкой в вытянутой сильной руке, была похожа на скульптуру в жанре социалистического реализма, на колхозницу авторства Веры Мухиной.

— Думаешь, — сказал он, — мои деньги, типа, грязные? Чёрный кэш? Кровавое бесовское бабло?

— Нет, — ответила Гера. — Деньги нормальные. Но они не мои. Отдай сыновьям.

— Хорошо, — сказал Знаев. — Тогда подскажи, как поделить.

— Не знаю. Наверное, поровну.

— Поровну — нельзя! — тут же возразил Знаев. — Пацанчики росли в разных условиях! У одного был отец, у второго — не было. Старшего заваливали подарками. В восемнадцать лет получил собственную квартиру. По справедливости надо всё отдать младшему.

— А чем занимается младший?

— Уезжает учиться. В Голландию. И деньги ему реально нужны. А старший — не учится. Не хочет. Сидит дома, сочиняет музыку. Музыка — так себе…

— Ты говорил, — сказала Гера.

— Да, говорил! — ответил Знаев нервно. — Но для меня это слишком важно. И если я повторяюсь — ты должна меня простить. Мой старший сын Виталий Сергеевич — не Паганини и не Рахманинов. Он одарён, но… в меру. Он середняк. Я был таким же. Если он будет много работать — лет через пять наловчится писать песенки для мультфильмов и сериалов…

— Тоже неплохо, — сказала Гера.

— Да. Но с точки зрения педагогики сейчас ему не только нельзя давать деньги — надо отобрать всё, что есть, настучать подзатыльников и отправить работать в «Макдональдс». Свободная касса!

— Твой старший сын, — сказала Гера, — уже вырос. Мне кажется, ты опоздал с подзатыльниками.

Она села за стол. Её чашка с чаем исходила прозрачным пахучим паром. За своим чаем она специально ездила в какие-то особенные, маленькие китайские магазинчики, в полуподвалы близ Садового кольца. Верила, что в таких магазинчиках чай — настоящий, а в супермаркетах — сплошь поддельный. Знаев, хорошо знакомый с хитростями розничной торговли, никогда не пытался переубедить её в обратном. Вера в пользу и есть польза.

— Не согласен, — сказал он. — Нынешние дети взрослеют медленно. Его двадцать — это мои пятнадцать. Если я сейчас привезу ему чемодан денег — я не ускорю его взросление, а замедлю.

— Значит, отвези всё младшему.

Знаев отодвинулся на метр в сторону и попытался представить, что почувствует шестнадцатилетний мальчик, увидев большую кучу купюр, пахнущих грязью и потом.

— Младший — совсем ребёнок, — сказал он. — Очень умный — и очень наивный. Либерал. Мечтает быть гражданином мира. Россию считает помойкой и страной рабов. Я дам ему деньги, он заплатит за учёбу в университете города Утрехта — и я его больше не увижу. Доброе дело — сделаю, а родного сына — лишусь.

— Если он хочет эмигрировать, — сказала Гера, — ты его никак не переубедишь.

— Но и потакать не буду! — воскликнул Знаев. — В моей стране каждый, кто не испражняется в подъезде, на вес золота. Уехать может любой. В этом нет поступка. Поступок в том, чтобы остаться. Жить здесь. Преобразовывать именно этот конкретный кусок земной поверхности.

— Это трудно объяснить молодому человеку, — возразила Гера. — Молодой человек хочет наслаждаться жизнью. Секс, драгз, рок-н-ролл, вот это вот всё.

— Может, отдать ему деньги с условием? Чтобы не уезжал?

— Если хочешь быть другом своему сыну — не ставь условий. Принимай его таким, какой он есть.

Знаев закончил пересчёт. Пачки сложил в пирамидку. Встал, распрямив затёкшую спину. Устыдился своего затрапезного вида, своих трусов, когда-то купленных задорого, а теперь застиранных и заношенных; поспешил натянуть брюки.

— Посмотри, — сказал он, кивнув на денежную пирамидку. — Это выглядит, как баснословное богатство. Как сто тыщ миллионов. У мальчика не выдержат нервы.

— Значит, — сказала Гера, — договаривайся с его мамой.

— Его мама — клиническая либеральная дурища. С такими людьми невозможно договориться. Они видят вокруг только плохое. Только грязь, несправедливость и хамство. Его мать считает, что Россия — навозная куча, а весь остальной мир цветёт и благоухает.

— У неё есть все основания, чтоб так думать.

— Может, — спросил Знаев, — и ты так думаешь?

— Я никак не думаю, — спокойно ответила Гера. — Я художник. Я могу работать где угодно. В Барселоне, в Париже, в Стокгольме, в Новосибирске. Я живу здесь, потому что мне так удобней. Здесь я принадлежу к большой и древней культуре. Здесь мои корни. Здесь я — своя, здесь мне хорошо. Здесь я ничего не боюсь. Ни полиции, ни инфляции, ни хулиганов, ни политиканов. А теперь скажи, куда ты уезжаешь.

Знаев проглотил слюну.

Признаться было нелегко. Решиться — нетрудно; трудно объяснить.

— В один город, — сказал он. — На границе с Украиной.

Гера поставила чашку на стол. Знаев увидел ужас на её лице.

— Ты собрался воевать?

Он кивнул.

— Зачем?

— Низачем. Не могу объяснить.

Он вдруг заволновался, он действительно до конца не понимал, зачем, и хотел теперь проговорить, понять, разобраться вдвоём; облизнул губы.

— Москва меня не держит больше. Дети выросли, бизнесы накрылись. В Москве я каждый день бухаю, и мне мерещатся черти. Пора что-то менять.

— Но тебя сразу убьют, — сказала Гера, улыбнувшись виновато. — Ты слишком безрассудный. Ты придумал какую-то глупую авантюру. Ты должен немедленно отказаться от этой идеи, Сергей.

Она редко называла его по имени, и сейчас Знаев смешался.

— Ты воин, — возразил он. — Я думал, ты меня поймёшь.

— Да, — ответила она. — Воин. И там, — она кивнула в сторону коридора, — моя позиция. Сражаюсь в том месте, где у меня получается. И ты должен делать так же. Найди себе дело и займись. Напиши новую книгу. Сними фильм. У тебя много идей, ты умный.

Знаев засмеялся.

— Книг я точно писать не буду, — сказал он. — Это тухлое дело.

— Бог с ними, с книгами. Открой мастерскую по ремонту самокатов. Всё, что угодно. Только никакой войны. Скажи, тебя кто-то уговорил, или ты сам всё придумал?

— Сам, — ответил Знаев. — В том-то и дело. И не придумал, а захотел. Это желание… Оно не из головы. И оно сильное. Мне не нравится, когда в мой народ стреляют.

— Есть повод, — сказала Гера, — вот и стреляют.

— Неважно, кто дал повод. Важно, кто кого застрелил.

— Раньше ты не говорил такого.

— Есть вещи, о которых не говорят. Их просто делают молча, и всё. Я не хотел говорить даже тебе.

— Тогда почему сказал?

— Потому что между нами всё должно быть честно. Никакого вранья. Никаких недомолвок. В этом всё дело. Не лгать, не умалчивать. Даже в мелочах.

Гера опустила глаза и повторила:

— Откажись от поездки. Пожалуйста.

— Не могу, — сухо ответил Знаев. — Извини. Я уже решил. И даже обсудил с друзьями.

— И что сказали друзья?

— Что я идиот. Что моё место здесь.

— Почему же ты не послушаешь своих друзей?

— Потому что мир изменился. А друзья не хотят меняться. Они не чувствуют… Они думают, что всё будет, как всегда… Что тут, в России, всё стоит само собой, божьим попущением. А так не бывает. Ничто не стоит само собой. Всё всегда опирается на людей. На тех, кто готов взять дубину и переломать кости любой сволочи.

— Ладно, — сказала Гера. — Я поняла. Уговаривать бесполезно. Когда ты уезжаешь?

— Скоро.

— Тебе помочь со сборами? Что-то постирать?

— Сам справлюсь, — сказал Знаев. — Но за заботу спасибо.

48

— Ничего не давай, — сказал Жаров, отмахивая пальцем, как бы подводя черту под вычислениями, под выстроенными в столбик циферками. — Ни копейки. Ни старшему, ни младшему. Всё оставь себе. И магазин этот проклятый — продай. И деньги, если тебе их заплатят, что, кстати, не факт, — тоже оставь себе. И трать их на себя. И живи — ради себя. Это трудно, я тоже не сразу научился… К этому за день или за два дня — не придёшь… Постепенно надо… Я научу… А про детей не думай. Дети — что? Наши дети — больше не дети. Понадобится помощь — сами придут…

Знаев молчал, крутил баранку. Ему не хотелось ни возражать, ни поддакивать. После того, как он понял, что его решение принято твёрдо и бесповоротно — желание говорить, сотрясать воздух пропало. С любимой женщиной, с маленькой художницей ещё можно было что-то обсудить. Но с остальными — нет. Ни с кем. Даже с другом.

Друг оказался слишком массивен для арендованной малолитражки — едва оказавшись внутри, он в два мгновения заполнил салон табачно-коньячным духом, решительно отодвинул кресло назад до упора, и всё равно не поместился весь, то локтем толкал-упирался, то коленом в борт ударял, то окно настежь открывал и выдвигал правое плечо в прохладное забортное пространство, и на его лице то и дело появлялось выражение возвышенного философского неудовольствия, как будто не автомобиль был ему тесен, а весь мир, вся наличная действительность не умела вместить его огромные колени и локти, его бочкообразную грудную клетку, его круглую крутую башку, его волю и страсть к жизни.

«Или, может быть, я ошибаюсь, — подумал Знаев. — Может, ему просто надоело возиться со мной, дураком, развлекать меня, таскать по GQ-вечеринкам».

— Это приходит с возрастом, — продолжал Жаров. — Я хоть и моложе тебя, а быстрей понял. Потому что у тебя... только без обид, да? — много всяких лишних тараканов в голове... Ты же — Знайка, человек-легенда... Умник... Херов интеллектуал... А я, Жора Жаров, парень прямой... и, слава богу, не такой умный... Поэтому я сообразил раньше. Мы с тобой — взрослые существа. Мы создали империи! Мы тысячам людей дали работу! А если шире взглянуть — не работу, а надежду! На благополучие, на долгую счастливую жизнь, на высшую справедливость. У меня в конторе есть люди, которые сидят на одном месте по двадцать лет. Они женились, родили детей, купили квартиры, вырастили детей, отправили их учиться, купили квартиры детям... Они судьбы свои построили, благодаря мне, Жоре Жарову, балбесу и пьянице... Причём, заметь, Жора Жаров, твой покорный слуга — не полубог ни хрена, не Стив Джобс, и не Илон Маск, никаких понтов, никаких миллиардов... Простой парнишка со 2-й Тверской-Ямской... Понимаешь, к чему я клоню?

— Понимаю, — сказал Знаев. — Здесь — направо? Или прямо?

— Прямо! Всё время прямо, пока не выберемся из города. Я же сказал, тридцатый километр, воинская часть. Ты хотел из автомата пострелять — там тебе будет автомат.

— Отлично, — сказал Знаев. — Закрой окно. Холодно.

— Терпи, — хрипло ответил грубый Жаров. — На улице плюс двадцать. Ты мёрзнешь, потому что ты сегодня не жрал нормально. Не обедал и не ужинал. И пол-дня просидел за рулём. В этой коробчонке.

И Жаров снова толкнул локтем пластиковую обшив-ку; машина едва не развалилась на куски; Знаев улыб-нулся.

— Ты, — бубнил Жаров, яростно расчёсывая небри-тую шею, — нихера себя не уважаешь. А это вносит дис-гармонию в единую картину мира. Ты создал банк, ты построил магазин, ты накормил людей, и наделил смыс-лом их жизнь. Ты — большой человек, Серёжа. Ты — ис-полин. Ты прошёл долгий путь, и теперь должен занять-ся собой. Все ждут, что ты останешься исполином. Все-могущим монстром. Никто не хочет, чтоб ты помер, или заболел, или сошёл с ума, или уехал воевать, или затор-чал на психотропах. Все хотят, чтоб ты оставался таким, каков ты есть. Если ты сейчас продашь этот свой воен-ный супермаркет, и купишь себе яхту, и на этой яхте от-правишься вокруг света, с заходом на Северный и Юж-ный полюса — тебя все поймут, и поздравят. Потому что если человек много работает — он должен много отды-хать. Если человек много делает для окружающего мира — он должен много делать и для себя самого. Это очень просто, это элементарно и очевидно. Это — закон равновесия! Ты — исполин, титаническое существо. Что ты ешь? Что ты пьёшь? Что ты куришь? Как ты вос-станавливаешься? Какой у тебя секс? Каковы твои раз-влечения? Этого никто не знает. Это знаешь только ты сам. Никто не полезет давать тебе советы. Никто тебя не упрекнёт. Живи для себя, трать всё на себя. Оставай-ся исполином, небожителем. Не разочаровывай людей, не лишай их веры. Вот этот парень, Григорий Молнин, хозяин «Ландыша», — он всё правильно делает. На ка-ких-то планерах летает, Антарктиду на снегоходах бороздит. А ты, небось, думаешь, что он — жлоб и говнюк. Ты думаешь, что миллиардеры должны на храмы жертвовать и библиотеки содержать за свой счёт. Ничего подобного. Людям не нужны храмы и библиотеки. Нужны, конечно, — но не в первую очередь. Сначала людям нужна вера в исполинскую сущность человеческого рода. Пожертвовать на храм может любой упырь и душегуб. Из десяти храмов девять построены на деньги подлецов и гадов. Нахер эту ссаную парадигму. Она устарела. Исполин должен жить жизнью исполина. Вот к чему я тебя подвожу, брат мой Знайка. Понимаешь меня?

— Понимаю, — сказал Знаев. — Спасибо, брат. Ты во всём прав. Но я уже решил. Я уезжаю. Я нашёл концы. Меня ждут. Помнишь песенку «Машины времени»?

И он, улыбаясь, пропел:

— Мне форму новую дадут!
Научат бить из автомата!
Когда по городу пройду —
умрут от зависти ребята!

— Ага, — мрачно ответил Жаров. — Умрут. Ты давай прибавь ходу. Опоздаем — нас ждать не будут. Там военные люди, у них всё строго.

— А вроде приехали уже, — сказал Знаев. — Тридцатый километр. Куда теперь?

— Вон, смотри, — сказал Жаров. — «УАЗик» стоит. Паркуйся. Тачку твою тут оставим. В гарнизон на гражданских машинах не пускают.

Они пересели в угловатый, пахнущий гуталином внедорожник с чёрными армейскими номерами. Сидящий за рулём худой мальчишка в погонах ефрейтора —

на глаз он годился Знаеву в сыновья — вежливо поздоровался, но посмотрел с осторожным любопытством, как на иностранцев или неизлечимо больных. Добыл из-под сиденья два мятых форменных кепи. Ломким баритоном попросил:

— Наденьте, пожалуйста. Товарищ полковник приказал… У нас гражданским — вообще нельзя…

— Без проблем, — бодро ответил Жаров и водрузил кепи на голову, превратившись из владельца крупной торговой компании в благодушного толстомордого хулигана. Знаев едва удержался от смеха. Для усиления комического эффекта Жаров закурил, искусно гоняя сигарету из одного угла рта в другой угол, и рулевой солдатик мгновенно закурил тоже; у воинов срочной службы инстинкт коллективных действий всегда был чрезвычайно развит. Тем временем машина свернула на просёлок и остановилась перед железными воротами, украшенными традиционными пятиконечными звёздами высотой в человеческий рост. С гулким лязганьем створки разошлись в стороны. Сотрясаясь и скрипя, машина въехала, водитель коротко и делово кивнул стоящему у ворот своему приятелю, как кивали до него тысячи предшественников, во всех военных гарнизонах необъятной сверхдержавы, привет, я свой, я здешний, — а Знаев, надвинув на лоб малость засаленный и пахнущий пылью козырёк, вдруг задрожал от испуга; показалось, что он тут навсегда, что назад уже не выпустят. Хотел стрелять? хотел войны? — будет тебе война, сколько хочешь, только потом не жалуйся.

Зато спустя несколько мгновений подсознательная тревога сменилась столь же сильным ощущением покоя: на территориях воинских частей, как в монастырях, простому честному человеку не страшны никакие черти.

Потянулись приземистые одноэтажные казармы с тёмными окнами и жидко мерцающими лампочками у закрытых входных дверей, идеально выметенные дорожки, обширные клумбы с малость чахлыми, но густо высаженными цветами, в которых Знаев никогда не разбирался, но уважал; над цветами и идеально ровно постриженными кустарниками нависали массивные щиты, так называемая «наглядная агитация»; в полутьме нельзя было разглядеть изображений, только буквы:

НА СТРАЖЕ ОТЕЧЕСТВА
ОСНОВЫ СТРОЕВОЙ ПОДГОТОВКИ
ГОСУДАРСТВЕННАЯ СИМВОЛИКА
РОССИЙСКОЙ ФЕДЕРАЦИИ
РОССИЯ — РОДИНА МОЯ
ТРАДИЦИЯМ ВЕРНЫ

«Круто, — подумал Знаев, — в моё время на лозунги так не тратились; впрочем, я служил у чёрта на рогах, а здесь — Подмосковье, элитная воинская часть, какая-я-нибудь гвардия; не гарнизон, а туристическая база, не хватает только прохладного фонтана и ресторанчика со свечами на столах, под сенью клёнов и дубов, где-нибудь на центральной аллее».

Знаев толкнул Жарова локтем в бок и тихо сказал:

— Я понял. Ты меня продал. Меня забреют в солдаты на двадцать пять лет. Как при царе. А ты будешь поощрён продуктовым пайком.

— Именно так, — ответил Жаров тоже вполголоса. — Только без пайка. Имей в виду, увидишь полковника —

с шуточками не лезь. Очень серьёзный дядя. Гораздо се-
рьёзней, чем мы с тобой, вместе взятые.

Машина остановилась. Водитель вышел и сам распахнул заднюю дверь.

— Вам туда.

Жаров пошёл первым, Знаев — следом.

Не сговариваясь, оба сдёрнули кепи: маскироваться
под военных здесь уже было глупо.

Ночь была свежая; в чернильном небе густо, как
в цирке, мерцали звёзды.

За толстой железной дверью их встретил усатый
малый в камуфляжной куртке без погон. Его фигура
описывалась старинным выражением «поперёк себя
шире».

— Добрый вечер, — тихо сказал малый, не протягивая руки. — Прямо по коридору.

Это был стрелковый тир. Пропитанная кисло-слад-
ким запахом пороха, элементарно устроенная комбина-
ция коридоров и деревянных дверей. Пройдя сквозь че-
реду прохладных закутов со щербатыми цементными
стенами, гражданские бизнесмены оказались в ярко ос-
вещённом помещении без окон. В центре его стоял,
прочно расставив ноги, невысокий пожилой человек
в дешёвом спортивном костюме.

— Здравия желаю, товарищ полковник! — браво произнёс Жаров и сделал попытку щёлкнуть каблуками.
Попытка не удалась.

— И вам того же, — без выражения ответил человек
в спортивном костюме и коротко пожал руки обоим ви-
зитёрам.

— Александр Васильевич.

Ладонь его была сухая, узкая и тёплая, но как бы не
совсем человеческая, — у Знаева сложилось впечатле-

ние, что он пожимает не руку, а стальной штык сапёрной лопатки.

Под взглядом человека в спортивном костюме ему захотелось подтянуть ремень и застегнуть верхнюю пуговицу.

У дальней стены на элементарном деревянном столе была разложена нехитрая снедь: карамельные конфеты, колбаса розовыми ломтями, брусочки сала (разумеется, на обрывке газеты), хлеб белый и чёрный, пластиковая полуторалитровая бутыль нарзана, несколько побитых эмалированных кружек — а сбоку пыхтел паром электрический чайник, когда-то треснувший вдоль и перетянутый теперь многими слоями прозрачного скотча.

Вид этого мирного, видавшего виды чайника неприятно поразил Знаева; он вдруг понял, что попал в мир, законы которого давно забыл.

Широкий усатый малый, войдя следом, плотно закрыл за собой дверь и тут же бесшумно захлопотал над едой, двигая хлеб, колбасу и сало вправо и влево, в соответствии с одному ему известными законами застольной гармонии.

Человек в спортивном костюме посмотрел Жарову в глаза и осведомился:

— Вы, значит, Герман?

— Так точно, товарищ полковник. Герман Жаров.

Прищурившись, полковник спросил:

— Что вы праздновали, Герман?

Жаров стушевался и даже слегка побледнел.

— Ничего… Ну… Да, выпил… За ужином…

— Ага, — произнёс полковник. — Я чувствую запашок.

Жаров промолчал, явно задетый за живое.

— Ладно, — взвешенным баритоном сказал полковник. — Хотите чаю? Бутербродов? Минеральной воды?

— Нет, спасибо, — угрюмо ответил Жаров.

— А вы?

Полковник теперь смотрел на Знаева.

— Благодарю, — твёрдо сказал Знаев. — Ничего не надо. Я здесь по делу.

Полковник сдвинул брови.

— Я про ваше дело знаю, — произнёс он. — Пятьдесят лет. Миллиардер. Собираетесь на войну.

— Так точно, — ответил Знаев. В предлагаемых обстоятельствах никакой другой лексикон, кроме военного, был невозможен. — Только я — не миллиардер.

— А похрен, — спокойно сказал полковник. — Миллион, миллиард, мне без разницы. Мне позвонили друзья. Сказали, есть хороший парень, миллиардер, соскучился по автомату...

Полковник кивнул в сторону стрелковых позиций, за которыми угадывалось пустое тёмное пространство.

— Там, на столе... АКМ, калибр 5.45... И три магазина... Пули — трассирующие... Идите и стреляйте... Гриша, дай свет в огневой зоне...

Усатый малый сосредоточенно продолжал доводить сервировку до совершенства и не расслышал приказа.

— Гриша, блять!!! — басом грянул полковник. — Не спи, ёб!!! Свет в огневой зоне!!!

Гриша — видимо, ординарец — подскочил, мгновенно метнулся в дальний угол, к рубильникам, и включил.

Со звонкими щелчками лампы зажглись одна за другой, сначала рядом со стрелковым рубежом, затем дальше и дальше, отодвигая темноту прочь от Знаева. Вдалеке, на фоне покатой земляной стены, заросшей зелёной травой, на расстоянии в полсотни метров возникли из мрака чёрно-белые ростовые мишени.

Знаев смотрел, как распахивается перед ним прямоугольный сверкающий тоннель, на двадцать метров глубже, на тридцать, на сорок.

Вдруг вспомнил: 15-й этаж, балкон, сладкий тёплый ветер, вкрадчивый бесовской шёпот над ухом, а впереди и внизу спиралью закручивается смертная пустота; на миг ужаснулся и отступил назад. Сглотнул слюну.

— Товарищ полковник... Дело не в стрельбе.

— Не стесняйтесь, — ответил полковник. — Мы вас ждали. Готовились. За вас попросили очень большие люди.

Знаев оглянулся на Жарова — тот коротко махнул рукой: давай, не тяни.

Колбаса и сало тоже для меня, подумал Знаев, не двигаясь с места. И кипяток из треснувшего чайника.

— Благодарю, — сказал он. — Я, пожалуй, обойдусь.

Полковник не удивился. Несколько мгновений все молчали. Автомат масляно поблёскивал. Пылающие лампы в тоннеле гудели и дребезжали. Ординарец Гриша подхватил из жестяной банки щепоть соли и сдобрил сало. Полковник, обладавший, судя по всему, тонким слухом, оглянулся на него и неодобрительно поморщился. Ординарец замер. Полковник перевёл взгляд на Знаева и сказал бытовым тоном:

— В Российской Федерации одних войск спецназа — десятки тысяч личного состава. И каждый хочет делать свою работу. Не потому что шлея под хвост попала, а потому что они для этого погоны и носят. Только для этого... И все всё понимают... И, главное, командование — тоже понимает. А вас никто не поймёт. Вы кто?

Миллиардер? Так действуйте. Колотите и дальше свои миллиарды.

Знаев молчал, глядел в пол.

— Или возьмём наоборот, — продолжал полковник. — Допустим, не вы ко мне пришли, а я к вам. И говорю — надоело мне служить, погоны жмут, портянки сопрели. Хочу колотить миллиарды. Подвиньтесь, пустите меня за свой стол, я буду бизнес делать... Газ, нефть, бюджет, валюта, компьютеры... Договора с контрактами... Ничего сложного! Какой будет ваш ответ?

Знаев молчал. Вопрос был задан так, что не предполагал ответа. Полковник перевёл взгляд на Жарова.

— А вы что молчите?

— Полностью согласен, — басом ответил Жаров, а затем ткнул пальцем в Знаева. — Но он твёрдо решил. Он — патриот.

Знаев ощутил резкий приступ злобы, как будто его уличили в чём-то постыдном, вроде публичной мастурбации; едва не заскрипев зубами, он отвернулся.

— Молодые люди, — произнёс полковник. — Я уже объяснил. У меня в дивизии пять тысяч пацанов, каждый по сто килограмм весом, и все рвутся в бой. У меня в командировки ехать — очередь стоит. А я — отправляю в огонь только лучших из лучших. — Полковник снова упёр взгляд в Знаева. — Как, вы говорите, вас зовут?

— Сергей, — сказал Знаев.

— Вы, Сергей, — сказал полковник, — хуйнёй не занимайтесь. Живите себе спокойно и работайте. Оружие — не ваша стихия. Воевать вам никуда ехать не надо. Кроме вас есть кому воевать. А вот кто умеет дело делать — таких мало. К сожалению. Делайте своё дело, Сергей, а в чужое — не лезьте. Вот такое будет моё к вам слово, Сергей.

Воцарилось молчание. Жаров покосился на автомат и тут же отвёл глаза. Ординарец Гриша прогнал рукой подлетевшую муху.

— Ясно, — сказал Знаев. — Спасибо, товарищ полковник. Я понял. Разрешите идти?

Полковник бесстрастно оглядел его с ног до головы и утвердительно произнёс:

— Значит, стрелять не будете.

— Нет, — ответил Знаев. — Не испытываю потребности.

— В армии служили?

— Так точно. Рядовой железнодорожных войск.

— Ясно, — сказал полковник. — Уговаривать не буду. Давайте по сто грамм, на ход ноги, и езжайте с богом. По домам. Гриша, наполни.

Широкий Гриша как будто ждал: мгновенно извлёк фляжку, словно выдернул из складок собственных мышц, и точнейшим образом налил в три кружки.

— Себе тоже, — сухо разрешил полковник.

Гриша наполнил четвёртую.

Жаров коротко понюхал содержимое кружки и плотоядно хмыкнул.

Полковник поднял посуду на уровень груди. Его прозрачные глаза вдруг приобрели тускло-жёлтый волчий цвет.

— Вы, молодые люди, — сказал он, — не переживайте. За Россию есть кому постоять. Любому, кто полезет, руки оторвём. По самые яйца. А самым упорным — можно и зубы напильником спилить. Живите спокойно. Ни в чём не сомневайтесь. Ваше здоровье.

Выпили. В кружках, естественно, оказался чистый спирт. Но все четверо проглотили без проблем и не поперхнулись. Полковник и Жаров зажевали салом. Жаров съел мгновенно и тут же подхватил второй кусок. Знаев закусывать не стал. Ординарец Гриша проглотил спирт, как воду, и отправился в дальний угол, и снова нажал на кнопки. Щёлкнули выключатели, погасли, в обратном порядке, от дальних к ближним, лампы на огневом рубеже. Знаев два мгновения наблюдал, как дьявольская спираль сворачивается внутрь себя и пропадает, как будто её никогда не было. Остаётся только железобетонный бункер с деревянными полами и бугристыми стенами, и четыре совершенно разных человека, одинаково задумавшихся.

— Нам пора, — сказал Знаев. — До свидания, товарищ полковник.

Человек в спортивном костюме снова сунул остро заточенную ладонь-лопатку, а затем уверенно обнял Знаева свободной рукой и крепко хлопнул по спине.

— Давай держись, Сергей. И за Родину не нервничай.

Полковник обнял и Жарова — как показалось Знаеву, гораздо более формально — и оба гражданских бизнесмена вышли, ведомые ординарцем, через три коридора обратно.

Мальчишка-водитель спал, сидя за рулём, откинув назад белую голову. Ординарец хлопнул ладонью по капоту машины, водитель мгновенно проснулся и завёл мотор. Знаев поискал глазами, ища ординарца, чтобы попрощаться с ним — но широкий Гриша уже исчез за дверью. Спешил вернуться к отцу-командиру.

Отчаянно зевая и потирая глаза, шофёр развернул машину и повёз их в обратном направлении.

— Кепку давай, — сказал ему Жаров.

— Да ладно, — ответил мальчишка. — Обратно можно и так. Сегодня мой земеля дежурит.

Когда железные ворота снова раскрылись, Знаев не ощутил никаких особенных эмоций; так или иначе, мир по обе стороны забора, отделяющего военных людей от мирных, был устроен примерно одинаково; точно так же бурлил в чайниках кипяток, и все были одеты в примерно одинаковые штаны со слегка оттянутыми коленями, один и тот же хлеб стоял на столах, один и тот же алкоголь лился в стаканы.

На сырой ночной обочине Жаров попрощался с мальчишкой-шофёром и подарил ему пачку сигарет; мальчишка взял с благодарностью и, не тратя времени, укатил по пустой дороге к ближайшему развороту, а два столичных коммерсанта залезли в машину и поспешили включить печку: этим летом ночи были сырыми и прохладными.

Пока грелись, Знаев написал младшему сыну смс. «Привет, завтра надо увидеться, дело важное, лучше прямо с утра. Что скажешь?»

Через минуту пришёл ответ:

«Без проблем, приезжай ко мне, с утра я дома».

И адрес.

«А мать не против?» — написал Знаев. — Спроси у неё».

«Не могу, — ответил младший. — Она спит уже».

Понятно, подумал Знаев, мама, значит, не по ресторанам гуляет с бойфрендами, а мирно смотрит полночные сны, завтра утром надо работать. Трудолюбивая упорядоченная женщина.

Жаров обитал в дорогом доме близ метро «Крылатское». Пока ехали — почти не разговаривали. Залитый ярким светом ночной город напоминал огневую зону:

гудели громадной мощности фонари, тут и там восставали из мрака мишени всем форм и видов, отлично смазанные автоматы ждали прикосновения умелых рук, а сбоку кто-то ловкий готовил всем желающим выпивку и закуску. Однажды дорогу перед машиной перебежал шатающийся колченогий бес, в драном, но пижонском кожаном плаще, по видимому, сильно пьяный — ковылял поперёк движения, в самом тёмном месте, как будто специально желал, чтоб его задавили, — но Знаев вовремя увидел горящие рубинами глаза и успел отвернуть.

Когда подъехали — Жаров не спешил выходить, шумно сопел и вздыхал.

— Ты, ну, извини, — сказал он. — Я думал, это будет как у Марка на даче. Типа, выпьем, постреляем, посмеёмся и разъедемся.

— Ничего, — ответил Знаев. — Так ещё лучше. Но учти, я не передумал.

— Дело твоё, — печально сказал Жаров. — По крайней мере, моя совесть чиста. Я сделал всё, чтоб тебя, дурака, остановить.

— У тебя почти получилось, — сказал Знаев. — Прощай, брат. Спасибо за всё. Жене поклон передавай.

— Обязательно, — сказал Жаров. — А ты, когда вернёшься, — позвони.

— Да, — сказал Знаев. — Тебе первому.

Жаров сильно сжал его правое плечо и вышел. Отойдя на два десятка шагов, обернулся и помахал рукой, а затем сунул руки в карманы, ссутулился и поспешил ко входу в дом, развинченной походкой хулигана или драгдилера, — то была пантомима, исполненная специально для друга, и Знаев оценил, засмеялся благодарно.

49

Серое, зыбкое утро. Облака цвета рыбьей чешуи. Прохладно. Разумеется, так и должен начинаться последний день перед отъездом. Мутновато, безрадостно, ветер гонит колючую пыль, «Яндекс» обещает грозу и шквал.

Знаев везёт младшему сыну деньги и подарки: собственную книгу и кожаный брючный ремень, прочный, как подошва, купленный когда-то в Нью-Йорке близ Таймс-сквер в магазине «Diesel».

Сын живёт на дальней окраине, в Солнцеве, на дорогу уходит больше часа, но Знаеву некуда спешить, он едет медленно, в средней полосе, слушает «Радио Джаз» и часто проверяет пальцем гладкость свежевыбритой щеки. Не столь гладкая, увы, эта пятидесятилетняя щека. «Ничего, — думает Знаев, — приеду на место — сразу отпущу седую бороду, если командир разрешит. У меня ведь будет там командир. Какой-нибудь взрослый дядька, мой ровесник. А сын пусть запомнит меня выбритым, моложавым, бодрым. Крутым».

Он находит адрес, петляет по узким гладким проездам, квартал совсем новый, дома-муравейники стоят тесно, зато во дворах — уютно и чисто, прянично раскрашенные детские площадки с горками и каруселями, нет ни битых бутылок, ни бездельных забулдыг, ни медленных стариков с засаленными кошёлками; здесь — царство молодых, уверенных, тех, кто начинает новую жизнь.

Знаев жмёт кнопку звонка, и сын открывает ему тяжёлую стальную дверь. Квартира неожиданно оказывается огромной и обставленной с большим вкусом. Озадаченный Знаев жмёт сыну руку и снимает ботинки. Он не ожидал увидеть дубового паркета и встроенных шкафов с двухметровыми зеркалами. Из приятно пахнущих дальних комнат появляется Вероника, свежая, элегантная, в цветастых индийских шароварах, глаза подкрашены, гостеприимно улыбается.

— Я ненадолго, — предупреждает Знаев. — Я к нему, — и кивает на румяного Сергея Сергеевича. — Ты не против?

Она отрицательно качает головой и подходит; после секундного колебания Знаев неловко целует её в висок. Он не уверен, что так надо, но как надо — не знает.

— Хороший дом.

— Спасибо, — отвечает Вероника. — Нам тоже нравится.

И обменивается улыбками с сыном; у них, стало быть, мир и полное взаимопонимание, соображает Знаев. Он дезориентирован, он готовился к чему-то другому, думал — увидит тесноту, сальный экономный быт, пыльные половички; он полагал, что войдёт, как сверкающий рыцарь в бедняцкую лачугу.

В комнате сына — солнечно, радостно, юношеский беспорядок, на стене плакат с черепашками-ниндзя, письменный стол завален учебниками и тетрадями, возле балконной двери — баскетбольный мяч, под столом — футбольный мяч, возле кровати — мяч для регби; над кроватью полка с книгами, тоже сплошь учебники. Здесь, на своей территории, внутри частного обиталища, Сергей Сергеевич кажется моложе, тоньше, нежней и даже ниже ростом, и Знаев на мгновение сомневается, стоит ли отдавать деньги ему, не лучше ли сразу пойти к матери и вручить всю сумму в её деловитые руки?

Но бывший банкир никогда не менял принятых заблаговременно решений, и сейчас решительно сдвигает со стола стопки книг и ставит свой портфель на освободившееся место.

— Дверь закрой.

Мальчик выполняет просьбу, вежливо улыбаясь, а Знаев замечает, что замка на двери нет.

— Девчонок сюда не водишь?

— Иногда, — отвечает сын, слегка краснея.

— А от мамы не запираешься?

— Мама, — отвечает мальчик, — не входит, если у меня гости. Уважает моё privacy.

Знаев молча извлекает ремень и книгу.

— Это тебе. Подарок.

Сын, как и ожидалось, гораздо больше возбуждён кожаным ремнём, нежели книгой. Он изучает массивную бляху, он явно доволен. Дети любят красивые вещи.

— Подарок со смыслом, — произносит Знаев. — Это тот самый ремень, которым я мог бы тебя бить. Если бы был тебе настоящим отцом.

Мальчик вдруг всерьёз пугается и делает движение, чтобы выпустить из рук ремень — но не выпускает. Уточняет:

— Домашнее насилие?

Знаев спешит ухмыльнуться.

— Я пошутил, — говорит он. — Сейчас тебя бить уже поздно.

И берёт книгу, не вызвавшую у сына интереса, и бережно поправляет потрёпанную, по краям обмусоленную суперобложку, и деликатно ставит на полку, — рядом с английским изданием «Хоббита». Затем погружает руку в портфель и начинает вынимать пачки денег.

Сын сначала вздрагивает, затем меняется в лице, заметно робеет; деньги пугают его, они всё-таки принадлежат миру взрослых. Черепашки-ниндзя никогда не сражаются за деньги, только за мир, за добро, против злодеев и врагов человечества.

— Это твоё, — говорит Знаев.

— Ничего себе, — говорит сын, слегка бледнея. — А сколько тут?

— Сам посчитаешь. Не маленький.

Пачка ложится рядом с пачкой. Груда бабла всё выше. Она выглядит — на просторном ученическом столе, рядом с учебниками химии и биологии — диковато, как ржавый топор посреди песочницы. Мальчик смотрит, забыв подобрать нижнюю губу. Знаев, внезапный папаша, резкими движениями руки опустошает портфель.

— На год учёбы хватит. Имей в виду: это я даю лично тебе. Как сыну. Не твоей маме, не в вашу семью — а конкретно тебе. На твои нужды. Ты взрослый парень, самостоятельный. Куда потратить — сам реши. Хочешь — матери отдай. Хочешь — заплати за университет. Или засади всё на девочек. Я пойму.

Деньги начинают распространять свой обычный запах грязи, пота и типографской краски.

Маленький Серёжа серьёзен и очень смущён. Знаев видит, что паренёк совсем не готов к такому повороту событий, что денег в таком количестве он никогда не видел; он не знает, как реагировать.

Но папа к этому готов, он извлекает из того же портфеля пластиковый пакет, бесцеремонно ссыпает в него разноцветные пачки и суёт под кровать, отодвинув мяч для регби, который оказывается наполовину спущенным; под кроватью лежат роликовые коньки и большая стопа журналов «Мир фантастики». Прежде чем задвинуть пакет подальше, Знаев достаёт пачку мелких, пятидесятирублёвых, и ловко кидает назад, на стол.

— Это — поставь на карман. Потрать на всякую фигню. Купи друзьям пива. А матери — цветов. Так положено.

— Ладно, — отвечает ребёнок, и тут же задумывается, как именно потратить, на какую конкретно «фигню».

— Сегодня подумай, — продолжает Знаев. — Завтра, как проснёшься, подумай ещё раз. Куда деть, на что израсходовать.

— Ясно, — твёрдо говорит сын. — Наверное, я всё отдам маме.

— Хоть в форточку выбрось, — отвечает Знаев. — Главное — реши сам.

Сын молчит несколько мгновений и вдруг интересуется:

— Это чёрный нал?

— Что?

Мальчик смущается. Румянец заливает его щёки.

— Ну… В смысле… Незаконная наличность?

— Совершенно законная. Можешь завтра же пойти в банк и положить на счёт. Никто тебе слова не скажет.

— С такими деньгами, — говорит мальчик, — я и на улицу выйти побоюсь.

— Значит, позовёшь друзей. В качестве охраны.

Сын кивает.

— Точно. Так и сделаю. А платить за это надо?

— По понятиям — каждому по сто долларов.

— Ты, наверно, в этих всех понятиях хорошо разбираешься.

— Думай головой, — отвечает отец. — И благодари людей материально. Вот и все понятия.

Какое-то время они стоят и молчат, глядя друг на друга, мальчишка продолжает переживать небольшой шок, а внезапный папа ждёт, когда переживание завершится.

— А можно спросить... — ломко говорит сын, и Знаев тут же позволяет:

— Спрашивай.

— Сколько ты... ну... вот так... в портфеле перетаскал?

— Приблизительно — в день по миллиону долларов. Восемнадцать лет. В году — примерно двести пятьдесят рабочих дней. Ты математик, сам считай.

— Четыре с половиной миллиарда, — тут же произносит сын с придыханием.

— На самом деле больше. Около десяти.

— Кошмар.

Знаев смеётся.

— Что ж тут кошмарного?

— На тебя нападали?

— Ни разу за всё время. Я же сказал, надо думать головой и благодарить людей материально. Тогда никто никогда не нападёт. Вот я тебе свою книжечку принёс, почитай, там всё написано. И про миллиарды, и про понятия.

— Я читал, — отвечает сын. — Мама подарила. Давно, года три назад. Сам прочитал, и друзьям дал. Так она и ушла.

— Понравилось? — осведомляется Знаев.

— Трудно сказать, — солидно отвечает сын. — Для меня это... ну... История из жизни каких-то очень странных людей... Их никогда не было и больше уже не будет... Особенное поколение...

Знаев вдруг понимает, что сын нескоро выйдет из шока, что он, наверное, ждёт, когда условный полузнакомый отец распрощается и исчезнет — и тогда можно вытащить мешок из-под кровати, пересчитать, сообразить.

— Ничего особенного, — говорит Знаев, — в моём поколении нет. Как и в твоём.

— Есть, — возражает сын, подумав немного. — Твоё поколение не такое, как другие. Я много читал... И с матерью говорил... Вы росли при социализме, а потом оказались в капитализме. Вы, ну... Травмированные. Надломленные. Это не я придумал. Так многие считают.

Знаев закрывает портфель, затем по старой привычке кладёт его плашмя и нажимает сверху, выпуская воздух, чтоб чужой внимательный глаз сразу понял: сума пуста, ловить нечего.

— Надломленные? — переспрашивает он. — Чудак ты. Забудь об этом, и никогда так не говори. Никаких травм не было. Скажи, ты хотел бы прокатиться на машине времени? Из две тысячи пятнадцатого — в две тысячи восемьдесят пятый? Отсюда — прямо в будущее?

— Конечно, — сразу отвечает мальчишка. — Ещё бы.

— Много бы дал за такую возможность?

— Да, — говорит мальчишка. — Только это невозможно. Противоречит всем теориям.

— Теория суха, мой друг. А древо жизни зеленеет пышно.

Мальчишка не узнаёт знаменитой цитаты и замирает, несколько разочарованный. Знаев хлопает его по плечу.

— А вот я — прокатился. Бесплатно. В мягком вагоне. Реальная машина времени. Всё моё поколение, якобы, как ты сказал, травмированное, — прокатилось. Стартовали в чёрном прошлом — и приехали в светлое будущее. Такая удача бывает, может, раз в тысячу лет. Мы наяву испытали то, что другие видели только в кино. Я вырос в доме без телефона и мусоропровода. Зимой я ходил в валенках, а варежки и шапку мне вязала бабушка. Чтобы записать песенку группы «Rolling Stones», я должен был ночью настроить радио на «Русскую службу Би-Би-Си», потом включить катушечный магнитофон и поднести микрофон к динамику радиоприёмника. И я ещё считался богатеньким Буратиной, потому что ни у кого из моих одноклассников не было ни радиоприёмника, ни магнитофона. И штанов у нас тоже не было. И роликовых коньков. И журналов про фантастику. И отдельных комнат не было. И интернета не было, и айподов, и «Макдональдса». А через пятнадцать лет — мы, ещё совсем молодые ребята, тридцатилетние дураки, — вдруг получили всё. Кредитные карточки, сотовые телефоны, машины с кондиционерами, дороги в десять полос. Пятьдесят каналов в телевизоре. Авиабилеты в любую точку мира с доставкой на дом. Концерты мировых суперзвёзд. Любая еда, любая одежда. Квартиры на двадцать пятых этажах, с бесшумными лифтами, тёплыми полами, посудомоечными машинами и подземными парковками. Нам дали бесплатный билет в будущее! Нас заморозили в одном мире — и оживили в другом! Как у Герберта Уэллса, понял? Ты думаешь, мы — надломленные? Да мы — счастливейшие! Мы — везунчики из везунчиков. Кто не выдержал этого путешествия во времени — те, да, спились, сторчались, пропали куда-то. Но не от горя, а от удовольствия.

Знаев замолкает, глухо кашляет и смотрит на сына.

Ему важно, чтобы мальчишка понял.

Ему ясно, что — не поймёт.

— Человек, — продолжает он, — жив настолько, насколько умеет наслаждаться тем, что ему выпало. Мне выпало путешествие в будущее. Я наслаждаюсь до сих пор. — Знаев открыто улыбается, он искренен, ему нравится сообщать сыну что-то по-настоящему важное, личное, уникальное. — Я кайфую так, как тебе и не снилось. Это удивительное чувство. Его трудно описать. Это как прыжок в объятия бога. Как вечный праздник. Как Новый Год: каждое утро просыпаешься и видишь ёлку, и подарки под нею. Это сладко. Волшебно. А ты говоришь — «травмированные», «надломленные». Дай бог каждому такую травму.

Сын явно заинтригован, он не ожидал такого монолога, он забыл про деньги в мешке под кроватью; он — Знаев, сын своего отца, ему нужна истина, и только потом всё остальное.

— Интересно, — осторожно говорит он. — Если честно, я об этом как-то даже и не думал…

— Думать — бесполезно, — отвечает Знаев. — Понимание приходит через чувства. Умом понять ничего нельзя. Только нервами. Просто не думай про меня, как про несчастного. Ни одного часа в своей жизни я не был несчастным. Я просто не знаю, что это такое. Я — великий фартовый парень. Я до сих пор не решил, как к этому относиться, кого благодарить. Бога? Историю? Собственную счастливую звезду? Могу сказать одно: машина времени существует. Она реальна, она работает. И билетики на экспресс раздают бесплатно. Поэтому, когда кто-то, твой друг или знакомый, скажет тебе, что моё поколение, рождённое в Советском Союзе, надломлено — рассмейся такому человеку в лицо, потому что ничего нелепее такого утверждения не бывает. И перескажи ему то, что я сказал тебе.

Сергей Сергеевич ничего не отвечает. Видимо, на него обрушилось слишком много новой информации.

Он честно задумывается, и его розовый юношеский лоб прорезает честная морщина.

— Ты всё понял? — спрашивает Знаев.

— Да.

— Про деньги — тоже понял?

— Да.

— Тогда я пойду. Прощай. Не знаю, когда увидимся. Я уеду. На какое-то время. Когда вернусь — ты уже будешь настоящим голландским студентом. Как Пётр I... И ещё одно. У тебя есть старший брат. Виталий. Он позвонит тебе или напишет. Общайся с ним. Это никогда не повредит. Братья всё-таки...

Знаев специально крепко бьёт мальчишку ладонью по плечу и уходит, распахнув дверь на всю ширину.

В коридоре пусто. Откуда-то плывёт песенка Леонарда Коэна. Сын не вышел проводить отца, но отец не в претензии.

Вероника появляется, как добрая фея, соткавшись из воздуха, с аристократической улыбкой. Её сын, подросток, в окружении своих мячиков, фантастических журналов, черепашек-ниндзя и учебников смотрелся сущим ребёнком — зато его мать на фоне настежь распахнутых дубовых дверей и залитых солнцем коридоров выступает как благополучная, уверенная в себе королева.

— Уезжаешь?

— Да, — отвечает Знаев, и небрежно бросает тощий портфель к стене.

— Кофе на дорогу?

Знаев шагает в кухню. Здесь царит громадный двустворчатый холодильник с полированной поверхностью, в которой можно отразиться, как в кривом зеркале, в виде изогнутого, пародийно оскаленного монстра.

Присутствуют также полевые цветы в вазе, миленькие занавесочки и деревянная маска баронга, инонезийского духа, над большим прочным столом. Гость садится на табурет возле окна и вместо ответа объявляет:

— Я дал мальчишке денег. Немного… Но и не мало. Вам хватит на год жизни.

Вероника тревожно взмахивает накрашенными ресницами.

— Боже мой. Сколько ты ему дал?

— Вот столько, — отвечает Знаев, взвешивая ладонями фрагмент пустоты объёмом с человеческую голову.

Вероника вздрагивает, шепчет тревожные междометия, даже, кажется, матерные, и делает движение, чтобы выйти из кухни, побежать к сыну, упредить, защитить от соблазна, — но Знаев успевает удержать её за запястье. Она оборачивается, смотрит с раздражением, почти враждебно. Знаеву, впрочем, всё равно. Он не разжимает пальцев, тянет женщину назад. Это нетрудно, в ней едва шестьдесят килограммов. Может быть, в какую-то секунду ей кажется, что гость собирается усадить её к себе на колени. Знаев ослабляет усилие и просит, понизив голос:

— Подожди. Пожалуйста. Парень всё решит сам.

И разжимает пальцы. Женщина отстраняется с облегчением.

— Надо было сказать мне! — яростно шепчет она.

— Вот, — мирно отвечает Знаев. — Сказал. У мальчика есть мешок денег. Под кроватью лежит.

Она недовольно хмурится. Сходство с королевой пропадает.

Знаев пьёт кофе и находит его превосходным.

— Не злись, — говорит он. — Но это важно. Деньги предназначены лично ему. Конечно, он отдаст их матери.

— Разумеется, — отвечает Вероника. — Но надо было предупредить! Он ещё совсем ребёнок!

— Вот: я сделал так, чтоб он немного повзрослел.

— А что, вообще, происходит? Почему деньги? Зачем? Мы тебя не просили. У нас есть свои деньги.

— Я вижу, — говорит Знаев. — По квартире понятно.

Вероника успокаивается, улыбается хладнокровно и снова становится похожа на королеву.

— Квартира появилась случайно. Бабушка умерла. Две комнаты на Таганке превратились в четыре в Солнцево. Когда мы уедем, я сдам эту квартиру.

— На жизнь в Европе тебе не хватит.

— Ничего, — уверенно говорит Вероника. — Как-нибудь выкручусь. Хочешь, я сдам квартиру — тебе?

Знаев смеётся. Несильное, но ощутимое враждебное электричество, минуту назад гудевшее между ними, пропадает, они снова — добрые приятели, бывшие любовники, родители общего ребёнка.

— Москва меня больше не любит, — признаётся Знаев. — Я не хочу тут жить. Я вижу везде только чертей и нищих попрошаек.

— Между прочим, я тоже, — говорит Вероника. — И уже давно.

Она молчит, смотрит немного стеснительно.

— Хочешь поехать с нами?

Знаев не чувствует удивления — может быть, он подсознательно предполагал что-то подобное.

— В город Утрехт?

— Да, — говорит Вероника. — Чтоб ты знал, Серёжа от тебя в восторге. Ему было бы хорошо с тобой.

— Извини, — отвечает Знаев. — У меня другие планы. И вообще, глупо что-то придумывать в последний момент. Ты решила, я тоже решил. Ты едешь в Утрехт, я — в другую сторону. Желаю тебе найти в Утрехте хорошего мужчину. В высшей степени положительного голландца.

— Иди в задницу, — отважно произносит Вероника, открывает стенной шкаф и достаёт на треть пустую бутылку коньяка. — Что ты понимаешь в положительных мужчинах? Где они водятся? Как их распознать?

— Они — как я, — отвечает Знаев. — Они великодушные. И они всегда рубятся за идею. Поэтому денег у них или нет, или в обрез. Когда женщина ищет порядочного обеспеченного мужчину, она заведомо загоняет себя в тупик. Порядочные не бывают богатыми, и наоборот.

Она вопросительно демонстрирует две коньячных рюмки, Знаев кивает и проглатывает с удовольствием, и жестом просит повторить. Ему предстоит весь день провести за рулём, но перспектива встречи с полицией не пугает совершенно. Москва — город, в котором он прожил всю сознательную жизнь, — больше его не любит, не хочет, *гонит*. Москва отпустит его с миром. В этот последний день никакие происшествия не грозят бывшему банкиру. Он уезжает, ариведерчи. Сегодня, в последний день — только прощания. Только длинные разговоры о самом важном. Бесы не напрыгнут, не скрутят менты, и следователи прокуратуры не заявятся с обыском. Да и некуда им заявляться, нечего обыскивать.

Они какое-то время говорят о банальных пустяках. О мужчинах, которые — гады, сволочи и непредсказуемые инфантилы. О Голландии: маленькой уютной стране платного секса, наркотиков и всевозможных низменных соблазнов. О России: огромной державе рабов, господ и мерзейшей антисанитарии. Знаев ждёт, что его поблагодарят, потом перестаёт ждать. Очевидно, на этой никелированной кухне, над этими идеальной чистоты коньячными рюмками, под деревянной мордой сказочного индонезийского чудища, его поступок не будут рассматривать как благодеяние. Подумаешь, денег принёс. Низменно, пошло, предсказуемо. Лучше бы сам появился, лет пятнадцать назад.

Он уходит с ощущением, что его слегка надули. Что в его подарке не нуждались. Что всё знакомство с сыном, превращение бывшего банкира в изумлённого внезапного папашу, — затеяно с одной целью: показать, что без отца можно обойтись, и без мужа тоже можно, что современная женщина самодостаточна и свирепа, как триста спартанцев. И ребёнка поднимет, и холодильник двустворчатый раздобудет, и одну страну легко поменяет на другую.

Он едет назад — ему надо пристроить вторую половину капитала.

Почти час уходит на обратный путь — от окраины в центр, под бормотание радио. Новости внушают тревогу, если не сказать больше: возобновились ожесточённые бои, обмен артиллерийским и миномётным огнём, потери с обеих сторон, жертвы среди мирного населения, издевательства над пленными, пытки, злодеяния, оголтелая пропаганда, ложь, подтасовки, лицемерие Запада, политическая проституция, комментарии экспертов, гуманитарные конвои, мёртвые дети, фосфорные боеприпасы, озабоченность мировой общественности, вопиющая безнаказанность, сирые беженцы, спутниковые снимки, олигархические игрища, двойные стандарты, беспардонно правдивые и непровержимо лживые документальные фильмы, стопроцентные доказательства и голословные обвинения. Знаев выключает радио, достаёт телефон, набирает номер Вероники.

— Ну как? — спрашивает. — Он отдал тебе деньги?

— Нет, — отвечает Вероника жестяным бесполым голосом. — Вообще ничего не сказал. Молча собрался и уехал на работу.

Знаев хохочет.

— А мешок? С собой забрал?

— Под кроватью оставил. Я проверила.

— А вдруг вообще не отдаст? — веселится Знаев.

— Не смешно, — холодно отвечает самодостаточная Вероника. — Теперь я не знаю, что делать. Силой, что ли, отнимать?

— Сама думай, — Знаев задыхается от смеха, — я ж не знаю, как у вас заведено.

И она, наконец, срывается.

— Зачем ты вообще это сделал? Кто тебя просил?

— Никто, — отвечает Знаев. — Я выполнил свой долг. Я обязан кормить своих детей. Содержать их. Я по-другому не могу. Это очевидно, не так ли?

Вероника молчит. Знаев жмёт кнопку отбоя, берёт портфель, снова полный доверху, и шагает дальше.

50

Собственно, он уже прибыл на место.

В доме, куда он шёл, обретался — самостоятельно, комфортабельно и отдельно — его старший сын Виталий Сергеевич Знаев.

Здесь всё было солидно, вход в мраморе, бронебойная панель домофона, консьерж, видеокамеры. Опрятная буржуазная скука.

— Вы к кому? — проскрипело из бронированной щели.

— К Знаеву, — вежливо сказал Знаев. — Восемьдесят первая квартира.

— Как вас представить?

— Знаев.

Два года не приходил; его тут давно забыли.

Да и он тоже перестал помнить; теперь шагал, как будто в гости. Портфель с деньгами зажал под локтем.

Во время последней встречи Камилла попросила не появляться на территории сына.

«Никогда», — сказала.

«Ты, — сказала ещё, — не был отцом своему сыну, вот и не изображай. Пусть взрослеет без тебя».

Помнится, он тогда ответил резко, едва не нахамил, в том смысле, что сам решит, где и когда ему появляться, как управлять взрослением потомка.

Но и правда — так ни разу и не забежал, даже на пять минут.

Он действительно был скверный отец.

Сын — в разлохмаченных джинсах, голый по пояс — выглядел заспанным и томным. Кивнул по-свойски.

— У меня бардак — не обращай внимания.

— Ага, — ответил отец, осуждающе хмыкнул и двинулся вперёд, перешагивая через разноцветные носки, компакт-диски, скомканные бумажные платки, фантики от жвачки и палочки для поедания суши. Окна все были зашторены, застоявшийся воздух хранил запахи миндального печенья, сигаретного дыма и сгнивших фруктов.

— Загулял? — спросил отец.

— Заработался, — ответил сын, зевая. — Между прочим, есть заказ. Одному парню нужен саундтрек. В короткометражный фильм. Студент ВГИКа, делает курсовую. Десять минут материала, в стиле нью-эйдж и эмбиент... Бесплатно, правда... Но зато у меня будет отдельный титр! Оригинальная музыка — Виталий Знаев. Хочешь послушать?

В конце коридора хлопнула дверь, из туалета в ванную пробежала обнажённая, завёрнутая в простыню девушка, коротко стриженая, с волосами, впереди фиолетовыми, сзади розовыми. В соответствии с обычаем, принятым у современной молодёжи, она не поздоровалась, вообще не повернула головы, а Знаев, в соответствии с тем же обычаем, сделал вид, что ничего не заметил.

— Сейчас не хочу, — сказал он сыну. — Где тут у тебя можно присесть и поговорить?

— Follow me, — ответил Виталик и махнул рукой.

Огибая и переступая через провода, тряпки, шнурки, сын провёл в его святая святых: полутёмную пещеру, наполовину заставленную аудиотехникой. Проигрыватели и усилители громоздились монбланами. Электронное пианино лежало на полу, на ковре, покрытом пятнами всех видов, от кофейных до портвейных.

«Не знаю, как там насчёт эмбиента, — подумал отец, — но мой балбес живёт как всамделишный музыкант».

В конце концов ему надоело рассматривать художественный беспорядок, и он повернулся к сыну; оглядел с ног до головы. Бледный, небритый, ногти на ногах ужасающей длины, взгляд диковатый, отстранённый. Переминается с ноги на ногу, всё-таки стыдно стало: отец не должен видеть столь вопиющего творческого хаоса. Впрочем, отец не был сильно удивлён или расстроен; если бы в этом году ему исполнилось двадцать лет, он бы очень хотел жить именно такой жизнью.

— По моему, — сказал Знаев, — ты спешишь, брат.

— В каком смысле?

— Тебе рано превращаться в творца, равнодушного к быту.

Виталик беззаботно поморщился, придвинул отцу трёхногий вертящийся табурет, сам сел на пол, в чрезвычайно свободной позе, расставив огромные колени.

— Не понял, — сказал он. — Ты что, типа, включил отца?

— Нет, — ответил Знаев. — Но сейчас включу.

И придвинул портфель.

— Всё, что там лежит, — твоё. Выгрузи и спрячь. Ёмкость — верни.

Сын щёлкнул замками, заглянул. Его глаза расширились, и весь он, сидящий на фоне собственного пианино, невозможно крутой начинающий композитор, превратился в растерянного долговязого мальчишку.

— Не понял, — пробормотал он. — Это что?

— Это, — отчеканил Знаев, — всё, что я могу для тебя сделать. Как для сына. Сразу не трать. Боюсь, другие приходы от отца будут нескоро.

Виталик тревожно моргнул несколько раз, вдруг овладел собой , выпрямил спину и сменил позу на другую, более «пацанскую»: в правую коленку упёрся локтем, на левую положил ладонь.

— Что, проблемы? — осведомился хрипло.

— Нет, — сухо ответил Знаев. — Уезжаю. Когда вернусь — не знаю. Думаю, нескоро.

— Значит, проблемы.

— Ты меня не слышал, что ли? Я сказал — выгрузи и спрячь.

Сын сунул руку в портфель.

— Сколько здесь?

— Будешь жить скромно — хватит года на три. Может, за это время станешь новым Брайаном Ино.

— Брайан Ино — крутой, — ответил Виталик. — Мне до него далеко.

И замолчал, задумался, опустив глаза. Когда снова поднял — в зрачках светился фиолетовый огонь.

— Не, отец, — сказал он. — Я не возьму. Не могу.

Знаев изумился.

— Это почему?

Виталик пожал плечами.

— Мне не надо, — ответил он, не сразу подбирая слова. — Ты и так для меня всё сделал… И мама… Никто из моих знакомых пацанов так не живёт… Я возьму, конечно, тысяч двадцать. Из одежды кой-чего докуплю. Остальное — нет… Зачем? Ты сам говорил, что всем должен. И всё продал. И дом, и квартиру. Не надо мне, отец. Спасибо.

— Дурак ты, — сказал Знаев. — Когда предлагают, надо брать.

— Не, отец, — без паузы ответил Виталик и помотал головой. — Я не буду.

И снова на несколько мгновений обратился в мальчишку, губы стали пухлыми и порозовели, взгляд сильно прояснился; у детей глаза горят много ярче, чем у взрослых.

— Бери, — повторил Знаев. — У меня всё посчитано. Эти деньги выделены специально для тебя. Так давно задумано.

Но сын помотал головой и резко встал.

— Мне не надо.

Знаев встал тоже. Подумал: сейчас, не дай бог, скажет, что спешит, пора идти, не до тебя, извини.

Но Виталик ничего не сказал, молча вышел, перешагнув через электронное пианино, оставив отца наедине с тугим портфелем.

Знаев не знал, что ему делать, и решил немедленно свалить.

В лифте он заплакал, эдак по-стариковски, две-три слезы пустил, отвернувшись в угол. Ещё и сопли потекли. «Простыл, что ли, — подумал сварливо. — Не надо было кондиционером в машине баловаться». Хорошие слёзы, счастливые. Прожигают выбритые щёки. Те, другие, слёзы боли и бешенства, имели ядовитый вкус, а эти — как вода в океане. Такие солёные, что почти сладкие. Быстро высохли. Эмбиент, значит. Студенческое кино. Надо было убедить его взять деньги. О благородных поступках потом жалеешь. Чем благородней порыв — тем сильней потом досада. Надо вернуться и убедить юнца. Всучить насильно. Надавить отцовским авторитетом.

Но не вернулся. Позволил никелированному ящику опустить себя на землю, исторгнуть во внешний мир.

А помнишь: сидели посреди прохладной дубовой рощи в просторном доме, который в несколько мгновений, при нажатии особенной кнопки, обращался в корабль? Гудел невидимый, но могучий электромотор, и, подчиняясь его непреклонности, фрагменты стеклянных стен — справа, слева, сзади — прятались одна за другую, словно карты в колоду, и вот, глядишь — вообще нет вокруг никаких стен, а только полы из длиннейших досок, пахнущие сухим деревом и немного — лаком. И потолок. А вместо стен — зелёная поляна, кривые дубовые ветви, колодцы золотого солнечного света. Помнишь, ты спросил, откуда запах, что за лак, а я ответил: так называемый «яхтный» лак, примерно таким же покрывают корабельные палубы. У тебя что, есть яхта? — спросил ты. Конечно, нет, ответил я. Это дорого и неудобно. Все дорогие игрушки быстро надоедают. И чем дороже — тем быстрей. В этом их проклятие. И мускул-кары надоедают. И мускул-байки. А лодки — особенно. Я же сухопутный человек, какой из меня мореход? А я бы хотел, сказал ты. Я бы хотел поплавать на яхте. Закрой глаза, ответил я, и плыви. А снаружи — в сотню серебряных горл пели птицы, и под ветром трещала листва на дубах. Ни с чем не спутать этот треск листьев, крепких, как младенческие ладошки.

А что не надоедает? — спросил ты.

Только самое простое, ответил я. Солнце. Лес. Океан. Большой город.

А родители? Тоже надоедают?

О да. Ещё как.

А музыка?

И музыка тоже.

А друзья?

И друзья. К сожалению. Уходят своими путями. Или ты от них уходишь. Остаётся один друг, единственный. Или — подруга. Женщина.

Сколько тебе было — семь? восемь? Не помню, и вспоминать лень. Даты стираются из памяти. Как уже было подмечено, отец из меня говённый. Я что-то мог, умел, на что-то был способен — например, привезти тебя в дом посреди леса и очаровать техническими новшествами, складными стенами, бассейном с кристально прозрачной водой — но всё это были отдельные, разрозненные эпизоды, разрозненные воскресенья в разрозненных июлях и августах, примерно в середине нулевых, когда дела шли блестяще.

Но тебе нравилось, твои глаза горели, а я — наслаждался. У одного горят глаза, другой жмурится от удовольствия — это ведь и есть родительская любовь.

И ты, помню, решительно запросился спать в этой комнате без стен, и я разрешил, развлекаясь, потому что ближе к ночи из леса прилетело всё, что обычно летает в лесу: жуки, комары, стрекозы и ночные бабочки. Шум мелкой жизни наполнил спальню. Ты не смог заснуть. Прибежал после полуночи, злой, стесняющийся. А я — твой предусмотрительный отец — устроился в наглухо закупоренной кухне (обрати внимание, я уже тогда имел склонность к ночёвкам на кухонных диванах) и сначала добродушно решил уступить тебе место, но потом решил, что это сработает против авторитета отца, небожителя, полубога и повелителя молний, и снабдил тебя простынёй и парой одеял, и велел постелить на полу, а подушку и вовсе не дал, зато научил, как вместо подушки использовать собственное предплечье; и ты, семилетний, не удивился и не возразил, исполнил всё дисциплинированно, как заправский юнга, а через несколько минут уже храпел, звонко, как умеют храпеть только дети; тебе всё нравилось в моём доме, и эта суровая ночёвка на прохладных твёрдых досках тоже понравилась, запомнилась как приключение. А мне — как моё торжество; на то мы и родители, чтобы дарить своим детям новые и лучшие миры.

51

Вышел во двор. Глаза, промытые слезами, увидели мир в непривычном макро-варианте: хромой воробей пытается вскрыть мятый пакетик из-под жареной картошки — и не может; забытая ребёнком лопатка лежит на бортике песочницы, красная на жёлтом; сухая надломленная ветка берёзы качается под ветром, наподобие часового маятника; ржавый гвоздь лежит на асфальте, ожидая, когда можно будет пронзить чьё-нибудь размякшее от жары колесо; на металлическом ограждении газона висят, намотанные, деревянные бусы, или, может быть, чётки: один обронил, другой подобрал, но не присвоил, оставил на видном месте; лохматый, бандитского вида кот обнюхивает мусорный бак; и вот на третьем этаже кто-то, вконец умаянный полуденной духотой, открывает окно, и при повороте прозрачная стеклянная плоскость ловит ослепительный солнечный блик, и пылающий луч ударяет, как рапира, заставляет зажмуриться, и всё тонет в золотом свечении, во взмывающей, беспощадной волне света, и под её мгновенным ударом можно успеть понять, что именно этот, самый мелкий и незначительный сорт жизни, эти лучи, малые дуновения, убогие трепетания, — и есть основа, на которой всё держится.

Знаев вытащил телефон и набрал номер; впервые за два года.

— Привет, — пробормотал. — Это я.

— О, — сказала Камилла с удивлением. — Человек из прошлого! Тебя ещё не убили?

— Вроде нет.

— Странно.

Тон был ледяной. Бывшая жена до сих пор ненавидела своего бывшего и любимого мужа.

— Что тебе надо? — спросила.

— Встретиться. Найдёшь полчаса?

— Даже не знаю. Я только что приехала завтракать. В «Лермонтов». Если успеешь до часу дня — давай.

— Ты будешь завтракать до часу дня? — уточнил Знаев.

— Могу и до двух. А что, вообще, случилось?

— Ничего, — сказал Знаев. — Так… Поболтать надо. Дождись, я еду.

В полдень в «Лермонтове» все столы были заняты, и за каждым что-то эмоционально дискутировалось. Завтрак был в разгаре. Мощные кондиционеры отлично справлялись с жарой. Энергично опустошались бокалы с дынным, гранатовым, сельдереевым соком. Прислушавшись к разговорам, можно было понять, что обсуждается в основном новый сезон «Игры престолов»; никакой политики, никаких курсов доллара и фунта; и вообще, многое изменилось здесь: ни силиконовых губ, ни карманных собачек, ни жирных макияжей, ни хищных взглядов из-под нарощенных ресниц. В моду возвращались традиционные ценности: здравомыслие, бережливость и приличные манеры. Многие девушки были с детьми и няньками, нарядные пухлые дети бегали повсюду, путались под ногами у официантов и радовались жизни.

Знаев не сразу узнал бывшую жену: она располнела. Сидела в одиночестве за столиком на четверых и энергично поглощала то ли спаржу, то ли авокадо, простонародно отставив в стороны голые розовые локти и наклоняясь над тарелкой; лёгкая летняя шляпа с широкими полями скрывала лоб и глаза. Когда он подошёл — подняла голову, улыбнулась сухо; лицо осталось красивым, но увы, было утомлённым и слегка отёчным.

— Что смотришь? Плохо выгляжу?

— Нормально, — ответил Знаев, садясь напротив. — Ты беременна, что ли?

— Первый триместр, — с отвращением сообщила Камилла. — Токсикоз и прочие прелести. Жру, как лошадь.

— Молодец, — похвалил Знаев. — Сколько тебе — сорок три?

— Посчитай. Если вспомнишь.

— Не вспомню, — признался Знаев.

— Ты никогда ничего не помнил. Забывал про мой день рождения. Про годовщину свадьбы. До сих пор не понимаю, зачем я убила на тебя столько времени.

Подскочил официант, попытался сунуть меню — Знаев отогнал его взмахом руки; есть он не хотел, и вообще, вдруг понял, что не очень чётко представляет, зачем пришёл.

— Если не секрет, — спросил он, глядя в склонённую шляпу, — ты сама решилась?

Камилла отодвинула пустую тарелку и придвинула полную.

— Насчёт ребёнка? Нет. Муж уговорил.

— Наследника хочет?

— Сейчас не говорят «наследник».

— А как говорят?

— «Преемник».

— А в чём разница?

— «Наследник» — это старомодно. И раздражает бедные слои населения. Наследник — это тот, кто на халяву получает родительские миллионы. А «преемник» — это продолжатель дела. Совсем другой смысл.

— Логично, — сказал Знаев. — Послушай… Я уеду. Сегодня ночью. Может, надолго. Ты… Про нашего с тобой преемника не забывай, ладно? А то он… Одичал малость. В доме — бардак… Сам — бледный… Ночами музыку пишет, днём — спит…

— Я просила тебя не лезть в его жизнь. И не бывать в его доме.

— Я помню, — ответил Знаев, не настроенный возражать. — Мне пришлось. Я привёз ему деньги. Чтоб ты знала — он не взял.

— Сколько? — спросила Камилла, сильно заинтересовавшись.

— Какая разница, — раздражённо сказал Знаев. — Много.

— И — не взял? — уточнила Камилла.

— Нет.

— Можешь отдать мне. Я освою любые суммы.

— Обойдёшься, — с наслаждением ответил Знаев. — У тебя и так всё есть.

— Да. Но наличных постоянно не хватает. — Камилла грубовато хохотнула. — А что — ты, значит опять разбогател?

— Нет. Просто вышел в деньги.

Камилла поманила официанта.

— Валентин, — сказала она, — у вас что, новый повар?

— Если честно, да, — понизив голос и наклонившись, сказал пышущий здоровьем, гладкий Валентин.

— Забери, — велела Камилла, ткнув полусогнутым пальцем в одну из тарелок. — Этот салат уже кто-то ел.

— Прошу прощения, — прошептал Валентин и с изумительной сноровкой извлёк тарелку из плена других тарелок и бокалов. — Желаете что-то другое?

— То же самое, — отчеканила Камилла. — Но пусть там не будет соевого соуса. Он не нужен. Там никогда не было соевого соуса, а сегодня вдруг появился. Он весь вкус портит.

— Я понял, — прошелестел Валентин.

— Подожди, — сказала Камилла. — А что за повар новый такой? Надеюсь, не чучмек?

Валентин гордо поднял бровь.

— У нас все повара — итальянцы.

— Ладно, — сказала Камилла. — И воды мне ещё принеси. Сегодня душно. Я полночи не спала.

Не поняв, обращена ли последняя фраза к нему или к Знаеву, гладкий Валентин на всякий случай обозначил улыбку и испарился.

— Да, — сказал Знаев. — Душно. А что вообще ты тут делаешь? В Москве, летом?

— Как раз завтра улетаю. Осталось последний день дотерпеть.

— Какое совпадение, — сказал Знаев. — И у меня последний день. Куда едешь?

— Для начала — в Барселону. А там посмотрим. Может, на Тайвань. В этот раз хочу подальше. А ты?

— А я как раз хочу поближе.

— В Крым, что ли?

— Вернусь — расскажу. А тебе, значит, Европа надоела?

Камилла невозмутимо кивнула, не прекращая жевать.

— Может быть. Я ж не знала, что земной шар такой маленький. Ездила, ездила — и однажды оказалось, что везде была и всё видела.

— Везде? — спросил Знаев. — Что скажешь про остров Пасхи?

— Не решилась. Туда лететь с тремя пересадками, это тяжело.

— Антарктида?

— Тоже. Но там, наоборот, надо плыть на круизном лайнере, а я боюсь. Авиакатастрофы не боюсь, а вот этого... Утонуть в ледяной воде... Как «Титаник» посмотрела — так сразу и поклялась, что к кораблю близко не подойду.

— Китай?

— Была в Гонконге. Ужасно. Страшные толпы. Пешеходные светофоры. Привыкнуть невозможно. Вернулась в Москву, оглядываюсь — а где все? Что за деревня сонная? Ну, то есть, ты понял: после Гонконга показалось…

— Камчатка? Долина гейзеров?

— Неинтересно. Мне экстрима не надо. Я люблю музыку и самую лучшую еду. Какие могут быть гейзеры, Знаев? Ты со мной десять лет прожил! Ты всё забыл, что ли? Я могу расслабиться только в идеальном комфорте. И везде его ищу. Это лучшее, что может делать современная женщина.

— Получается, — сказал Знаев, — ты нигде не была. Идеальный комфорт везде одинаковый.

Камилла замотала головой и заработала челюстями быстрее, торопясь прожевать слишком большой кусок.

— Ничего подобного! — воскликнула она, едва проглотив. — Везде разный! Приедешь в Швейцарию — один комфорт. А через дорогу перейдёшь — бам, и ты в Австрии, а там всё уже другое. А на Сейшелах вообще — третье. Про Штаты я не говорю, как ты понимаешь… И, кстати, это ведь именно ты приучил меня к комфорту. Ты был фанат всего самого лучшего.

— Да, — спокойно ответил Знаев. — Не отрицаю. Все через это проходят.

— А теперь что?

— А теперь я живу следующую жизнь. Седьмую по счёту. У меня другие цели и другие планы.

— И ты едешь в долину гейзеров?

— Почти угадала.

Подбежавший Валентин поставил на угол стола новую тарелку с салатом, и помедлил, ожидая похвалы, но Камилла не обратила на него внимания.

— Ты не уезжаешь, — Камилла погрозила Знаеву вилкой. — Ты убегаешь. Тебя тут, в Москве, прижали, и тебе деваться некуда. Только — ноги в руки и вперёд. Так ведь?

Знаев посмотрел на детей, снующих меж столами, шумно требующих кексов и мороженого, то прыгающих на руки к нянькам и мамкам, то, наоборот, рвущихся на волю, — и вдруг понял, зачем пришёл.

— Камилла, — сказал он. — Ты должна знать. Всё, что у нас было — было всерьёз. По-настоящему. Я тебя любил. Этот чёртов комфорт, эти деньги — всё было оттого, что я тебя любил. И нашего сына мы родили по большой любви. У нас была семья, я был счастлив…

Камилла помолчала, улыбаясь криво и немного растерянно.

— И куда ж она делась? Твоя любовь?

— Кончилась, — ответил Знаев, недолго подумав.

Камилла перестала жевать и тщательно промокнула салфеткой губы.

— Ладно. Раз пошли такие откровения — тогда и я скажу. Твоя любовь никогда не начиналась. Ты вообще любить не умеешь. И не умел. И это было для меня страшное разочарование. Ты говорил, что любишь. Даже, помню, цветы дарил. Но из этого ничего не следовало. Ты не жил ради меня, не учитывал меня в своих планах. Ты во мне не растворялся. А кто любит — тот растворяется в любимом человеке, хотя бы какой-то своей частью. А ты занимался только работой. Но даже себя ты не любил, потому что если бы любил — не убивался бы с утра до ночи в своём банке, будь он проклят. Ты заговорил про любовь — но ты ничего про это не знаешь, ты не жил чувствами никогда. Не обманывай себя. Какая любовь? Ты — сумасшедший псих. Ты говоришь, что живёшь несколько жизней, меняешься, — ничего подобного. Ты всегда был одинаковый. Безумный, худой и дёрганый. Очнись, Знаев, откуда в тебе любовь? Тебя — обокрали! Ты — неполноценнный! Когда мы развелись, я была рада! Я освободилась! У меня появился другой человек, он ничего особенного не делал, он вообще был лох, простолюдин, какой-то крепкий хозяйственник, прости господи… Он Григория Лепса слушал, и конец галстука заправлял под ремень! А мне было всё равно! Потому что он обо мне думал! Он мне звонил по пять раз в день! Он меня ревновал! Я была с ним счастлива!

Она осеклась, очевидно, сообразив, что говорит слишком громко и нервно.

— И куда же он делся? — осведомился Знаев.

— Никуда не делся, — ответила Камилла. — Он мой муж. Насчёт галстука я его давно просветила. Григория Лепса он отстоял, но неважно.

— А, так это он, — пробормотал Знаев. — Какой же он крепкий хозяйственник? Я про него слышал, он подряд три фабрики обанкротил…

— А мне всё равно, — сказала Камилла, цинично усмехаясь. — У нас всю страну три раза обанкротили. Мне неважно. Мне надо, чтоб меня любили. Наша страна вообще не хозяйством держится. И не фабриками. И не банками. И не деньгами. А только любовью. Жаль, что ты не понял это раньше, Знаев. Никому тут не нужна твоя работа. Вот это твоё проклятое созидание — оно никому неинтересно. Оно никого не делает счастливым. Где твой банк, который ты созидал, весь в истериках? Где твоя семья? Где твой сын единственный?

Знаев хотел было вставить, что сын — не единственный; но вовремя прикусил язык. Но ответить хотелось, и он спросил:

— Наша страна? Ты сказала «наша страна»?

— Да. А что?

— Раньше ты говорила «эта страна». Ты что, теперь — патриотка?

— Конечно, — с вызовом сказала Камилла. — Я люблю свою страну. Я же — женщина. Мне важно понимать, что меня, случись что, защитят. Мне нравится, что у нас есть армия, что мужики не разучились воевать.

— Десять лет назад ты говорила по-другому.

— Десять лет назад, — ответила Камилла, — я сама была другая. Жизнь изменилась, и я изменилась. Все умные люди изменились. И только ты, Знаев, остался на том же месте. Давай, иди. Не могу на тебя смотреть. До свидания. Ты всю жизнь работал — вот иди и работай.

Знаев кивнул, встал и вышел.

«Удивительно, — подумал, — как я прожил с ней столько лет? Любил, наверное. Сам только что сказал, что любил. Что всё было всерьёз, крепко. До крови было. А потом — раз, накатила волна, и слизала. Время — как океан. Налетает шторм — и сносит в чёрную бездну всё, что построил слабый человек».

В дверях столкнулся с очередной нянькой, влекущей за руку маленькую румяную девочку, возбуждённую, нарядную. Посторонился, придержал дверь.

Два сына есть, а дочери нет; может, теперь дочь родить? Может, не ездить никуда?

52

Телогрейки были готовы. Знаев надеялся, что Серафима лично привезёт ему товар и презентует торжественно, под звон бокалов и светский трёп; однако рациональная девушка-дизайнер предложила ему связаться с непосредственным исполнителем, швеёй-надомницей по имени Олеся, и забрать вещи самостоятельно. Слегка разочарованный Знаев набрал номер Олеси и выслушал длинный, с творожным белорусским акцентом, монолог; швея проживала в Тёплом Стане, была загружена заказами «по самые гланды» (у неё прозвучало «хланды»), и именно сегодня на весь день уехала «насчёт тканей», но предлагала в качестве бесплатного курьера услуги собственного мужа. Скрипнув зубами, Знаев дозвонился до швейного мужа, который тоже оказался трезвомыслящим мужчиной и категорически не пожелал ехать в центр города, в середине дня, через заторы; в итоге уговорились встретиться равноудалённо, в Новых Черёмушках.

На переговоры ушло почти полчаса. Оба супруга произвели впечатление людей, не делающих ни одного лишнего движения.

В назначенное время на заполненной на три четверти парковке торгового центра «Капитолий» возле машины Знаева остановился потёртый японский минивэн, и на асфальт спрыгнул, громко щёлкнув сандалиями, лохматый и бородатый жилистый швейный муж, ровесник Знаева или чуть моложе, с острыми плечами, в убитых джинсах, не слишком ловко облегавших тощие чресла.

Знаев вышел, пожал узкую горячую руку.

— Смотреть будете? — осведомился швейный муж с интеллигентной интонацией.

Он явно происходил из позднего Советского Союза, принадлежал к прослойке научных сотрудников, так называемых «физтехов»: потрёпанный бурями жизни, но физически крепкий, похожий на персонажа грубых кинокомедий, такой вечный Шурик, только без наивного взгляда из-под очков.

— Обязательно, — сказал Знаев.

Телогрейка, разложенная на капоте, произвела на него самое благоприятное впечатление. Телогрейка была превосходна. Знаев зачарованно потрогал густо прошитые плечи. Его захлестнуло чувство победы. В этой телогрейке можно было войти и в Кремль, и в свинарник. Эта телогрейка могла легитимно существовать и в кабине дальнобойщика, и на вечеринке журнала «GQ». Эта телогрейка была шедевром.

— Очень хорошо, — сказал он. — Спасибо. Где расписаться?

— Нигде не надо, — ответил швейный муж.

Знаев отошёл на три шага назад и снова посмотрел.

Чувство победы не покидало его; наоборот, усилилось.

— Стрелка в стиле девяностых, — сказал он. — Товар разложен на капоте. Договорились и разбежались.

Швейный супруг рассмеялся, сразу поняв, о чём речь.

— Согласен, — ответил он, — есть немного. А вы, извиняюсь, это сами придумали?

И показал на телогрейку бородатым подбородком.

— Придумывал дизайнер, — ответил Знаев. — Моя только общая идея. Хотите примерить?

— Я уже примерял. Раз двадцать. Я же у жены — вместо манекена.

— Понимаю, — сказал Знаев. — И что? Вам нравится?

Швейный супруг кивнул.

— Она красивая, — сказал он с уважением. — И необычная. Только это никто носить не будет.

— Почему?

— Слишком красиво. Не поймут. Наши люди красивое не любят.

— От цены зависит, — возразил Знаев. — Если поставить дёшево — полюбят.

— Такую красоту дёшево продавать нельзя.

— Посмотрим, — сказал Знаев. — Цену будем вычислять. С одной стороны, телогрейку беречь глупо, и стоить она должна — тысячу рублей. С другой стороны, джинсы, национальные американские штаны, дёшево не продаются. Девяносто девять доларов в любой столице мира. Так что цена — это стратегический вопрос. Я должен угадать. Чтобы люди приняли и телогрейку, и цену.

Швейный муж осторожно возразил:

— Но так вы ничего не заработаете.

— Упаси бог, — сказал Знаев, — мне на этом зарабатывать. Я своё уже сто раз заработал. И потратил. Больше не хочу.

— Прекрасно вас понимаю, — сказал швейный муж. — Я и сам, бывало, по пятьсот процентов прибыли поднимал. Правда, это было давно... Но было.

— В девяностые? — спросил Знаев.

Швейный муж приосанился.

— У меня, — сказал он, — стояло три ларька на метро «Баррикадная». И стопроцентная крыша. Лично Виталик Митюшкин меня по плечу похлопал и добро дал. Слышали про такого?

— Что-то припоминаю, — сказал Знаев. — Братва с Домодедово.

— Ага, — сказал швейный муж, просияв. — Помните! Вот времена были! Шоколадные! Другого слова не подобрать. Я брал «Сникерс» по три пятьдесят, ставил по пятнадцать. Про спирт и коньяк вообще молчу. Это была молотилка, люди приходили с пустыми карманами и за полгода становились миллионерами. Рубль туда сунь — оно проглотит и через месяц по-любому выплюнет двадцать пять...

Он вдруг осёкся, как будто произнёс что-то неприличное, и улыбнулся невесело.

— Столько всего было... А вспоминать не хочется.

— Почему же, — возразил Знаев. — Лично я вспоминаю с удовольствием. У меня всё получалось.

— У вас, может, и получалось. И у меня получалось. А у других не получилось. Сто сорок миллионов народу — а получилось у одного из тысячи. Остальные жили в полном говне. Поэтому никто те времена вспоминать не хочет. Заметили — ни одного приличного кино про девяностые никто так и не снял? Ни одной книги не написали?

— Я кино не смотрю, — сказал Знаев. — Времени нет. А книги вроде бы написаны.

Швейный муж пожал плечами.

— Может, и написаны. Только их никто не прочитал. Потому что вспоминать не хотят. А хотят вычеркнуть, как будто никаких девяностых и не было. Целых десять лет... А теперь — кого ни спросишь, все глаза отводят.

Знаев вспомнил свой банк, свой железобетонный подвал, набитый золотом, и понял, что возразить ему нечего.

— Может, вы и правы, — сказал он. — Но нельзя же жить с дырой в памяти.

— Можно, — возразил швейный муж. — Немцы, например, предпочитают ничего не помнить про период нацизма. А чилийцы — про Пиночета. Я однажды спросил одного парня из Чили, а он очень серьёзно ответил: «У нас это имя не произносят».

Швейный муж снова подсмыкнул спадающие джинсы и добавил:

— А кроме того, в девяностые у многих появились враги. Настоящие. Смертельные. Такие, которых ненавидишь. И которым желаешь смерти. А вспоминать про ненависть — ещё хуже, чем про унижения.

— Враги? — переспросил Знаев. И вспомнил кое-какие физиономии, давно, казалось бы, стёршиеся из памяти. — Враги — это вы хорошо сказали… — Он протянул ладонь. — Желаю вам никогда не иметь врагов.

— И вам того же, — ответил швейный муж, пожал руку и ловко прыгнул за руль своего слегка ржавого тарантаса.

Знаев не отказал себе в удовольствии напоследок полюбоваться телогрейкой, свернул её и сунул на заднее сиденье.

«Враги, — подумал он. — А как же. Враги были. И до сих пор есть. Про врагов-то я и забыл, среди суеты. А не надо бы».

Жилистый герой девяностых был прав, враги крепко врезаются в память. Может быть, именно они её и организуют. Дисциплинируют.

У него оставалось ещё две обязательных встречи. Вполне можно выкроить время и кое-кого навестить. Это будет правильно. Попрощаться с другом важно, но с врагом — ещё важнее.

53

Едешь навестить старого врага.

Про него всё известно. Где живёт, чем занимается, как выглядит.

Ты же — не глупец. Ты, может быть, по десять лет не видишь своих старых врагов — но знаешь про них достаточно.

У тебя нет кровожадных планов. Навестить — значит навестить. Поговорить, посмотреть в глаза.

Максимум — несколько пощёчин.

Впрочем, как пойдёт.

Швейного мужа вспоминаешь с благодарностью. Бывает, случайные люди подталкивают к важнейшим действиям.

Не будем драматизировать. Старый враг — тот, кого ты решил проведать, — не опасен. Когда-то, полторы жизни назад, он даже присылал, через общих знакомых, какие-то намёки, осторожные предложения о перемирии. Ты, конечно, ничего не ответил.

Вражда ему льстит. Иметь тебя в числе врагов для него — почётно.

Он слабее тебя, да. Ты его не боишься.

Никогда не боялся.

Врагов вообще не следует бояться. Их надо уважать и уничтожать.

Телогрейки лежат за спиной и благоухают свежим текстилем. От запаха поднимается настроение. Улыбаешься и даже пытаешься петь. Три ватных куртки кажутся тебе чем-то невероятно важным. Золотым кладом, сундуком с дублонами, поднятым с морского дна. Ты думаешь о Томе Форде, о том, что американец, наверное, точно так же самодовольно скалится и насвистывает «My Way» Синатры, когда придумает очередной гениальный сверхмодный прикид.

Каширское шоссе переходит в дорогу до аэропорта «Домодедово», здесь уже можно прибавить ход, асфальт идеален, а скорость всегда снабжала тебя самыми луч-

шими эмоциями, и ты почти счастлив сейчас; чем быстрей — тем лучше, вот твоё правило, с ним ты прожил
все свои жизни; нога сама давит на педаль. Ты едешь
навестить врага? Ничего подобного, ты просто дви-
жешься вперёд, к линии горизонта, навстречу врагам,
друзьям, любовям, к новым поворотам судьбы, в неиз-
вестность. В сладостное и грозное будущее.

Спустя десять минут сворачиваешь с трассы, асфальт
становится хуже, дорога — кривей, скорость — ниже,
но ничего. Точный адрес известен, скоро ты доберёшься
до места.

И разговор не будет долгим.

Ты достаёшь телефон и набираешь номер, и просишь
Павла Аркадьевича. Это очень старый приём; как все
старые приёмы, работает безотказно. На том конце —
вполне вежливый молодой мужской голос. «Минуту».
Ты немедленно отключаешь связь. Теперь тебе известно, что Павел Аркадьевич на месте.

Ещё один поворот — начинается так называемый
«посёлок городского типа», множество одинаковых старых панельных домов в три этажа, с неопрятными раз-
номастными балконами. Меж домов есть и избы, врос-
шие в землю, окружённые серыми кривыми заборами,
и бесформенные скопища гнилых сараев и покосивших-
ся гаражей, и какие-то огороженные бетонными заборами автомобильные и тракторные парки, и на протя-
нутых тут и там верёвках во множестве сушатся подштанники и пододеяльники. Много пыли, но вся она
поглощается кустами и деревьями: повсюду густо торчат группы клёнов и берёз, канавы вдоль обочин зарос-
ли огромными, размером с газету, чёрно-зелёными лопухами.

Бегают собаки и кошки.

Подъезжаешь к отдельно стоящему одноэтажному строению на отшибе; стены щербатые, облезлые, зато закрыты несколькими громадными рекламными щитами.

ТИХИЙ ОМУТ.
БАР. РЕСТОРАН. НОЧНОЙ КЛУБ. КАРАОКЕ. БИЛЬЯРД.
ТАНЦПОЛ. МАНГАЛ. СВАДЬБЫ. БАНКЕТЫ.
БИЗНЕС-ЛАНЧ.

На сравнительно просторной стоянке возле заведения остывают два покоцанных пыльных внедорожника с тонированными стёклами и огромный мотоцикл «Хонда Голд Винг».

Те же люди, которые когда-то сообщили тебе адрес, добавили, что заведение процветает. Сейчас ты готов поверить. Сотни разноцветных лампочек уже сверкают по углам и вдоль края двускатной крыши и вокруг вывески, хотя вечер едва начался и солнце жарит вовсю. И уже доносится музыка, какая-то радикальная кислота, ди-джей пробует свои силы, и рука его тверда; ты выбираешься из машины и обходишь здание вокруг. Здесь — чёрный ход, заставленный пустыми картонными ящиками, двое малолетних хулиганов выгружают из минивэна пакеты с молоком и коробки сливочного масла, и ты спрашиваешь — «Где Паша Солодюк?», — и хулиганы синхронно кивают в сторону распахнутой двери, обитой оцинкованным железом.

Проходишь делово, быстро, как будто тоже что-то привёз и спешишь разгрузить.

Паша Солодюк стоит в конце коридора, руки в карманы, красное круглое лицо, прозрачные глаза под белыми ресницами. Он явно руководит выгрузкой продуктов; или не руководит, но контролирует. Он одет в дешёвые, но отглаженные брюки и белую рубаху, в распахнутом вороте видна золотая цепочка на жирной шее.

Он замечает тебя, глаз дёргается, но в целом Паша прекрасно владеет собой и своего испуга не выдаёт.

Ты улыбаешься.

Вы не виделись семь лет. Полную жизнь.

Ты не можешь отказать себе в удовольствии: смотришь на Пашу пристально и делаешь широкий шаг вперёд.

Нервы у Паши сдают, он поворачивается и убегает.

В конце коридора одна дверь ведёт в кухню, разящую запахами жареного, другая — в туалет, оборудованный по последнему слову техники, голубой кафель, светодиоды; но Паша предпочёл скрыться в баре, тёмном и пустом, прохладном пока.

Ты идёшь следом. Навстречу уверенно выдвигается из-за барной стойки крупный малый с бульдожьими складками на угрюмом лице, руки татуированы от запястий до плеч; Паша прячется за его спиной с самым позорным видом.

— Мы закрыты, — надвигаясь, произносит крупный малый с натужной вежливостью. — Что вы хотели?

— Поговорить, — дружелюбно отвечаешь ты и киваешь на Пашу. — С ним. Пять минут.

Крупный малый качает головой.

— Не получится. Человек занят. Работает. Говорить ни с кем не хочет. До свидания.

Те же люди, которые сообщили тебе адрес, ещё добавили, что Паша — отнюдь не хозяин точки, и даже не в доле, всего только наёмный мальчик на побегушках, и главная его задача — следить, чтоб бармены и официанты не воровали алкоголь. Паша нанят по знакомству. После того, как Знаев ликвидировал банк, Паша Солодюк несколько лет бедовал и пьянствовал. Если бы школьные товарищи не подтянули Пашу в ресторанный бизнес, он бы, скорее всего, окончил свои дни где-нибудь в канаве, упившись палёной водки.

— Честное слово, — произносишь ты, улыбаясь и поднимая ладони. — Никакого хулиганства. Павел Аркадьевич — мой старый друг. Практически родственник. Можем поговорить в вашем присутствии.

Крупный парняга медлит.

— Там на стоянке, — добавляешь ты, — стоит мотоцикл. Ваш?

— Мой.

— Задняя резина — лысая. На такой резине в дождь уже нельзя гонять.

— Я в курсе, — враждебно отвечает крупный. Но ты уже смотришь не на него, а на Пашу, — он так и держится позади своего защитника, хотя уже успокоился, лицо снова приобрело багровый цвет. У Паши полнокровие. Бывает, от сильного волнения у Паши идёт носом кровь. Паша Солодюк не самый приятный человек, рыхлое его тело незнакомо с физическим трудом, у него нет двух передних зубов, а под маленькими глазками — красноречивые мешки с багровыми прожилками. Паша, конечно, пить не бросил, просто начинает теперь не с утра.

От него пахнет кухней, перегаром и апельсиновой жвачкой.

Ты произносишь ещё какое-то количество мирных фраз, обещаешь и клянёшься. Наконец, Паша понимает, что ведёт себя недостойно, не по-мужски, и соглашается. Выходите на задний двор. Крупный мотоциклист движется следом, останавливается в дверях, складывает руки на мощной груди и наблюдает с расстояния в тридцать шагов.

Паша напряжён. Возможно, он ожидает зуботычину или удар ножом в живот.

Ты суёшь руки в карманы и объявляешь:

— Я встречался с Молниным. Он меня прессует. Он устроил ментовской наезд. На основании твоего заявления. Меня допрашивали. У меня был обыск.

Глаза Паши слегка слезятся.

— Ничего про это не знаю, — холодно отвечает он.

Ты хорошо помнишь, что Паша никогда не умел врать, ложь мгновенно отражалась во взгляде, в суетливом подёргивании подбородка, в запахе даже; соврав, Павел Аркадьевич немедленно начинал исходить ядрёным по́том. Удивительно, что такой человек полжизни провёл, занимаясь торговлей чёрным налом; без постоянной, ежедневной мелкой и большой лжи в этом бизнесе нельзя продержаться и недели.

— Ты говорил, что забрал заявление.

— Я забрал! — сразу восклицает Паша. — Клянусь.

— А потом снова написал.

Паша качает головой.

— Я тут ни при чём. Отвечаю. Мне это не надо. Я работаю в ресторане. У меня всё ровно.

— «Тихий омут». Это ты придумал название?

— Вместе придумывали, — отвечает Паша с заметной гордостью и кивает в сторону крупного приятеля, который никуда не ушёл, продолжает терпеливо наблюдать, подпирая ободранную стену. — А что?

— В тихом омуте черти водятся. Знаешь такую поговорку?

— Конечно, — отвечает Паша. — В этом весь смысл.

— А ты здесь — самый первый чёрт.

Паша гордо вскидывается.

— Давай без оскорблений. И вообще — у меня работа, я реально занят... Что конкретно тебе надо?

— Я приехал сказать, что ты победил. И Молнин тоже. Скорее всего, я продам магазин. Так что — радуйся. У тебя получилось. Ты хотел мне нагадить — и нагадил.

— Я не хотел гадить! — нервно возражает Паша. — Только наказать.

— Называй как хочешь. Ты рад?

— Нет, — отвечает Паша с вызовом. — Я давно всё забыл. Наши с тобой дела — давно в прошлом. У меня другая жизнь... Ты сам говорил: каждые семь лет мы живём заново... Вот я — живу заново.

— Молодец. У меня к тебе просьба. Последняя.

— Всё, что в моих силах, — церемонно обещает Паша.

— Скажи, сколько тебе заплатили.

Паша вздрагивает.

— Сколько тебе дал Молнин? Чтоб ты снова написал заяву?

— Я не писал! — восклицает Паша, но ты перебиваешь:

— Не ври, ради бога. Ты не умеешь. Скажи, сколько, — и я сразу уйду. Что тебе, трудно? Я специально приехал. Чтоб ты был в курсе. Лично от меня услышал. У вас получилось, Знаева нагнули тихо и быстро, он на всё согласен, многоходовочка срослась, вы победили.

— Я не при делах, — упрямо отвечает Паша и переступает с ноги на ногу, примериваясь уйти.

— Сколько ты на этом поднял, Паша? Тысяч пятьдесят долларов?

Паша смеётся.

— Если б я получил пятьдесят тысяч долларов — думаешь, я бы тут работал?

— Тогда сколько? Тридцать?

Паша вздыхает, но ничего не говорит. Ты настаиваешь:

— Скажи, и мы закончим. Я зла не держу. У меня тоже — новая жизнь. Скажи, в честь бывшей дружбы. Сколько? Двадцать пять?

Паша Солодюк смотрит в сторону и признаётся глухо:

— Двадцать.

Теперь уже ты молчишь. Паша ждёт несколько мгновений и спрашивает:

— Думаешь, мало?

— Очень мало.

— Мне хватило. Я на эти деньги квартиру купил. Не в Москве, конечно. Здесь, в посёлке.

Ты снова молчишь.

Признавшись, Паша Солодюк вдруг делается смелей, значительней. Спина распрямляется. Высказанная правда делает красивыми даже самых уродливых людей.

— Зачем тебе это надо? — интересуется он.

— Для самооценки. Всегда лучше точно знать, сколько стоит твоя голова.

Паша усмехается и вдруг начинает превращаться в чёрта, уши удлиняются, над тупым затылком поднимается и начинает интенсивно дымиться оранжевый хохол, из-под приподнятой верхней губы выползают кривые клыки, нижняя же губа увеличивается втрое и обретает гадкий лиловый цвет, и отвисает, глаза наливаются янтарным сиянием, на шее вылезают жилы, ноздри раздуваются, из них выползают пучки чёрных и твёрдых, как проволока, волос.

— Теперь ты знаешь, — произносит он.

Голос сухой и пустой, как будто камни падают с обрыва, ударяясь друг о друга.

— Прощай, — говоришь ты и поворачиваешься.

— Чтоб ты был в курсе, — добавляет чёрт в твою спину. — Я просил больше! Сто тысяч просил! Но они там все — бляди жадные… Три дня торговались…

Ты прощально машешь рукой татуированному мотоциклисту — тот формально кивает и тут же исчезает в глубинах «Тихого омута», а следом и чёрт, бывший товарищ Паша Солодюк, с горбом на спине и непристойно отвисшим жирным задом.

«Очевидно, он не был чёртом, когда жил у меня на кухне, — думаешь ты. —Я бы заметил. Нет, он был человеком. Наверное, некоторые черти и бесы не являются падшими ангелами или порождениями адского пламени — но исчадиями нашего, обычного, человеческого мира. То есть, многие бесы — бывшие люди».

И снова ты думаешь, что швейный муж был прав. Не хочется вспоминать девяностые. Только отдельные дни. Даже не целые дни — некоторые вечера. Когда ты давал кров, пристанище Паше Солодюку, и ещё нескольким каким-то недотёпам, приезжим провинциалам, балбесам, покорителям столицы. Ты не отказывал никому, ты сам недавно был таким же покорителем.

Они приходили и смотрели снизу вверх: ты ведь считался богатым, достигшим, снимал двухкомнатную квартиру с железной дверью, электрической плитой и телефоном с определителем номера. Тебе льстило их уважение, переходящее в подобострастие.

Этикет велел им приходить не с пустыми руками: обычно приносили бутылку водки или, реже, вина.

И у всех у них горели глаза, и все они курили одну за другой, и шумно чесали небритые скулы, и зычно хохотали, и после второго стакана спешили выбежать на балкон, чтоб с высоты тринадцатого этажа обозреть бескрайнее море жёлтых и белых огней, вожделенный большой город. Их лица пылали, их ноздри раздувались. Каждый был уверен, что именно он победит. Они кидались друг в друга всем известными поговорками: «Москва слезам не верит», «Москва бьёт с носка», «Москва была и будет под ментами».

Они думали, что знают секрет победы. Наверху оказывается не самый умный, не самый образованный, не самый талантливый, — а самый дерзкий.

А ты, хозяин дома, тоже пил, наравне с ними, и не возражал, хотя уже давно понимал, что самый дерзкий если и оказывается наверху — то ненадолго. Его быстро уничтожают самые жестокие и беспощадные: именно им принадлежат здешние блага жизни, именно они — настоящие хозяева этого города, и всех прочих больших городов планеты.

Ты стелил им на полу и предупреждал, что выходишь из дома в семь тридцать утра, и ни минутой позже, и они кивали: понимаем, сами такие, кто первый встал — того и тапочки.

54

В начале вечера надвинулись широкие тучи, пошёл мелкий обложной дождь, мир стал серым и как бы немного ржавым, на вкус — кислым; но Знаев не расстроился. Приятное чувство освобождения не покидало его. Подсознательно он уже уехал отсюда. Ну, или сбежал.

Расстался со всеми.

Сбросил балласт.

Отстрелил вторую ступень.

Ещё три дня назад отъезд, вроде бы уже анонсированный, казался всё-таки немножко блажью, фигурой речи, его можно было отменить в любой момент, и никто бы не удивился и не перестал уважать бывшего банкира.

Сегодня всё стало реальным, настоящим.

Реальное и настоящее нельзя отменить.

Телефон в кармане то и дело гадко сотрясался, обозначая входящий звонок.

Но уже можно было не отвечать.

Знаева нет, Знаев уехал.

Обойдётесь без меня.

Через неделю все привыкнут, через месяц начнут забывать.

Незаменимых нет, есть только взаимозаменяемые.

Придут другие ребята, родят новых сыновей, пошьют новые телогрейки, учредят новые банки, построят новые магазины. Исчезновение одного отдельно взятого парня не может остановить победного шага постиндустриальной цивилизации.

За нами придут другие, моложе и лучше нас.

Мокрая подмосковная грязь летела в лобовое стекло, как будто выплюнутая из циклопического рта. Колёса грузовиков взрывали длинные лужи. Рекламные щиты клялись сделать счастливым любого, кто сменит старый тариф на новый. Быстро темнело. Дождь усилился. Фиолетовый свет фар залил проспекты. Наконец, Знаев доехал, включил сигнал поворота и долго смещался вправо, поперёк хода самосвалов, троллейбусов и жёлтых такси; все как один недовольно ему гудели и даже препятствовали; в какой-то момент Знаеву захотелось остановить машину посреди потока, выйти и надавать по ушам особенно ретивому таксисту, — но не вышел, преодолел позыв к агрессии. Кому бибикаешь, друг? Кого стращаешь, кому моргаешь дальним светом? Меня уже нет, я не тут, я ушёл.

Завтра ты будешь так же изнывать от духоты, пробок и жадности клиентов — а мне дадут автомат и прикажут стрелять во врагов.

Дождь бодрит, он входит в правила игры. Дождь в дорогу — хорошая примета.

Знаев паркует машину и идёт к дверям ресторана, в голове гудит главная тема из фильма «Через тернии — к звёздам», благородный синтетический звук, на голову и плечи во множестве падают дождевые капли, твёрдые, как пули, тротуар у входа покрыт белой пеной, по краю проезжей части стремительный мутный ручей влечёт окурки и конфетные бумажки, и мимо пробегают две хохочущих девчонки, насквозь мокрые и счастливые.

Но Знаева уже нет здесь. Только малая его часть осталась на мокром тротуаре, у мерцающего входа в кабак.

Внутри — сухо, опрятно, запах корицы и коньяка. В дальнем конце барной стойки печальный коммерсант листает записную книжку и сосёт из стакана жёлтое. Музыка гудит в ушах, заставляет дышать глубже и смотреть пристальней. Музыка сегодня скучная, один за другим тянутся каверы «Nirvana» и «Depeche Mode», записанные богато, но уныло.

Столик, за которым обычно сидел колдун, был пуст, надраен до блеска и защищён от вторжения табличкой «Reserved». Табличка не смутила Знаева, он выдвинул табурет и сел. Не на место колдуна, а напротив, — туда, где сидел сам в прошлый раз.

Всё так и должно быть. Желающий приобщиться — приходит и терпеливо ждёт. Столик забронирован. В нужный момент колдун материализуется из воздуха.

Знаев заказал бокал белого сухого, набрался терпения и стал ждать.

Рядом два стола были сдвинуты, шумная компания девушек продвинутого возраста отмечала какую-то сугубо корпоративную удачу — повышение по службе или что-то в таком роде. Девушки бегло осмотрели соседа, но никаких сигналов не послали, ни глазами, ни словами; все отвернулись. Сначала это слегка покоробило Знаева, затем он вспомнил, что его здесь уже нет, он уехал. Сорокалетние дамы, существа опытные и чувствительные, а после выпитого — втройне чувствительные, сразу поняли.

Впрочем, они были красивы, разговаривали громко, ругались скупо и элегантно, смеялись музыкально, лифчики поправляли решительно, формулировали витиевато; Знаев пытался подслушивать, но слишком частое повторение слов «эйчар» и «коуч» быстро ему надоело; через каждые десять минут дамы доставали смартфоны и принимались азартно демонстрировать друг другу какие-то фото и видео; короче говоря, им никто не был нужен в этот вечер. Знаев потребовал второй бокал, а затем и третий.

Вино его не брало, а употреблять крепкое перед встречей с важным человеком не позволяло воспитание.

Но колдун не появлялся. И тонкая ткань пространства не собиралась в складки, не посылала никаких намёков на его скорое возникновение.

В какой-то момент Знаев решил, что это глупо. Ждать появления человека, которого, скорее всего, вообще не существует. Удолбаный таблетками бывший банкир сам его вообразил, и сам себе поверил.

После четвёртого бокала он наконец опьянел и, возможно, задремал на несколько мгновений, поскольку не заметил момента появления колдуна; тот возник бесшумно, моментально. Выглядел слегка возбуждённым, обыкновенным, невыносимо настоящим. Двухметровый, широкоплечий, длиннорукий, загорелый до кирпичного цвета, с молодой жилистой шеей — мужчина без возраста. С выгоревшей брезентовой куртки, насквозь мокрой, стекали капли. На соседнем стуле лежал его армейский вещмешок, плотно набитый.

— Уезжаешь? — осведомился Знаев.

— И ты, — ответил колдун.

Они посмотрели друг другу в глаза.

— Угостишь? — спросил колдун. — А то я пустой совсем.

— Для меня это честь, — обрадованно сказал Знаев и махнул рукой официанту.

Колдун посмотрел на стоящий перед Знаевым бокал с вином и попросил шесть порций того же самого. Официант кивнул и ушёл, но табличку со стола не убрал, и Знаев расстроился. Надежда на то, что колдун реален, пошатнулась.

Знаев оглянулся на девушек за соседними столами — они были заняты друг другом. Оставив одну товарку охранять сумочки, прочие снялись и вышли курить, вертя в пальцах тонкие сигаретки.

Его никто не видит, понял Знаев. Его вижу только я. Всё пропало.

— Куда едешь? — спросил он.

— Домой, — ответил колдун, вытирая ладонью мокрый голый череп. — К себе. А ты?

— Я тоже.

— На войну?

— Может быть, — аккуратно ответил Знаев. — Но как ты догадался?

— Я заметил. Ты всегда внимательно смотришь новости.

Знаев не нашёл, что возразить.

— А как твой чёрт? — спросил колдун.

— Его больше нет, — ответил Знаев, ощущая гордость. — Я его прогнал. Победил.

Колдун просиял и посмотрел с уважением.

— Молодец, — сказал он. — Расскажи. Я должен знать. Как всё было?

— Я смирился, — сказал Знаев, немного подумав.

— С чем?

— С поражением. Чтобы победить беса, надо признать поражение перед людьми. Я исправил, что мог. Отдал долги, какие смог… И даже извинился перед кое-кем… Хотя это было не обязательно… Я закрыл все проблемы, я везде отступил… Признал поражение… И тогда появились силы. Когда бес это понял — он ушёл.

— Ага, — сказал колдун, слушавший с глубоким интересом. — Чтоб воевать с чертями, надо помириться с людьми.

— Да, — сказал Знаев.

— А когда он ушёл? — спросил колдун. — Что стало с тобой?

— Я был счастлив. Я успокоился. Мир стал другим. Проще и добрей.

— Это длилось долго?

— Два дня. Потом прошло.

— И он не возвращался?

— Вернулся. Сегодня я его опять увидел. Но не испугался. Он был жалкий.

— Он так просто не отвяжется, — сказал колдун.

— Мне похрен, — спокойно сказал Знаев. — Пусть приходит. Я сильней. Я знаю секрет.

— Всё равно. Не думай, что ты победил навсегда. Это существо будет уходить и возвращаться. Раз в год, раз в пять лет. Это как тяжёлая болезнь: залечить можно, избавиться — нельзя.

— Откуда ты знаешь?

На миг в бледно-голубых глазах колдуна мелькнула ненависть.

— Со мной было то же самое, — сказал он. — Бывало, приходили целыми компаниями.

Теперь уже Знаев заинтересовался и даже немного протрезвел.

— И как ты их одолел?

— Перестал вступать в конфликты, — сказал колдун. — Совсем. Ушёл от людей. Там, где я живу, на пятьдесят километров вокруг нет ни одного человека.

— Ага, — сказал Знаев. — Ушёл от людей. Давно?

— Лет пятнадцать. Точней не помню.

Колдун расстегнул и снял куртку, аккуратно свернул, положил рядом с вещмешком.

Под курткой оказалась видавшая виды рубаха; пуговицы, как заметил Знаев, были все разномастные, пришитые грубыми мужскими стежками.

Весьма кстати загорелому гиганту принесли и вино; один из двух полных бокалов он тут же выпил в два глотка.

— Ты не думай, — сказал он, вытирая губы запястьем. — Я не отшельник. Удалиться от людей и бежать — это разные вещи. Я не убегал, я — отступил. Как ты.

— А сейчас? — спросил Знаев. — Зачем приехал? Что делаешь в Москве?

— Я приезжаю раз в год. Во-первых, совсем без людей невозможно. Иногда надо возвращаться. Во-вторых, скучаю по дочери. В третьих, деньги нужны. Килограмм сушёных белых грибов стоит две тысячи рублей. Я привожу пятнадцать килограммов. Ещё — травки кое-какие. Корешки. Экологически чистые. Стопроцентный натур-продукт, как здесь говорят... Спрос есть, система налажена... Приезжаю, сдаю, получаю деньги — уезжаю... На год хватает...

Знаев развеселился.

— Извини, — сказал он. — Ты не похож на собирателя кореньев.

— А ты видел хоть одного собирателя кореньев?

— Нет.

— А что ты вообще видел? — спросил колдун. — Ты же в Москве всю жизнь торчишь.

— Ошибаешься, — сказал Знаев, задетый за живое. — Я весь мир обогнул. Я Мадейру видел, и остров Пасхи. Я Америку на мотоцикле проехал, от берега до берега.

— А в Твери? — спросил колдун. — В Твери — был?

— А что там делать, в Твери?

— Съезди, — посоветовал колдун. — Сам увидишь. А то глупо получается. В Америке был — а до Твери не добрался. И ещё, наверное, думаешь, что знаешь свою страну.

Упрёк показался Знаеву поверхностным, хотя и верным; он, действительно, всегда считал, что изучил свою страну досконально.

— Я понял, — сказал он. — Ты никакой не колдун. Ты обыкновенный зимогор. Ты сидишь где-то в лесу, на заимке, белку в глаз бьёшь, морошку замачиваешь, или что там... И тебе хорошо.

— А кто сказал, что я колдун? — спросил колдун, удивившись и округлив глаза, отчего лицо его сделалось **моложе лет на тридцать.**

— Это я тебя так называл, — признался Знаев. — И вообще, до сих пор я думал, что тебя — нет. Что ты — призрак. Галлюцинация.

Колдун засмеялся.

— Очень интересно, — сказал он. — Я что, мерцаю? Зависаю в воздухе?

— Не зависаешь, — поправился Знаев, и облизнул губы. — Но мне кажется, что я тебя придумал. Что ты — титан. Уцелевший житель древней Гипербореи… Реликт из вечной мерзлоты. Из Тартара, нижнего ада. Древний исполин, который жил в те времена, когда ни один чёрт ещё не родился. Так я себе воображал.

— Отлично, — сказал колдун, жмурясь от удовольствия. — Мне нравится. Я последний житель Гипербореи, потомственный погонщик мамонтов. Разубеждать не буду. Ты во всём прав. И про иллюзию особенно.

— Не понял, — сказал Знаев.

Глаза колдуна заблестели.

— Меня не существует, — сказал он. — Ты меня придумал. Я — твоя иллюзия.

Он положил на стол ладонь.

— Потрогай. Убедись.

Знаев посмотрел на ладонь, плоскую, коричневую, с широко расставленными длинными пальцами, похожими на корневища, с янтарно-жёлтыми ногтями, ладонь аборигена Гипербореи — ужасно живая, еле уловимо дрожащая от собственной силы, она была готова прорасти сквозь гладкую плоскость ресторанной столешницы, пригвоздить реальность к почве, застолбить участок, ухватить горсть смысла и сохранить навечно.

Знаев потянулся, намереваясь коснуться — но на половине движения отдёрнул руку. Колдун-зимогор смо-

трел пристально. Знаев усмехнулся, понимая, что выглядит жалко. Испугался.

Если бы его палец прошёл насквозь — он бы не про-
стил миру этой страшной шутки.

— Нет, — пробормотал он, преодолевая стыд. — Не
буду.

Колдун тут же убрал ладонь.

— Боишься? — осведомился он.

Знаев вспотел и задохнулся.

— Нет, — ответил. — Просто не хочу знать. Если ты —
иллюзия, значит, всё, что случилось со мной в последние две недели, — тоже иллюзия. А я не согласен. Мне
нужно, чтобы всё было реальным. Конкретным на сто
процентов. И я. И ты. И даже мой чёрт. Я не буду тебя
трогать. Я вообще сейчас встану и уйду.

Колдун оглянулся: компания дам насладилась нико-
тином и вернулась допивать. Они активно перешучива-
лись с барменом и официантом, но на двоих мужиков за
соседним столом не смотрели.

— Девушки! — зычно позвал колдун.

Дамы повернули к нему красные лица.

— Простите великодушно, — сказал колдун. — Можно вас на два слова? Очень прошу. Пожалуйста.

— Всех? — смело спросила одна, стриженная под
мальчика, сидящая ближе других и явно пьяная больше
других.

— Самую смелую, — сказал колдун и подмигнул
Знаеву.

Коротко стриженная уверенно подошла. Это было
мини-дефиле, длиной в два шага. Знаев смутился. Колдун убрал со стула вещмешок, но дама осталась стоять,
положив руку на бедро. Прочие наблюдали.

— Мой друг, — колдун указал на Знаева, — думает, что я — галлюцинация. Скажите пожалуйста, вы меня видите?

— Вижу отчётливо, — смело ответила коротко стриженная, глядя маслеными зрачками. — А вообще, меня Наташей зовут.

— Очень приятно, — сказал колдун, вставая со стула и распрямляясь в свои два метра. — А я Сергей. Сам — не местный… Проездом. Из Гипербореи.

Он протянул ладонь. Коротко стриженная пожала её, но тут же отдёрнула руку, и тень испуга мелькнула в плывущем взгляде.

— Настоящая? — спросил колдун.

— Что?

— Ладонь — настоящая?

— Да. Только ужасно твёрдая. — Дама слегка пошатнулась. — Есть ещё вопросы? Или, например, предложения?

Она посмотрела пристально на колдуна, затем на Знаева.

Колдун вздохнул.

— Простите, Наташа, — сказал он с глубоким сожалением. — Мы бы предложили. Но увы… Мне и моему другу пора идти… Мы уезжаем… У меня — поезд, у него — самолёт… Спасибо… Вы нам очень помогли…

«Какой самолёт?» — подумал Знаев с недоумением.

Разочарованная Наташа пожала плечами, развернулась на левом каблуке и удалилась к своим.

Колдун тут же снова водрузил на стул свой туго набитый мешок.

— Убедился? — спросил он.

Знаев кивнул.

— Хочешь, выйдем в туалет? Посмотришь в зеркало. Если я отражаюсь — значит, я реальный.

— Нет, — сказал Знаев. — Спасибо, друг. Если мы вдвоём пойдём в туалет — нас примут за педиков. Я всё понял. Я внял. Мне пора.

Он положил на стол деньги и встал.

— А я ещё посижу, — вдруг сказал колдун, улыбаясь слегка двусмысленно. — Ты не против?

— Нет, — ответил Знаев. — Отдыхай, дорогой товарищ.

Колдун покосился на девушек; все они теперь пожирали его взглядами.

— Я, может, сегодня никуда не поеду, — сказал он. — Куплю билет на другую дату. Не такой большой убыток.

Он изящно взял полупустой бокал тремя пальцами, повернулся к девушкам и отсалютовал. Девушки просияли. Колдун глотнул и улыбнулся. Сверкнул золотой зуб в углу рта.

— Прощай, — сказал Знаев.

— Брось, — сказал колдун. — Что значит «прощай»? Ещё не раз увидимся.

Он встал и хлопнул Знаева по плечу — как будто деревянной доской приложился, с небольшого замаха.

«Господи, — подумал Знаев. — Это всё настоящее. Я ничего не выдумал. Я не сошёл с ума. Я нормальный. Такой же, как прочие, один из пятнадцати миллиардов, живущих от Чукотки до Австралии. Слава богу, я не исключительный, я — как все».

— ...И ты, — сказал колдун.

— Что?

— И ты сегодня никуда не езди.

— Нет, — сказал Знаев, и покачал головой. — Я уже всё решил. Попрощаюсь с друзьями — и вперёд.

— Ладно, — сказал колдун слегка разочарованно. — Как хочешь. Удачи тебе.

Знаев прощально кивнул девушкам. Две наименее пьяные и возбуждённые (и, очевидно, замужние) на него не смотрели; зато две другие, немного постарше и посмелей одетые, столь приязненно помахали голыми руками, что на миг он тоже передумал уходить.

— Иди, — поторопил его колдун. — Ты ведь не все дела закончил.

— Да, — сказал Знаев. — Кое-что осталось.

55

Когда вышел из кабака под небо — дождь уже кончился; тротуары быстро высыхали.

Позвонил Горохову; сказал, что хочет попрощаться и готов приехать.

— Знаешь что, — ответил Горохов, — надоел ты, шеф. Хватит тебе самому везде мотаться. Посиди на месте. Я сам к тебе подъеду.

Знаев, немного удивлённый и даже почти растроганный, сказал, что будет ждать возле дома; доехав не без труда по шумному Садовому, устроился на едва высохшей щербатой лавочке с видом на детскую площадку; бросил рядом тощий портфель, вытянул ноги; смотрел, как малышня снуёт во всех направлениях, съезжая по пластиковым желобам и раскачиваясь на верёвках, кольцах и перекладинах. Начинало темнеть. Из распахнутых окон соседнего дома доносился запах жареной рыбы и музыка, между прочим — уголовно-пролетарский джазик Аркадия Северного: «Был бы ты лучше слесарь, или какой-нибудь сварщик, в край-

нем случае милиционер, — но только не барабанщик!» — и на последней строчке невидимые, но явно
весёлые и нетрезвые граждане подхватывали азартно:
«...но только не барабанщик!!», и так пришёлся граж-
данам по вкусу дворовый хит пятидесятилетней дав-
ности, что они, едва дослушав, включали песенку сначала, чтобы ещё раз в том же месте подпеть про бара-
банщика. Откуда-то из кустов бесшумно выбрались
два невысоких юных азиата, оглянулись на бегающих
детей, на их утомлённых мамаш, на Знаева, сняли за-
ношенные фуфайки — обнажились туго увитые мышцами тела; первый прыгнул на турник и стал делать
сложное упражнение под названием «выход силой»,
второй стоял рядом и вполголоса подбадривал, потом
поменялись. Знаев наблюдал с удовольствием и даже
с нежностью: так рельефно перекатывались мускулы
на спинах азиатов, так звонко смеялись дети, такое
золотое вечернее свечение заливало умытый дождём
город, что на миг отчаянно расхотелось уезжать; куда,
зачем уезжать? От чего убегать? Разве от этого убега-
ют? От покоя, от смеха детского? От песенки про ба-
рабанщика? Миллиарды мечтают приблизиться к этому хотя бы на миг — а ты бежишь? Не беги, останься,
дурак.

И даже Горохов, шагающий сейчас к нему, в своём
обычном сером пиджаке, со своей обычной недовольной миной на сером лице, казался уместным, законно
присутствующим в пейзаже.

А следом за Гороховым из его машины неумело вы-
бралась растрёпанная Маша Колыванова; подбежала,
остановилась в шаге, обдав Знаева телесным жаром
и запахом духов: розовая, взволнованная.

— Сергей Витальевич... Вы уезжаете?

Скандалить будет, встревоженно подумал Знаев, вставая с лавки. Из-за денег, которые я давеча утащил из магазина.

— Да, — сказал он. — Уезжаю.

Маша всхлипнула.

— Но… вы… вернётесь?

— Вернётся, — недовольно сказал Горохов, подходя и пожимая руку боссу, неожиданно крепко. — Успокойся, я тебя прошу.

— Не могу, — сказала Маша, согнутым пальцем придерживая тушь на мокрых веках. — Я видела плохой сон… Сергей Витальевич… Говорят, вы едете воевать…

Знаев посмотрел на Горохова; тот демонстративно пожал плечами.

— Врут, — твёрдо сказал Знаев. — У меня отпуск. Отдохну — вернусь.

Маша не смогла-таки сдержать чувств и разрыдалась. Знаев и Горохов молча одновременно протянули свои платки. Маша помотала головой, отвернулась.

— Извините, — пробормотала, всхлипывая, — только я не дура… Если бухгалтер — значит, что — не понимаю?.. А я всё понимаю… Не надо вам туда… Ни в коем случае… Хотите — на колени встану…

Знаев положил было ладонь на дрожащее мягкое плечо — она вздрогнула, как от удара током, сбросила руку.

— О нас подумайте… Если о себе — не умеете…

— Он умеет, — осторожно возразил Горохов. — Перестань.

— Простите, — сказала Маша.

Горохов шумно вздохнул.

— А ты не фыркай! — грубо воскликнула Маша, кривя яркий рот. — Подумаешь, баба слезу пустила… —

Она перевела взгляд с одного на другого. — Дураки вы, оба... По вам, небось, никто не плакал давно...

— Не плакал — и не надо, — сухо сказал Горохов.

— Замолчи, — попросил Знаев. — И ты тоже. — Он подмигнул женщине, как мог, беззаботно. — По нам не надо плакать. Мы живём, чтобы смеяться. И чтоб все вокруг тоже смеялись. Вон, посмотри на Алекса, он же самый весёлый человек на свете!

— Это точно, — пробормотал Горохов. — Веселей меня поискать — не найти.

Маша, наконец, улыбнулась; слёзы быстро высыхали, и тушь, удивительным образом, почти не пострадала.

— А что там было? — спросил Знаев. — Во сне?

— Вам знать не обязательно, — гордо ответила Маша. — Но про войну забудьте. У нас и так на фасаде про неё написано. А это плохо. Кто кличет — тот накличет.

Она смотрела теперь прямо на Знаева, жадно и смело. Знаев смешался. Горохов вытащил из кармана ключи, протянул ей, произнёс с особенной интонацией хозяина, повелителя:

— Иди в машину. Музыку включи, сигаретку выкури. Обещала, что всё будет без соплей.

— Ну извини, — с вызовом ответила Маша. — Не получилось. До свидания, Сергей Витальевич. Берегите себя.

Знаев обнял её и поцеловал в горячую щёку. Когда ушла, посмотрел в серое лицо Горохова, усмехнулся.

— Молодец. Своего не упускаешь.

— Никогда, — спокойно ответил Горохов. — Но это тебя не касается. Ты уезжаешь, а мне тут жить. Разгребать.

— С такой надёжной женщиной не пропадёшь.

— Сам не пропади, — сказал Горохов. — И вообще, **у меня со временем тяжело. Давай прощаться.**

— Тяжело со временем? — Знаев поморщился. — Ты так больше никому не говори. А то превратишься в меня.

— Вообще, это моя цель. Превратиться в тебя.

— Это отвратительно.

— Это неизбежно.

— Не превратишься, — сказал Знаев и протянул портфель. — Вот, отдашь своей подруге. Я потратил только половину.

Горохов удивился и засмеялся.

— Не сообразил, как разделить?

— Решил — пополам. Но старший сын отказался.

— А младший — взял?

— Да. И очень обрадовался. Одно слово — либерал.

— Господи, — сказал Горохов, — да при чём тут это? Сколько ему лет? Шестнадцать? Какой из него либерал?

— Либералов с детства приучают не отказываться от денег. Для них это фетиш. Концентрат свободы.

Горохов осклабился.

— А патриоты, значит, денег не берут?

— Патриоты, — ответил Знаев, — не живут личным интересом. А только общественным. Они отдают деньги туда, где нужней.

— Очень сомневаюсь, — сказал Горохов. — По-моему, патриоты вообще не имеют денег, ниоткуда не получают и никуда не отдают. — Он приподнял портфель, взвешивая, и поставил обратно на лавку. — И что мне с этим делать? В кассу вернуть?

— Нет, Алекс, — сказал Знаев. — Не надо в кассу. Потрать. С Машей поделись. А кассы больше не будет. Я продаю магазин.

Алекс Горохов, конечно, изумился, но четыре жизни, прожитые в бизнесе, научили его маскировать эмоции. Он лишь побледнел, и то не весь, только кончик носа и скулы, словно дунуло сбоку, посреди июльской благодати, ледяным холодом и отморозило выступающие углы.

— Надеюсь, это не «Ландыш»? — хрипло спросил он.

— Это «Ландыш», — сказал Знаев. — Я продаю магазин Григорию Молнину. Продавать будешь ты, по доверенности. Цену помнишь. Твоя доля — 25 процентов, как договаривались. Остальное переведи на мой счёт в Андорре. Подключи юристов, телефоны у тебя есть. Людей предупреди заранее. А её первую, — Знаев кивнул в сторону машины, где сидела и дымила сигаретой Маша Колыванова. — Контору пропусти через банкротство и похорони.

Горохов помедлил.

— Понял, — ответил он. — Ладно. Хозяин-барин.

— Ты расстроился?

Горохов, наконец, сел на лавку. И тоже вытянул ноги, они у него были совсем худые, настоящие козлячьи копытца, и весь он — теперь, когда ушла женщина — сделался уставший и невесёлый, почти жалкий.

— Не знаю, — сказал он. — Наверно, да. Хороший был магазин.

— Ты сам предлагал его сжечь.

— Может, ещё сожгу. Только дождусь, когда ты уедешь.

— Считай, я уже уехал.

— Когда вернёшься?

— Не знаю. Месяца через два. Но может и задержусь. Вдруг мне там понравится?

— Я думал, тебе нравится здесь. В Москве. Я думал, это для тебя лучший город.

— Так и есть, — сказал Знаев. — Но не сидеть же здесь безвылазно. Иногда надо что-то делать. Чтоб этот город оставался лучшим.

— Ты достаточно сделал для этого города, — сказал Горохов.

— Ошибаешься, — ответил Знаев. — Всё что я делал, я делал для себя.

Некоторое время оба молчали.

«Но только не барабанщик!» — восторженно грянули издалека, и столько свежей юной бравады было в этом хоре, что Знаев не выдержал и встал.

— Это всё, дружище, — сказал он. — Мне пора. Телефон со мной; буду на связи. Прощай.

56

В квартире пахло сырыми досками. Гера мыла полы; облачённая в старые мужские спортивные брюки, с закатанными до щиколоток штанинами, и футболку с надписью «No rules!», она яростно орудовала верёвочной моряцкой шваброй и на Знаева только оглянулась коротко; пробормотала, что он может пройти в кухню к своему дивану, — но больше никуда. Знаев не возразил.

Он как раз хотел собрать вещи.

«Но есть разговор», — вдруг добавила она и захлопнула за ним дверь.

Он выдвинул из-под стола сумки. «Собрать вещи» — громко сказано. Сбил в тощую стопку какое-то бельё. Сразу же нашёл среди бумаг и спрятал в карман загранпаспорт, пухлый от вклеенных виз. Рассыпал по столу запонки, авторучки, ключи, записные книжки, собственные визитные карточки с пятиконечной красной звездой в левом верхнем углу. Костяной медиатор, принадлежавший лично Дэвиду Гилмору. Мелочи не выглядели чем-то, что может обременить путешественника, — но не казались и необходимыми.

Не возьму ничего.

Когда съезжал из собственной квартиры — по старому и уважаемому мужскому обычаю взял только то, что можно унести в руках. И ни разу потом не пожалел. Дом был, да, стоит признать, набит вещами. Много всякого оригинального барахла нажил банкир Знаев, жирный буржуй, расставил по углам и полкам, хранил, пыль стирал... и винилы с автографами рок-звёзд, и полностью исправная губная гармошка солдата Третьего Рейха, и боевое весло народа рапа-нуи, вывезенное с одноимённого острова, и самурайские мечи, и венецианские маски, и ручной работы гобелен с товарищем Сталиным в полный рост, в белом кителе генералиссимуса, на фоне тучных нив и обильных садов, и огромный постер с изображением Джимми Хендрикса (тиран и гений украшали противоположные стены коридора и смотрели друг на друга), и сигарный ящик красного дерева с личной монограммой на крышке, и кусок бивня мамонта, и внеземной пейзаж работы лётчика-космонавта Алексея Леонова с дарственной надписью. Всё оставил, не прикоснулся даже. Обладание красивыми, изысканными предметами доставляло ему удовольствие, было здорово и круто иметь в поле зрения все эти ящики, маски и гобелены, но когда предметы исчезли — ничего не изменилось; предметы вроде бы украшали быт, создавали приятную ауру — вдруг оказалось, что не так уж и украшали. Что можно обойтись и без быта, и без ауры.

Гитару тоже не взял.

А теперь из того, что взял, из минимального количества, выбирал самое необходимое, жизненно важное, то, без чего совсем никак.

И выходило, что совсем никак — без зарядки для телефона. Остальное ни к чему.

Он взял солнечные очки, водительские права.

Он чуть было не оставил даже компьютер. Ничего в нём не было важного, только многотонные файлы с бесконечными, тесно уложенными в таблицы, рядами цифр, его собственная личная бухгалтерия, уже не имеющая ценности: все долги были отданы, все кредиторы удовлетворились. Файлы можно было уничтожить — тем более, что их копии хранились у Горохова. Ни один серьёзный человек не хранит важную информацию в единственном экземпляре.

Электронную почту он получать не хотел и сам никому писать не собирался. Фотографий не хранил, поскольку не любил ни фотографироваться, ни рассматривать снимки — ни свои, ни чужие.

Но в последний момент вспомнил. Без компьютера он не сможет управлять своими сбережениями. Своим банковским счётом в маленькой, но гордой республике посреди Пиренейских гор. В месте, недосягаемом для фискальных органов Российской Федерации. Когда (и если) магазин «Готовься к войне» будет продан, на счету в одном скромном финансовом учреждении в городе Андорра-ла-Велья окажется сумма со многими нулями. Его сухой остаток. То, на что он будет жить, если уцелеет.

Знаев тщательно протёр экран и клавиатуру салфеткой. Вздохнул. Нет никакой гарантии, что счёт в маленьком банке горной республики однажды разбухнет от нулей и единиц.

Когда жизнь выкипает, сухого остатка может и не быть.

Гера вежливо постучала и вошла, держа одну руку за спиной.

— Собираешься? — спросила вежливо.

— Голому собраться — только подпоясаться.

— Можно я не пойду тебя провожать?

— Я как раз думал о том же самом. Куда провожать? До дверей автомобиля?

Она смотрела, как он погружает в сумку большую коробку обезболивающих таблеток.

— Как ты будешь добираться?

— До Ростова на машине, — ответил Знаев. — Машина чужая, прокатная, в Ростове сдам её; дальше — на перекладных.

Он тут же догадался, что вопрос не предполагал ответа, на самом деле Гера оттягивала момент, не решалась сказать что-то более важное; едва он замолчал, она поспешила вынуть руку из-за спины и протянуть маленький кусок картона, размером с половину карандаша: тест на беременность. С двумя поперечными полосками синего цвета. Знаев мгновенно всё понял, и в его голове, как в головах миллиардов двуногих самцов до него, пронёсся грохочущий эшелон неразборчивых мыслей: снизу вверх, из горла в затылок. Мысли вылетели и салютом брызнули во все стороны, оставив звон в совершенно пустом черепе.

Он взял картонку из пальцев Геры и рассмотрел внимательней.

Гера глядела блестящими глазами, напряжённая, серьёзная.

— Ты беременна, — сказал он.

Она кивнула. Знаев улыбнулся.

— Молодец, — сказал он. — Я рад. Поздравляю. Это здорово. Я буду хорошим отцом ребёнку.

Он видел, как она расслабилась, благодарно затрепетала, потянулась к нему вся, и налились ярко-розовым щеки.

— Если вернёшься.

— Постараюсь вернуться.

Она сделала шаг вперёд.

— Может быть, вообще не поедешь?

Он шагнул навстречу, обнял, в который раз поразился: она была такая хрупкая. Такие подвижные, слабые косточки сдвинулись под кожей. Её следовало держать, как бокал. Её надо было беречь. Даже самых сильных и независимых женщин надо беречь.

— Не уговаривай, — пробормотал в горячее ухо. — Я всё равно плохо соображаю. Я теперь отец троих детей... Это надо осознать...

— Ещё нет, — ответила Гера. — Ты бы хоть спросил моё мнение. Вдруг я не захочу оставлять ребёнка.

— Во-первых, я знаю, что оставишь. Во-вторых, я бы тебе не позволил.

— Не позволил? — она засмеялась. — Это как? Закрыл бы и не выпускал?

— Один из вариантов.

— А другие варианты?

— Уговорил бы. Дал денег.

— У тебя вроде нет денег.

— Нашёл бы.

Она освободилась от объятий. Смотрела, как он прячет картонку-тест глубоко в карман.

— На память, — сказал он. — И, кстати, насчёт денег. Час назад я был у нотариуса. Теперь ты владеешь торговой маркой «Телага». И доменом «Телага.ру». И дизайнерскими разработками. И опытными образцами. Всё оформлено на тебя.

— Господи, — без энтузиазма сказала Гера. — Зачем мне это нужно?

— Это нужно — мне. Оставляю дело в надёжных руках. Вернусь — продолжу. А не вернусь — по крайней мере, ты не продашь мои телогрейки первым встречным педерастам.

Она молчала. Он закрыл сумку, подумал и сказал:

— Я бы хотел дочь. Сыновья у меня уже есть.

Гера пожала плечами. Румянец сошёл с её лица.

— Я понимаю, — сказала она, — зачем ты туда рвёшься. Это зов крови. Инстинкт. Когда наших бьют, все должны бежать и драться. Я с тобой согласна. Но твоё время ещё не пришло. Ты слишком взрослый. И слишком жестокий. Если такие, как ты, возьмутся за оружие, весь мир будет гореть огнём.

— Мир уже горит.

— Нет, — сказала Гера. — Ещё можно всё остановить. Сядь и подумай. Последний раз. Сядь.

Она с шумом придвинула табурет, и он послушно сел и положил ладони на бёдра.

Он честно подумал, и выходило, что он уже пошёл по дороге, которую выбрал; первые шаги сделаны, остановиться невозможно.

— Я подумал, — сказал Знаев тихо, после короткого момента полной неподвижности. — Я уезжаю. Но даю слово, что вернусь, и буду в порядке.

— Хорошо, — тихо сказала Гера.

— А теперь, если хочешь, давай поедем в хорошее место и отпразднуем новость.

— Нет. Не хочу праздновать. Мне грустно. Я специально затеяла уборку, чтобы отвлечься. Отпразднуем, когда вернёшься.

Он подумал, что и ему на самом деле не хочется праздновать. И подумал ещё, что опасно, наверное, оставлять на долгий срок в одиночестве такую женщину.

Знаев затянул и проверил ремни на сумке. Неуверенно произнёс:

— Не знаю, должен ли я это сейчас говорить, но моя бывшая жена тоже беременна.

— Ничего удивительного, — сказала Гера. — С женщинами иногда это происходит. Мужчины думают, что если кризис и война — то жизнь останавливается. А она никогда не останавливается. Жизнь — это река, текущая через женщин, а мужчина всего только сидит на берегу и размахивает своим смешным удом. Может, тебе собрать в дорогу какой-нибудь еды?

— Не надо, — ответил Знаев. — Я не люблю сытость. Она делает меня слабым.

Он поцеловал её, подхватил сумку и ушёл.

Господи, не оставь их всех. Если любишь, как я люблю, — не оставь их.

Никогда за себя не просил, не прошу и не буду, — только за них.

Дай им побольше покоя, и воли, и тепла, и солнечного света.

Когда выехал на Третье кольцо, достал телефон и набрал номер Молнина.

— Здравствуйте, — с ходу вежливо сказал Молнин. — Рад вас слышать. Что случилось?

— Я согласен, — сказал Знаев. — Я закрываю магазин и продаю здание. По вашей цене.

Молнин помолчал и осторожно спросил:

— А какая была моя цена?

— Четыре миллиона.

— Ага, — сказал Молнин. — Очень хорошо. — Судя по всему, он только теперь окончательно вспомнил, кто такой Знаев, и оживился: — Вы правильно поступили, Сергей. Это разумно. Давайте встретимся, обмоем это дело. Я буду счастлив пожать вам руку. Вы большой человек, я у вас учился.

— Не могу, — сказал Знаев. — Еду в отпуск. Все бумажки подпишет мой заместитель. У него есть нотариальная доверенность. Его юрист свяжется с вашим.

— Хорошо, — сказал Молнин.

— А по такому случаю, — добавил Знаев, — у меня к вам просьба.

— Слушаю, — сказал Молнин.

— Если прокуратура завела на меня дело, значит, на таможне стоит «флажок». Вы можете его снять? Прямо сейчас? Чтобы меня выпустили?

Молнин помолчал.

— Нет никакого флажка, — сказал он. — И дела пока нет. С вами просто поговорили. Если вы собрались куда-то — езжайте спокойно. Никто вас не трогал и не тронет.

— Ясно, — сказал Знаев. — Я что-то такое предполагал.

Он оставил машину на стоянке аэропорта.
Войдя в здание, сразу пошёл к кассам и попросил билет на ближайший рейс до Лос-Анджелеса в один конец.

57

Прозрачный воздух.
Слишком прозрачный — глаза не верят.
Позади, на родине, на другой половине шарика, осталась пыль, степная азиатская взвесь, сквозь которую с усилием прозревает мир сухопутный человек.

Здесь вокруг — только гудящая синева. Отовсюду дышит океан. Великий одноэтажный город омыт океаном. Ветер выносит, сдувает, гонит не только грязь и выхлопные дряни — многие звуки тоже. Водитель клаксоном загудит — а вроде и не слышно.

Эха нет, прямо над головой заканчиваются все крыши, столбы, провода, рекламные вывески, а дальше — только небо, и солнце цвета топлёного масла, и белый шум океана; он всё время где-то рядом, за ближайшими углами скромных сплюснутых домов.

Люди плавают, как в меду, в бесконечном умиротворяющем аккорде ветра.

Белый шум, лечебная сила, полная перезагрузка извилин.

В первый вечер напился до полубезумия, добрёл до берега, мокрыми, в песке, пальцами тыкал в кнопки, дозваниваясь в Москву, — она не взяла трубку; разозлённый, шептал проклятия, смотрел в небо, пока не понял, что на другой стороне глобуса сейчас едва рассвело; она спит! Тут же вместо гнева исполнился нежности и умиления.

Проснулся с рассветом, без всякого будильника, а также без всякого похмелья, резиновые шмотки-манатки — в рюкзак, вышел за дверь — и тут же, в секунду, задрожал от холода.

Северо-западный ветер задувал в уши.

Я не поеду на эту войну.

Я пока не поеду на эту войну.

Ритуальное — медленное — приближение к деревянному сараю, где трое многозначительных метисов неопределённо юного возраста зевают по случаю раннего утра, и греют коричневые пальцы о стаканчики с горячим кофе, и гремят ящиком походного кассового аппарата, и курят, и поливают из шланга выгоревший на солнце деревянный настил. Готовятся делать бизнес.

Лучшие клиенты приходят ранним утром.

— Привет, парни. Мне нужна доска.

Поднял руку вверх: вот такая.

— Двадцать долларов в час.

— Хорошая цена. В Португалии я платил 25 евро. На Канарах — 30 евро.

За спиной пацанов из побитого мафона нежно сочится гавайско-полинезийское регги.

— О, — восклицает самый бодрый и смуглый из троих метисов, — это ерунда, брат! В Австралии я платил 50 долларов в час! И ещё, когда превысил время, с меня хотели получить дополнительные деньги!

— Доска тоже хорошая.

— Спасибо! Хочешь натереть её воском?

— Нет. Я гоняю в обуви. Вода холодная.

— Холодная? Нет, брат. В Сан-Франциско холодная. А здесь — ничего. 63 градуса.

— У меня есть друг. Парень из Уэльса. Это Европа. Северная Атлантика. Ты знаешь, где Северная Атлантика?

— Да, знаю. Северная Атлантика! Конечно, знаю.

— Мой друг из Уэльса сказал, что гоняет при температуре 40 градусов.

Метис смеется.

— Почему нет? Разные люди — разные удовольствия!

Подходит ещё один — такой же новичок, приезжий, залётный, без загара, без въевшегося в волосы запаха марихуаны. Беспокойный лошара.

Разбитной метис подмигивает тебе; у него огромные выразительные глаза с коричневыми радужками и угольными ресницами.

— Прости, брат, я должен работать!

— Спасибо.

— Удачи.

— И тебе.

От сарайчика до берега — двести метров идеально чистого песка.

Говорят, здешние пляжи — лучшие в мире.

За прибоем волны нет. Местные терпеливо ждут, пока подвалит что-то приличное.

Множество местных взрослых мужчин гоняют с утра, перед тем как отправиться в офисы и продавать культиваторы, грейпфруты, компьютерные программы, страховки и антидепрессанты.

Новичку лучше держаться ближе к местным. Местные знают берег и дно. Законы мореходства одинаковы от Фиджи до Шпицбергена. Лучший моряк — это местный моряк, он годами ходит по одним и тем же путям.

Однако чаще всего догнать местных ребят просто невозможно, они уходят слишком далеко от берега.

Рисковать нельзя. Океан не простит, убьёт.

Западный ветер всё портит, нагоняет волну в спину, гасит её, не даёт гребню подняться. Возможно, сегодня вообще не будет нормальной волны, но ничего: просто проплыть несколько миль на животе — наслаждение то же самое. Когда голова на уровне поверхности — ничего вокруг не видишь, кроме живых сине-зелёных холмов.

Другая реальность. Абсолютно подвижная плоть. Все люди боятся её и уважают.

Едва час выдерживаешь.

Доску помыл и вернул метисам, очистив от песка и обгладив ладонями. Оставил чаевые, 20 процентов, **как принято**.

Завтра или послезавтра надо будет купить свою доску, собственную.

Шёл назад — шатался от усталости, плечи не держали мешок, ноги не хотели попирать тёплый асфальт, глаза не смотрели в небо.

Пока принимал душ, едва не заснул.

Решил покурить перед тем, как рухнуть, — сигаретный дым показался глубоко отвратительным. В Москве — плюнул бы или выругался вслух. Здесь — не подумал ничего. Плохой дым, неприятный, потушим сигарету — и неприятность будет устранена. Подумаешь, вонючая сигарета. Другим бы мои проблемы.

Никогда не забывай о том, что ты от рождения — счастливейший, ты крепок и сыт, и в твоём доме горит электрический свет, и о твоём здоровье заботятся доктора, и твою безопасность защищают тренированные полицейские.

Ты — обитатель золотого миллиарда, девять человек из десяти живущих на планете мечтают занять твоё место.

Если ты не будешь наслаждаться всеми благами жизни обитателя золотого миллиарда, эти девять из десяти — не поймут тебя, потому что если бы они попали на твоё место — они бы наслаждались непременно.

Поэтому, с одной стороны, ты не только можешь, но и обязан наслаждаться преимуществами, которые даёт жизнь в элите человечества. В первую очередь — комфортом и искусствами.

С другой стороны, ты ни на миг не должен забывать о тех девяти существах, которые остались по ту сторону забора и наблюдают за тобой неотрывно.

Часть твоей сущности должна всё время быть с теми, кому не столь повезло. Как только ты забудешь о них —

они, скорее всего, убьют тебя, и кто-нибудь другой займёт твоё место.

Это положение вещей будет сохраняться до тех пор, пока человеческий гений не обратится в великий поход против голода, нищеты и болезней и не сумеет победить вопиющее неравенство.

К сожалению, человеческий гений, несмотря на всю свою прозорливость, не в силах предсказать точной даты начала этого похода.

Белый шум в голове.

Это длится два-три дня.

В пропахшей ванилью кофейне, забитой до отказа, успеваешь оккупировать край скамейки и встроиться, никого не задев. Справа седая темнокожая женщина с очень умным взглядом анкетирует двоих китайцев, слева три девчонки в хипстерских шапочках читают огромные тетради с конспектами, угрызая кончики авторучек, как все девчонки на свете.

Открываешь компьютер. Проверяешь почту; писем нет.

«Яндекс» утверждает, что валюта подорожала, что либеральный митинг собрал пять тысяч граждан и обошёлся без провокаций. Военные сводки: убитые, раненые, из них мирных жителей столько-то. Обстрелы из тяжёлого вооружения. Переговоры зашли в тупик. Мировая общественность обеспокоена.

Но если нажать кнопку и выйти из «Яндекса» — вроде бы и нет никакой войны, никто не стреляет, все вокруг улыбаются и отхлёбывают из картонных стаканчиков.

Пора придумывать, чем занять день. Может быть, сесть в машину и проверить соседние пляжи? К югу —

Манхэттен-Бич, к северу, в Малибу — Зума-бич. Берег города весь — сплошные пляжи, переходящие один в другой. Смотришь карту: по какому бульвару лучше доехать.

Пешком тут никто не ходит, город не предназначен для безлошадных. Даже просто прогуляться, размять ноги — некуда, не на что смотреть, повсюду одинаковые одноэтажные хибарки.

Но ехать, крутить руль, давить педали неохота. Всё, что решил сделать сегодня, можно отложить на завтра. Или на начало новой недели.

И дремлешь, дремлешь над экраном, среди гомона голосов и треска кофемолок. Белый шум баюкает. Дремлешь по-настоящему, руку под щёку подставил и глаза закрыл.

Некуда спешить, нечего делать. Свобода.

В машине открыты все окна. Машина — как у местных, джип с кузовом. Когда купим доску, бросим её в кузов и будем путешествовать вдоль всего Западного побережья, от Сан-Диего до Сан-Франциско.

Катишь вдоль бесконечной череды пальм, голенастых, изогнутых, с метёлкой листьев на самой верхотуре. Слева неторопливо обгоняет старый, рычащий спортивный монстр, сверкающий изгибами, вылизанный, как котовые яйца. Внутри монстра помещён расслабленный абориген в белой фуфайке: то ли миллионер из Силиконовой долины, то ли мойщик полов в супермаркете. На взгляд приезжего чужака бедные здесь неотличимы от богатых, и чужак с удовольствием мимикрирует: он тоже в белой майке и тёмных очках, он тоже крутит руль одной рукой, откинувшись в кресле. В отличие от местных, ему не нужно работать, и он останавливается возле супермаркета, чтоб купить новую зубную щётку и выпивку.

Виски здесь дешёвый и совершенно замечательный. Но за рулём мы не употребляем. Незачем раздражать полицейских — им и так явно нечего делать. Вчера напротив мотеля потерял равновесие и упал велосипедист; бедолага не успел встать и отряхнуть колени, как рядом затормозили две машины с мигалками и целый взвод парней, увешанных рациями и кобурами, бросился на помощь. Сэр, вы в порядке?

О да, я в порядке. Я свободен. Я включаю телевизор и наливаю стакан.

Когда сильно напиваешься, из позвоночного столба вылезает война. Гибкий горячий змей, внутренний хищник, всегда голодный, всегда думающий только о себе и о жертве. Горбоносый чёрт с пылающими волосами.

Он выходит: кровавый демон, пропитанный тысячелетним смрадом. Он озирается, ему неуютно — вокруг он видит самое ухоженное и комфортное место на планете. Благодатные земли, бесконечные поля, прогретые и обласканные солнцем. За эти земли никто всерьёз не сражался. Здесь не рубились мечники в ржавых медных панцирях, здесь не жгли еретиков. Здешняя реальность не заряжена эманациями великих злодеяний. Здешний длинный берег великого океана не имеет мистического слоя. Совсем новый мир, построенный беглецами из старого мира. Теми, кому надоели войны ради места под солнцем.

Ты в три раза древней, чем любой местный житель. Великой одноэтажной столице всего двести лет от роду.

Не кидали людей в печи, не закапывали живьём население целых городов.

Сюда — бежали.

И ты тоже — беглец.

Вроде бы настроился поговорить с чёртом — давно не виделись, есть что обсудить, — но чёрт, оглядевшись, изучив развешанные тут и там мокрые пляжные полотенца, втянув ноздрями запах грейпфрута, исчезает, не сказав ни слова, только громко скрипнув зубами.

На рассвете, в утренней кефирной свежести, в тишине, едва не над самым ухом раздаётся знакомый звук заводимого мотоцикла. Немедленно встаёшь, ударившись коленом об угол кровати, глядишь в окно: двое крепких, поджарых, седоватых ходят вокруг мотоциклов без номерных знаков и говорят на русском, и недурно бы выйти, поинтересоваться, куда именно собираются дубасить эти непростые дядьки. Они явно приехали сюда налегке, купили мотоциклы и собираются как минимум прокатиться на север по Тихоокеанскому шоссе, или — как максимум — пересечь весь континент с запада на восток, а на восточном берегу слезть с мотоциклов и отправить их морем, в ящиках, домой в Россию.

Но не вышел: испугался. Вдруг знакомые, или знакомые знакомых?

Двое седых уверенных не похожи на столичных деятелей — скорее мужики из больших областных центров, из Твери или Нижнего, хозяева больших кусков недвижимости или, например, каких-нибудь фабрик. Нет, не москвичи.

Но всё равно не пойду. Не хочу ни с кем говорить. Специально уехал подальше, чтоб ни с кем не разговаривать. Ничего не делать и ни о чём не думать.

Подождал, пока соотечественники оседлают свои байки и свалят. Вышел сам. Машина тут же, у двери. От порога до водительского кресла — два шага.

Надо поехать в лавку и купить, наконец, собственную доску.

Через три-четыре недели океан полностью освободит сознание. Обнулит все ценности — то, ради чего рубился в прошлой жизни, перестанет вызывать интерес.

Станешь пустым, чистым и вольным.

Волосы и брови выгорят, соль отшлифует морщинистую морду и промоет носоглотку, плечи раздадутся, спина станет прямой и железной, из бронхов выйдет вся копоть. Насморки и простуды уйдут в прошлое.

Доска станет лучшей подругой.

Бриться раз в неделю. Солёная вода раздражает чисто выбритые щёки. Лучше — короткая щетина, она защищает нижнюю часть лица от сожжения солнцем. Кристаллы соли действуют как увеличительное стекло: кожа сгорает в пять минут.

Но за руль неохота. Лень. Наверное, поэтому и не вышел поздороваться с русскими мотоциклистами. Они — бодрые путешественники, заряженные энергией, а ты полусонный беглец.

Можно сходить в кино. В конце концов, ты живёшь в мировой столице кинематографа. Решаешь прогулять день, как прогуливал в школе, в шестом или седьмом классе, с наслаждением от каждой минуты безделья. В такой преступный день обязательно разрешаешь себе полный, окончательный праздник.

Дневной сеанс. Билеты без номеров, садись куда желаешь. Типичный абориген, промасленный солнцем, в местной униформе — белая футболка и голубые джинсы — пробирался мимо и наступил на ногу.

— Ёб твою мать.

— Лучше без матери, — негромко советуют сзади. — Здесь некоторые говорят по-русски.

Обернулся — череда благожелательных цветущих физиономий, хрустят поп-корном, тянут из бутылочек непременный жидкий кокаин. Кто сказал — непонятно. Пришлось извиниться сразу перед всеми. И вспомнить, что в Великом Одноэтажном Городе живёт сто тысяч выходцев из родной Гипербореи; пять волн эмиграции, включая белогвардейскую, колбасную и силиконовую. Ещё можно вспомнить, что первую русскую крепость здесь заложили ещё во времена войны с Наполеоном, задолго до силикона и кинематографа. Таким образом, ругнуться на родном языке — здесь это легитимно. Имеем право.

Фильм красивый, длинный и скучный. Супергерой молотит врагов бронированными кулаками. Финальная битва: разрушено полгорода, дымятся развалины. Злодей и его прислужники стёрты в порошок. Здешняя публика обожает смотреть на разрушения, взрывы и катаклизмы. Не переживая катастроф в реальности, люди жаждут увидеть беду и смерть хотя бы на экране. Но приезжему беглецу неинтересны побоища, они его не развлекают.

Он равнодушно выходит из тёмного зала. Снаружи всё то же солнце и тот же солёный ветер. Через минуту приключения супергероя исчезают из памяти: то ли фильм слишком плохой, то ли ветер слишком солёный. От него тоже хочется убежать — но некуда.

Великий одноэтажный город уже есть результат бегства: здесь всё заканчивается, здесь останавливается любой беглец. Сюда уезжали, потому что дальше уехать нельзя. С севера прибывали туберкулёзные и голодные уроженцы холодных портовых столиц. С востока, через весь континент, по единственной дороге — безработные, неудачники, искатели приключений, лихие головы, преступники, нищие бродяги. С юга двигались армии беженцев из рядом расположенной, гораздо менее богатой страны, которая уже много десятилетий весело паразитирует на своём северном процветающем соседе.

Бегство здесь — уважаемая категория, одна из главных. Здесь убежавшему очень хорошо. Здесь его никто не трогает.

Поздним вечером позвонил Горохов и обычным своим шуршащим, целлофановым голосом объявил, что дело сделано. Магазин прекратил существование, и здание его продано.

— Деньги уже перевели, — сказал он.

— Хорошо, — сказал Знаев. — Ты молодец, Алекс. Как твой брат?

— Представь себе, живой. Под нож так и не лёг. Но одна почка работает. Врачи говорят, уникальный случай.

— Вот видишь, — сказал Знаев. — Он переживёт нас всех.

— Да, — сказал Горохов. — Ты оказался прав.

— Да. Получается так.

— И насчёт свободы тоже.

— Чувствуешь её?

— Да. Теперь я понял, что это такое.

— Ага, — засмеялся Знаев. — Поздравляю. Отдыхай, брат. Только рабы знают, что такое свобода. Отдыхай и жди меня. Вернусь — придумаем что-нибудь. Если, конечно, ты ещё хочешь со мной работать.

— Хочу, — сразу сказал Горохов. — Только давай больше не будем строить магазины.

— Хорошо, — согласился Знаев. — Построим больницу. Стадион. Концертный зал. Мне главное, чтоб люди приходили. Чем больше, тем лучше. Я люблю, когда **много жизни. Когда толпа бурлит.**

— А ты уверен, — спросил Горохов, — что хочешь вернуться? Деньги у тебя есть. Оставайся там. Вложись куда-нибудь.

— Вложиться? Куда? Здесь лицензия на такси стоит двести пятьдесят тысяч. На одну машину. С моими миллионами я тут — скромный небогатый парень. А в Москве у меня дети. Нет, брат, я здесь не останусь. Я вернусь, будем работать. А всех, кто нам помешает, убьём. Тихо и быстро.

Информация о том, что магазин стёрт с лица земли, не кажется сногсшибательной или трагической; но всё же это событие, его надо отпраздновать.

Празднуешь наедине с литром «Jim Beam». Пошёл бы в бар — но баров тут сильно меньше, чем в Нью-Йорке. Надо знать адрес, надо садиться в машину и ехать; целая история. Поэтому пьём на пляже, сидя на песке.

Далеко впереди, у горизонта, светится красный огонь — может быть, бортовой фонарь судна. Рубиновый луч притягивает, баюкает.

Песок излучает уже ночную прохладу.

Мимо медленно идёт человек — в темноте не понять, какого возраста, какой расы. Тлеет сигарета в пальцах. Он останавливается. Похож на тебя, явно такой же бездельник, пляжный зомби. Длинные волосы. Он подходит ближе, теперь ты его узнал: вчера утром вы брали доски в одном и том же прокате, у одних и тех же метисов.

— Привет! — говорит он.

— Привет. Хочешь выпить?

— Нет, — отвечает человек. — Спасибо. Откуда ты?

— Из России. Из Москвы.

— Вау, — говорит человек. — Из России.

По первым фразам ясно, что он тоже — большой друг «Jim Beam» или какого-то похожего напитка.

Лица в темноте не видно. Но судя по уверенному развороту корпуса — молодой парень.

— В России холодно, — говорит он.

— Да. Это холодная страна.

Он обхватывает себя руками за плечи, дрожит и смеётся.

— Я не люблю холод!

— Холод — это хорошо. Холод делает человека сильным.

— А я люблю солнце, — отвечает человек. — Для меня это место — лучшее на свете, потому что тут всегда солнце. Я поклонник солнца. Солнце — это круто.

— Разные люди — разные удовольствия.

— Да, — говорит человек, — верно. Но я должен идти.

— Конечно.

— Не сиди на пляже, — предупреждает человек, — тут ночью темно и холодно!

И уходит.

Остаётся ночь и шум океана; не так уж и мало, если разобраться.

58

Не сразу привыкаешь к этим мгновенным вечерам, когда солнце скользит за горизонт, как часы в жилетный карман, и звёзды высыпают безо всякой сумеречной паузы. Правда, их плохо видно из-за городского зарева; чтобы любоваться здешним ночным небом, надо ехать в пустыню. Или отплыть от берега в открытый океан миль на десять. Или напиться, чтобы количество звёзд и их яркость не имели значения. Обычно Знаев прибегал к третьему варианту — как к самому эффективному.

Был и хороший повод: всё-таки не каждый день на текущем счету появляются цифры со многими нулями.

Впрочем, если бы не было повода, — он бы напился просто так. Деньги ни при чём. Они его не радовали. Он твёрдо решил, что не будет их тратить: вернётся домой и начнёт что-нибудь новое.

Сигналом к возвращению стало само появление длинной череды нулей на голубом экранчике.

Он добрался до края света, отсюда не было другой дороги, кроме как — назад, домой.

«Хорошо, что я не взял в руки оружие и не поехал драться, — думал он, шагая по бесконечной одноэтажной улице и отхлёбывая из горла. — Хорошо, что послушал людей и сам подумал. Моё время ещё не пришло. Мне сейчас обязательно надо жить дальше».

Он вернулся в мотель, сменил сандалии на прорезиненные пляжные тапочки, затолкал в сумку костюм.

Доска всегда лежала в кузове машины, завёрнутая в одеяло.

Пешком до берега идти было едва четверть часа, через улицу вниз, два перекрёстка и ещё сто пятьдесят метров через пляж, минуя дорожки для пешеходов и дорожки для велосипедистов. По обеим дорожкам шли, бежали и катились на велосипедах и роликах поджарые местные жители, существа без возраста и внешних классовых отличий, все в одинаковых шортах, с проводами, торчащими из ушей. Но по мере сгущения темноты число бегущих и едущих постепенно уменьшалось.

Не дойдя пятьдесят шагов до кромки прибоя, он сел на остывший песок и одним огромным глотком прикончил бутылку; но, кажется, ещё больше протрезвел. И стал натягивать костюм.

На пляже кое-где оставались люди, в темноте светились огоньки сигарет, и ветер доносил чей-то звучный женский голос, в отчаянии повторявший: «Я не могу поверить… О Иисус, я не могу в это поверить…» Знаев грустно подумал, что люди везде одинаковы: даже в самом комфортабельном и благоустроенном городе планеты найдут повод для слёз.

Но гудящий в темноте океан, едва Знаев к нему приблизился, поглотил все прочие звуки и всё внимание.

Холодная вода ударила в лицо, окатила грубо и весело, словно старый товарищ при встрече хлопнул по шее и к себе прижал.

Много сил ушло на то, чтобы перебраться через прибой, но ничего: на открытой воде всегда можно перевести дух. И, кстати, вспомнить, что океан человеку вовсе не товарищ, и кто это забывает — тот пропал.

Знаев впервые гонял ночью. Он не знал, насколько это красиво. При свете луны вода сверкала как серебро, а брызги переливались всеми цветами радуги. Когда водяной холм поднимал его выше — он видел лунную дорогу, уходящую в бесконечность, и берег, усыпанный разноцветными огнями.

По опыту он знал, что самый удачный заезд — первый, когда руки ещё не устали. Отплыл от берега, и первая же большая волна — твоя, не зевай, греби, вставай и лети по чёрной воде.

Хорошую сильную волну легко угадать — у неё есть гребень, белый, под луной как будто светящийся.

Волна ревёт прямо за спиной, как тысяча стальных паровозов. Спину и затылок сковывает холодом и одновременно жжёт огнём — это энергия в чистом виде, она преследует тебя, она беспощадна; но если ты не оскорбишь её и будешь достаточно ловок — она позволит тебе сыграть в игру.

Сухопутный человек, он катался посредственно, по русскому выражению — «раком-боком». Не умел делать поворотов и ни разу не смог проехаться в «трубе». Из каждых пяти попыток встать на доску удавалась одна-единственная. Из каждого часа, проведённого в океане, собственно скольжение по водяному склону занимало считанные мгновения. Но это были совершенно упоительные мгновения, и каждый удачный рывок он запоминал навсегда.

Прокатившись, долго лежал на доске, прижавшись щекой, опустив голову, расслабив шею и спину. Звёзды качались над головой, избыточно яркие. «Вот туда бы взвиться, — подумал Знаев. — В космос! Все мечты осуществил, а эту, самую детскую, не смог. Вернусь домой — попрошусь в отряд космонавтов. Предложу все деньги, что есть. Может, возьмут».

Вдруг он сообразил, что его постепенно относит от берега.

Очевидно, это был rip — отливное, или обратное, течение: неприятный феномен, самая частая причина гибели пляжных купальщиков. Обычно сухопутный человек, даже предупреждённый, мгновенно впадает в панику, когда вода подхватывает его и начинает уносить в открытое пространство; несчастный пытается выгрести, быстро выбивается из сил и тонет. Но Знаев не считал себя новичком и только покрепче ухватился за доску.

Он видел, как на пляже в индонезийской Куте отбойная волна сбивала с ног и уносила взрослых мужчин, зашедших в воду едва по пояс. Все они отчаянно работали руками в попытках выбраться, хотя главное правило состояло в том, чтобы, наоборот, дать волне увлечь себя и расходовать силы только для того, чтобы держаться на поверхности; в сотне метров от берега любая такая волна обязательно ослабевала, и можно было — опять же, экономя силы, — отплыть в сторону и поймать противоположную, прибойную волну, которая с той же непреклонностью сама благополучно выносила пловца на сушу.

Наконец, если ты не просто пляжный олух, если у тебя есть доска, — шансы утонуть равны нулю.

Доска для катания выглядит несерьёзно. Но на большой воде и жалкий кусок прессованного пластика, и корабль в тысячу тонн подчиняются одним и тем же правилам мореходства, придуманным на заре человечества.

И первое из правил: для управления посудиной нужна твёрдая рука.

Берег отдалился уже на тысячу футов, и Знаев решил, что отбойная волна потеряла силу; пора было понемногу, безо всякой спешки, выгребать в сторону.

На доске не надо плыть. Доска — это тоже корабль, она сама донесёт тебя до порта приписки, надо лишь правильно перекладывать штурвал.

Цвет неба изменился, из фиолетово-чёрного сделался просто чёрным, и потемнело, появились облака; вместо луны и звёзд над головой повисла бархатная штора. Водяные горы перестали переливаться сиянием. Это случилось быстро и не понравилось Знаеву; хорошего понемногу, сказал он себе, прикинул ветер и направил доску по диагонали к берегу.

Если поймать хорошую прибойную волну, она сама довезёт до берега со скоростью поезда. Не обязательно даже вставать на доску. Если лежать на животе, ухватившись руками за нос, и держать направление, лишь слегка наклоняя тело вправо или влево, — можно катиться многие сотни метров и выехать прямо на сухой песок.

К сожалению, нужная волна не подходила. Собственно, и волн не было — лишь крупная беспорядочная зыбь, в которой Знаев никак не мог сориентироваться. Ветер усилился и дул теперь ему в лицо, но вместо длинных пологих волн, к которым он привык, здесь в беспорядке шли короткие и низкие, и если он пытался поймать лишённый гребня склон такой волны, ветер тут же относил его назад.

Как только он это понял, он перестал грести, вытянул руки перед собой и расслабил их. Если не беречь руки и плечи, мышцы быстро устанут. Работать руками теперь следовало как можно экономнее.

Но сначала он должен был решить, что делать. Попытаться ли доплыть до берега, рискуя по пути потерять силы, либо ничего не делать и ждать, что характер океана переменится и можно будет поймать настоящую правильную волну.

При плавании на доске человек задействует усилия задней трёхглавой мышцы, расположенной на плече со стороны спины. В сухопутной жизни эта мышца работает мало и редко: у большинства людей это просто тонкая плёнка, её иногда трудно даже нащупать. Именно она подводит неопытного пловца в первую очередь.

Подумав, Знаев решил не рассчитывать на свои руки; настроился ждать. Если ветер, или течение, или какая-то иная, неизвестная ему прихоть океана относит его на запад, от берега — нечего и думать о том, чтобы вернуться вплавь. Для этого потребовался бы бензиновый мотор.

В таких случаях принято подавать сигнал «sos» и ждать. Держаться на воде.

Подать сигнал было нечем.

Знаев подавил приступ страха и вытянул тело так прямо, как только мог. Доска не даст ему утонуть. И вообще берег слишком близко. Хорошо виден луч прожектора на вышке спасателей. Этот луч появлялся уже дважды с тех пор, как Знаев вошёл в воду. То есть как минимум каждые четверть часа спасатели включали свет и шарили лучом вдоль берега. Однажды прозрачный белый свет докатится до него.

Он сел на доске. Чтобы шансы увеличились, надо возвышаться над поверхностью, и ещё — быть готовым махать руками, если луч прожектора качнётся в его сторону.

К сожалению, доска была слишком коротка, чтоб сидеть на ней долгое время.

Он был не дурак, не пижон, он не выбрал себе короткую трюковую доску, снаряд для мастеров; его доска была достаточно удобна, чтобы лежать и подруливать, держа носом к волне; но сидеть на ней можно было, только непрерывно балансируя корпусом и широко раздвинув погружённые в воду ноги, расходуя силы, а силы он постановил экономить с первой секунды, как только понял, что дела плохи.

Ему нравилась его доска. Он сразу заметил её, когда вошёл в лавку на Манхэттен Бич. Он увидел острый нос и обводы, вытащил её из длинного ряда других досок и уже не выпускал из рук. Предыдущий владелец не **сильно её берёг. Плавники болтались в гнёздах, а цара-**

пин было множество по всему корпусу. Доска была белого цвета с широкими чёрными и красными продольными полосами. Краски давно выгорели, но от этого доска выглядела ещё лучше — как гоночный болид, выдержавший сотню злых заездов. Знаев купил к ней новый шнур, спустя полчаса на том же пляже испытал доску и остался доволен, и с тех пор каждый раз, когда входил в воду, любовался своей доской. Она отлично держала его семьдесят килограммов и подарила ему много секунд величайшего восторга.

Эта доска вынесет его из любой беды.

Найдут. Они его найдут, конечно. Пляж отделён от жилых улиц просторными автостоянками. Он сам видел, как поздним вечером полицейские с мощными фонарями осматривали на опустевшем паркинге чей-то одиноко стоящий автомобиль. Здесь достаточно любителей ночного сёрфинга. На песке у берега остался прорезиненный рюкзак с пустой бутылкой внутри.

Они будут искать. Может быть, отправят вертолёты. Это богатая страна, тут у них есть всё, и вертолёты для спасения русского болвана тоже найдутся.

— Ничего, — сказал он себе, — ничего.

Но из-за шума волн не услышал собственного голоса.

— Ты не убьёшь меня, — сказал он. — Я знаю правила. Я всегда держу носом к волне. И я тебя уважаю. Я помню, с тобой нельзя шутить. Ты не терпишь легкомыслия, губишь сразу. Но я не такой. Ты меня не убьёшь.

Океан в ответ издавал свой обычный рёв.

— Я знаю правила. Ты мне не друг. Ты опасен. Родитель всего живого, но сам — не живой. Равнодушный ко всему, в том числе и к людям. Они — твои исчадия. Из твоих волн однажды выползли их далёкие предки. Ты кормишь людей и даже развлекаешь. Но если кто-то из

них ошибается — ты убиваешь без жалости и проглаты-
ваешь. У тебя нет разума. Когда-то люди обожествляли
тебя, но потом поняли, что ты не бог, а лишь субстанция,
среда, две молекулы водорода и одна — кислорода, все
твои тайны можно разгадать. Все твои волны, ураганы,
невероятные смертельные цунами, течения, приливы
и отливы, — всё разгадано людьми, просчитано, сфото-
графировано из космоса.

От разговоров с самим собой становилось легче, Знаев чувствовал себя живым, и страх отступал.

Но хуже страха была досада: понимание собственной глупости. Он — сухопутная крыса, лох, дилетант,
мудрец в тазу, отправился в путь по пьяному недомыс-
лию. Он ничего не знал про океан.

Он не знал, каково дно на этом участке отмели, какие ветра господствуют в это время года, а главное —
как себя ведут местные прибрежные течения.

Он помнил только, что вдоль берега континента с севера на юг движется большое и холодное Калифорний-
ское течение, создающее на севере, возле Сан-Франциско, знаменитые туманы. Но края этого течения находились далеко, в десятках миль от берега, а здесь,
рядом с сушей, вода могла двигаться по другим правилам, в самых разных направлениях, в зависимости от
собственной температуры, от степени солёности, от на-
грева солнечными лучами и от рельефа дна. Разбирать-
ся в этом мог только мореход, местный житель, но никак не сухопутный турист.

Он ничего не знал. Он полностью находился во власти океана.

Если бы дал волю эмоциям — выдрал бы волосы на
голове.

Зачем полез ночью в океан, в одиночестве?

Он никогда не был слишком умным, но всегда был самым предусмотрительным и дальновидным.

Как опустился до такого безрассудства?

Однажды он видел, как взрослые мужчины в дорогих пальто выбрасывают из машин набитые деньгами сумки, портфели и мешки с сотнями тысяч долларов. Швыряют в подворотни, в придорожные канавы. Он, Знаев, сам едва не выбросил свой мешок. Он тоже был там, в таком же синем дорогом пальто. В те времена около сотни молодых людей в синих кашемировых пальто каждое утро съезжались к посольству Латвии в Москве, чтобы вынести оттуда несколько тонн наличных долларов — главного экспортного товара Латвийской республики. Через посольство проходила значительная доля всего российского чёрного наличного трафика, и однажды отдел борьбы с экономическими преступлениями устроил облаву. Брали всех, кто выходил из ворот посольства с сумкой или чемоданом. Большинство мужчин в дорогих пальто мгновенно выбросили свои сумки и чемоданы. Все они были оптовиками, каждый месяц пропускали через свои руки десятки миллионов долларов, никто не хотел проблем, разбирательств и проверок, у всех в офисах лежали в сейфах суммы гораздо большие. Потом оказалось, что из десятков задержанных только Знаев, единственный, имел вызывающие доверие документы; прочие его коллеги предъявили какие-то мятые захватанные справки с неразборчивыми печатями. Об этом Знаеву рассказали сами опера. «Ты единственный из всей оравы, — сказали ему, — у кого есть нормальные бумаги».

«Ты, наверное, самый предусмотрительный», — ещё сказали они — и отпустили, не притронувшись к его мешку. **В тот день им и без того выпала неслыханная удача.**

А дальновидный Знаев поспешил сесть в машину и свалить.

Он всегда понимал, откуда может прийти беда. Из-за какого угла выскочит опасность. Он на этом построил свою судьбу.

Когда волна делала вдох и поднимала его — он видел щедрые россыпи разноцветных огней на берегу. Некоторые огни двигались — то были автомобильные фары. Мирная невозмутимость их движения приводила его в отчаяние. Он их видел, они его — нет. Он боролся за жизнь — они ехали в магазины и рестораны. Каждый из них, сидящий в автомобиле, обязан был услышать его мольбу. Почувствовать. Каждый их них был обязан повернуться к сидящей рядом жене, или мужу, или брату, и сказать: «Я что-то услышал; там, в океане, кто-то есть, какой-то человек собирается отдать богу душу; его смерть близко; надо что-то сделать, позвонить куда-то, в полицию, в береговую охрану, спасателям, родителям, детям, неважно, — нельзя ехать в магазин и ресторан, надо спасти попавшего в беду!»

Он снова попробовал сесть, но тут же опрокинулся — у моряков это называлось «оверкиль»; едва не захлебнулся и понял, что начал уставать. Какое-то время ему удалось просидеть в воде, положив руки поперёк доски. Он бы держался за край и зубами, если бы была хоть малейшая возможность. Потом его накрыло гребнем и закрутило, он потерял доску и долго ловил её, вращаясь во всех направлениях и отчаянно подтягивая к себе шнур, а когда наконец поймал — испугался, что может задеть рукой за острый край пластмассового плавника и разрезать ладонь. Но всё обошлось. Никаких признаков паники и гипервентиляции. Шнур выдержал, доска не уплыла, и кровь бывшего банкира не попала в воду на радость местным акулам. И крепости бицепсов хватило, чтобы снова устроить под собой кусок прессованного пластика и перевести наконец дух.

Его явно относило прочь от берега. Несёт ли его на запад, в открытый океан, или на юг, вдоль берега, — он не понимал. Доверяться глазомеру было бесполезно: в городе человек привыкает к малым расстояниям, к сотням метров, а здесь, на спине океана, все точные километры и мили, все сухопутные вёрсты и морские кабельтовы ровным счётом ничего не значили.

Наконец он замёрз. Застучали зубы. Он попытался применить старый спортивный способ: напряг разом все мышцы до единой, пытаясь разогнать кровь, и это помогло, но ненадолго; холод все дальше проползал за воротник и под манжеты на ступнях и запястьях. Вода сделалась неприятной, казалась ядовитой на вкус, он старался держать рот закрытым, а голову и лицо — как можно выше, чтобы хоть на два-три мгновения уберечь от брызг голую кожу. Но держать голову откинутой назад было трудно, тут же онемела шея, и он был вынужден, наоборот, опустить лицо и прижаться щекой к доске. И вот — очередной приступ озноба закончился судорогой и спазмом желудка, его стало тошнить желчью, смешанной с остатками алкоголя, и дико было уловить запах виски, совершенно посторонний, сводящий с ума, относящийся к другой реальности; запах мгновенно смыло вместе с рвотой, и наступило облегчение.

«Если не ищут — не страшно, — думал теперь он. — Надо продержаться до рассвета. Не заметили ночью — обязательно заметят днём. Тут часто курсируют вдоль берега яхты и катера, тут летают лёгкие частные самолёты. Это место, где живут самые богатые люди на планете. Здесь пресыщенные миллионеры гоняют на гидроциклах, на парусных и моторных яхтах, на катамаранах, на спортивных катерах, на вертолётах, самолётах, планёрах и воздушных шарах. Здесь промышляют рыбаки, здесь есть береговая охрана».

Доску он теперь любил, и держался на ней, кажется, совсем без усилий, как будто слился с ней, обнимал её всей кожей, — он не разжал бы рук, даже если бы сейчас случилось чудо: его нашли и вытащили из воды. Доска повиновалась теперь не движениям, а его мыслям. Вместе с доской он преодолевал очередной гребень, скользил вниз по стеклянной спине волны и отдыхал, не шевелясь, несколько мгновений, проходя нижнюю точку, чтобы увидеть впереди новую волну, и повернуть в нужную сторону, и затем понемногу, короткими движениями онемевших ладоней и ступней, подруливать точнее к нужному курсу, и при этом подготавливать себя к главному усилию: когда накатывал очередной гребень, приходилось приподниматься плечами и руками вверх, чтобы немного поднять нос доски. Перед самым гребнем вода вставала почти вертикально, и нужна была бесконечная секунда адского ужаса, чтобы перевалить пенную массу на вершине гребня, пробить ревущую на тысячу голосов суспензию и выскочить с обратной стороны, отплёвываясь и мотая головой.

Это продолжалось снова и снова, с нечеловеческой размеренностью.

И нельзя было взмолиться и крикнуть «хватит», «подождите минуту», нельзя было нажать кнопку и поставить на паузу, нельзя было воткнуть штык в землю, поднять руки и сдаться на милость. Нельзя было никаким образом остановить эту беспощадную ревущую реальность. Можно было только умереть — или продолжать.

Как все мужчины его круга и возраста, он много думал о смерти. Это было нормально, так велел самурайский кодекс, таково было главное правило самца, воина: чаще представлять себе собственный конец во всех возможных видах и формах. Быть готовым и к автокатастрофе, и к пьяному ножу в печень, и к пуле в голову. Это правило он когда-то в юности прочёл в «Хагакурэ» — японской книге о самураях — и с тех пор ему следовал. Привычка размышлять о смерти казалась ему полезной, она придавала остроту чувствам. В свои пятьдесят он мог умереть в любой момент, не обязательно насильственно — от естественных причин тоже. Разрыв сердечной мышцы, ничего удивительного. Скажут: слишком много работал.

И он думал, что готов, что, когда это настанет, — он встретит конец спокойно. Он пожил достаточно, и его судьбе мог позавидовать любой Рокфеллер или султан Брунея. Он не боялся умереть.

А сейчас, глотающий воду, оглохший от рёва волн, понимал: нет, не готов, нельзя к такому подготовиться. Когда она смотрит на тебя, спокойно выдержать её взгляд не способен ни один живущий.

Он попытался закричать, но исторг только короткий стон. Сил не осталось.

Его стало разворачивать боком, но нога не шевелилась и рука не слушалась.

Не было сил даже закрыть рот.

Она выглядела серебряным облаком брызг, несущихся навстречу. Очередным гребнем, готовым перевернуть человека на спину и оторвать от доски. Она приближалась с оглушительным шипением.

«Нет, — подумал он, — не эта волна. Следующая. Это не предел. Ещё не умру. Ещё раз попробую устоять».

Изогнулся, толкнул ногой холодную воду, разворачиваясь носом к волне. Нога подчинилась, он снова толкнул.

Смерть была прямо перед ним — если не этот гребень, то следующий должен был его прикончить.

Но лучше следующий, лучше потянуть ещё двадцать, тридцать мгновений.

— Господи, — позвал он. — Не оставь меня сейчас. Я не прошу меня спасти. Если мне суждено умереть — я готов. Но пусть это случится в Твоём присутствии, по Твоей воле. Пусть я буду уверен, что Ты рядом. Мне станет легче, если я буду знать, что попал в это место не случайно и не по собственной глупости, а потому что Ты так решил.

Бог не дал никакого знака.

Волны стали выше и сильней. Очередной гребень он едва сумел пройти, и с трудом удержался на доске, а следующая волна была ещё злее и ревела ещё громче: настоящая волна-убийца. Наверное, Бог всё-таки услышал Знаева и решил прекратить его агонию.

Ощущение бессилия было отвратительным, противоестественным. Он напрягал всю волю, какую смог собрать, но руки не повиновались. Последняя мышца, способная хоть на что-то, пряталась пониже живота; сейчас она расслабилась, и Знаев обмочился, на мгновение ощутив тепло в паху.

Он набрал воздуха, сколько смог. Это было трудно, грудь давно болела при каждом вдохе. Мышцы, раздвигающие лёгкие, тоже устали.

Волна была всё ближе.

«Конец, — решил он, — это конец. С Богом или без него, а сейчас всё закончится».

Разве Бог не должен внимательней смотреть как раз за такими, как он? Одинокими, отбившимися от стаи, заблудшими в каменных или водяных пустынях, уносимыми в пустоту? Возможно, гибель в одиночестве страшней, чем в толпе. Говорят же: на миру и смерть красна.

Безразличие овладело одиноким человеком. Волна накатывала и казалась слишком большой. Её склон быстро поднимался, загораживая низкое чёрное небо, и, наконец, грохочущая стена воды поглотила Знаева.

Оказавшись внутри гребня, он разжал онемевшие, скрюченные пальцы, и его немедленно оторвало от доски.

Он пока ещё был жив и даже видел, как над ним пролетает водяной вихрь гребня, — и вдруг собственная доска, которую тоже крутило и вращало рядом, сильно ударила его по голове, испугала и оглушила.

От неожиданности он выдохнул и стал захлёбываться.

Выскочившие изо рта несколько больших пузырей воздуха лопнули перед самым носом, превратились во множество маленьких пузырей и исчезли. Теперь смерть была уже не рядом, а внутри, в горле. Горькая и солёная, она обжигала, как спирт.

Наверху ревело и свистело — под водой же была тишина. Окутанный и убаюканный ею, он пошёл ко дну.

Вот как это бывает, оказывается. Утопленники гибнут в тишине и темноте, в невесомости, подобно космонавтам.

Под поверхностью вода оказалась гораздо холодней.

Глаза ничего не видели, он не понимал, открыты они или закрыты, он словно погружался в чернила, пока привязанный к ноге трос не дёрнулся и не заставил его перевернуться вниз головой.

Он не опустится на дно. Доска осталась на поверхности, она не позволит. Она будет болтаться наверху, а он — на пять метров ниже.

Его найдут, сначала заметив доску. Хорошо бы нашли быстро, до того, как рыбы обглодают лицо.

Оставалось сделать последний вдох, впуская воду в лёгкие, но открыть рот оказалось не так легко.

Миг тянулся, хотелось пожить ещё несколько секунд.

Равнодушное ледяное ничто сжимало его в объятиях.

Ничего из того, что осталось за спиной, не было жаль.

Он стал впускать в себя воду, но когда она хлынула в бронхи, колючая, отвратительная, — Знаев содрогнулся всем телом, и вдруг руки и ноги конвульсивно дёрнулись помимо его воли; он не поплыл, но стал отпихивать от себя смерть, как напавшего зверя, лягать его и пинать, и руки сами нашли трос, и потянули, это была та самая соломинка, которую хватает утопающий, — и он выскочил на поверхность, хрипя, отплёвываясь и молотя руками вокруг себя.

После подводного безмолвия поверхность показалась движущимся адом, оглушила, швырнула в глаза тяжёлые брызги.

Но человек был жив. Мускулы горели, но действовали. Одним прыжком, с яростным стоном выскочив из воды по пояс, он добрался до доски и оказался на ней.

Силы ещё остались. Никто не знает, сколько у него сил в запасе. Это не предел. Никто не может знать своего предела. Известно только, что он есть.

«И даже холод не страшен мне, — понял он в следующую секунду. — Я ведь нахожусь не в воде, большая часть моего тела соприкасается с воздухом, а воздух сегодня вечером — сильно выше 20° С. В Подмосковье ночью так тепло не бывает даже в середине лета. Да, меня всё время окатывает холодная вода, и ею пропитан костюм, но всё равно большую часть времени вокруг — тёплый воздух, и от переохлаждения я никак не умру.

К сожалению, это не очень радует, потому что я так или иначе умру, и довольно скоро.

Но хотя бы не от холода. Стоило пересекать половину планеты, чтобы умереть от холода. Иначе чем мой конец будет отличаться от гибели русского пьяницы, замёрзшего зимой в снегу?»

Волны переменились, стали ниже и длиннее, но их скорость как будто увеличилась. Усилился и ветер, теперь он срывал с поверхности совсем мелкую пыль, она ударяла в лицо и секла его, твёрдая, как песок; да и сама поверхность воды, как ему показалось, вела себя иначе. В ямах между волнами появились большие участки неправильной формы с ровной, как стекло, поверхностью. В таких местах доска скользила, как по рельсам. Это было плохо для Знаева, потому что сокращало время отдыха, драгоценные секунды, когда можно не шевелиться, ожидая нового подъёма и нового удара пенным валом.

Шансов нет. Океан его сожрёт. Он сильней. Следующая волна, или та, которая идёт за ней, снова сбросит его с доски — и он снова начнёт тонуть. Может быть, утонет; может быть, выберется — агонизирующее животное внутри него опять прыгнет, напрягая жилы. И тогда его поглотит другая волна, или третья. Никакая **агония не длится слишком долго.**

В любом случае, от разума и воли теперь ничего не зависело.

«Я ничего не решаю, — понял он, — теперь решает кто-то другой».

Осознание собственной беспомощности его успокоило.

Наверно, это и есть Бог, подумал Знаев. Тот, кто управляет тобой, когда ты сам уже бессилен.

Сколько бы секунд он мне ни подарил — это будут прекрасные секунды, бескрайние, и, пока они длятся, я буду любить жизнь, всю, и прошедшую, и оставшуюся.

Ему удалось удержаться на следующем гребне. И он увидел впереди свет. Красный огонь. Маленькую светящуюся точку впереди, в открытом пространстве. Слишком далеко, чтобы на что-то рассчитывать.

Красная точка в чёрной бездонной пустоте была красивой, нездешней, слишком яркой, чтобы принять за галлюцинацию.

Он смутно вспомнил, что заметил этот свет ещё на берегу.

Скорее всего, это был корабельный навигационный огонь, — но таких огней, помнил Знаев, на всяком корабле должно быть три: красный по правому борту, зелёный по левому и белый на носу. Почему он видел только красный? Один фонарь ставят на маленьких лодках и катерах, но он — обязательно белого цвета. Таковы правила.

В открытом океане не бывает одиноких красных огней.

Новая волна подняла его, и он, пробивая лбом бешеную пену, опять увидел рубиновую искру.

Слишком далеко.

По контрасту с лучом света ночная темнота сгустилась.

Зачем ты явился ко мне, красный огонь? Чтобы дать надежду? У меня нет надежды, я слишком далеко от берега, я слишком мал, чтобы увидеть меня в бинокль или нащупать лучом радара. Никто не прилетит, не приплывёт. Или ты хочешь довести меня до края отчаяния? Я уже перешёл этот край. Во мне нет ни страха, ни сожаления. Я измотан, и мои железы больше не выбрасывают в кровь гормоны. Я ничего не чувствую.

Возможно, я уже утонул. Захлебнулся и пошёл ко дну, и теперь вокруг — мой личный ад, где я буду вечно болтаться на куске пластмассы меж чёрных водяных гор.

Или это горит красная звезда, упавшая с крыши здания, которое я построил?

Возможно, в это самое время на другом конце шарика люди в оранжевых касках снимают вывеску. Зацепляют звёзды стальными крючьями и опускают краном в кузов грузовика.

Ещё один гребень набух над головой, и, чтобы пробить его, надо было очень постараться; но теперь у Знаева была цель. Он хотел снова посмотреть на красный огонь.

Он теперь был не один: он увидел свет.

Он плыл на этот свет, как рыба, инстинктивно.

«Плыть» в его случае значило — наклонять плечи, пытаясь выровнять доску, или, если получалось, кое-как толкнуть воду онемевшей ногой.

Ноги ещё подчинялись ему, рук он уже не чувствовал; они годились только для того, чтобы держать нос доски.

Но силы ног ещё хватало, чтобы занять правильный курс, и снова перевалить через водяной бруствер, и убедиться, что красный огонь продолжает гореть.

Он не стал ближе или дальше, он не сдвигался на юг или север, он пребывал в той же точке горизонта.

Или это морской дьявол подмигивает красным глазом? Предположим, я не умер, но и не жив, а попал в междурядье, в сумеречную зону, где законы физики не действуют, утопающие не тонут, а со дна океанов поднимаются одноглазые демоны, чтобы сбивать с курса моряков и губить их души. А у меня нет сил даже на то, чтобы пробормотать охранительную молитву. Демон схватит меня, и я не смогу оказать никакого сопротивления.

Вдруг что-то ударило его по щеке. От неожиданности Знаев щёлкнул зубами и едва не прикусил язык. Это был клубок водорослей размером с хороший кулак. Узловатые нити, твёрдые, как леса, прилипли к лицу и на несколько мгновений лишили Знаева возможности видеть и дышать; потом их смыло, но почти тут же новые длинные плети намотались на шею, скользнули ниже и застряли между доской и грудью. Из темноты стали появляться, двигаясь прямо на Знаева, новые и новые космы водорослей, едва торчащие над водой; вскоре они были уже повсюду, огибая доску справа и слева, ударяя в нос, забиваясь под грудь и живот, во все щели между телом и поверхностью доски.

Вынужденная тащить больший груз, доска ушла глубже под воду и почти утратила управляемость.

Вот, оказывается, что меня убьёт, подумал Знаев. Не волны, не ветер и не холод.

Они были в своей стихии, океан приходился им родным домом, они плыли, выполняя свою программу.

Оторваться от собратьев в одном месте, проплыть десять миль, или тысячу, и снова прикрепиться ко дну. Если не повезёт — их выбросит на берег и засыплет песком или изжарит солнцем. Если повезёт — они образуют новый подводный лес.

Волна стала длинней и гораздо ниже, и глазам Знаева вдруг открылось почти полмили ровной водной глади, повсюду покрытой водорослями. Может быть, энергию волны погасила именно растительная масса на поверхности. Теперь Знаев оказался словно в болоте. Ветер ослаб. Вода как будто встала, и человеку на доске показалось, что он тоже остановился. Он был сплошь облеплен водорослями, но при этом не тонул, наоборот, на спокойной воде держаться было заметно легче. Сходство с болотом усиливалось. От усталости веки стали падать на глаза, и мир утратил чёткость. Всё время что-то происходит, подумал Знаев, вода — разная, нет двух одинаковых волн или одинаковых гребней. Впрочем, неважно; судя по всему, я уже умер. Я чувствую воду в лёгких и в желудке и водоросли во рту — я бы мог их жевать, если бы имел силы двигать челюстями. Я ничего не слышу и не ощущаю запахов. Руки, ухватившие нос доски, кажутся чужими. Разжать пальцы не смогу, даже если бы захотел. А красный огонь впереди — это, конечно, Харон, старик-лодочник. Мне, правда, нечем ему заплатить. Древние греки совали покойникам в рот монетку. У меня с собой ничего нет. Предложу в уплату доску. Я отдал за неё двести долларов. Если старик берёт деньги — значит, жадный. Попробую уговорить.

Медленно, очень медленно его опускало вниз, в бесконечно длинную чёрную долину, и столь же медленно поднимало на бесконечно пологий холм, и он переваливал верхнюю точку, как будто перелетал. А когда оказывался наверху — если были силы всмотреться и если вода не заливала глаза, — он видел на горизонте красный огонь. И хотя уже не было сил держать курс, красная точка почему-то оказывалась прямо впереди.

Здесь было почти хорошо.

Поверхность океана засветилась и сделалась такой же, как небо, где плотные облака лишь едва пропускали лунное сияние; Знаеву показалось, что мир перевернулся, и его несёт по небу, и если он утонет — то это будет вовсе не движение вниз, а, наоборот, восхождение.

Утонуть в небе — это было совсем не страшно.

Он расслабился и даже заснул на секунду или две, или потерял сознание от усталости — чтобы тут же вернуться, в ту же бесконечную воду. Но и два мгновения забытья освежили Знаева.

— Я ещё живой, — сказал он. — Я ещё здесь.

Он испытал короткий, но чувствительный прилив сил, и с ним вернулось исчезнувшее желание спастись, что-то придумать, найти способ, — но тут же пропало.

Красная звезда горела, глаза жадно ловили отблеск рубинового луча на краях водяных гор.

Надо плыть за ней, подумал Знаев. Она не просто так появилась, эта единственная алая искра посреди мрака. Она существует ради меня. Она горит, чтобы я не обезумел. Она не даёт надежду, только свет. Но и его мне достаточно.

Надо идти за своей звездой. Надо уметь смотреть, надо уметь увидеть и распознать свою звезду — дальше она сама поведёт человека. Каждому светит его огонь, **и у каждого он самый яркий.**

Теперь он перестал чувствовать и ноги тоже. Осталась только спина и горящая шея, но и она отказывалась держать голову над водой.

Водоросли снова облепили лицо и попали в ноздри. Он мог дышать только ртом.

Он продолжал удерживаться на доске, но не мог держать прямо голову. Не захлёбывался, но уже ничего не видел, кроме живой водяной ямы, раскрытой ему навстречу, и ещё — слабый красный отблеск, остаток красного луча, посланного кем-то, кто навсегда остался неизвестным.

Исчезновение Знаева обнаружилось только спустя пять дней, когда подошёл срок платить за комнату в мотеле. Менеджер ждал ещё день, надеясь, что русский парень загулял или, что вероятнее всего, уехал в Вегас. Почти все туристы в какой-то момент обязательно уезжали в Вегас и там застревали, кто на сутки, кто на месяц, в зависимости от толщины кошелька, уж такое это место, Вегас, — приехать легко, уехать сложно. Подождав сутки, менеджер проверил запись с камеры наблюдения и увидел, как однажды вечером русский парень вытащил из кузова своей машины доску для сёрфинга и ушёл вместе с доской в темноту. Менеджер позвонил в полицию.

Полицейские чины осмотрели комнату и спросили менеджера, есть ли догадки, на какой именно пляж мог пойти постоялец, на что менеджер пожал плечами: это свободная страна.

В машине, не открывая её, увидели сквозь стекло полотенца и гидрообувь: непромокаемые боты, используемые для плавания в холодной воде. «Он сёрфер, точно», — сказал менеджер.

Полицейские связались с береговой охраной и предупредили менеджера, что, если будет найден подходящий по описанию утопленник, — менеджера попросят выполнить гражданский долг и опознать тело, на что менеджер пожал плечами вторично.

Но среди утонувших в те дни на городских пляжах все до единого были уже опознаны.

Береговая охрана отправила вертолёт, но поиски не дали результатов.

Ни тела, ни доски так и не нашли.

|ОГЛАВЛЕНИЕ|

Рубанов Андрей Викторович

ПАТРИОТ

Роман

18+

Главный редактор *Елена Шубина*
Редактор *Алексей Портнов*
Художественный редактор *Елисей Жбанов*
Корректор *Надежда Власенко*
Компьютерная вёрстка *Елены Илюшиной*

 http://facebook.com/shubinabooks

http://vk.com/shubinabooks

Содержит нецензурную брань

Подписано в печать 17.02.17. Формат 84х108/32.
Усл. печ. л. 26,88. Тираж 3 000 экз. Заказ № 7928/17.

Общероссийский классификатор продукции
ОК-005-93, том 2; 953000 – книги, брошюры

ООО «Издательство АСТ»
129085, г. Москва, Звездный бульвар, д. 21, стр. 3, комн. 5
Наш электронный адрес: www.ast.ru
E-mail: astpub@aha.ru

«Баспа Аста» деген ООО
129085 г. Мәскеу, жұлдызды гүлзар, д. 21, 3 құрылым, 5 бөлме
Біздің электрондық мекенжайымыз: www.ast.ru
E-mail: astpub@aha.ru

Қазақстан Республикасында дистрибьютор және өнім бойынша арыз-талаптарды
қабылдаушының өкілі «РДЦ-Алматы» ЖШС, Алматы қ., Домбровский көш., 3«а»,
литер Б, офис 1.
Тел.: +7 (727) 251 5989, 90, 91, 92, факс: +7 (727) 251 5812, доб. 107
E-mail: RDC-Almaty@eksmo.kz
Өнімнің жарамдылық мерзімі шектелмеген

Отпечатано в соответствии с предоставленными материалами
в ООО «ИПК Парето-Принт», 170546, Тверская область,
Промышленная зона Боровлево-1, комплекс № 3А. www.pareto-print.ru

Захар Прилепин

ВЗВОД

**Офицеры и ополченцы
русской литературы**

В новую книгу «Взвод. Офицеры и ополченцы русской литературы» вошли одиннадцать биографий писателей и поэтов Золотого века — от Державина и Дениса Давыдова до Чаадаева и Пушкина, — умевших держать в руке не только перо, но и оружие.

Они сражались на Бородинском поле в 1812-м и вступали победителями в Париж, подавляли пугачёвский бунт и восстание в Польше, аннексировали Финляндию, воевали со Швецией, ехали служить на Кавказ…

Корнет, поручик, штабс-капитан, майор, полковник, генерал-лейтенант, адмирал: классики русской литературы.

Захар Прилепин

НЕ ЧУЖАЯ СМУТА

Один день — один год

Книга «Не чужая смута» посвящена украинско-русской трагедии 2014 года. Репортажи, хроника событий, путевые очерки из поездок по Новороссии тесно переплетены с размышлениями о русской истории, русской культуре и русском мире.

«Этот год назревал, и однажды посыпался как град.

...С ноября 2013-го, с возникновения Евромайдана в Киеве я вёл записи чужой смуты, ставшей смутой своей, — не столько описывая события, сколько рассматривая свои ощущения, главным из которых было: "Это уже случалось с нами! Это не в первый раз!".

Выяснилось, что самые разнообразные события из русской истории связаны с происходящим напрямую, даже если имели место сто или тысячу лет назад. Что русская литература, воззрения и суждения национальных классиков удивительным образом иллюстрируют всё, что мы видели, слышали и пережили в течение года.

Мне не стыдно за сказанное мной — и я по-прежнему убеждён, что глаза мои были трезвы, а суждения — разумны.

Тем же, кто думает совсем по-другому, скажу одно: я смотрю на всё глазами того народа, к которому имею счастье принадлежать».

Захар Прилепин

Захар Прилепин

ПАТОЛОГИИ

Окраины Грозного. Вторая чеченская. Отряд молодых, весёлых, злых омоновцев приехал на войну.

Святой Спас — тихий городок, затерявшийся среди русских холмов и равнин. Шестилетний мальчик, нежно и ранимо проживающий своё детство. Выросший юноша, неистово любящий, до крови ревнующий.

Границы между бывшим и настоящим, между миром и войной — стёрты, размыты. Главный герой, Егор Ташевский — "человек хрупкой психики, робкой смелости", — не умеет вписать войну в своё представление о нормальном.

"Патологии" — целый мир, в котором есть боль, кровь и смерть, но есть и любовь, и вещие сны, и надежда на будущее.

"Патологии" — роман, открывший России Прилепина-прозаика. Роман о человеке на войне и о войне в человеческом сознании.

Захар Прилепин

СЕМЬ ЖИЗНЕЙ

Захар Прилепин — прозаик, публицист, музыкант, обладатель премий "Большая книга", "Национальный бестселлер" и "Ясная Поляна".
Автор романов "Обитель", "Санькя", "Патологии", "Чёрная обезьяна", сборников рассказов "Восьмёрка", "Грех" и "Ботинки, полные горячей водкой", сборников публицистики "К нам едет Пересвет", "Летучие бурлаки" и "Не чужая смута".

"Семь жизней" — как тот сад расходящихся тропок, когда человек встаёт на одну тропку, а мог бы сделать шаг влево или шаг вправо и прийти... куда-то в совсем другую жизнь? Или другую смерть? Или туда же?
Эта книжка — попытка сходить во все стороны, вернуться и пересказать, чем всё закончится.

Захар Прилепин

Леонид Юзефович

Зимняя дорога

Леонид Юзефович — известный писатель, историк, автор романов «Казароза», «Журавли и карлики» и др., биографии барона Р.Ф.Унгерн-Штернберга «Самодержец пустыни», а также сценария фильма «Гибель империи». Лауреат премий «Национальный бестселлер» и «Большая книга».
Новая книга Леонида Юзефовича рассказывает о малоизвестном эпизоде Гражданской войны в России — героическом походе Сибирской добровольческой дружины из Владивостока в Якутию в 1922–1923 годах. Книга основана на архивных источниках, которые автор собирал много лет, но написана в форме документального романа. Главные герои этого захватывающего повествования — две неординарные исторические фигуры: белый генерал, правдоискатель и поэт Анатолий Пепеляев и красный командир, анархист, будущий писатель Иван Строд. В центре книги их трагическое противостояние среди якутских снегов, история их жизни, любви и смерти.